明星に歌え

関口　尚

集英社文庫

目次

香川県（讃岐）
～涅槃の道場～
82
根香寺
75
善通寺
GOAL
88
大窪寺
66
雲辺寺
1
霊山寺
START
12
焼山寺
鶴林寺
20
薬王寺
23
雪蹊寺
24
最御崎寺
徳島県（阿波）
～発心の道場～

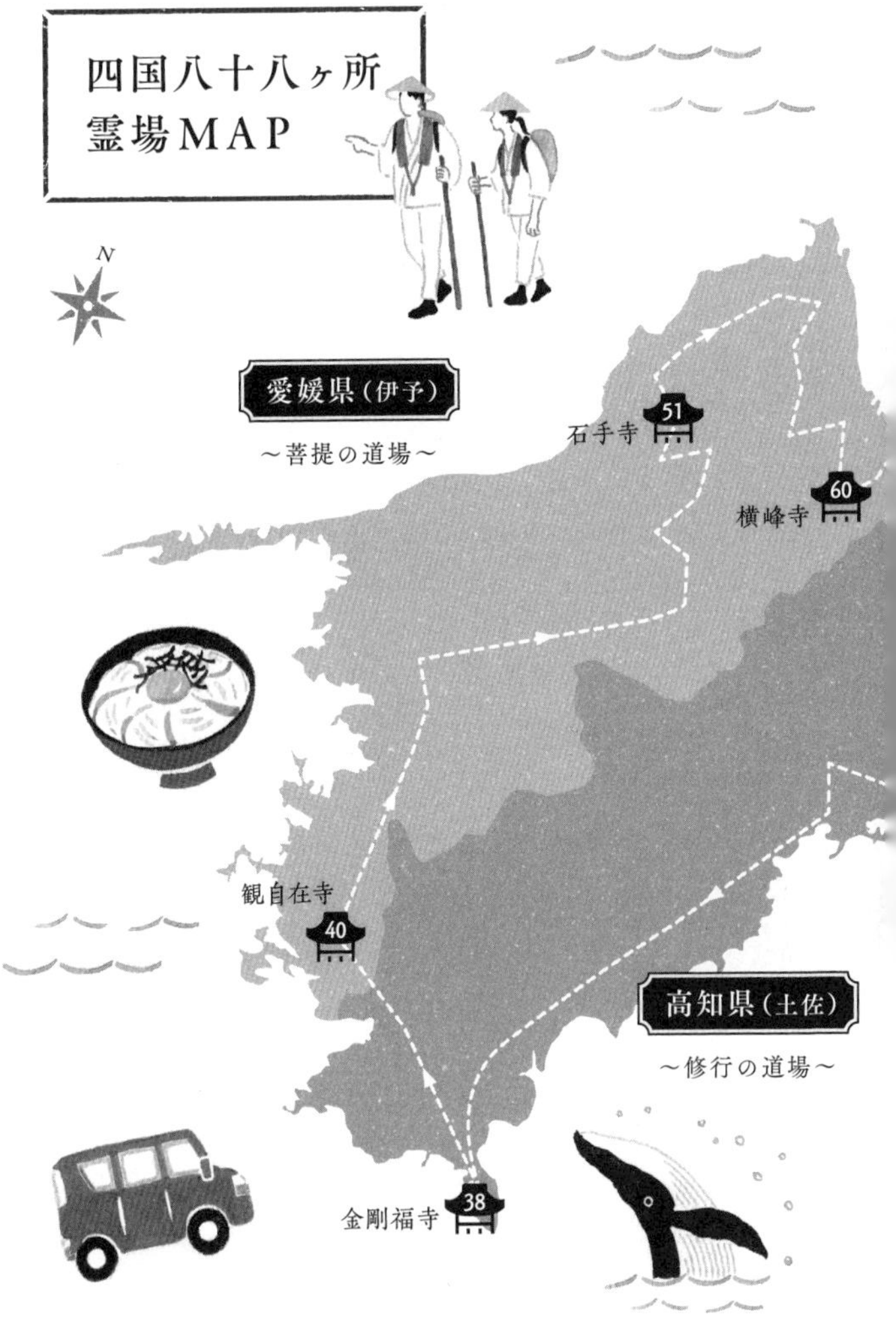

四国八十八ヶ所
霊場MAP
N
愛媛県(伊予)
～菩提の道場～
51
石手寺
60
横峰寺
観自在寺
40
高知県(土佐)
～修行の道場～
38
金剛福寺

MAP作成／小川恵子（瀬戸内デザイン）
イラストレーション／danny

明星に歌え

第一章　旅の始まり

1

　鈴の音が高らかに響いている。金剛杖《こんごうづえ》に結ばれた鈴が一歩踏み出すたびにりんと鳴る。相楽玲《さがられい》は菅笠《すげがさ》を押し上げて空を見た。四国の空は東京と違って遮るものがなにもない。大きな青い空がぽかんと広がっていた。

「いよいよ始まっちまったな」

　玲の隣を歩く三上太陽《みかみたいよう》が興奮気味に語りかけてくる。玲もその興奮はわからないでもない。けれど、小声でおずおずと返した。

「そ、そうだね」

「これから千二百キロも歩くなんて信じられねえよな」

　昨夜の説明会には全国から四十八人もの応募者が参加した。そのなかでいちばん目立っていたのがいま玲の隣を歩く太陽だ。

太陽が自己紹介で語っていたところによると、身長は百八十三センチ、体重は百二キロ。しかし、体脂肪率は十二パーセントしかないという。一番札所である霊山寺《りようぜんじ》の山門は仁王門となっていて、左右の仁王像が参拝者である玲たちへ睨《にら》みを利かせていたけれど、太陽はそれら仁王像たちよりも立派な体軀《たいく》をしている。Tシャツの上からでも上半身が岩のように鍛え抜かれていることがわかるし、腕は丸太のように太いのだ。

威圧感があってこわいな。関わりたくないいな。玲が説明会で最初に太陽を見たときの感想だ。それなのに同じ七班に振り分けられてしまった。

「たしか玲って東京から来たんだよな」

太陽は昨日の玲の自己紹介を覚えていたようだ。それはそれでうれしい。けれど、いきなり玲と呼び捨てにされてどぎまぎする。会ったばかりの人間に距離を縮められるのは苦手だ。苦笑いが浮かびそうになるのをこらえ、愛想笑いで答えた。

「ええと、三上君も東京から来たんだよね」

「おいおい、他人行儀はやめようぜ」

そう言って太陽は大きな声で「がははは」と笑った。

「あのな、玲。おれは昨日の班の顔合わせのときに提案したじゃないか。せっかく同じ班になったんだから、同学年のメンバーは気軽に下の名前を呼び合おうって」

しまう。

「じゃあ、太陽」と切り出したものの、馴《な》れ馴れしすぎるように思えて「君」をつけて
「太陽君も東京から来たんだよね」

「おう、そうだぜ」

ご機嫌な様子で太陽は答え、通っている大学の名前を教えてくれた。東京六大学のうちのひとつで玲が入りたくても入れなかった大学だ。体ばかり鍛えている体育会系かと思ったら、頭もいいんじゃないか。

「と言ってもおれさ、出身は山梨なんだ。甲府《こうふ》なの。いまは石神井《しやくじい》に住んでるから昨日は東京からって言ったけどさ。玲は東京生まれの東京育ちなのか」

「そうだけど」

「東京のどこ」

「三鷹《みたか》」

「そっか。おれ、荻窪《おぎくぼ》に親戚がいるんだよ。小さいころ井《い》の頭《かしら》公園によく連れていってもらったな。懐かしいぜ」

玲はどきりとして足を止めてしまいそうになった。幼少期の話題はまずい。できることなら避けたい。

「そう言えば、井の頭公園って心霊スポットとして有名だよな。ガキのころあの手の話

が苦手であそこに行くのこわかったんだよ。バラバラ殺人事件があってその霊が出るとかって話だったよな。たしかあれって未解決事件じゃなかったっけ」

「未解決事件？」

「知らないのか。玲の地元の話だろ」

「あ、でも、ぼくんちは三鷹って言っても外れのほうで吉祥寺《きちじょうじ》から遠いから」

「ふうん、有名な話だと思ってたけどな」

太陽は納得がいかないのか、首を傾《かし》げたあと前を向いた。

井の頭公園の話題はまだ続くだろうか。玲は身構えつつ太陽の横を歩いた。ともかく幼いころの話題はよくない。ほころびが出てきてしまう。

「それにしても大集団だな。見ろよ、玲」

はしゃいだように言って太陽が前方を指差す。話題が変わるようだ。玲はほっとして太陽が指差した前方を見た。県道に沿って延びる歩道は、次の札所を目指して歩くお遍路であふれ返っている。お遍路とは四国に八十八ヶ所ある札所を参拝して回る行為のことだ。札所とは弘法大師《こうぼうだいし》空海《くうかい》にゆかりのお寺のこと。札所を参拝して回るその人自身もお遍路と呼ばれる。

玲たちの前にはお遍路が長く列を作って歩いていた。お遍路の正装である白衣《びゃくえ》と呼ばれる白装束を全身まとっている人もいれば、上半身だけ着ている人もいる。菅笠と金剛杖がなければお遍路には見えないジャージ姿の人もいる。彼らはみんなお遍路プロジェクト88の参加者だ。

お遍路プロジェクト88は愛媛県の四国中央大学のお遍路サークルが、四国独特の文化であり、かつ風習でもあるお遍路を、全国の大学生に体験してもらおうと立ち上げたイベントだ。徳島県、高知県、愛媛県、香川県と四国四県を時計回りに、八十八ヶ所の札所をすべて歩いて参拝する。その距離は約千二百キロ。途方もない距離となる。

「夏休みを潰して歩き続けるなんて、おかしな連中が集まったもんだぜ。ま、おれたちもだけどな」

太陽がにやりと笑いかけてくる。玲は無言で同意の苦笑いを返した。彼がまだどういった人間かわからない。でも、とにかくなんでも同意しておく。その場の空気にひたすら合わせ、適当な嘘《うそ》をついてでも雰囲気を壊さないように努める。玲が日ごろから心がけていることだった。

一番札所から二番札所までは一・四キロしかない。歩き始めたと思ったら、もう二番札所へ到着した。山門は朱塗りの仁王門で、またもや仁王像とご対面だ。やはり、太陽のほうがいい体をしている。

山門をくぐって境内に入った。中はお遍路でごった返していた。年配のお遍路が圧倒的に多い。団体のバスツアーで回るお遍路だろう。札所に隣接する駐車場にはたくさんの大型バスが止まっていた。

境内には家族で回っているらしいお遍路もいた。祖父母からよちよち歩きの孫まで、みんなそろって白衣を着ていた。また、バックパッカーのような外国人のお遍路もいる。自転車で回っているらしいヘルメットをかぶったお遍路もいたし、犬連れのお遍路もいた。

老若男女を問わず、国内外を問わず、交通手段を問わず、犬までが参拝して回る。八十八ヶ所の札所を回るこのお遍路という行為が、どこか熱に浮かされてのものに感じられた。

「こりゃあ、すげえ人出だな」と太陽が呆《あき》れ声《ごえ》を上げる。「まるでデパートのバーゲン会場だ」

昨夜の説明会によれば、お遍路で四国を訪れる人は年間三十万人。そのうち歩いて参拝する歩き遍路は三千人もいるという。自然と触れ合いたい人や、ウォーキングなどの健康志向ブームに乗って歩いて参拝する人が、年々増えているそうだ。

「まずは参拝してください。山門で立ち止まると混み合うので奥へ進んでください!」

玲たち七班のコーディネーターである木戸《きど》が、大きな声で誘導していた。お遍路プロジェクトでは班の引率者をコーディネーターと呼ぶ。コーディネーターはルートの選択や、宿の確保、札所での参拝方法や、班のメンバーの健康状態まで、すべて面倒を見てくれるという。木戸は四国中央大学の四年生で、お遍路プロジェクトを計画したお遍路サークルの一員でもあるそうだ。

「おーい、太陽君。こっちこっち」

木戸が太陽に向かって手を振っている。大きな太陽は人ごみの中でいい目印となるのだろう。

「すげえ混雑っすね、木戸さん」と太陽が手を振りながら近づいていく。

「うちら七班の集合場所は山門を出て右のところだから。ぼくも参拝したら行くから」

「了解っす」

太陽が手をひらひらさせつつ先へ進んだ。玲もあとに続く。太陽が歩くとその大きな体に驚いた人たちが道を譲ってくれる。まるで高村光太郎《たかむらこうたろう》の『道程』だ。太陽の前に道はない。太陽の後ろに道はできる。玲はできたその道を歩けばいいのだから楽ちんだった。

「よお、早いな。もう参拝し終わったのか」

前を行く太陽が誰かに話しかけた。玲は太陽の背中から顔を出し、話しかけた相手を確かめた。しかし、顔を出したことをすぐに後悔した。その相手が同じ七班の二宮花凜《にのみやかりん》だったからだ。

花凜はちらりと太陽を見ただけで、無言で通りすぎていった。玲になんて一瞥《いちべつ》もくれない。ほっとしたのが半分、残念なのが半分。花凜はとてもきれいな子だ。もし目が合ったとしても、玲はきっと赤面して目をそらすことしかできないだろう。

彼女は昨日の説明会でも注目を浴びていた。肌は剝《む》き立ての桃みたいに白く透明で、腰まで届く長い黒髪はつややかであり、涼やかな切れ長の瞳が印象的。和風の顔立ちをしていて、お遍路の白衣がよく似合った。ミスお遍路なんてものがあったら優勝間違いなしだ。説明会の会場で彼女が歩くと、男子の参加者の視線が次々と吸い寄せられていった。それがさざ波のように伝わってきて気持ち悪いくらいだった。

しかしながら、花凜はそうした男子の視線などどこ吹く風なのだ。というよりも、男女問わずほかの参加者などまるで眼中にないように見えた。愛想もまったくない。顔を常に伏せがちで、長い髪で表情を隠してしまっている。なにより、話しかけないでオーラがすごい。その強烈なオーラなど意に介さずに話しかける強者《つわもの》の男子もいたけれど、花凜は小さくうなずくばかりで返事の声を聞かせてくれなかった。イエスかノーかで答えられる質問でさえ、うなずいたり首を振ったりで済ませてしまう。鉄壁という言葉が彼女を見ていると思い浮かぶ。

説明会のあとに行われた七班の顔合わせでも、花凜の印象は芳しくなかった。彼女が話した言葉は「二宮花凜です。大学三年生です」のみ。班内での自己紹介だったので、もう少し自分について語るのではと玲もほかのメンバーも言葉を待って身構えたけれど、彼女はそのまま黙った。おかしな間が空き、白けた雰囲気が漂った。自分だったら耐えられない空気だ、と玲は戦々恐々としたものだった。

「無視されちゃったよ。同じ班のメンバーなのにさ」

太陽が流してもいない涙を拭くふりをして悲しがる。慰めの言葉を求められているように思えて玲は言った。

「別に太陽君が悪いわけじゃないと思うけど」

「きれいな女子に冷たくされるとダメージが倍になるよな。つうか花凜くらい美人な子だと三倍のダメージがあるな。いや、悔しいから二・五倍ってことにしておこうか」

数値の根拠はよくわからない。けれど、ともかく同意しておく。

「そうだね」

「あの子って誰に対しても冷たいもんな」

「そうだね」

「冷たい感じのせいも込みで、冬の化身みたいなイメージがあるよな」

その点については積極的に同意した。

「そうだね」

肌が白くて無表情の花凜は、しんとした冬の印象があった。そして、冬の化身という繊細なたとえをした太陽に拍手を送りたかった。的確できれいな表現だ。太陽は見た目がマッチョで暑苦しいけれど、もしかしたら中身は意外と繊細なやつなのかもしれない。

お遍路の参拝は手順としてまず本堂へ行き、次に大師堂へ行く。玲と太陽が本堂の前へたどり着くと、そこは読経するお遍路でいっぱいになっていた。お遍路が唱えるのは般若心経《はんにゃしんぎょう》だという。玲は経を唱えることができない。なので参拝は賽銭《さいせん》を入れ、手を合わせるだけで終わりとなる。それは太陽も同じだった。

大師堂へ移動する。札所には必ず弘法大師空海を祀《まつ》った大師堂がある。玲と太陽は大師堂でも賽銭を入れ、手を合わせた。

参拝後は納経所へ向かう。納経所は持参した納経帳に、参拝したしるしを書き入れてくれるところだ。納経所には郵便局のようなカウンターがあり、向こう側に記帳してくれる人が座っている。座っているのは住職だったり、その家族だったり、アルバイトだったりと様々だそうだ。

「よろしくお願いいたします」

玲は自分の納経帳を差し出した。納経帳はお遍路に来る前に買っておいたもので、装丁に金の糸で鳳凰《ほうおう》があしらわれている。納経料である三百円を支払い、毛筆で「納経」という文字と、その札所の本尊を表す梵字《ぼんじ》と、寺の名前を書いてもらう。最後に札所の番号などが彫られた朱印を捺《お》してもらって終了だ。

山門の外で七班のメンバーと合流した。木戸が点呼を取り、三番札所を目指して出発となる。玲が所属する七班は全員で七名。コーディネーターの木戸が先頭を歩き、一列になって進んでいく。

お遍路は四国を時計回りに一周する。時計回りなのでスタート後は南下して高知県へ向かいたいところだ。しかし、札所は十番まで西の方角に向かって横一列に並んでいる。つまり、南下したいのにまずは西へ向かわなければならなかった。

先頭の木戸が班のメンバーを振り返り、大きな声で指示を出した。

「水分はこまめに補給してくださいね！　気温が三十度を超えてるって知らせが来てるから」

玲は指示通りにペットボトルの水を飲んだ。いまはまだ朝の八時だ。それなのにもう三十度を超えているなんて、午後はどれだけ温度が上昇するのだろう。そもそも七月の二十日はこんなにも暑かっただろうか。首にかけたタオルで流れる汗をぬぐった。

お遍路プロジェクトの運営委員会が立てたスケジュールでは、全行程を五十日で歩き終えるようになっていた。そのあいだの荷物はすべて個人で持参。雨具、薬類、バスタオル、寝巻き、石鹸《せっけん》、シャンプー、メモ帳、懐中電灯、スマートフォンの充電器などなど。玲の五十リットルのリュックはあっという間にいっぱいになった。これがまた重くて汗をかく。

女子の参加者は化粧品や日焼け止めやドライヤーなど、荷物はさらに多いようだ。ぱんぱんに膨れたリュックを背負ってよたよたと歩く女子の参加者を何人も見かけた。

そんななか、花凜はただひとり小さめの三十リットルのリュックを背負っている。しかも容量に余裕がまだありそうだ。荷物が少ない。軽そうでうらやましい。金剛杖を突いて歩く姿も軽やかで、もともと涼しげな顔をしていることもあって余裕綽々《よゆうしゃくしゃく》に見える。

「荷物の多さはその人の欲に比例するらしいですよ」

説明会では荷物をできるだけ減らすように指示されたあと、そんなひと言をつけ加えられた。

荷物の少ない子、二宮花凜。真夏なのに冬の印象のある子。なんだか不思議で気にかかる。

次の三番札所金泉寺《こんせんじ》まで二・六キロの距離だという。いままで歩いてきた県道沿いの歩道から逸《そ》れて、いよいよ細い遍路道に入った。道が分かれる際、木戸がメンバーを集めて言った。

「これからの道中、こういった道しるべがあるので見落とさないようにしてくださいね」

白く塗られたアルミ製のプレートが電柱にくくりつけられていた。赤いペンキでお遍路の姿を模したマークと矢印が描かれている。矢印の示している方向へ進めということのようだ。

見渡してみると、こうした道しるべは街路樹や塀にも設置されていた。プレート看板をそのままシールにしたものもあり、ガードレールや道路標識のポールに貼られている。お遍路に対して至れり尽くせりだな、と玲が感心していると木戸が言う。

「いまは道しるべはたくさんあるけれど、山の中とか、お遍路の後半になると、見かけなくなるので気をつけてください」

なるほど、スタートしてすぐはサービスも充実しているようだった。

車一台がやっと通れるほどの細い遍路道を歩いた。進めば進むほど住宅がまばらになっていく。田畑や雑木林はどんどん増えていく。田舎道といった様相を呈してきた。

玲が住んでいるアパートがあるのは三鷹市の外れだ。最寄り駅は新小金井《しんこがねい》駅で三鷹の西の端っことなる。とはいえ周辺には大学や専門学校があるため、飲食店も多くてなかなかのにぎわいを見せている。

あの街の生活感たっぷりの喧騒《けんそう》が急に遠のいていく。わびしい遍路道を歩き、見知らぬ遠い土地へやってきたのだという実感を得たからだろう。

三番札所の金泉寺にたどり着く。札所もみっつめともなると参拝をスムーズにこなせるようになってくる。本堂、大師堂の順で手を合わせ、納経所へ向かう。

「これでみっつめのしるし、ゲットだぜ」

納経所を出るなり、太陽がガッツポーズで得意げに言ってきた。

「しるしをこうやって集めていくのってスタンプラリーみたいで楽しいよな」

太陽に同意を求められ、玲は「楽しいね」と当たり障りのない返事をしておく。

「このしるしをもらう感じ、ほかにも似ているもんがあった気がするなあ」

「似ているもの？」

「しるしをもらって褒められている感じになるやつだよ」

玲はわからなくて首をひねった。

「あ、そうだ。ラジオ体操の出席カードだよ」

「出席カード？」

「夏休みにさ、ちゃんと早起きして頑張りましたねって出席カードにスタンプをもらったじゃないか。あれに似ている感じがしないか？　おれ、ラジオ体操のスタンプがうれしくて、六年生まで皆勤賞だったんだぜ」

「なるほど、似ているね」

間に合わせで玲は答え、笑顔を浮かべた。

四番札所の大日寺《だいにちじ》へと歩き出しながら、玲は心配でそっと太陽の横顔を窺《うかが》った。うまく話を合わせせられただろうか。ほころびを感じさせることはなかっただろうか。ラジオ体操の出席カードとはなんのことだろう。六年生まで皆勤賞と太陽は言っていた。ということは、小学校の行事なのだろうか。でも、夏休みに行われていたようなことも言っていた。あとで調べなくては。やはり、幼いころのことはわからない。特に小学校の六年生なんてほとんど学校に通えていなかった。

大日寺までは五キロの距離だった。いっとき進路を南に取り、徳島自動車道の下をくぐってさらに進んだ。道は次第に上り坂となっていき、気づけば前傾姿勢となって歩いていた。

歩くスピードはひとりひとり違う。そのため班のメンバー同士の距離は自然と開いた。玲の前を行く木戸とのあいだに、五百メートルほどの距離が空いてしまっている。太陽は上りが苦手であるらしく、どんどん後退していった。いま玲の後ろを歩くのは花凜だ。その彼女との距離も百メートルほどある。でも、こうしたばらばらの状態でいいのだそうだ。説明会では推奨さえされた。

本来、お遍路は仏道修行である。ひとりで歩くものなのだそうだ。だから、メンバー同士が離れてしまってもかまわないという。また、班できっちりとまとまって千二百キロという長い距離を歩くのは困難だ。他人のペースに合わせて歩いていると疲弊してしまう。札所や分かれ道で合流し、そのほかはゆるやかなまとまりとして移動していくほうがいいらしい。

ばらばらで歩いていい。玲にとってはありがたいことだった。もともと他人との距離感がつかめない。会話をするにもそのきっかけがわからないし、いったん会話が始まってしまうといつまで話していていいのか不安になり、会話の内容が頭に入ってこない。会話が途切れたら途切れたで、自分が気分を害することを口にしたのでは、話が面白くなかったのでは、と心配になって落ちこむ。中学校でも高校でも班行動がなにより苦手だった。

ばらばらでありがたがっているのは、玲だけではなさそうだった。後ろを歩く花凛もひとりのほうが気楽そうに見える。彼女は誰にも話しかけず、誰とも目を合わさない。鉄壁の彼女。太陽といい、花凛といい、七班は不思議なメンバーが多い。たぶん、自分もそう思われているのかもしれないけれど。

大日寺は山間《やまあい》の奥まったところにあった。ここまで歩いてきて気づいたことがある。札所には商売っけがあるところと、そうではないところがあった。お遍路グッズやキーホルダーなど、観光地のみやげもの屋かと見まがう納経所もあったけれど、大日寺はそうしたものがいっさいなかった。落ち着きがあり、さっぱりしていて、玲には好ましい札所だった。

参拝後、のぼってきた坂を今度は下っていく。五番札所の地蔵寺《じぞうじ》までは二キロ。大日寺からまっすぐ南に下ったところにあるため、やってきた道をそのまま戻っていく。これから大日寺へ向かうお遍路とすれ違うことになる。

「こんにちは！」

向かいから来た年配のお遍路が、玲に快活な挨拶をしてくれた。聞いた話ではお遍路へ二度も三度もやってくる人がいるそうだ。挨拶をしてくれたお遍路もそうしたベテランお遍路のように見えて、玲は勝手に恐縮してしまった。

「こ、こんにちは」

まだ自分がお遍路であることに慣れていない。着ている白衣が汚れひとつなく真っ白であることが、自動車免許取りたての若葉マークのように思えて気恥ずかしかった。

午後になり、日はどんどん高くなっていった。足元の影が短くなっていく。菅笠をかぶっているため、足元に落ちる影は丸い。日差しが強いせいでその影は濃く、くっきりとした輪郭を伴っている。

視線を上げるとアスファルトが陽光でまばゆいくらいに輝いていた。耳に入ってくるのはうわんうわんとうねりを帯びて聞こえるほどの蝉《せみ》の大合唱だ。夏というものを全身で浴びているような心地がした。

水分を補給するために足を止める。額から流れ出た汗の粒が、鼻を伝って地面に落ちた。アスファルトに小さな汗のしみを作る。しかし、そのしみも一瞬で蒸発した。

真夏にお遍路なんて無茶だったのかも。後悔が頭をよぎる。普段の運動不足がたたって、早くも膝が痛くなってきている。ふくらはぎが張ってつらい。本当に五十日間も歩けるのだろうか。

五番札所の地蔵寺から六番札所の安楽寺《あんらくじ》までは五キロの距離だった。そこで昼休憩を取り、七番札所の十楽寺《じゅうらくじ》まで一キロ歩いて初日は終了となった。

助かった、とうなだれる玲の横で、太陽が拍子抜けとばかりに木戸に尋ねる。

「もう少し歩かなくていいんすか」

日はまだ高い。納経所の受けつけ時間は十七時までであり、次の札所まで歩く時間はじゅうぶんある。玲としてはもう一メートルも歩きたくないけれど、太陽が拍子抜けするのもわからないでもない。

「いや、今日はもう終わりだよ」

木戸が澄まし顔で返した。太陽から出た疑問は想定内だったのか、それからよどみなくすらすらと答えた。

「お遍路の歩き始めはね、体が歩くことにまだ慣れていないから無理は禁物なんだよ。それに十一番札所から十二番札所までは丸一日かけての山越えなんだ。その手前の行程をうまく二日に分けておく必要があって、今日はここまでなのさ」

「そうなんすね」

太陽は納得というふうに引き下がった。

「これからたくさん歩いて経験していけばわかると思うんだけど、お遍路っていうのは時間の許すかぎり歩けばいいわけじゃないんだよ。宿があるか、昼食にありつける食堂やコンビニがあるか、体力をいかに温存するか、そうしたことの兼ね合いでスケジュールが決まっていくんだ。歩くだけ歩いて、そこで果てるわけにはいかないんだよ」

初日のお遍路はスタートした興奮を味わうだけで終わりとなった。お遍路というものにやっと触れただけ。そんな感じだった。


宿は十楽寺から歩いてすぐの民宿だった。玄関を上がってすぐのところで、玲はリュックを下ろした。重さから解放されたというのに、体が重みに耐える形で凝り固まってしまっている。ゆっくりと背を伸ばし、二本の足で直立する。やっと普通の人間に戻れたかのような感覚があった。

風呂に入ったあと自由行動となり、男子部屋の畳に倒れて昼寝をとった。その後、このあたりの名物だという盥《たらい》うどんを班でそろって食べに行った。夜の八時からはミーティング。男子部屋に集まって車座となった。

木戸から明日の行程についての説明があり、それから各メンバーの体調の確認が行われた。ミーティングがお開きになったあとは交流会となり、缶ビールを手にくつろいだ。

疲れているために酔いはすぐに回った。玲はもともとアルコールに強いほうではない。飲んですぐ眠気との戦いに突入した。ほかのメンバーも疲れているようでけだるげだ。そうしたなか、麻耶《まや》ひとりがはしゃいだ声を上げていた。

「ああ、なんかわくわくしちゃって、あたし今日は寝られない気がする。こういう合宿みたいな雰囲気もたまらないよね」

麻耶は北海道から来た子だ。玲と同じ大学三年生で、趣味はマラソンに自転車レースに登山とアクティブであり、先週もハーフマラソンの大会に出ていたのだとか。

「麻耶はほんと元気だなあ」

太陽が呆れ顔で隣に座る麻耶を見やった。

「元気に決まってるじゃん。今日なんて十五キロくらいしか歩いていないんだよ。走ったらあっという間だよ。ていうか太陽はなんでそんな疲れてんのよ。そんながっちがちに鍛えた体してるくせにさ」

「長時間の運動は苦手なんだよ。一瞬の力仕事なら任せてくれって感じなんだけど」

「筋肉で重い分、長々と歩くお遍路はしんどいってわけね」

「ご明察」

力ない拍手を太陽は麻耶に送った。

「じゃあさ、太陽はなんのためにこんな体してんの。なんのために鍛えてんのよ」

麻耶は太陽の腕を遠慮なしにばしばしと平手で叩《たた》いた。

「おれさ、高校のとき野球部だったんだよ。けど悲しいかな自分でもおそろしいくらい野球の才能がなかったんだよな。ボールに触る機会すらほとんどなくて、悔しくて筋トレばっかりしてたらこんな体になってたってわけ。バットを握る時間よりもダンベルを握ってる時間のほうが長かったからな」

「あははは！」

けたたましく麻耶が笑う。酔っているのかもしれない。

「大学に入っておれを最初に勧誘してきたサークルはプロレス同好会だからね」

「え、入ったの？」

「入らないよ。おれ、争うの嫌いだもん」

「そのせりふ、その体に似合わないねえ。マッチョに似合わなさすぎる」

「そういうせりふなら、いくらでもあるからな。彼女に甘えたいときなんて大変だよ。筋肉たっぷりつけている人間だって慰めてほしい夜はあるってのに」

「あははは！　笑わせないでよ。想像しただけで面白い！」

「事実だもん。しかたないだろう」

「だったらさ、日常生活でその筋肉むきむきのメリットはなんなの。あ、力仕事以外でだよ」

「そんなもんないよ。いや、ひとつだけあるな」

「なによ」

「脱ぐと笑いが取れる」

「え、ばかじゃないの」

「けっこう便利なんだぜ。サークルの忘年会とかで一発芸やらなくちゃいけないときとかさ」

「やだなあ、もう。破廉恥。三流お笑い芸人の笑いの取り方じゃん」

「芸人じゃないんだからいいだろう。手っ取り早いんだってば」

太陽はすねたのか唇を尖《とが》らせた。

「そういや太陽って大学でなんのサークルに入ってんの」

「旅のサークルだよ。『渡り人』って言うんだ。肉体労働系の短期アルバイトでたっぷり稼いで、その金をつぎこんでみんなで旅行に行くんだよ。国内だったら佐渡《さど》とか屋久《やく》島《しま》とか、海外だったらインドとかニュージーランドの僻地《へきち》とか」

「へえ、楽しそうだね。で、肉体系のバイトをやってるから、また筋肉がついちゃうわけだ」

「その通り。あと大学のトレーニングルームにも入り浸ってるからな」

「トレーニングルーム？」

「うちの大学のトレーニングルームってさ、マシンもエアロバイクもなんでもそろってんだよ」

「わ、うらやましい！　あたしなんてわざわざお金払ってスポーツジム通ってるのにさ。あ、わかった」

唐突に麻耶が手を叩いた。

「太陽ってナルシストでしょう」

「どうしてそういう話になるんだよ」

「あたしが通ってるスポーツジムにいるマッチョってみんなナルシストだもん。どうせ太陽も鏡の前でポージングして、筋肉の仕上がり具合を見てにたにた笑っているんでしょう。気持ち悪いわ。ねえ、玲もそう思うよね？」

「え」

玲は急に話を振られて硬直した。息をひそめ、気配を消し、ただただ太陽と麻耶の会話を楽しんでいたのに。参加はしているけれども積極的に関わりもしない。そうした絶妙の距離感を保っていたところへ発言のバトンを渡された。玲はいきなりのことで頭が真っ白になった。

大慌てでいままでくり広げられていた会話を振り返る。ええと、結局は太陽がナルシストかどうか、を尋ねられているわけだよな。それに同意するかどうかを麻耶に問われているわけだよな。だけど、同意してもいいのだろうか。

同意したら、ナルシストの太陽を気持ち悪いと玲も表明することになるのでは。けれど、同意しなかったら麻耶に詰め寄られるかもしれない。「気持ち悪いに決まってんじゃん。あんたなに言ってんのよ」なんて。

玲はごくりと唾を飲んだ。

同意すべきか、やめておくべきか。

七班のメンバーの視線が玲に注がれている。どっと焦りの汗が出た。早く答えなくちゃ。イエスかノーかを表明しなくちゃ。

迷ったのは一瞬のことだ。でも、長いあいだ迷い、みんなに見つめられている気がした。悩んだが答えは出ず、玲は困惑の笑みを浮かべて首をひねった。麻耶からどんな言葉を浴びせられるだろう。びくびくしながら身構えた。しかし、彼女はなんにも言わずに太陽に向き直った。

「そう言えばさ、太陽はどうしてお遍路に来たの」

麻耶の興味はすでに太陽のお遍路の動機へと移ってしまっていた。玲はがっくりと肩を落とした。たぶん、麻耶は玲がイエスと言おうがノーと言おうが、どっちだってかまわなかったのだ。それなのにあんなに悩みまくってしまった。しかもひと言も返せなかった。

玲はうつむいて緊張を逃すための息を吐いた。冷静になって考える。先ほどの麻耶からの問いかけに、正解も不正解もなかったはずだ。なのに自分は必死にひとつの答えを出そうとして硬直してしまった。

ああした場面で求められているのは、適当でもなんでもいいからタイミングのいい合いの手みたいな答えだ。会話のテンポや流れを寸断しない、ちょっとした返事だ。それは玲もわかっていたはずだった。たとえば、「どうだろうねえ」とお茶を濁したり、「あはは」と笑ってやりすごしたりしてもよかったはずなのだ。

どうしてなにも言えなかったのだろう。またやってしまった。緊張で言葉が出てこなくなる。いつもの玲の悪いパターンだった。

「いまの麻耶の質問ってさ、おれがお遍路に来た動機はなにかってことだよな」

誰も玲のことなど気にも留めず、会話は続いていた。

「そうそう。動機とか理由ね」

「それは、ないしょだな」

むふふ、と太陽は笑った。

「なんでよ。教えてくれたっていいじゃない」

「言いたくなったら言うさ」

「太陽のけち」

「おいおい、けちはないだろう。お遍路の動機はむやみやたらに尋ねるもんじゃないって言われたじゃないか。忘れたのかよ」

昨日の説明会で話があった。お遍路の中には重い理由を抱えて巡拝している人もいるので、気軽に尋ねる前に少し考えましょう、と。お遍路は不治の病を治してほしくて願掛けのために歩いている人もいるし、大切な人の供養のために歩いている人もいるからだそうだ。

「忘れてないよ。あたしだってちゃんと空気を読んで、訊《き》いてもよさそうな人に訊いてんじゃゃん。筋肉がっちがちの太陽なら能天気そうな理由で来ていそうだな、と思ったから訊いたんじゃん」

「失礼な言われようだなあ。おれ、こう見えても傷つきやすいんだぞ。体は鋼鉄、心はガラスなの」

太陽は胸に手を当てて傷つくポーズをした。

「なにがガラスよ。きっと防弾ガラスとかのかっちかちに硬いガラスでしょ」

麻耶は取り合わず、冷たく言って突き放した。

「だったらさ、麻耶はどうなんだよ」

「あたし？」

「なんでお遍路に来たんだよ」

「あたしはチャレンジだよ。千二百キロを自分の足で歩いてみたかったから。別にひとりで歩いてもいいんだけど仲間と歩いたほうが楽しいじゃん。それで今回のお遍路プロジェクトに申しこんだの」

「なんか普通だな」

太陽が面白くなさそうにつぶやく。

「普通で悪かったね、それじゃあ、玲はどうなの」

またもや麻耶が玲に話を振ってきた。

「え」

「玲はなんでお遍路に来たの」

再びメンバーの視線が玲に注がれた。先ほど反省したばかりなのに、玲はまた一瞬にして緊張し、硬直してしまった。適当な会話でやりすごせばいい。理由なんてでっち上げればいい。そうわかっているのに注目を浴びると余裕がなくなり、頭が真っ白になる。

また汗がどっと出た。誰もが玲の返答を待って見守っている。ただひとり、花凜は壁に背中を預けてうつむいていることに気づく。玲になどまったく興味がないのだろう。

それはそれで動揺の種となった。

「ねえ、お遍路の動機はなんなのかって質問してるんだけど」

麻耶がせっついてくる。玲は覚悟を決めて口を開いた。

「ええと、動機って言われても、ぼくの場合なんて言ったらいいのか、うまく言えなくて」

「あたしみたいにチャレンジ？」

「そういう側面もあるけれど」

「側面ってなによ。ずばり言ってよ。女の子にふられて心を癒す旅に来たとか、自分探しのために歩いてみることにしたとかさ」

「ふられたとかはないよ。けれど、自分探しと言われれば、そう言えないこともないのかも」

「煮えきらないねえ」

いらいらとした口調で麻耶が睨んでくる。

「あ、でも、供養のためと言えば、供養のために来たとも言えるんだけど」

へどもどしながら玲が言うと、それまで静かに話へ耳を傾けていた吉田《よしだ》が急に会話に入ってきた。

「え、供養ですか」

吉田は長野からやってきた大学院の一年生だ。髪型はサイドから流すスタイリッシュなもので、眼鏡《めがね》はおしゃれなスクエアのデザイン。それなのになぜか吉田の見た目は昭和のサラリーマンを彷彿《ほうふつ》とさせる野暮ったさがある。

「あ、ですけど、ぼくの場合は供養と言っても、ちゃんとした供養をできるようになりたくて、そのためにお遍路に来たって言ったほうがしっくりするから、正確に言ったら供養ではないんですけれど」

「あのね」と麻耶が聞いていられないとばかりに口をはさんできた。「あたしは玲がなにを言おうとしているのかさっぱりわからないんだけど」

「ご、ごめん。ややこしい話なんで」

「ややこしいのはあんたの説明でしょう。なんであんたの話はそんなとっ散らかっているのよ。頭の中で整理してからしゃべりなさいよ」

「そ、それはわかってるんだけど」

核心部分に触れずに、お遍路に来た理由を話してみようと思ったけれど無理だったのだ。玲はうつむいて畳の目を見つめた。やっぱりきちんと打ち明けるべきなのだろう。正直に話しても、いいことなんてないのだけれど。

「で、結局あんたの動機ってなに？」

麻耶が畳を手のひらで二度叩いた。叩き方で彼女のいら立ちが伝わってきた。

いったいどうしたらいいのだろう。本当のことを打ち明ければ、この場は収まる。でも、七班のメンバーはきっとみんな驚き、好奇の目を向けてくるに違いない。今後、和やかに車座になってビールを飲む機会は、二度と訪れないかもしれない。

玲が迷ってぐずぐずしていると、ふすまが外からノックされた。木戸が代表して「どうぞ」と答える。遠慮気味にふすまが開き、頭を短く刈りこんだ青年が入ってきた。

「失礼します。おれ、三班の原田《はらだ》って言うんですけれど」

原田と名乗ったその青年はぺこりと頭を下げた。今夜はどの班も七番札所近辺の宿に泊まっているという。

「うちの七班になにか用かな」

木戸が尋ねると、原田は室内をきょろきょろと見渡した。

「参加者名簿の中に相楽玲君の名前を見つけて、もしかしたらと思って会いに来たんですよ」

いきなり自分の名前が出て玲は驚いた。しかし、それ以上に困惑した。この原田という青年が誰なのかさっぱりわからないからだ。もしかしたら、と不安がよぎる。

原田と目が合う。原田は満面の笑みとなって近づいてきた。

「おお、相楽君、久しぶり！　全然変わっていないね」

玲も笑顔で応じようと試みた。けれど、曖昧な笑みしか作れなかった。反応に困ってなにも言えないまま、必死に原田を観察する。この青年が誰なのか思い出そうとして。その原田も玲の様子がおかしいことに気づいたようだった。

「あれ？　覚えていないかな。同じ小学校だった原田だよ。相楽君の一学年上で、いっしょにミニバスに入っていたじゃないか」

「ミニバス？」

「善通寺《ぜんつうじ》市のミニバスケットボールクラブだよ」

「ああ」と間に合わせで答える。きっと自分はそのミニバスに入っていたのだろう。

「県の新人大会で優勝したときは超うれしかったよなあ。坂出《さかいで》の市立体育館から帰るとき、相楽君がはしゃぎすぎて電車に乗り遅れてさ、ホームでぽつんと残されちゃって、あのときの遠藤《えんどう》先生めちゃめちゃ怒ってたもんな」

原田は楽しそうに思い出を語った。でも、玲にはなんのことだかさっぱりわからない。四国へ来たのだから、こうした事態が起こる可能性を考えていなかったわけじゃなかった。玲を知る人物がいてもおかしくはない土地なのだ。

せっかく相楽玲を知る人物と出会えた。原田に投げかけたい質問が次々と浮かんでくる。善通寺市のミニバスケットボールクラブとはなんのことなのか。遠藤先生とはいったい誰なのか。しかし、横からねちねちとした声が飛んできた。

「おいおいおいおい、うちの班にはとんだ嘘つきがいるみてえだな」

声の主は窓際で胡坐《あぐら》をかいていた剣也《けんや》だった。愛媛の出身で玲と同じ大学三年生。ただ、二浪しているらしく、年上であることを自己紹介でことさら強調していた。太陽から剣也と呼び捨てされたことが面白くなかったようで、二浪していることをカミングアウトしたのだ。

「嘘つきってどういうことよ」

麻耶が剣也に尋ねる。

「玲は昨日の自己紹介で東京出身って言ってたじゃねえか。けど、この原田ってやつは玲のことを、香川の小学校でいっしょだったたって言ってやがる。つうことは玲が嘘をついたってことじゃねえか」

「いや、あの、それは嘘をついたわけじゃなくて」と玲は慌てて否定した。しかし、剣也は取り合ってくれない。

「別に嘘をついたってかまやしねえよ。ばか正直に正体を明かさなくてもいいんだもんな、このお遍路プロジェクトってやつは。なあ、コーディネーターの木戸君よ。問題ねえわけだもんな」

二浪しているということは、剣也のほうが木戸よりも年上のはずだ。そのあたりを強調するために、あえて木戸君なんて呼び方をしたのだろう。木戸は困惑しつつ答えた。

「そうだね、規約上は問題はないね」

お遍路プロジェクトには特殊な規約がある。参加者本人が希望すれば、名前やプロフィールなどの個人情報を明かさなくてもいいのだ。実名と本当のプロフィールを運営委員会に伝えてさえいれば、年齢も、出身地も、通っている大学も、名前でさえも、伏せることができた。玲が所属する七班にはいないけれども、ほかの班には「田中《たなか》ドラゴン」だとか「猫《ねこ》たかし」だとか、いかにも匿名とわかる参加者がいた。

昨今のお遍路はトレッキングやウォーキングなどの、健康志向の延長で挑戦する人が多いという。また、バスに乗って札所を回るお遍路は、団体旅行のようで楽しいらしく、すべての行程を自転車で走破しようと試みる人もいるそうだ。つまるところ、お遍路は観光化が進んでいるらしい。しかし、本来のお遍路は仏道修行。歩き遍路もかつては切実な動機から参拝する人が多かった。

そうしたかつてのお遍路と同じように、お遍路プロジェクトに深刻な動機で参加する学生がいるかもしれない。そうした学生のために、個人情報を伏せるという特殊な規約が盛りこまれたのだそうだ。今回、通っている大学の名前を明かさない参加者は相当な数にのぼっていた。

「さて玲。おまえどうすんの。東京出身って嘘のプロフィールのままで通すかい？　おれはそれでもかまわないぜ」

剣也が挑発の視線を送ってくる。

「だから、ぼくは嘘をついたわけじゃなくて」

「言い訳は見苦しいって。嘘がばれた第一号なんて、みっともなくて恥ずかしいだろうけどな。ま、ほかにも嘘のプロフィールのやつがいるかもしれねえし、偽名を使って参加しているやつもいるかもしれねえからな」

うひひ、と剣也はいやらしく笑ってメンバーを見渡した。

玲は歯を食いしばってうつむいた。けっして騙《だま》したわけじゃないのだ。訂正したい。けれど、訂正するとなると、本当のことをすべて打ち明ける必要が出てくる。打ち明けたときメンバーはどんな反応を示すだろう。その反応がこわい。自分が普通の人ではないと告白するも同然だからだ。

窺うようにそっと玲は顔を上げた。太陽と目が合った。昼間に交わした会話が思い出される。彼には「東京生まれの東京育ち」と告げてしまった。いま太陽の中で、あの言葉は嘘と認定されているのだろうか。嘘をつかれたと傷ついているだろうか。申し訳なさで胸がいっぱいになる。彼はあんなにも親しくなろうとしてくれていたのに。

玲は目をつぶり、大きく息を吸った。ゆっくりと息を吐きながら目を開け、メンバーひとりひとりの顔を見た。声が震えそうになったので下っ腹に力をこめる。打ち明けるときは明るい口調でなんでもないふうを装ったほうがいい。経験からそう知っている。

「本当のことを話します。ぼくの本当のことを」

「なにが本当のことだよ。いまさらよ」

剣也が茶々を入れてくる。心がくじけそうになったけれども、ぐっと踏ん張って続けた。

「実はぼくの出身は香川県なんです。いまこちらの原田さんが言っていたミニバスってのも本当なんだと思います。だけど、ぼくは全然覚えていないんです。十歳まで香川にいたその記憶がないんです」

一瞬、しんとした。

「えええ！」

麻耶が素っ頓狂な声を上げて膝立ちになった。ほかのメンバーも目を丸くしている。

原田はぽかんと口を開けていた。花凜が初めて玲の言葉に反応を示していた。

「ぼくは子供のころの記憶がまったくないんです。出身を香川と言っても自分で覚えていないから、引っ越した先の東京をお遍路プロジェクトに出身地として申請したんです。嘘をつく形になってしまってごめんなさい」

「ちょっと待って」

膝立ちのまま麻耶がにじり寄ってきた。瞳に好奇の色が浮かんでいた。格好の面白いネタを見つけたというふうだ。

「それって玲が記憶喪失ってこと？」

「正式名称は逆行性健忘症って言うんだけど」

「まったく思い出せないの？」

「こういう健忘症っていうのは、一定期間を置いたら記憶は戻ってくるらしいんだけど、ぼくの場合は十年経《た》っても戻ってこなくて」

「原因はなに」

「善通寺市の捨身《しやしん》ヶ嶽《がたけ》という崖から落ちて頭を打ったって聞いてはいるけど」

「聞いてはいるけどってなによ。他人事《ひとごと》みたいに」

「目を覚ましたらぼくは病院のベッドの上にいて、どうして落ちたとかはまったくわからないから」

「ああ、なるほど」

記憶がないことを打ち明けたときの反応はさまざまだ。麻耶のように好奇心をあらわにして近寄ってくる人もいる。憐《あわ》れんで黙ってしまう人もいる。やさしい言葉をかけようとしてくれる人もいる。疑って信じない人もいる。

打ち明ける側の玲としては、同情されるのがいちばん困った。「かわいそう」を連発されると、そんなにも自分はかわいそうなのかと滅《め》入《い》ってくる。卑屈になって虚《むな》しさの海に落ちてしまうのだ。そうなるとなかなか這《は》い上がれない。

だから、同情されないように、打ち明けるときは明るい声で、明るい表情で、記憶がないことなんてたいしたことないんだ、というふうに陽気に話す。それは相手のためでもあった。打ち明けられたほうだって、こんな重たい打ち明け話は返答に困るに違いない。結果、同情するしかなくなる。

玲は今回も明るさを装った。黙ってしまったメンバーたちを前にして、楽しげに声を弾ませて原田に尋ねた。

「そうだ、原田さん。ぼくの小学校時代を知っているのなら、いろいろと教えてくれませんか。どうしてぼくが捨身ヶ嶽になんて行ったのか、なにか知りませんか」

原田がうつむいた。その表情には困惑が浮かんでいた。

「ごめん。おれ、相楽君が崖から落ちたなんて知らなくてさ。いま初めて知ったんだよ。そんなことになっていたなんて」

「いやいや、謝らないでくださいよ。たぶん、いいニュースじゃなかったから、うちの親も学校やミニバスなどで大っぴらにしなかったんじゃないですかね」

「おれさ、相楽君と遊んだのはミニバスのときくらいなんだよ。ほら、おれたち学年が違うだろう。先に中学校に進んじゃって、あとから相楽君が転校したって噂を小耳にはさんだくらいなんだよ。ほんとごめんな」

謝ってほしいわけではないのに。申し訳なさそうな原田を見ていると、玲の心はうつむきかけた。虚しさの海の波音が聞こえた気がした。慌てて明るい声を出す。

「そうだったんですね。原田さんとはあまり交流がなかったんですね。記憶を取り戻すいい手がかりが手に入るかと思ったのですが、残念！」

あくまで明るく悔しがってみせた。

「相楽君のことでなにか知っている人がいないか、小学校の同級生たちに当たってみるよ。情報が出てきたら七班にまた顔を出すからさ。これからお遍路を歩いているあいだまた会おう。それじゃあ」

そそくさと原田は部屋を出ていった。もう接触してこないだろうな。玲は直感でわかった。でも、これでいい。痛々しい感情をあまり味わわせる前に逃がしてあげられた。それに原田は最後に「また会おう」と言ってくれた。それだけでもありがたかった。

記憶がない玲を薄気味悪がり、急速に疎遠になった人はいままでたくさんいた。そうした態度は十代のころの玲をひどく傷つけた。しかし、二十歳を越えたいま、しかたのない反応だと納得できるようになった。記憶のない人間なんて、不自然で薄気味悪い。逃げるのは当然の反応なのだ。

玲が病院のベッドの上で目を覚ましたのは十歳のときのこと。自分が誰かわからないし、ベッドを取り囲む人たちも誰だかわからない。まったくの真っ白。まるで十歳で生まれた赤ん坊のようだった。

そんな奇妙な人生を玲自身がいまだに受け入れられないのだ。他人にどんな態度を取られようともしかたのないことだ、と観念するようになった。

原田が出ていったあとの部屋は、重苦しい空気に包まれてしまった。メンバーは憐れみの視線を玲に向け、黙ってしまっている。

そんな視線は滅入るからやめてほしい。虚しさの海に追いこまないでほしい。せっかく明るく振る舞って原田との再会を乗りきったのに。

玲は再び笑みを浮かべ、明るく切り出した。

「同じ小学校出身の人と出会えたというのに、記憶が戻る気配がまったくないんだもん。まいっちゃうよね」

七班のメンバーは玲を見て黙ったままだ。明るく振る舞うことで、空回りしていることは玲もわかっていた。それでも、明るく振る舞い続けなくてはいけない。やめてはいけない。虚無感の波音がすぐそばまで近づいてきている。足元の砂をさらっていく。このままじゃ駄目だ。もっと笑みを浮かべなくちゃ。明るい声を絞り出さなくちゃ。

「ねえ、玲。いま原田さんって人に会っても、本当になんにも感じなかったの？　まったく見覚えがない状態なの？」

麻耶が質問してきた。これ幸いとばかりに玲はからっとした口調で答えた。

「うん、全然わからなかった。実はさ、東京に引っ越したあと、何度か香川に美幸《みゆき》さんと足を運んでいるんだよ。記憶を失う前に住んでいた街を見れば、記憶がよみがえるんじゃないかと期待して。でも、まったく駄目だったんだよね」

「ちょっと待って。いま言った美幸さんって誰よ」

「あ、お母さんのことだよ」

「お母さん？　玲はお母さんを名前で呼ぶんだね。仲がいいんだ」

「違う、違う。崖から落ちて記憶を失った状態で目を覚ましたとき、知らないおばさんがわたしがお母さんだよって言ってきたんだよ。けれど、見覚えはないし、そのおばさんをお母さんと呼びたくなくて、美幸さんと呼んでいたらそのまま定着しちゃったんだ」

あはは、と玲が笑ってみせたら麻耶は顔をしかめた。

「病院では記憶を取り戻すために写真をたくさん見せられたよ。写真に写っているぼくと美幸さんはそっくりで、どう見たって親子と考えるのが自然なんだけれど、それでもぼくはお母さんと思えなかったんだよね」

膝立ちだった麻耶が畳に腰をぺたりと落とし、やりきれない表情となってうつむいた。

「その美幸さんが去年の秋に亡くなったんだ。肝臓がんだったんだよ。発覚から三ヶ月であっという間に旅立っていったよ。最初の二ヶ月は元気だったんだ。顔色もよかったし、ごはんもよく食べていたし。けれど、亡くなる一週間前に急に悪くなったんだよね。がんは坂道を下るみたいに悪くなるんじゃなくて、階段状に悪くなるんだ。がくんと一段下がるんだよ。で、下がったらもう悪いまま」

部屋は静まり返り、メンバーの誰もが沈痛な面持ちとなっている。それでも玲は話を途中でやめるわけにはいかなかった。明るく話し続けなければならなかった。陽気でいなくちゃ。最後まで笑っていなくちゃ。

もし笑うことをやめたら、そのときはきっと泣いてしまう。

玲は自分でもよくわからない高揚感に突き動かされつつ、一方的に話し続けた。

「お葬式のときもみんなが泣いているのに、ぼくだけが泣いていないんだ。頭ではわかっているんだよ、母が死んだのに息子のぼくが泣かないのはおかしいって。美幸さんは旦那さん、つまりぼくのお父さんに当たる人とはぼくを産んですぐに離婚していて、美幸さんのお父さんとお母さんも亡くなっていて、兄弟も姉妹もいない。美幸さんにとって家族と呼べるのはぼくだけだったんだ。お葬式で泣いてあげられる家族はぼくだけだけど、お棺を覗《のぞ》いたときにぼくが考えたのは、この人はいったい誰なんだろうってことだったんだよ。もちろん、美幸さんは母親としてなにからなにまでやってくれたよ。高校にも行かせてくれた。大学のお金もすべて用意してくれた。昼間はスーパーの総菜屋で働いて、夜は知り合いのスナックの厨房《ちゅうぼう》を手伝ってさ。高校の卒業式では泣いてくれた。成人式のときは写真館でいっしょに記念撮影をした。世の中一般のお母さんより、何十倍も何百倍もすばらしいお母さんだった。それなのに、ぼくは一度もお母さんって呼べなかったんだよ。病院でこれが最後の会話になるってわかっていたときでさえ、美幸さんってぼくは呼んだんだ」

ひと息に話し終えたあと玲はにっと口角を上げて笑った。七班の面々を見渡し、笑顔で問いかけた。

「なんだか、おかしい話でしょう?」

木戸も麻耶も頭頂部が見えるくらいうつむいていた。剣也はあらぬほうを向いていた。顔を上げているのは太陽と花凜だけだ。

太陽と視線がぶつかった。太陽は玲を見つめたまま、ゆっくりと首を振った。

「なあ、玲。玲はいまお母さんと呼べなかったことを、おかしい話でしょうって笑ったよな」

「そうだけど」

「違うよ、玲。それはおかしい話じゃないよ。悲しい話だよ」

穏やかでやさしい口調だった。その太陽の声を聞きながら、玲はできるかぎり静かな呼吸を試みた。もっと静かに、もっと静かに、と念じながら。そうしないと息を吐き出すタイミングで嗚咽《おえつ》を漏らしてしまいそうだった。

「それからさ、いま玲が話してくれたことって本当は笑いながら話したいことなんかじゃないんだろ? 無理して笑わなくていいよ。今度お母さんの話を聞かせてくれる機会があったら、そのときは笑わないで話してくれよな」

太陽は見抜いていた。玲が心の奥底に沈め、誰にも触れさせないようにしてきた悲しみを。それは母の死を悲しめない悲しさだった。太陽の言う通り、悲しい話なのだ。舌の根から涙の味が這い上がってくる。目の奥が熱くなってくる。涙の予兆だ。でも、なんとか飲みこんだ。

「ありがとう」

礼を太陽に述べたら声がかすれた。

「そんな礼を言われるようなことはしていないさ」

太陽は大きな笑みを浮かべた。太陽というその名の通り、人を温かく照らす笑みだった。

「あらら、ちょっとしんみりとした空気になっちまったかな」

そう太陽は言ってきょろきょろと見回した。とぼけた調子で続ける。

「もしかしておれの真面目《まじめ》な発言のせいかな。おれ、ときどき真面目すぎちゃうんだよね。こりゃ失敬、失敬」

ぼりぼりと頭を掻《か》いて太陽は笑った。しかし、メンバーからなんの反応もない。玲の打ち明け話に沈みきってしまっていた。

太陽がちらりと玲に目配せをしてきた。彼の口元はかすかに笑っていた。なにかを企《たくら》んでいる。そう玲が気づいたとき、太陽が開けられていないビールに手を伸ばした。プルトップを開けるや否や、あっという間に飲み干した。まるでジュースを飲むみたいにごくごくと。

「よし!」

空き缶を勢いよく置いて太陽が立ち上がる。「それでは、みなさん!」と声を張り上げて両手を広げた。彼は体もでかければ声もでかい。

「これからのお遍路の旅、仲良く楽しく盛り上がってまいりましょう!」

太陽は叫ぶなりTシャツを脱いだ。脱いだTシャツを丸めて部屋の隅へ放り投げる。誰もが唖然《あぜん》とするなか、太陽は部屋の真ん中で筋肉を誇示するポージングを取った。

鍛えられた体をしていることは服の上からでもわかっていた。けれど、いざ裸を見ると想像を超えていた。胸板が厚い。腹筋がきれいに六つに分かれている。肌は鈍い光沢を放っていた。ゆるんだ個所《かしょ》がひとつもない。肉体というよりも岩の塊だ。裸という言葉が持つ生々しさからほど遠い体をしていた。

「ぎゃあ!　あんた、なに脱いでんのよ!」

麻耶が絶叫する。太陽が澄まし顔で返した。

「ひとつ気合いを入れようと思ってさ。気合いを入れるならやっぱり裸だろ」

「ばか!　なに言ってんのよ。女子がいるんだからやめてよね」

「女子？　どこにいるんだよ」

太陽は次のポージングに移行した。

「目の前にあたしがいるでしょ！　花凜だっているでしょうが。いい加減にしな！」

そう言うなり麻耶は太陽の腕と言わず背中と言わず、ところかまわず手のひらで叩き出した。赤く手形が残るくらいに本気でばちばちと叩いている。

「痛たたたた。やめろって」

「そんなごつい体してんのに痛がるんじゃないの！」

「鍛えてても痛いもんは痛いんだよ」

「女子がいないなんて言うからだよ」

「悪かった、悪かった。冗談だってば」

「ごめんなさいは？」

手のひらを高く掲げて麻耶がお仕置きのポーズを取った。

「ごめんなさい」

手のひらが走って太陽の左腕をばちんと叩く。

「痛えな！　謝ったじゃないか」

「おまけだよ」

「あああ、いまの一発で腕が折れたぞ。どうしてくれるんだよ。慰謝料払えよ」

太陽は「痛いよ、痛いよ」と訴えながら腕をぶらぶらさせた。

「あんたの太い腕がそんな簡単に折れるはずないでしょう。ばか言ってないで早く服を着な。じゃないともっと叩くよ」

麻耶が再び構えを取る。太陽は泣き顔になった。

「わかったよ。もう叩かないでくれよ。乱暴なんだからさ、もう」

太陽が小さく背を丸め、先ほど投げ捨てたTシャツをすごすごと拾いに行く。部屋の隅でいそいそと着る姿は情けなくて、おかしみを誘った。

「なんだか夫婦《めおと》漫才みたいですね」と吉田が笑う。そのひと言で場の空気が和んだ。麻耶が慌てて訴える。

「吉田さん、やめてくださいよ。あたしはこんなすぐに裸になる夫は絶対にいやですよ」

太陽もすぐさま言う。

「おれだってこんな叩く嫁はごめんだよ」

「あんたが裸になるからでしょう。自分が悪いくせに」

「おれは気合いを入れようとしただけじゃないか」

「それをまだ言うの？　だったらさ、あたしが手のひらで気合いを注入してあげようか」

「いや、それはごめんだよ。暴力反対。ごめん、許して」

「やっぱり夫婦漫才ですね。ごめん、許して母ちゃんって感じで」

吉田がうまくまとめると木戸が声を上げて笑った。玲もつい笑ってしまった。剣也はそっぽを向いているが、気づまりな話題から解放されてほっとしているふうに見えた。

そこではたと玲は気づいた。太陽はわざとふざけたのだ。裸になったり、麻耶と漫才じみたやり取りをして、玲がもたらした重い空気を払拭してみせたのだ。

すごいやつかも、三上太陽。

感心というより、感動を覚えて玲は太陽を眺めた。逆行性健忘症を打ち明けたあとで、こんな穏やかな心地でいられたのは初めてのことだ。

和やかな雰囲気のなか、これにて交流会はお開きとなりかけたときだった。

「わたし、訊きたいことがあるんだけど」

唐突な低い声に、はっと誰もが固まった。花凜が玲をまっすぐ見つめていた。彼女が自ら人に語りかけるところを初めて見た。

「え、と、訊きたいことってなにかな」

玲はうろたえつつ尋ねてみた。花凜はなんの表情も浮かべずに口を開いた。

「記憶がないってどういう感じなの」

花凜は漆黒の瞳をしている。白目の部分は青みがかっている。それは不穏な青白さであって、視線を受け止めきれなくなった玲はやや早口になって返した。

「寂しいよ。すごく寂しい」

記憶がないせいで母の死を悲しめない。それはこの星にたったひとりで立ち続けているような絶対の寂しさだ。もう息が止まりそうになるほどの寂しさなのだ。しかし、花凜はことともなげに言った。

「寂しいか。じゃあ、いいかな」

どういう意味で言ったのだろう。寂しいだけなら記憶がなくてもかまわないということだろうか。唖然としてしまった。

きっと花凜にはわからないのだ。この底のない寂しさが。そして、記憶が普通にあることのありがたみが。

十歳のときに記憶を失い、相楽玲という人間のデータはリセットされて白紙状態になった。その後、君の名前は相楽玲なんだよ、美幸さんがお母さんだよ、君は十歳で小学生なんだよ、ここが君の家だよ、などと情報を与えられて改めて相楽玲は作り上げられた。

つまり、いまここにいる相楽玲は、記憶から成り立っている人間ではなく、あとから与えられた情報によってでき上がっているのだ。

与えられた情報で作り上げられたため、どうしたって自分が継ぎはぎだらけに思えてしかたがない。この心までが寄せ集めなんじゃないだろうかと疑わしくなるときすらある。存在の不確かさに溺《おぼ》れそうになる。自分を自分と言いきれないのだ。

この存在の不安を花凜は理解していない。記憶とは安心なのだ。自分の存在を保証する根っこと言ってもいい。

こうしたことを花凜に訴えたかったけれど、うまく言葉にできないように思えて、玲はうつむいた。たとえ言葉にして訴えられたとしても、誰も理解してくれないんじゃないだろうか。そう考えたら心が真っ暗になった。

「なあ、花凜。じゃあ、いいかなってことはないんじゃないかなあ」

太陽が飄々《ひょうひょう》とした口調で会話に入ってきた。花凜が太陽をきっと睨みつける。太陽は動じずに続けた。

「玲の記憶のないしんどさに、もう少し寄り添ってあげてもいいんじゃないかとおれは思うんだけど。どうだい？」

花凜がゆらりと立ち上がる。なにも言わずに拒みを漂わせて部屋を出ていった。怒っているように見えた。しかし、なにに怒っているのだろう。さっぱりわからない。

せっかく場の空気が和んだのに、また荒《すさ》んだものになってしまった。剣也が「うひひ」といやらしい笑い声を上げる。

「記憶がねえとか、すぐに裸になるやつとか、不愛想で意味不明の女とか、この七班はほんとおかしなやつらばかりだぜ」

お遍路の初日は気まずいまま終わっていった。

2

八番札所の熊谷寺《くまだにじ》まで約四キロ。まだ早朝だというのに、うんざりするほど日差しが強い。太陽は空を見上げ、「うえええ」とえずくような息を吐いた。

お天道様《てんとさま》のように周囲を明るく照らす人間になってほしい。両親はそう願って太陽と名づけたそうだ。一応、そうした人間を目指しているつもりだ。

明るく、熱く、陽気に。

日の光が生きとし生けるものに多くの恵みを与えるように、周囲にいい影響を与えられる人間になりたい。温かな心持ちを振りまける人間になりたい。そう常日頃から心がけている。だから、昨夜の玲の記憶に関する打ち明け話が重すぎたとき、自分の出番がやってきたと思った。からっとした明るい雰囲気に変えたかったのだ。

けれど、いつもやり方を間違えてしまう。やりすぎてしまう。昨日だって裸になる必要はなかった。冷静になって考えれば、駄目出しをしてきた麻耶が正しい。女子の前で裸になるのはよくない。麻耶だけでなく花凜もいたのに。場合によってはセクハラと訴えられてもおかしくない。ほんとばかだった。

「自重、自重」

太陽がそうつぶやいて歩いていると、前を歩いていた花凜が立ち止まって汗を拭き始めた。太陽は花凜の隣で足を止め、陽気な声で語りかけた。

「よう、昨日は悪かったな」

花凜は汗を拭くのをやめ、横目で睨んできた。やはり、冬の化身みたいなイメージがある。睨まれて背筋が冷たくなった。こんな暑い真夏のさなかだというのに。

「昨日おれが言った言葉で、なにか気分を害することがあったんじゃねえのか？　もしそうだったら謝ろうと思ってさ」

申し訳なさを表すために太陽は菅笠を脱いだ。しかし、花凜は太陽から視線を外すと、なにも言わずに歩き出した。

「お、おい」

あからさまに無視されてしまった。思わずため息が出る。

「なんだかなあ」

よくわからない子だ。誰とも関わり合いを持つつもりはないらしい。もう少しだけでいいから、愛想よくしてくれたらいいのに。きれいな子なんだから、ちょっとでも微笑《ほほえ》んでくれたらなんだって許せるのに。

そこで太陽ははたと気づいた。花凜はお遍路プロジェクトで顔を合わせてから一度も笑っていない。ずっと仏頂面だった。

最初はただ単に気難しい子なのだと思った。けれど、玲に質問をした昨夜の彼女の様子から、なにかしら問題を抱えている子であることは見て取れた。どんな問題を抱えているかはまったく見当がつかないのだけれど。

「いやあ、あたし、びっくりしちゃったよ。玲が記憶喪失なんてさ」

後ろから麻耶の声が聞こえてきた。振り向いて確認すると麻耶が吉田と並んで歩いていた。話題となっているその玲は太陽よりもはるか先を歩いている。前方百メートルの差といったところだろうか。

「わたくしも本当に驚きました。記憶喪失の人に会ったのは初めてです」

吉田が興奮気味に返している。

「記憶がないなんて、傍《はた》から見ただけじゃ全然わかんないもんね。不思議な感じがしたよ」

「ええ、不思議でしたね。わたくし、どう対処していいかわからなくて、昨日は見守ることしかできませんでしたよ」

そう答えている吉田もかなり不思議な人だ。自らを「わたくし」なんて呼ぶ。七班では年長の立場なのに、誰に対しても敬語で話す。

「玲の話かい」

太陽は立ち止まって麻耶に尋ねた。「ちょっと、ちょっと」と麻耶に手招きをされ、三人で並んで歩く形となる。麻耶がひそひそ声で尋ねてきた。

「玲の記憶がないって話、本当だと思う？」

「おれは本当だと思うよ。玲といっしょに歩いているときに子供のころの話をしたんだけど、ちぐはぐだったんだよ。あれは小学生のころの記憶がないせいだったんだろうな、と思ってさ」

「結局、玲はなんでお遍路に来たんだろう。お母さんを亡くした供養のためでもあるんだろうけれど」

「記憶が戻りますようにって札所で願掛けしているのかもしれないな」

「神頼みってやつね」

「自分の出身地である四国をじっくり歩いてみたかったって可能性もあるかもな。玲にとって四国はルーツなわけだから。自分のことがよくわからなくなったり、空っぽに思えたりしたときって、ルーツである土地へ行って自分とじっくり向き合ってみたくなるもんだろ」

「それ、わかるわ」

麻耶は「はあ」と大袈裟《おおげさ》なため息をついた。麻耶がため息をつくのもわからないでもない。玲のことを話しているとやりきれなさが胸に満ちていく。

吉田がぼそぼそと切り出した。

「お遍路って自分探しの目的で歩いている人が多いそうですが、玲君にしてみれば本当の意味での自分探しなのかもしれませんね。十歳以前の自分を探す旅」

「なるほど」と太陽がもらしたら、麻耶と声がそろった。たしかに玲も言っていた。

「自分探しと言われれば、そう言えないこともないんだけど」と。

「しんどいよなあ。玲は自分のことをわからないうえに、自分のことを唯一知っている家族までなくしちまったんだからさ」

太陽の言葉に麻耶も吉田も大きくうなずいた。

「わたくしが思うに、玲君が抱えているしんどさのひとつとして、大人になっていく過程で殺さなければいけない自分がないってことも挙げられるんじゃないかと」

「うん？」

麻耶が首を傾げた。太陽も理解できず、吉田に尋ねた。

「なんすか、それ。物騒な話っぽいすけど」

「小さいころはみんな夢があるわけですよ。宇宙飛行士になりたい、医者になりたい、野球選手になりたい、アイドルになりたい。しかし、成長するにつれて夢にたどり着ける人はひと握りだと気づいてしまう。自分は無理だと先が見えてきてしまう」

「そうだね」

思い当たることがあるのか麻耶がすかさず相づちを打つ。

「夢が叶《かな》うと信じていた幼い自分に、誰もがさようならを言わなくてはならないときがくるのです。それはつまり、夢見がちでだいそれていた幼い自分を殺すってことなのですよ。そのうえで自分は何者か、将来どうなりたいのか、現実と折り合いをつけながら新たに探していくわけです。簡単に言ってしまえばアイデンティティを確立させていくってことですよ。けれど」

ふいに吉田は言葉を切り、太陽と麻耶の顔を交互に見た。声のトーンを落として続けた。

「記憶のない玲君はその殺すべき幼い自分がいないのですよ。幼い自分を殺すということは、新しい自分として目覚め、新しい自分として生きることです。そうした過程で達成感を得て、自分を価値のある人間なのだと肯定できるようになっていく。社会的存在になっていく。しかし、玲君にはそうした過程がなかった。胸を張ってこれが自分だと言えるまでの過程を通っていないのです。自己概念があやふやで、自尊感情を抱きづらいと言ったらいいでしょうか。そうした人は社会とか世間とかと繋《つな》がっていくのも大変に難しいと思うのですよ」

「小難しい話」

麻耶がお手上げとばかりに両手を挙げ、「なんかさあ」と投げ遣《なや》りな声を空に向かって放ってから続けた。

「剣也も言っていたけど、うちら七班ってわけありなメンバーばっかりじゃない？」

「ばっかりって玲のほかに誰だよ」

「花凜とか、花凜とか、花凜とか」

「名指しじゃねえかよ」

「だってさあ」

子供がすねるみたいに麻耶は唇を尖らせて黙った。

太陽がせっつくと麻耶が言いにくいのか小声となって言った。

「だってってなんだよ」

「あたしさ、女子部屋で花凜とふたりきりでしょう。つらいんだよ、話が全然弾まなくて」

「麻耶でも駄目なのか」

「部屋でふたりきりで会話がないのが不自然な気がして、一所懸命に話しかけてきたんだよね。だけど、話しかけたほうがいいのか、こっちも黙っていたほうがいいのか、だんだんわからなくなってきちゃった。気疲れがマックス状態なんだってば」

太陽も先ほど無視されたばかりだ。麻耶の気苦労は容易に想像できた。

「なんで花凜ってあんなに拒んでいるんだろうな」

その太陽の言葉に麻耶が激しく首を縦に振った。

「そうなんだよ。あの子って拒んでいるんだよ。人見知りとかじゃないの。人見知りって結局は他人に興味があるわけでしょう。それでも話しかけられないだけでさ」

「花凜は完全に壁を作ってるからな」

「あたし、これから花凜と二ヶ月もいっしょにやっていけるのかな」

麻耶はがっくりとうなだれた。花凜と話すきっかけすらつかめない太陽としてはかける言葉がない。ふと吉田が言う。

「でも、花凜さんってなぜか玲君に話しかけていましたよね」

そうだった。なぜか花凜は玲に興味を示していた。あれはなぜだったのだろう。麻耶も吉田の指摘に興奮気味に反応した。

「そうそう、あの無関心の塊みたいな花凜が自分から話しかけるなんて不思議だよね」

「考えられることはですね」と吉田が切り出すと、そのあとは任せてとばかりに麻耶が続いた。

「玲が記憶喪失だから興味を持った」

「そうなんだと思いますよ」

「変な子。意味がわからないよ」

「ただですね、花凜さんは玲君が逆行性健忘症だとわかったとたんに関心を示したわけです。つまるところ、玲君に興味があったわけではなく、記憶がないということに興味を示したわけです」

吉田の冷静な分析に、太陽も麻耶も大きくうなずいた。

「もしかしたらですが、花凛さんも記憶にまつわる問題を抱えているのかもしれませんね」

太陽たちは前方を歩く花凛の背中を見つめてしばし黙って歩いた。

周囲に壁を作る子。あらわに拒みを見せる子。

彼女はいったいどんな動機でお遍路に来ているのだろう。


会話をしながらいっしょに歩くと、ペースを合わせる必要があるので疲れてくる。太陽はあえて遅れ、麻耶と吉田を先に行かせた。なるたけふたりと距離を置きたい理由があった。

ふたりと十メートルほど離れたところで、尻ポケットからスマートフォンを取り出す。後ろからやってくる剣也に見られないように、胸の前で湊川千帆《みなとがわちほ》の画像を表示させた。

ディスプレイの千帆はお猪口《ちょこ》を片手に微笑んでいる。顔はやや背け気味だ。レンズを向けられて恥ずかしがっているようにも見えるし、流し目を送ってきているようにも見える。太陽よりひと回り上の三十三歳だ。

幼いころバレエを習っていた女性は、なぜ踊ることをやめてもダンサーの雰囲気が残っているのだろう。頭が小さくて、髪をひっつめにしていて、植物のように首がほっそりとしていて、背筋がまっすぐに伸びていて。

「今度、お遍路に行くんすよ」

三ヶ月前、お遍路プロジェクトへ申しこんですぐに千帆に報告した。彼女は目を丸くして、「わーお」とおどけた。それから、意味のよくわからないことを言ってきた。

「太陽君の太陽って名前はさ、お遍路と似合うよね」

「へ？」

お遍路に似合う名前とか似合わない名前とかあるのだろうか。

「太陽君の名前とお遍路って抜群に相性がいいもんね」

「相性っすか」

ますますわからない。千帆はときどき突拍子もないことを口にして周囲を困惑させる。

「お遍路って空海にゆかりがあるわけでしょう。弘法大師である空海様と」

「そうっすけど」

「空海ってことは空と海なわけだ。そこに太陽君が行くんだよ。空に海に太陽って相性が抜群じゃないの」

よくよく聞いてみれば納得できる。打てば響くのとはちょっと違う。野球のピッチャーで言ったらかなりの変化球投手。千帆はそういう人だった。

　千帆とは同じアパートに住んでいて知り合った。太陽が二〇一号室で、千帆は一〇一号室。きっかけは猫だった。千帆は猫の保護のボランティアをしていて、野良猫を保護しては里親を探していた。野良としての生活が長くて人と暮らせない猫は、捕まえて去勢し、地域猫として世話することもしていた。去勢した猫は耳の一部をカットしたり、ピアスをしたりして、目印をつけるのだそうだ。

　初めて千帆に声をかけられたのは、大学入学直後だったからもう二年も前のことだ。アパートの裏にある駐輪場でだった。あのとき彼女は真っ白な子猫を四匹も抱えていた。

「お兄さんは大学生かな。猫を飼う余裕はある？　この子たち生まれたばっかりなんだよね。お向かいのおうちの屋根の上で生まれちゃってさ」

　太陽が部屋でごろごろしていると、みゃあみゃあと子猫が鳴く声が聞こえてきていた。気になってベランダに出て確認してみたものの、姿が見えなかったのでほかの部屋で飼っているのだろうとばかり思っていた。まさか向かいの家の屋根の上で鳴いていたとは。

「飼ってあげたいのは山々なんすけど、そもそもこのアパートって動物を飼ってもいいんでしたっけ」

　アパートを契約したときに、ペット可なんて話は出なかった。

「大丈夫だよ。ほかの部屋でもけっこう猫を飼ってるんだよ。うちなんて保護した猫三匹にチワワまで飼ってるんだから」

「犬もっすか」

「ブリーダーが飼育放棄した子なの。子供を産ませるだけ産ませて、歳を取ったからってぽいっと捨てちゃってさ。ひどい話でしょ」

「そうっすね」

「うちはこれ以上増やせないから、この子たちの里親を探さなくちゃならなくてね。もし大丈夫だったら、お兄さんがこのうちの一匹でいいから飼ってくれるとありがたいんだけど」

　あのときはまだ千帆の年齢を知らなかった。太陽より年上であることは見て取れた。すっきりした顔立ちは太陽の好みで、体は細いが胸の起伏はしっかりあり、抱かれている子猫たちがうらやましいくらいだった。

「一匹でいいなら」

　つい言ってしまった。飼えばこの人と親しくなれるかも。そんな計算が働いたのだ。

「本当にいいの？　大丈夫？　無理して飼うのはお兄さんにもこの猫にもよくないことだからね」

「大丈夫っす。猫、好きっすから。実家でも猫を飼ってますんで。タイガーって名前なんすけど」

「猫なのにタイガー？」

千帆は目を丸くしたあと身をよじって笑った。きれいな人が人目も憚《はばか》らずに大口を開けて笑う姿は好きだ。健やかでまぶしい。

「おれが小学生のときにつけたんすよ。キジトラなんでタイガー。いまじゃ後悔してるっすけどね」

「いや、いい名前だよ。わたし、きっと一生忘れないもん。猫のタイガーちゃんかあ。ほんといい名前！」

引き取った子猫はメスで、チロと名づけた。最初はシロにしようと思った。白いからシロ。でも、それではひねりがない。見たままを名前にしたらタイガーの二の舞だ。なのでひねりを入れてチロにした。千帆のチを意識したのはないしょだ。

先を歩く麻耶や吉田をちらちら窺いながら、太陽は次の画像を表示させた。写っているのはふたり。千帆と娘の百花《ももか》だ。千帆が百花を後ろから抱きしめていて、ふたりともぴかぴかの笑みを浮かべている。

「そろそろ娘を保育園へ迎えに行く時間だから、またね」

チロを引き取ってから数日後、自転車置き場で千帆と立ち話をしていたら、そう切り出された。最初は千帆の言葉の意味がわからなかった。娘がいるような人には見えなかったからだ。

よくよく聞いてみれば、五歳になる娘とふたり暮らしなのだという。夫についてはいまのところなにも知らない。離婚したのか、別居したのか、はたまた死別でもしたのか。夫の影がまったく見えず、千帆も話題にしないので、太陽からは尋ねられないでいる。

娘の百花は千帆とよく似ていた。物怖《ものお》じしない活発な子で、太陽の部屋にちょくちょく遊びに来る。最初はチロに会うためだった。チロ以外の三匹の子猫は、里親が見つかって遠方にもらわれていった。百花は子猫ともっと遊びたかったらしく、近所に唯一残ったチロに会いに来たがった。

だがしかし、男子大学生が保育園に通う女の子を部屋に上げたとあっては大問題となる。よって保護者の千帆もいっしょにやってきて、何度かふたりが通ってくるうちに、今度は太陽が千帆の家に招かれるようになった。カレーをたくさん作ったからと声をかけてくれたり、おやつにホットケーキを焼いたからと呼んでくれたり。千帆の晩酌につき合うこともあった。彼女はアルコールのたぐいならなんでも好きで、ほとんど毎日飲んでいる。太陽は晩酌につき合い、今年から小学生になった百花の宿題を見てあげて、さらに保護されている猫たちと遊んでやっている。そもそも猫が取り持った縁だ。恩返しの意味もあって猫たちとはたっぷりと遊んでいる。

「はあああああ」

太陽は立ち止まり、がっくりとうなだれて大きなため息をついた。後悔のために地面に体を投げ出してのたうち回りたくなる。

千帆にお遍路に行くと告げた日のことだ。彼女に告白した。あのときの情景がよみがえってきて慌てて記憶の蓋を閉じる。

「ごめんね、太陽君。わたし、太陽君をそういうふうには見られないよ」

おっと蓋の隙間から、あの日の千帆の言葉がもれてきてしまった。太陽は首をぶんぶんと振って聞こえなかったことにした。

「どうかしましたか。とても大きなため息をついていましたけど」

先を歩いていたはずの吉田がすぐ目の前にいた。太陽が立ち止まってうなだれていることに気づき、心配して戻ってきてくれたのかもしれない。

「なんでもないっすよ」

太陽は笑みを作って答えた。吉田は心配そうに太陽の様子を窺っていたが、うんうんとうなずくとすっと空を指差した。つられて空を見ると吉田が言う。

「『ひょいと四国へ晴れきっている』ってね」

「へ？」

「太陽君は種田山頭火《たねださんとうか》を知っていますか」

「名前は聞いたことあるっすけど」

「わたくしがいま口にしたのは、その種田山頭火の俳句です。俳句と言っても自由律俳句なので、五・七・五の定型でもなければ季語もなし」

「ただのつぶやきみたいっすね」

「そうですね。『分け入っても分け入っても青い山』も山頭火の自由律俳句です。尾崎《おざき》放哉《ほうさい》の『咳《せき》をしても一人』という自由律俳句は有名ですね」

「それ、聞いたことがあります」

種田山頭火にしても尾崎放哉にしても、国語の授業でその名を目にした覚えがある。

「山頭火はお遍路に来たことがあるのですよ。それでわたくしがさっき言った『ひょいと四国へ晴れきっている』と詠《よ》んだのです」

再び吉田は空を指差した。

「山頭火はきっとこんな青い空を見て詠んだのでしょうねえ」

太陽は菅笠を脱ぎ、息を吸って空を見上げた。雲ひとつない空が広がっている。空の青が伸びやかで美しい。山頭火が『晴れている』ではなくて『晴れきっている』と詠んだ心持ちが太陽にもわかった気がした。

「わたくし、実際に自由律俳句を作っているのですが、太陽君もいかがですか。お互い作りながら歩いて、披露し合うのはいかがでしょう」

「おれ、俳句なんて詠めるかなあ」

想像力を必要とされる創作が太陽は苦手だ。幼いころから絵も工作も作文も惨憺《さんたん》たるものだった。

「気楽に作ってみればいいんですよ」

「さっきの尾崎放哉の『咳をしても一人』みたいのでも俳句なんすよね？」

「そうです」

「だったらおれでもできるかな」

そう言うと、吉田が不敵に笑った。ずれてもいない眼鏡の位置を直して言う。

「自由律俳句は簡単そうに聞こえるのですよ。山頭火はほかにも『まっすぐな道でさみしい』なんて句も詠んでいます。ここ徳島の俳人である橋本《はしもと》夢道《むどう》の句なんて『うごけば、寒い』ですからね」

「マジっすか」

「マジなのです」

吉田の口から「マジ」なんて言葉が出ると、違和感たっぷりで笑ってしまいそうになる。

「ただ、自由律俳句には作れそうでいて作れない、という難しさがあるのですよ。句は短くても意味合いは深いのです」

そもそも普通の俳句すら作ったことがない。でも、自由でいいというのならば。

「できました」

「お、早いですね」

「『一歩一歩で仏になる』なんてどうっすか」

「おお、なかなかいいじゃないですか」

吉田が盛大な拍手を送ってくれた。

「深い意味があるような、ないような、自由律俳句っぽい感じが出ていますよ」

「それ、褒めてるんすか」

思わず苦笑してしまった。吉田は真面目な顔で返してくる。

「もちろん褒めてますよ。いやあ、これは負けられないですね」

吉田がなにやらぶつぶつとつぶやきながら歩き出した。句作を始めたようだ。太陽ももうひとつくらい作ってみようと腕組みをして歩き出す。

俳句のおかげで、いっときながら千帆のことを忘れていた。それからふと気づいた。告白の後悔を忘れていられた。吉田は目先を変えさせるために句作を勧めてきたのかもしれない。太陽の深いため息を耳にしたために。

だとするならば、なかなか心憎い人だ。こんなスマートな方法で落ちこみかけた気分を回復させてくれるなんて、大人の解決方法にも思えた。いつも間違った方法でやりすぎてしまう太陽にしてみれば、ちょっとした尊敬さえ覚えた。

九番札所の法輪寺《ほうりんじ》までは二・五キロで、そこから十番札所の切幡寺《きりはたじ》までは四キロの道のりだった。その切幡寺の本堂は、山門から三百三十三段の石段を上がったところにあった。朝から炎暑の中を十キロちょっと歩いたのちの三百三十三段だ。きついにもほどがある。太陽の鼻先から汗がぽたぽたと流れ落ちた。

切幡寺を出たあとはひたすら南に向かった。県道に差しかかったところで、早めの昼休憩となる。吉田のペースが落ちたためだ。

吉田は切幡寺の三百三十三段がよほどこたえたようだ。足取りがおぼつかない。金剛杖の地面を突く音も弱々しい。金剛杖につけられた鈴の音も、つらい、つらい、と訴えているかのように聞こえる。吉田はもともと運動とは無縁の生活をしているらしい。

昼食は昨夜に引き続き、うどん屋だった。お冷やが異様にうまく感じられて太陽は続けざまに三杯も飲んでしまった。熱射病予防のためにペットボトルのお茶やスポーツドリンクをたっぷりと飲みながら歩いてきたが、たくさん飲みすぎたせいなのか舌がそれらの味を拒んでいた。いまはただの水がとてもうまかった。

疲労困憊《ひろうこんぱい》で太陽がテーブルに伏せっていると、木戸が地図を広げて今後のルートの説明を始めた。しんどかったが顔を上げて耳を傾ける。

横を見ると、花凜は椅子の背もたれに背中を預けてうつむいていた。剣也はテーブルに頬杖《ほおづえ》を突き、店の奥のテレビへ目をやっている。ふたりともルートなどどうでもいいというふうだ。

心配なのは太陽の向かいに座る吉田だ。よほどつらいのか、うなだれたままぴくりとも動かない。木戸の説明が耳に入っているのかも怪しい。

「吉田さん、大丈夫っすか」

見ていられなくて声をかけた。

「大丈夫です」

吉田が顔を上げ、弱々しく笑った。

「ばーんとお昼を食べて元気を出しましょうよ」

「そうですね」

答えてすぐに吉田はまたうなだれた。二日目にしてこの状態では先行きが心配になる。

「おまはんら、どこから来よん？」

唐突に隣のテーブルから声をかけられた。年老いた男性だ。椅子には菅笠と白い巡拝袋が置かれている。足には脚絆《きゃはん》をつけ、白い地下足袋を履いており、いままで太陽が見たうちで最もお遍路らしい格好をした人だった。席の近かった太陽が代表して答えた。

「うちらは出身はばらばらなんすよ。全国から集まって、班に分かれてお遍路してるんすよ」

「ほうか、全国からか。おもっしょそうやな」

おもっしょそうは面白そうだろうか。老人は顔も体も痩せこけていて、長い白髪を後ろでひとつに束ねていた。お遍路というよりも仙人のような見た目をしている。

「おじいさんはどこから来たんすか」

太陽が尋ねると、うどんを運んでいた店員が慌ててやってきた。五十歳前後の女性の店員だ。店内での立ち振る舞いを見るかぎり、店主の奥さんかもしれない。その店員は太陽たちに向かって誇らしげに言った。

「あのね、この方は十文字《じゅうもんじ》さん言うて、伝説のお遍路さんなんよ」

「いやいや、ハルさん。伝説なんて仰々《ぎょうぎょう》しいわ。わしは好きで歩いているだけやけん」

十文字と紹介された仙人がやわらかく笑って首を振った。ハルさんと呼ばれた店員がカラーボックスから雑誌を一冊抜き出してきて太陽に渡した。

「ほれ、ここに十文字さん載っとるけん」

その雑誌は愛媛県の出版社が出している季刊誌だった。雑誌のタイトルの下に『四国八十八ヶ所　お遍路の旅』と特集タイトルが書かれている。何度も同じページが開かれているようで、付箋の貼られたページがぱらりと自然に開いた。記事自体は小さいが十文字の写真が載せられていた。写真の下にはこんなキャプションがあった。

〈歩き遍路の巡拝百五十七回の十文字さん〉

見間違いかと思い、太陽は目をこすった。しかし、何度見ても百五十七回とある。思わず声を上げて驚いてしまった。

「ええええ！　百五十七回もお遍路をやってるんすか！」

ほかのメンバーにも雑誌を見せる。誰もが驚きの声を上げた。記事では十文字を鉄人とか生き仏と称賛していた。

「ほやきに伝説なんよ」

ハルさんが誇らしげに胸を張る。

「すごいっすね」と太陽が拍手を送ると、十文字は困惑顔となった。眉尻を人差し指でぼりぼり掻きながらつぶやく。

「十八んときから回っとるけんなあ。しょーたれで暇なガキやったけん」

「いやいや、鉄人とか生き仏って書いてありましたけど」

十文字はヒェ、ヒェ、ヒェと妙な笑い方をした。

「はんぎり噛《か》んで歩いて歩いてしとるだけやったけんどなあ。ま、わしも七十三のとっしょりやで、いんまにほんまもんの仏さんになってまうやろな。ヒェ、ヒェ、ヒェ」

徳島の方言はたしか阿波弁《あわべん》と言っただろうか。ところどころわからないところがあるが、なんとなくニュアンスは理解できる。

「それにしても百五十七回ってすごいですね」

太陽が改めて言うと、お冷やのお代わりを注《つ》ぎに来たハルさんが訂正した。

「その雑誌はもう何年も前のものやけん。いまは百六十回を超えとるで。なあ、十文字さん」

たしかに雑誌は汚れてよれよれだ。十文字は自慢する気などさらさらないようで、ヒエ、ヒエ、ヒェとただただ笑った。

「十文字さん、この子らに納経帳を見したってくださいよ」

ハルさんにうながされて十文字が巡拝袋から納経帳を出した。何十年も使っているせいだろう、装丁は薄汚れてくすんでいた。中を開いた瞬間、太陽もほかのメンバーも「わ！」と驚きの声をもらした。

納経所で何度もくり返し朱印が捺されたために、印章のインクで各ページは真っ赤に染まっていた。まるで赤い紙が閉じられているかのようだった。

「すげえ」

唖然として太陽が言うと、十文字はヒエ、ヒエ、ヒェと笑いながら立ち上がり、出発の支度を始めた。次の十一番札所である藤井寺《ふじいでら》を目指すのだろう。

「わしのほうが足が遅いけん。また会うじゃろ。ほな、ほういうことで。おまはんらもしわしわ行きよー。こけられんようなー」

十文字は菅笠をかぶると金剛杖を手に出ていった。口調はのどやかだったが動きは俊敏だった。七十三歳ということは太陽の祖父と同い年だ。祖父はもうあんなにきびきびとは動けない。お遍路を歩き続けているために、足腰が鍛えられているのかもしれない。

「あのおじいちゃん、百六十回を超えているなんてすごいね」

麻耶はもはや呆れ返っていた。

「旅に生きるって感じですね。憧れてしまいます」と吉田は羨望を隠そうとしない。

十文字は十八歳のときに、初めてお遍路を回ったと言っていた。七十三歳のいま百六十回を超えているとなると、少なくとも一年に三度はお遍路に出なくては計算が合わない。

お遍路は一度回るのに二ヶ月近くかかる。それを年に三度。どういった仕事に就いていればそんな生活ができるのだろう。家族はいるのだろうか。そもそも収入はあるのだろうか。

また、なにが十文字を何度もお遍路へと駆り立てるのだろう。それほどまでにお遍路は面白かったり価値があったりするものなのだろうか。太陽は大学の旅サークルで様々な国を訪ね歩いてきた。それぞれ違ってみんな面白い旅だった。それゆえ同じところをぐるぐると回っているだけの十文字の心持ちがいまひとつ理解できない。太陽にはどこか遠いところまでまっすぐに飛び出したい衝動がある。

お遍路を歩き終えたとき、十文字の心持ちがわかるようになるのだろうか。再び歩きたいと考えるようになるのだろうか。

うどんを食べ終えた頃合いを見計らって、ハルさんが太陽たちのテーブルへやってきた。

「これ、お食べ」と小皿をひとりずつ配っていく。握り飯が載っていた。海苔《のり》もなしの白おにぎりだ。

「ええと、これは」

注文していない品が出てきて太陽は困惑して尋ねた。ハルさんがにっこりと微笑む。

「お接待や」

「おお、これがお接待っすか。初のお接待っすよ」

太陽は感激してひとり万歳をした。お遍路プロジェクトの説明会であらかじめ教えられていた。お遍路の道中、出会った人から菓子や小銭をもらうことがある、と。ときには庭先にまで招かれ、お茶や食事をいただくこともあるそうだ。お接待は四国にあるお遍路に対する施しの習慣だという。古くは米、味噌《みそ》、野菜、わらじ、手拭いなどをお遍路に与えてねぎらっていたらしい。そうした施しはお大師様と呼ばれる空海への供養や報恩と同じ行為と考えるそうだ。お遍路に行けない自分の代わりに参拝してもらう意味合いもあるという。

「太陽君、お札を」

木戸にうながされて思い出した。お接待を受けたら納札《のうさつ》を渡すことになっているのだ。

納札とは写経を納める代わりに札所へ納める白いお札だ。長方形の紙片に「奉納四国八十八ヶ所霊場巡拝・同行二人」と印字してある。札所には必ず本堂と大師堂に納札箱が設置されており、納札をそこに入れる決まりだ。そして、お接待を受けた場合、施してくれた人へその納札を渡す。渡すときに唱える文言も決まっている。太陽は間違えないようにゆっくりと唱えた。

「南無大師遍照金剛《なむだいしへんじようこんごう》」

ハルさんに納札を渡した。笑顔で受け取ってくれた。

「ありがとう」

標準語の「ありがとう」とイントネーションが違った。「ありがとう」の「とう」が強い。阿波弁は関西弁をやわらかくしたふうに聞こえた。

「これがお接待ですか。わたくし、こうしたやさしい施しは初めてで、うれしくて泣いてしまいそうです」

そう言う吉田は本当に目を潤ませていた。太陽もつられて感激の涙を流してしまいそうになった。ぐっとこらえて吉田に言う。

「見ず知らずの人にこうした施しをしてくれるなんて、不思議なシステムっすよね」

「わたくしとしましては、大師信仰のお布施のひとつの形がいまでもこうして四国に残っていることが不思議でなりません。この風習は信仰のみでは続かなかったと思われますよ。たぶん、四国に暮らす人たちの善意が加わったおかげで、いまも脈々と受け継がれているのですよ」

　木戸たちもハルさんへ納札を渡していく。ハルさんは「ありがとう」をくり返す。微笑ましい光景だった。

　しかし、そうしたなかひとり剣也だけがじっと動かなかった。目の前に置かれた白おにぎりに手をつけようともしない。メンバーの視線が剣也に集まる。すると、剣也は思わぬことを口にした。

「お接待ってよ、たしか断っちゃいけねえんだよな。厄介な風習があるもんだぜ」

　場の空気が凍りついた。班を率る立場である木戸なんて、驚いて目を白黒させている。

麻耶がこぶしでテーブルを叩いた。

「ちょっと剣也、なに言ってんの。失礼だよ」

　剣也は横目で麻耶を睨んだ。

「うどん食ったあとにまた炭水化物の握り飯だぞ。きついに決まってるじゃねえか」

「そういうこと言ってるんじゃないの。まずはお礼を言いなよ」

「うるせえなあ」

　面倒くさそうに剣也がぼやく。木戸が血相を変えて立ち上がった。

「剣也君、お店の人にちゃんとお礼を言って！」

剣也は疎ましげに木戸を睨みつけたあと、ふてくされた口調で言った。

「はいはい、ありがとうございました」

ハルさんが悲しげな表情のまま立ち尽くしていた。お接待をして、こんなひどい目にあったことがないのかもしれない。剣也のばか野郎め。ぶっ飛ばしたくなって太陽はこぶしを握った。しかし、ここで揉《も》めたら店に迷惑をかける。自重、自重。怒りを押し殺し、笑顔で立ち上がる。ハルさんに向かって明るく語りかけた。

「ハルさん、おにぎり本当にありがとうございました。超ありがたかったっす。ありがとう、です」

「ほうか」

先ほどのハルさんの阿波弁のイントネーションをまねてみた。

ハルさんの顔に笑みが戻ってきた。

「おれ、体が大きいから、みんなよりたっぷり栄養補給しなきゃいけないんで、お接待って本当にありがたいっす」

「たしかに君はほんまおっきょい体しとるのー」

おっきょいはきっと大きいだろう。

「この体は親に感謝っすね。生まれてこの方ずっと健康優良児っすよ。このまま健康優良じじいになると思います」

「あはは、君はおもっしょいの」

先ほど太陽が渡した納札をハルさんは取り出した。書きこんである名前をしげしげと見つめて言う。

「三上太陽君な、君は」

「そうっす」

「お日ーさんか。ええ名前やんな」

お日ーさんはお日様のことだろう。つまり、太陽だ。

「おれも自分の名前は気に入ってるっす。けど、心配なのはこのあとおっさんになったときっすね。頭が禿《は》げてぴっかぴかの太陽みたくならなきゃいいなって。うちの親父《おやじ》、つるっつるのぴっかぴかなんすよ。茂雄《しげお》って名前なのにまったく茂っていないんす」

「あはは、ほんとあんたおもっしょい子やの！」

ハルさんは声を上げて笑い、機嫌よさそうに厨房へ引き上げていった。太陽はほっと胸を撫《な》で下ろした。

ゆっくりとお茶でも飲もうと椅子に座りかけたときだった。頬に鋭い視線を感じてぞくりとする。いやな予感を覚えつつ、太陽は横を見た。剣也が目を三角にして睨みつけてきていた。

「気に入らねえな」

低い声で剣也が言う。面倒なことになりそうなので、なるべくとぼけた調子で尋ねた。

「気に入らねえってなんのことっすか」

「おまえのいい子ちゃんの態度だよ」

「いい子ちゃん？　たしかにおれは健康優良児だったっすけど問題児だったっすよ。だって一時間目から大いびきをかいて寝ているような子でしたからね。全然いい子ちゃんじゃないっす」

「ふざけんな！」

剣也が絶叫した。あまりの金切り声で耳がキーンと鳴った。剣也の視線がさらに鋭さを増している。鋭利な刃物のようだ。

人によってはこの鋭いひと睨みで委縮してしまうのかもしれない。でも、こちとら日々体を鍛え、旅サークルでは海外でのけんかから恐喝までいろいろと経験している。培ってきた度胸が違う。太陽は剣也の視線を平然と受け止め、じっと見返してやった。

しかし、すぐに天井へ視線を向けた。ハルさんが働く店で揉めごとはよくない。ここは引き下がるべきだ。次長、課長。じゃなくて自重、自重。思いついた冗談があまりにもくだらなくて、太陽は自分で笑ってしまった。

「おい、なに笑ってんだよ。なにがおかしいんだよ」

剣也も目ざといやつだ。

「いやいや、おかしいことなんてないっすよ。けんか腰はよくないな、と思ってスマイルを浮かべたんじゃないっすか」

「嘘つけ」

「ほんとっすよ。なんで嘘をつく必要があるんすか」

まあ、嘘なんだけれども。

「つうかなにをそんなに怒ってるんすか。理由はなんなんすか」

太陽は話し合いに持ちこもうと、なるたけ穏やかな口調で窺ってみた。すると、剣也はさらに低い声となって言う。

「踏みにじっただろう」

「へ？」

「おまえはおれの気持ちを踏みにじったじゃねえか」

「気持ちってなんすか。おれ、なんにもしていないっすけど」

「この鈍感野郎が！」

剣也が勢いよく立ち上がった。手つかずで残っているテーブルの握り飯を指差す。

「おれはよ、別に握り飯なんか食いたくねえんだよ！　うどんで腹いっぱいなんだよ。それなのに握り飯を渡されて、食えないのに礼を強要されるってひでえ話だろうが。それはお接待じゃなくてお節介って言うんだよ。そして太陽、おめえはよ、不服だっていうおれの気持ちを無視して、店員さんに礼を言っただろう。おれの気持ちをなかったことにして礼を言いに行っただろう。おめえはおれの気持ちを蔑《ないがし》ろにしたんだよ！」

「蔑ろって」

まったく予想していなかった怒りの着火点に言葉を失う。こんなことで怒る人間が世の中にいるなんて。

「もしかして、いいところのお坊ちゃんなんすか？」

「は？　なにを言い出してんだよ」

「気持ちを踏みにじったとか、蔑ろにしたとか、普通なかなか言わないなと思って。そういや説明会で松山《まつやま》出身って言ってませんでしたっけ。そうか、なるほど。松山と言えば夏目漱石《なつめそうせき》の『坊ちゃん』っすもんね。ああ、なんか納得したっす」

「あほか！　関係ねえだろ！」

「あはは、たしかに関係ないっすね。すみません、すみません、思いつきでしゃべっちゃう癖があるもんで」

「てめえ、ふざけてんじゃねえぞ」

「いやいや、ふざけてなんかいないっすよ」

のどやかに答えながらも、この場の収め方に迷った。吉田のようにスマートな解決方法を探してみる。しかし、残念ながらなんにも思いつかない。剣也が大きな声を出すものだから、厨房からハルさんが心配そうにこちらを窺っていた。厨房の奥からは店主である白髪の男性がやはり心配そうに窺っている。幸いなことに店内には太陽たち以外に客はいない。その点は本当によかった。

テーブルにぽつんと残された握り飯が太陽の目に入った。この握り飯ひとつでなぜこんなに大ごとになるのか。冷静になって考えてみれば、ばかばかしく思えた。つまり、揉めごとの原因となったこの握り飯を消してしまえばいいのだ。

「わかったっす。気づかなくて申し訳なかったっす。腹がいっぱいだったのに握り飯を渡されて、礼を言わなきゃならなかったのがいやだったんすよね。じゃあ、原因はこの握り飯だ」

太陽はそう決めつけて、握り飯に手を伸ばした。「あ」と麻耶が声を上げる。「太陽、あんた」と続けたときには握り飯はもう口の中だ。かすかな塩味と米の甘味が広がった。

「うん、うまい」

ごくりと飲みこむ。えいや、と成敗した感じだ。これにて一件落着。揉める原因は消失いたしました。

誰もが呆気《あっけ》に取られているなか、真っ先に麻耶がけたたましく笑い出した。

「あははは！　太陽、あんたなにやってんのよ」

「食べられないって言うから代わりに食べただけだよ」

「つうかさ、あんたいま噛んだ？　ちゃんと噛んでから飲みこんだ？」

「噛んだよ。三回」

「三回って！　おにぎりは飲み物じゃないんだよ！」

　麻耶がげらげら笑うと、木戸や吉田も声を上げて笑った。

「よし、そろそろ出発の時間っすね」

　太陽から率先して出発の準備に取りかかった。笑いで場が和んでいるうちに店を出る作戦だ。会計を済ませて財布をしまっていると、太陽のそばに木戸がやってきて小声で言った。

「ありがとうな」

　木戸は先ほどの場面をどう収めていいかわからなかったのだろう。コーディネーターという収めなければならない立場だったのに。

「いえいえ。それに、ありが、とうですよ」

　ハルさんの阿波弁をまねて言う。同じように木戸も返してくれた。

「ありが、とう、な」

　先に会計を済ませていた麻耶が、太陽の脇を通って店を出ていく。その際、ぽんぽんと太陽の背中を叩いていった。いい仕事だった、と讃《たた》えるみたいに。彼女は店の外に出ると大きな声で言った。

「エネルギー充填したから次の藤井寺までがんがん歩いちゃうぞ！」

元気なやつだ。でも、元気なやつでよかった。さっきみたいな揉めごとで動じないでいてくれるのはありがたい。

麻耶に続いて花凜も店を出ていった。無表情で、うつむき加減で。ある意味、彼女も動じていない。

太陽がハルさんと別れを惜しんでの挨拶をしていると、剣也が睨みながら通りすぎていった。まだまだご機嫌斜めのようだ。これから彼のご機嫌取りをしながら歩き続けるかと思うと頭が痛い。お坊ちゃんの扱いには要注意。留意しておく。

田園風景の中をひたすら歩く。昼食を取ったあとは体が重い。太陽は必死に足を前へ前へと動かした。そうしていないと立ち止まってしまいそうになる。

ほかのメンバーもしんどそうだ。吉田がまた遅れ始めている。班の列は次第に縦に長く間延びしていき、最後部は剣也となっている。その前が吉田だ。ずるずると遅れていってその位置まで下がってしまった。

「大丈夫っすか、吉田さん」

太陽はしばらく立ち止まり、吉田と合流した。

「大丈夫ですよ」と吉田が答える。けれど、声は弱々しく、表情は冴《さ》えない。

「心配していただき、ありがとうございます。でも、わたくしのことは気にせずにどうぞ先へ行ってくださいませ。日頃の運動不足がたたってしんどいだけですから」

「本当に大丈夫ですか」

もう一度確認する。

「大丈夫です。自分のペースでまいりましょう」

「では、しわしわ行きます」

うどん屋を出るとき、太陽は十文字が言い置いていった「しわしわ行きよー」の意味をハルさんに尋ねた。ゆっくり行きなさいね、という意味だそうだ。それを吉田にも教えてあった。

「わたくしも、しわしわ行きますから」

太陽は吉田に手を振り、前を向いた。そろそろ、お日ーさんが南中する時刻だ。日差しはどんどん強くなってきている。半袖シャツから出た腕の部分が焦げていくのがわかる。日に焼けるのではなくて、あまりに強い日差しで焦げていく。

歩を進めていくと、土手が東西に立ちはだかっていた。一級河川の吉野川《よしのがわ》だ。お遍路プロジェクトの説明会において、ひとりひとりに旅のしおりが配られた。お遍路や札所についての短い説明が載っていて、地図が添付されているものだ。

その地図を立ち止まって開く。驚いた。中州が異様に広い。五百ヘクタールあると解説に書いてある。皇居の四倍以上の広さだそうだ。街がひとつすっぽり入るだろう。こんな広大な土地が川の中にあるなんて。

「ここの中州は善入寺島《ぜんにゅうじとう》って言うそうですよ」

地図を眺めているうちに吉田が追いついてきた。

「詳しいっすね」

「わたくし、ばっちり予習してまいりましたので」

「予習っていかにも吉田さんらしいっす」

顔を見合わせて笑う。

「大正時代までここには村があって三千人ほどが暮らしていたそうです。でも、吉野川の遊水地にするために立ち退《の》くことになり、いまでは日本最大の川の中の島になったそうなんです」

「吉野川は日本三大暴れ川っすもんね」

「よく知っていますね」

「坂東太郎、筑紫二郎、四国三郎でしたっけ。おれ、大学を卒業したら社会の先生になろうと思ってるんす」

「わたくしは大学院を終えたら国語の教師ですよ」

「お互い教員になった暁に、同業者として会うってのはどうっすか」

「面白いですねえ」

土手を上がり、ふたりで中州へと渡された橋を進んだ。橋は幅の狭いコンクリート製の一本橋だ。しかも欄干がない。川が増水したときに潜水することを想定した沈下橋というやつだった。

橋を渡り終え、眼前に広がる光景を見て太陽は叫んだ。

「広いな！」

さすが日本最大の川中島だ。どこまでも平地が広がっていた。中州は農地として利用されていて、整然と区画された田畑が見渡すかぎり続いている。中州が広大ゆえに遍路道もうねうねと長く延びていた。人が住んでいないため、遍路道沿いに建造物はない。木々も少ない。つまるところ日陰がない。太陽も吉田もお天道様の光をじかに浴びながら歩くしかなかった。

なにもないので景色が変わらない。目印となるものもないのでいっこうに進んだ感じがしない。誰ともすれ違わない。だんだんと歩くのに飽きてくる道と言えた。次第に太陽は歩いている最中だというのに眠くなってきた。金剛杖がアスファルトを突く単調なリズムが、また眠気を催させる。

「眠い！　眠いぞ！」

眠気を振り払うために太陽は大声を出した。もしも東京でこんなふうに大声を出したら白い目で見られる。通報される可能性だってある。でも、いまは周囲に誰もいない。大声も出し放題だ。

「わはははは！」

太陽のすぐ後ろを歩いていた吉田が、同じように誰にも憚らずに大声で笑った。振り向いて吉田に訴える。

「飽きたっす！　もう歩くの飽きてきたっす！」

「たしかに飽きますねえ」と吉田が苦笑いを浮かべる。「でも、こんなふうにのほほんとお遍路ができるなんて、いまはいい時代なのかもしれませんねえ」

「どういう意味っすか」

吉田に並んで尋ねた。

「もともとお遍路は僧侶による修行だったのはご存知ですよね」

「知ってるっす」

「そうしたお遍路も、江戸時代のころにはいまのような庶民も歩いて参拝する形となったのだそうです。きっかけは真念《しんねん》という僧侶が書いた『四国遍路道指南』というガイドブックだそうです。そのガイドブックのおかげで、いまの遍路道へと固定化されたそうなんです」

「もしかして、それも予習の成果っすか」

「ご明察です」

うふふ、と吉田は笑った。

「当時はいまのように車や電車があるわけでもなく、それどころか電灯や通信機器もない時代です。不便だったと思いますよ。危険も多かったに違いありません。野犬も多かったでしょうし、猪《いのしし》や野猿もいまよりたくさんいたでしょう。お遍路をターゲットとした山賊や追剝《おいは》ぎもいたでしょうしね」

「道中は危険だらけだったってわけっすね」

お遍路が着ている白衣は、本来は人が死出の旅のときにまとう白装束だ。当時の旅は危険であり、野垂れ死にを覚悟で旅立つ人たちの決意の表れだったのかもしれない。それに比べて現代のお遍路は恵まれている。携帯電話もあればコンビニエンスストアもある。吉田の言う通り、いまはいい時代なのだろう。歩きながら眠くなるなんていう緊張感のないお遍路ができるのだから。


中州から出るための二本目の沈下橋のたもとへたどり着いた。橋は川島橋《かわしまばし》と名づけられていた。太陽たちの前に満々と水をたたえた大きな川が横たわっている。吉田が川を見やって言う。

「川島橋の下を流れているこちらの川が、吉野川の本流ですよ」

「大きいっすねえ」

とにかく川幅が広い。川島橋の長さはざっと見積もって三百メートルくらいはある。その橋と同じくらいの川幅があった。

橋を渡っていると対岸から軽トラックがやってきた。橋は車一台分の幅しかない。脇へよけて車をやり過ごさなくてはならない。橋桁は端の部分が、コンクリートで一段高く設置されていた。太陽と吉田はそこに上がり、軽トラックをやりすごした。

「ひやひやいたしますねえ」

吉田は笑みのまま硬直していた。欄干がないので橋桁から落ちそうでこわいのだ。また、沈下橋は水中に潜ることを想定しているので、橋そのものが低く架けられている。橋のすぐ下を川が流れていた。欄干がないこともあって、爪先の少し先が川面《かわも》といった印象だ。

かつて村を飲みこんだ大河が、太陽の足のすぐ下を流れていく。流れを見つめていると吸いこまれそうになる。ぐっと踏ん張って視線を上げた。はっと気づいたことがあった。太陽は勢いこんで吉田に伝えた。

「ねえ、吉田さん。吉野川って青いっすねえ。真っ青だ！」

水が澄んでいるからだろうか、青い空が川面に映るからだろうか、吉野川は水彩絵の具の青を水に溶かしこんだかのような、鮮やかな青色をしていた。

「むかしから『藍より青し吉野川』と讃えられているそうですよ」

たしかに藍色というよりは、青そのものだった。流れゆく青をふたりしてしばし眺めた。川風が涼やかで、汗をかいた体に気持ちがいい。

「吉野川を下流へ向かっていくと、藍住町《あいずみちょう》という町があります。そこは日本でいちばん藍染めの藍が収穫されたところなんだそうです。それというのも吉野川がたびたび氾《はん》濫《らん》するので土砂がよく入れ代わり、藍という作物にとっていい土壌となったからなんだそうですよ。お米を作るには向かない土地だったようですけれどね」

旅先の風土に身を置いてみないと感じられないことがある。空の広さや、川の青さや、日差しの強さや、かつて川の氾濫と戦った人たちの苦難などだ。

太陽は目をつぶり、この広大な中州で暮らしていた人たちに思いを馳《は》せた。この巨大な川と戦うことはどんなに大変だったろうか。

ああ、こんなふうに五体全部で風土を感じたくて、お遍路に出てみようと最初は考えたんだよな。それなのに、いつしか千帆から距離を置くための旅となってしまっている。お遍路の目的がすり替わってしまっているのだ。反省しなくてはならない。

「写真を撮ります」

吉田の声で太陽は目を開けた。吉田がコンパクトカメラを構えていた。

「吉野川を背景に風に吹かれる姿が、いい絵になっているので写真を撮りますね」

「なんか照れるっすねえ」

「そのまま、そのまま、川を向いたまま動かないで。男らしい太陽君に雄大な吉野川という取り合わせは、とてもいい被写体ですよ」

　パシャリ、パシャリと吉田がシャッターを切る。太陽は言われた通りに正面を向いたまま言った。

「おれ、別に男らしくなんかないっすよ」

　お遍路をしているあいだずっと感じていたことは、千帆にふられた東京という土地から離れられた安堵《あんど》だ。告白してみっともなかった自分を、あの街に置いてきたと必死に思いこもうとしていた。そんな自分のいったいどこが男らしいというのか。

「いやいや、男らしいですよ」と吉田がカメラをリュックにしまいつつ言う。

「どこがっすか」

「うどん屋で剣也君が機嫌を損ねたときも、太陽君は見事に対応していたじゃないですか」

「ちゃんと対応できたんすかねえ。おれはいつも強引だったり場当たり的だったりして、うまくいかないんすよ。おれとしては吉田さんみたいにもっとスマートに対応できるといいんすけど」

　あはは、と吉田は笑い、「わたくしがスマートかどうかは置いておきまして」と述べてから続けた。

「太陽君はああいう不測の事態のときでも動じませんでしょう。わたくしなんて絶対におろおろしてしまいますよ。だから、動揺しない太陽君はじゅうぶんに男らしいですよ」

「買いかぶりすぎっす。体が大きいから肝が据わっているように見えるだけっすよ」

「中身もきちんと男らしいですよ。わたくしもそうなりたいですもん」

「おれは吉田さんみたいにスマートになりたいっす」

「わたくしはぜひぜひ男らしく」

「おれはさらりとスマートに」

そこまで言ったとき、太陽と吉田は同じタイミングで笑ってしまった。

「男同士で褒め合ってなんか気持ち悪いっすね。やめましょう」

気持ち悪いと言いつつも、吉田と親しくなれたように思えて心が弾んだ。旅先で学びたいものを持っている人と出会えた。こんなにうれしいことはない。

「それにしても、どうしてあんなにひねくれてるんすかねえ」

太陽は歩き出しながら話題を換えてみた。

「剣也君のことですか」

「そうっす。その剣也君っす」

剣也は年上だが、吉田と同じように呼んでみる。

「少しばかり子供っぽいところがありますよね。お行儀もよくないというか。うどん屋でのお接待の件は目に余るものがありました」

「お接待を受けたんだから礼を言う。当たり前のことがどうしてできないんすかねえ。礼を言うなんて小さな子供だってできるのに」

太陽の言葉に吉田はゆっくりと二度うなずいた。それから、言葉を選びつつ言った。

「太陽君が言っていることは正しいです。正論ですね。しかし、正論だけでは感情が取り残される場面もあるということなのでしょう」

「感情が取り残される？」

「たとえばですよ、親族や友人などの近しい人が亡くなったとき、葬儀に出たり弔問に訪れた人に挨拶をしたりするのは当然のことでしょう。それがきちんとした大人の正しい態度です。けれど、あまりに悲しくて、葬儀にも出られず、挨拶もできないこともあるかもしれない。正しさや正論ばかりでは、悲しいという感情はどうにも動かしようがないのですよ。それを正しくないと責めるのは違うでしょう？」

「違うと思います」

「たぶん、剣也君も正しいとか正論では動かしようがない感情を抱いているのだと思いますよ。それを蔑ろにされるから怒る」

「なるほど」

「ただ、蔑ろにされたゆえの怒りといったようなものは、太陽君やわたくしたち同世代に向けるべきものではないかもしれませんね。気づいてほしいとか、認めてほしいとかの思いもそうです。残念ながら、わたくしたちは彼らの親などではありませんから。剣也君のそうした点は改善していったほうがいいですよね」

吉田を穏やかな人とばかり思っていたけれど、冷静で厳しい意見も持っている人だった。寛容と厳しさの両面を持っている。これは大人の物の見方ができているからだ。さほど年齢が離れているわけではないのに、吉田は大人だった。

「玲のことはどう思いますか」

葬儀の例え話が出たことで、太陽は玲について尋ねてみたくなった。母の死を悲しめなかった玲を、吉田はどう思ったのだろう。

「玲君のことはちょっと言葉になりませんね。大変につらい思いをしてきたと思います。言ってしまえば絶望を味わってきたのだな、と」

絶望。玲がどこまで意識しているかわからないけれど、彼の境遇はたしかに絶望的だ。母が死んだのに母が死んだと認識できない。悲しいという感情も発生しない。こんな痛々しい境遇はない。

「ただですね、絶望を味わってきたにもかかわらず、玲君は記憶を探しにお遍路へ来ているわけですよ。変わろうとしているのです。ひねくれたり、投げやりになったりするわけでもなく、明るいほうへと進もうとしている」

「そうっすね。剣也なんかよりよっぽどまっすぐだ」

「玲君はきっと健全な力を持っているんですよ。どんな絶望を味わっても、その健全さを失わない。それってすばらしいですよ」

玲が七班のメンバーに逆行性健忘症であることを打ち明けたとき、それが太陽に気兼ねしてのことに思えた。東京生まれであると嘘をついたままではいけない、と正直に話そうとしたのだろう。笑ってごまかすこともせず、ばか正直に。そうした彼の態度になんとも言えない信頼感を覚える。

嘘をつかない人はいない。間違わない人もいない。そこからどう動くかでその人の価値が決まる。その点、玲はまっとうだった。吉田の言う通り、健全な力を持っている。自分の生い立ちを誰よりも不幸と考えて、ねじくれてもおかしくないのに。

「玲ってなんでもかんでも自信なさそうだけれど、本当は強いやつなのかもしれないっすね」

「わたくしもそう思いますよ」

吉田は微笑んで同意してくれた。吉田の同意はなんだか心強かった。お墨つきという印象があった。

橋を渡り終え、土手に上がって振り返った。渡ってきた川島橋は清々《すがすが》しいほどの一本橋だった。まさに一直線。川は青く、それ以外は奥に見える山まですべて一面の緑色をしている。自分が絵を描ける人間だったら、ぜひとも写生したいところだ。

「一句できそうな風景ですねえ」

横に吉田が並んで言う。

「吉田さん、詠めそうっすか」

「どうぞ、どうぞ、太陽君から」

しばしうつむいて考えた。句作のために、頭の中に一枚の白い紙を置いてみる。すると、そこに千帆の顔が浮かび上がった。

ふられてまだ三ヶ月だ。どうしたって忘れられない。好きという思いがなかなか冷めていかず、微熱を保ったまま胸の真ん中でじんじんと疼《うず》いている。

結局、自分にとってのお遍路は千帆を忘れるための旅なのだ。千帆のことばかり考えているいま、それこそが動機なのだと正直に認めた。これからは彼女を忘れるために歩くのだ。

「『恋しさを藍色に染める旅に来た』なんてどうっすか」

言ってから、急に恥ずかしくなった。顔が火照って熱い。失恋がばればれの句を口にしてしまった。恥ずかしいったらありゃしない。

しかし、吉田はくすりとも笑わなかった。真面目な顔つきでしばし太陽の句を吟味したあと、「いいですねえ」と感嘆の声を上げた。

「いまの太陽君の句を聞いて、旅とは自分をなにかしらの色に染めるために出るものなのだ、なんてことを考えましたよ。真っ赤に染まりたくて暑い国へ、真っ白に染まりたくて雪国へ、緑に染まりたくて樹木の多いところへ、なんてね」

深読みのしすぎだ。けれど、吉田は太陽の失恋を見抜いたうえで、あえてそうした話をしたように思えた。

「ただですね、それでは自由律俳句ではなくて五・七・五の定型の俳句ですね」

「あ、そうっすね」

「もっと自由に！」

吉田が声を張って、両腕を空へ突き上げた。太陽もまねをして声を上げる。

「もっと自由に！」

なんだか愉快な心地がしてくる。

「自由律俳句というものは、俳句の世界ではまったく主流ではありません。論外であると主張する人までおります。しかし、お遍路という世間一般とは違う世界を歩いて旅しているわたくしたちには、似つかわしいと思いませんか」

「激しく同意するっす」

「それからですね、自由律俳句は定型から自由になろうとするところにこそ成り立つのです。その点を考慮して句作するといいですよ」

吉田は楽しげに微笑むと、先に歩き出した。

もっと自由に。

吉田の言葉を嚙みしめて、空を見上げた。千帆のことを好きで好きでしかたなかった自分を、ふられて悔しかった思いを、そっと手放してみようと思った。そうしたことから自由になってみるのだ。自由になろうとするそのときに、新たな自分が生まれることを信じて。

大きく息を吸った。新鮮な空気で体を満たしていく。五体が世界の隅々にまで拡散していくかのような心地よさを覚えた。

今日の空は青い。晴れきっている。晴れているではなく、晴れきっているのだ。きっと山頭火が過ごした四国の一日と同じように。

3

駄目だ。この班の面子とは反りが合わねえ。

一度そう思ったら、親しくする気がまるで失《う》せてしまった。生田《いくた》剣也は七班のメンバーからわざと遅れて歩いた。

あの玲ってやつは記憶がないなんて言いやがる。みんな信じているみたいだが、記憶のないふりをして注目を引きたいだけかもしれねえじゃねえか。なんでみんなあんな簡単に信じるかね。コーディネーターの木戸は生真面目すぎて面白くねえし、吉田なんて同じ二十二歳とは思えないくらい爺《じじ》くさい。太陽はその顔を思い浮かべるだけでもいらいらさせられる。筋肉自慢ばかりしやがって。ああいう能天気な体育会系はみんな滅んでほしい。

剣也が大学でつるんでいるやつらに、班行動で回るお遍路に参加すると告げたらこんなことを言われた。

「班には女もいるんだろう。二ヶ月もいっしょにいたら、彼女のひとりやふたりできちまうかもな」

ばか言えって。別に彼女なんか欲しくない。ホテルに連れこめる女を一匹か二匹、見繕えればそれでいい。そう思ってた。このお遍路プロジェクトに参加するまでは。

けれど、目論見《もくろみ》は大外れだった。麻耶はべらべらしゃべるうるせえ女だし、花凜はきれいでこいつは当たりかと思ったが逆に全然しゃべらなくて薄気味悪い。

うるさい女も辛気くさい女も嫌いだ。遊びは遊び。そうしたことが理解できなさそうな女たちと同じ班になっちまった。まったくついてねえ。

吉野川のばかみたいに広い中州を進む。班のメンバーはみんな先へ行ってしまい、その背中さえも見えない。うつむいて自分の影を睨みながら歩いていると、うどん屋での一件が思い出されて声を張り上げた。

「太陽のくそったれめ！」

見渡すかぎりの田畑で誰もいない。悪態はつき放題だ。

「無駄な筋肉自慢をしやがって、あほたれが！　てめえは脳みそまで筋肉でできてんのかよ！」

ことの発端となった握り飯を太陽はひと口で食べ、なにもなかったことにしやがった。あれほど人をばかにした態度はない。よくも軽んじやがったな。まったくなにがお接待だ。うどん屋のばばあも余計な握り飯を渡してきやがって。ほんとお遍路はくだらねえ。

お遍路プロジェクトに関する情報は、インターネット上でも共有できるようになっている。ツイッターやインスタグラムでＯＨＥＮＲＯ88とハッシュタグをつければ、参加者の情報を共有できるのだ。現在どのあたりを歩いているとか、どんなものを見つけたとか、文字や画像で共有できるわけだ。

けれど、あえて共有はしない。ほかの参加者と情報を共有したり、繋がったりする気なんてさらさらない。剣也はアカウントそのものを参加者の誰にも教えていない。特にツイッターなんて陰口と悪態を述べる場と決めている。

〈お遍路なんてマジでだりぃ〉

〈歩く意味がわかんねえ〉

〈ひでえ事故が起こって、お遍路プロジェクトが中止にならねえかな〉

驚いたことに、太陽も玲もツイッターをやっていないという。説明会でハッシュタグの説明があったとき、ふたりともぽかんとしていた。麻耶はアカウントを持っているが書きこんだことがないらしい。で、麻耶はラインをやっていないんだとか。あんな便利で誰もが使っているコミュニケーションアプリをやっていないなんて信じられねえ。

やっぱり、わざわざ四国まで来て歩き遍路をする大学生なんて、世間からずれているおかしなやつらってことなんだろう。玲や太陽が東京から来る大学生と知って身構えたが、なんてことはねえ。あいつらみんなポンコツばかりだった。

ピロリン。

スマートフォンが鳴った。ツイッターのリプライの通知音だ。大学でつるんでいるやつからの返信だった。

〈え、おまえ歩いてお遍路回ってんの？　よくやるねえ〉

なにも剣也が好き好んでお遍路を歩いているわけじゃない。しょうがなく参加しているだけだ。それというのも、剣也の父である敏行《としゆき》がおかしなことを言い出したせいだ。

そもそもは剣也の留年が確定したのがまずかった。それは反省している。少々仲間と遊びすぎてしまったのだ。大学の講義が難しくて理解できない。ついていけない。つまらない。さぼりまくっているうちに単位が足らなくなった。しかも絶望的に。三年次に上がった春の時点で、四年で卒業できないことはわかってしまった。

どうして自分はスマートにこなしていけねえのかな。いったいどこで躓《つまず》いたんだっけ。振り返ると幼稚園のときまで遡ってしまいそうになるので、ひとまず大学進学という分岐点まで立ち戻る。うん、やっぱり、あそこがよくなかった。

大学は地元である愛媛の私立大に二浪の末に滑りこんだ。勉強は嫌いだ。大学受験だってしたくなかった。でも、大学を出ないと生田不動産の跡取りとして認めないと敏行が譲らない。しかたなく必死に受験勉強をして、なんとか進学したのだった。

敏行が経営する生田不動産は、土地建物の売買からアパート・マンション・一戸建ての賃貸まで手広くやっている。松山市周辺ではけっこう名の通った不動産屋だ。剣也はひとり息子なので跡を継ぐのは決定的。就職難のこの時代、親の会社を継げるなんてラッキーだぜ、なんて思っていた。

ところが、四年で卒業できないことを敏行に告げると雲行きが怪しくなった。激怒した敏行が、剣也を生田不動産では働かせない、なんて言い出したのだ。揉めに揉めた挙句、母があいだに立ってくれて、敏行が出した条件を剣也が呑《の》んだ場合は入社することを許された。それが歩き遍路で八十八ヶ所の札所を回ってくることだった。

歩き遍路は剣也も小さいころから街中でよく見かけた。率直な感想として、歩いて四国一周なんて頭のおかしい人たちがやることだと思っていた。別に敏行の監視がつくわけじゃない。適当に車で回って終わらせればいい。そんなふうに考えて、敏行が出してきた条件にふてくされた返事をした。

「へいへい、歩いていってくればいいんでしょ」

すると、敏行が激昂《げっこう》した。目を吊《つ》り上げて剣也に迫った。

「おまえ、ずるせずにちゃんと歩いて回ってくるんだぞ！　おれが留年分の学費をけちってこんなことを言ってるわけじゃないのは、おまえもわかってるんだろう。おれが怒っているのはおまえのやる気のなさだ。二浪したうえに留年なんて、おまえはいったい何様のつもりだ。手を抜いて、逃げて、それでおいしい汁だけ啜《すす》って生きていけるなんて思うなよ。お遍路を全部歩き通して、おまえのその腐った根性を叩き直してこい！　わかったな！」

八十八ヶ所の札所を一度ですべて回ることを通し打ちと言う。何度かに分けて回ることは区切り打ち。敏行は二十代のころ、仕事の合間を縫って三年かけて区切り打ちでお遍路を歩き終えていた。それがすばらしい体験だったらしく、ことあるごとにお遍路がどうだこうだと言い出す。

まったく親父のやつ、面倒くせえ条件を出してきやがって。たまたまお遍路プロジェクトが参加者を募っていたからよかったものの、危うく全部ひとりで歩くはめになるところだったじゃねえか。

お遍路プロジェクトは四国中央大学のお遍路サークルが中心となって立ち上げたイベントだ。五年ほど前にそのお遍路サークルが、テレビのバラエティ番組に出演した。アイドルグループのメンバーが、お遍路サークルといっしょに歩く企画だった。番組の放送は深夜だったにもかかわらずけっこうな人気で、四国にあるほかの大学でもお遍路サークルが誕生するきっかけになった。いまでは七つの大学によるネットワークまで築かれているそうだ。そのネットワークがお遍路プロジェクトの運営委員会の母体となったという。

吉野川にかかる長い一本橋を渡った。「川島橋」と大きな看板が立っていた。とぼとぼと進むうちに、敏行の太って脂ぎった顔がよみがえってきた。吉野川に向かって叫ぶ。

「くそ親父が！」

剣也は幼いころから敏行と折り合いが悪い。敏行はなんでもやればできると考えている人間だ。あきらめなければなんでもできる。できないのは努力が足らないから。そうした信条からいつも剣也に発破をかけ、できなければ尻を叩いた。でも、能力の差というものがある。備わっている才能だって違う。

敏行は子供のころから勉強ができて優秀だったそうだ。酔っ払うとすぐに自慢しやがる。実際、東京の有名私立大学を卒業していて、卒業後は銀行員になり、その後は愛媛に帰って祖父の不動産業を継いだ。そこに至るまでの苦労話はいつも同じオチがつく。いろんな困難があったが努力でなんでも克服してきた、というやつだ。困難に遭遇するたびによく考えて行動してきたから打開してこられたのだ、なんて誇らしげに語りやがる。

そうした成功体験があるせいなんだろう。敏行は剣也によく考えることを強要した。自分の考えを持つように徹底的に指導されたのだ。剣也が「わからない」とか「思いつかない」と答えようものなら、敏行はその場にあるテーブルでも壁でもなんでも激しく叩いて怒った。

「わからないってことがあるか！　それは考えることが足りていないからだ。もっと考えろ。考え抜け！」

あれは叱責なんかじゃなくて恫喝《どうかつ》だったな。いま思い出してもむかついてしかたがない。敏行は躓かずに生きてきた人間だ。なんでもうまくやれてきてしまった人間だ。だから、剣也のように躓きながらもなんとか前に進もうとしている人間の気持ちが理解できないのだ。二浪だってつらかった。留年だって平気なわけじゃない。みんな望んだことではないのに。

敏行のことを考えていたら、いら立ちがむくむくと膨れ上がってきてしまった。剣也は橋桁に立ち、川面に向かって叫んだ。

「なにが考え抜けだ！　てめえのほうこそ、できない人間の気持ちをよく考えやがれ！」

なんの因果か知らないが、七班でいっしょになった太陽は、敏行の出身大学の学生だった。ふたりは大学の先輩と後輩に当たるわけだ。

太陽も敏行のように、優秀な人間特有の傲慢さを身につけていくんだろう。できない人間の気持ちを想像すらしないいくそったれな大人になるのだ。

三日目の起床時間は六時だった。剣也は目を覚ましたものの、しんどくて布団から起き上がれなかった。

お遍路なんてしょせん歩くだけ。無理をしなければ、なんとかなると高を括《くく》っていた。けれども、その歩くだけが死ぬほどつらい。昨夜なんて筋肉痛で足が上がらなくなり、ペンギンみたいなよちよち歩きしかできず、風呂桶《ふろおけ》を跨《また》ぐのもひと苦労だった。

朝食後、前日のうちに参拝を終えておいた十一番札所の藤井寺へ向かう。そこが次の十二番札所である焼山寺《しょうさんじ》へのスタート地点になっていた。

焼山寺までの道のりは、お遍路前半で最大の難所だそうだ。昨夜のミーティングで木戸は言っていた。

「焼山寺までの距離は十三キロとたいしたことないんだけれど、札所が標高七百メートルの高さにあるんです。しかも七百メートルの山にたどり着くまでに、何度も急な坂をのぼったり下りたりしなくちゃならない。その坂はあまりに急で、お遍路が転がり落ちるくらいなために、遍路転がしと言われているんです」

遍路道はのっけから急な上りだった。杉木立の中に続く細い山道は前傾姿勢じゃないと進めない。スタートして五分もしないで息が上がり、汗が噴き出た。前日までの足の疲れが抜けていない。一歩進むたびに体は重くなっていく。大学に入ってから運動なんかろくにしたためしがない。きついったらありゃしなかった。

岩場の細道が続いた。足をくじかないようにと、慎重に歩くとこれがまたすげえ疲れた。石畳の敷かれた道もあったが斜面に敷かれているため、足の踏ん張りどころがなくてかえって歩きにくい。等間隔に細い丸太を横たえて階段状にしつらえられた区間もあったが、歩幅が合わなくてこれまた歩きにくかった。いったい誰が石畳や丸太を設置したのやら、だ。歩く人間のことをもう少し考えてくれよ。

剣也の前を歩く吉田もかなりしんどそうだ。金剛杖にしがみつくようにして歩いていた。そのさらに前に太陽がいる。あいつもつらそうに歩いている。がっちりとしているってことは体重も重いってことだ。筋肉は重いと聞く。坂道はきついに違いない。その広い背中に向かって悪態をついてやった。

「ばーか。筋肉つけすぎなんだよ」

今回のスタート地点には看板が立てられていて、所要時間が書かれていた。〈健脚五時間、平均六時間、弱足八時間〉だという。しかし、前を行く吉田や太陽のペースを見るかぎりでは、八時間かかってもたどり着けなさそうだ。

上り坂の途中で吉田が足を止めた。タオルでしきりに汗を拭いている。その吉田を追い抜こうと思えば追い抜ける。しかし、抜けば太陽に近づいてしまう。それはごめんだ。剣也も立ち止まって汗を拭いた。

「しんどいですね。汗が止まりませんよ」

吉田が振り返って微笑みかけてきた。話なんかしたくない。でも、返事くらいならしてやってもいい。

「そうだな」

「わたくし、そろそろ水が足りなくなりそうです」

剣也と同じ二十二歳のくせに、吉田は自らを「わたくし」なんて呼ぶ。なんて爺くさいやつだ。顔の汗を拭うそのしぐささえ爺くさく見えた。

「おれはとっくに一本目を飲み終わっちまったよ」

残りの水の量は剣也も気にかかっていた。木戸からは五百ミリリットルのペットボトルを二本は用意しておくように言われた。でも、二本ではとてもじゃないが足りない。この遍路道はとにかく喉が渇くのだ。

山道は木々が高いため、ずっと日陰を歩くことができる。木々が直射日光を遮ってくれるので、真夏のいまの時期はありがたい。しかし、木々が密集しすぎている。おかげで風が動かない。山の中特有の湿気があたりに充満していて、じっとりとした暑さがのしかかってくる。まるでサウナの中を歩いているかのようだ。その息苦しさに喘《あえ》いでいるうちに水をがぶがぶと飲みすぎて、足りなくなってしまうのだ。

「剣也君、どうぞ先へ行ってください」

吉田が道の脇によけて、剣也を先に行かせようとした。

「いいよ、おれはおまえの後ろで」

「わたくし、歩くの遅いですよ」

「おれはいちばん後ろが好きなんだよ」

太陽から少しでも距離を取るためには最後尾がいいのだ。

スタートから三キロの地点にある長戸庵《ちょうどあん》というお堂で最初の休憩となった。剣也がふらふらになってたどり着くと、先に到着していた木戸たちがリュックを下ろして休んでいた。

長戸庵の到着予定時刻から、すでに四十五分も遅れている。木戸は時間が気になるらしく、そわそわしている。時間が遅れようがなんだろうが剣也には知ったこっちゃない。ゆっくりと休ませてもらう。お遍路がスケジュール通りに回れなくたってかまいやしない。なんだったら、アクシデントでも起きて全員リタイアなんてことにならねえかな。そうしたら、しょうがなかったんだよ、と敏行に報告できる。

休憩後、歩き出すと再び吉田が遅れ始めた。その前を歩くのはまた太陽だ。剣也はふたりの背中を眺めながら、距離が縮まらないようにわざとのろのろと歩いた。

お遍路がかぶる菅笠には、正面に梵字が書かれていて、後頭部側には「同行二人《どうぎょうににん》」の文字が書かれている。最後尾を歩く剣也は、メンバーの菅笠の同行二人を視界に入れながら歩くことになる。

同行二人とは、お遍路はお大師様と呼ばれる弘法大師空海とふたり連れで歩いている、といった意味合いだ。お遍路はひとりきりで歩いているわけではなく、お大師様とのふたり旅と考えるのだ。お大師様といっしょなので心強いし、お大師様の目が見ているからちゃんとしろ、ということなのだろう。

剣也は信仰心などまるでない。なにが同行二人だよ、と苦笑してしまう。よくもまあお大師様が連れ立っているなんて、頭の中がお花畑みたいな考え方ができるものだ。そんな気休めでこの歩きのつらさから解放されるもんか。気合いで乗りきるとか、気持ちの持ちようでなんとでもなるとか、そういった精神論みたいなものはみんな嫌いだ。たぶん、これも敏行のせいだ。あのくそ親父が好む考え方なのだ。

またもや敏行の顔が思い出されてしまった。悪態をついて、いら立ちを逃す。

「くそ食らえだ、あのくそ親父！」

腹立たしさを力に変えて坂道をのぼっていく。すると、急に剣也の頭上を覆っていた木々が開けた。見晴らしのいい地点に出る。先にたどり着いていた吉田が、脱いだ菅笠を振りながら待っていた。追いつくと吉田は北の方角を指差して言う。

「昨日渡ってきた吉野川が見えますよ」

いつの間にこんな高い地点までのぼってきたのだろう。視線を下に向けると、山の裾野が広がっていた。家の屋根が豆粒くらいの大きさに見える。

裾野が尽きたあたりから、平野が始まっていた。広大な平野だ。その平野を吉野川が南北に分断している。視線を上げていくと、いちばん奥まったところに十番札所の切幡寺があった山々が見えた。

「歩き始めてまだ三日なのに、ずいぶんと遠くまで歩いてきたのですねえ」

剣也がちょうど考えていたことを吉田に先にしゃべられて、なんだかいらっときた。剣也は景色など興味ないふりでペットボトルの水に口をつけた。

「剣也君はたしか松山市のご出身とおっしゃっていましたね」

吉田が汗を拭きつつ尋ねてくる。

「そうだよ。それがなんだよ」

「あまり松山の言葉をしゃべらないのですね。夏目漱石の『坊ちゃん』に出てくるような言葉を」

また『坊ちゃん』かよ。松山っていうとその知識しかないのかよ。むっとする質問だったが、何度も訊かれるといやなので答えてやる。

「うちの親父って東京の生活が長かったんだよ。母ちゃんも東京の人なんだよ。つうことでおれんちは家の中では標準語なんだ。親父のやつは東京でいい思いをしてきたから、わざと標準語でしゃべってんだろうけど、仕事で接客するときは伊予弁《いよべん》を使うんだ。訛《なま》ってていたほうがウケがいいんだってよ。同じ言葉をしゃべっていたほうが信用されるんだ。使い分けてるなんていやらしい人間だぜ、あのくそ親父！」

吐き捨てたら、吉田が困ったような顔となった。育ちのよさそうな吉田のことだ。家族をこんなふうに罵《ののし》ったことがないのかもしれない。

「剣也君のお父さんはなにをされているのですか」

「不動産屋だよ」

「お金持ちのイメージがありますねえ」

うらやましげに吉田が言う。

「そんないいもんじゃねえぞ。マンションの上の階の水道が壊れて水浸しになったからって呼び出されたり、事故物件のお祓《はら》いのために神主につき添ったりしなくちゃならねえんだから」

「事故物件？」

「自殺とか孤独死とかで人が死んだ部屋だよ」

「安く借りられるというアレですね」

「神主がお祓いしても駄目なときは、霊媒師を呼んで特別なお祓いをしてもらうんだ」

こわがらせようと剣也はわざと声を一段低くして言う。しかし、なぜか吉田がにじり寄ってきた。

「霊媒師ですか。剣也君はそういった方とお知り合いなんですか」

「おれの知り合いじゃねえよ。親父の伝手《つて》だよ」

「霊媒師ということは霊能力があるわけですよね。霊が見えるわけですよね」

「そうなんじゃねえの。ていうかさ、親父から聞いた話だからおれもよく知らねえって。

もう行こうぜ」

「ちょっと待ってください。いまの話、もう少し詳しく聞かせていただけませんか」

吉田からなにか鬼気迫るものを感じた。瞳に異様な光を宿している。剣也は薄気味悪くなってあとずさりした。なんでこんな話に食らいついてくるんだよ。

「剣也君はその霊媒師と連絡は取れないのですか」

「知らねえって言ってるだろ。おれはそういう霊とか全然信じねえしな。ほら、行くぞ」

最後尾がいいのに、吉田を置いて先に歩き出す。まったくおかしな反応をしやがって。この七班の面子はおかしなやつらばかりと思っていたが、いちばん危ないのは吉田かもしれねえ。

お遍路には空海がいまでも遍路道を歩いているという言い伝えがある。そういったオカルト的なものとか、霊能力みたいなスピリチュアルなものが好きで、お遍路に来るやつらもいるようだ。吉田もそうしたひとりなんだろう。お勉強大好きで大学院にまで行っちまうようなやつだ。どこかおかしいだろうとは思っていたが、そっち系のやつだったか。関わらないようにしよう。

三キロほど進んで中間地点の柳水庵《りゅうすいあん》にたどり着く。これまで下りで楽ちんだったのに、次の目標ポイントである浄蓮庵《じょうれんあん》までは再び上りとなった。しかも傾斜がきつい。金剛杖を突き、しがみつくようにしてのぼっていく。

前方に太陽の背中が見えた。あいつもすでにふらふらだ。追いつきたくなくて剣也は足を止めた。すると、後ろから吉田が追いついてきた。また霊がどうとか話しかけたそうな顔をしていたので、じろりと無言で睨みつける。吉田は残念そうにうつむいて、剣也の横を通りすぎていった。

再び最後尾を歩く。坂道には岩がごろごろと転がっている。岩を変なふうに踏んだら足をくじいてしまいそうで、息を抜く暇がない。なんて厄介な道だ。体力がどんどん削られていくのに、気を張って歩く必要があるのだ。

次第に剣也の頭に浮かぶ言葉が、「きつい」「つらい」「しんどい」のみっつだけになっていった。ほかの言葉を思い浮かべる余裕がない。「きつい」「つらい」「しんどい」「きつい」「つらい」「しんどい」と延々とループし続ける。その三語を呪文のように唱えて歩いていたら、こんな山中だというのにずいぶんときっちりとした石段と出くわした。石段を上がっていくと巨大な一本杉が立ちはだかっていて、その前にはこれまた大きくて立派な弘法大師の像が建てられていた。山深くまでどうやってこの像を運んだのだろう。ヘリコプターだろうか。すごいというよりも呆れて脱力してしまう。

大師像を過ぎて再び下りになった。木戸が言っていた通り、上り坂と下り坂があとからあとからやってくる。木戸の説明によれば、焼山寺にたどり着くまでに三度のぼって二度下るそうだ。本当にうんざりする遍路道だ。

途中、何人かのお遍路と出会った。ひとりで歩いている人が多かったが、年配の夫婦もいた。先に歩いていた吉田がその夫婦と身の上話をしているところへ追いついた。剣也は汗を拭いてひと休みしつつ、吉田たち三人の会話を後ろから立ち聞きした。

「夫が定年退職して、ふたりでなにか始めようという話になりまして、区切り打ちで回ることにしたんですよ。ええ、横浜から四日前に徳島に来まして。歩き終えるのがまったく何年先になるやらですよ」

その夫婦のお遍路はふたりとも軽装だった。吉田に話しかけている奥さんのほうは特に。靴なんて底がぺらぺらのスニーカーだ。穿《は》いているのはジーンズ。

今回、お遍路プロジェクトの運営委員会からジーンズは穿いてくるなと言われた。ジーンズは汗をかくと湿って歩きにくくなる。登山にジーンズが駄目なのと同じ理由だ。剣也は幼いころ敏行に連れられて山登りへよく行った。登山の格好や装備に関するうんちくなら、敏行からさんざん吹きこまれている。吉田も奥さんの格好が気になったようだ。靴は買い換えたほうがいいとか、ジーンズはやめたほうがいいとか教えている。まったくお遍路に関わる人間はお節介なやつが多い。

夫婦と別れたあと左右内《そうち》という山間の集落に出た。ぽつぽつと家が点在するだけの鄙《ひな》びたところだ。道沿いに四頭の犬を飼う家があった。みんな和犬で檻《おり》に入れられていたり繋がれていたりしている。

「かわいいですね」

振り向いた吉田が、のん気に言って通りすぎていった。かわいいもんか。犬たちは厳しい顔つきをしていた。

畑を見下ろせる高台を行く。黒いなにかが木に括りつけられて干してあった。毛に覆われたなにかが数枚。吉田がまた剣也に振り返り、なにやら騒ぎ出した。

「剣也君。あれは猪の皮ですよ。ということは、さっきの犬たちは猟犬ですよ」

ふたりで畑に降りて猪の皮に近づいた。ぷんと獣のにおいがする。

「うわあ、皮の裏面は毛穴がびっしりなんですねえ。生々しいですねえ」

「たかが猪の皮くらいで騒ぐんじゃねえよ。おまえが住んでいる長野にだって猪くらいいるだろうが」

「それはそうなのですが」

実を言えば、剣也も剝がされた皮が干されているのを見るのは初めてだった。吉田の手前、なんでもないという顔を繕ったけれども。

興奮冷めやらぬまま歩き出した。進む先に見える山を見上げると、その中腹に建物が見える。焼山寺に違いない。道端で待っていた木戸たちと合流し、開けた集落にいるうちに昼食を取ることになった。かなり遅めの昼食だ。スタートからすでに六時間が経っていた。

剣也は立ったまま昨日コンビニで買っておいた菓子パンに齧《かじ》りついた。口の中が渇いてしまっていて、パンがぱさぱさで噛むのがだるくてしかたがなかった。メンバーは誰も言葉を発さずに黙々と食べている。食べる元気はない、けれども食べないとエネルギーが尽きてばててしまう。そんな無理やりな昼食だった。

最後ののぼりはいちばんきつかった。全身の毛穴から汗が噴き出す。汗拭き用のタオルが汗を吸いすぎて水分をもう吸わない。急勾配を這いつくばるようにして進んだ。

剣也の頭に途中で追い越した年配の夫婦のお遍路の姿がよぎる。あのふたりではこのきつい傾斜は無理だ。山歩きのレベルじゃねえ。完全に登山じゃねえかよ。

リュックがどんどん重く感じてきた。手足が動かなくなってきて、もはや自分のものと思えない。息を吸うのも吐くのもつらく、心臓が悲鳴を上げている。すぐ前を歩く吉田も、ぜえぜえと荒い息をもらしている。

ほんのちょっとの段差で剣也はよろけた。慌てて踏ん張ったら、足の関節という関節に鋭い痛みが走った。疲れきっているために、ちょっとした痛みでも激痛に感じた。

もう駄目だ。満身創痍《まんしんそうい》状態だ。こんなきついことやってられるかよ。四国一周なんて無茶に決まっている。もう今日でお遍路は終わりにしてやる。もうおれは帰るぞ、と空に向かって叫ぼうとしたときだった。

「ぎゃ」

前を行く吉田が短い呻《うめ》き声《ごえ》を上げ、どさりと横倒しになった。

「おい、大丈夫か」

さすがに慌てて駆け寄った。吉田は右足を抱えて丸まっている。よほど痛いのか顔が真っ白だ。額にはぷつぷつと汗が浮かんでいる。吉田が歯を食いしばりながら言う。

「足をひねったんだと思います」

ひねった瞬間は剣也も見た。このあたりの遍路道は落ち葉が多かった。落ち葉で岩が隠れていたんだろう。吉田の右足首は地面に着いたとたん、ぐにゃりと内側に九十度くらい折れ曲がった。不自然な曲がり方だった。

「骨をやっちまったかもしれねえな。立てるか」

吉田が上半身を起こす。続いて右足を動かしたとたん、「ぐわ」と叫んで大きくのけ反った。仰向《あおむ》けに倒れ、ひいひいと息をもらしている。

こいつはやべえ。助けがいる。剣也はスマートフォンを取り出し、コーディネーターの木戸に連絡を入れた。しかし、繋がらない。ディスプレイを見ると圏外の文字が表示されている。電波が届いていないのだ。ということは運営委員会に助けを求めることもできないし、ツイッターやインスタグラムでタグをつけてSOSを発信することもできねえってことだ。

なんてこった。くそったれ。じゃあ、どうする？

後続のお遍路が来るのを待つべきか、後ろ姿が見えていた太陽を追うべきか。剣也は頭をフル回転させて考えた。吉田の顔を見ると、さらに白くなっていた。血の気が引いている。次に来るお遍路を待ってなんかいられねえ。まったく吉田のやつ、どうして誰もいないときに足を痛めるんだよ。タイミングの悪いやつだ。

「おい、吉田。ちょっと待ってろ。助けを呼んでくるからよ」

剣也はリュックを投げ出し、太陽を追った。流れる汗を白衣の袖で拭いながら急ぐ。やがて太陽の後ろ姿が小さく見えてきた。あいつの名前なんて口にしたくねえが緊急事態だ。

「おーい、太陽！　三上太陽！」

聞こえないくらいの声で「くそ太陽」「あほ太陽」と言い足しておく。太陽が振り向いたので大きく手招きをした。怪訝《けげん》そうな表情で太陽は戻ってきた。

「どうしたんすか」

「吉田が足をひねって倒れたんだ。骨をやっちまったかもしれねえ」

「骨っすか」

「立てねえんだよ」

吉田の元へ駆けつけてからの太陽の対応は迅速だった。傍らにしゃがみこむと「痛みはありますか」と吉田の顔を覗きこんで尋ねた。

「さっきまではひどかったのですが、いまはだいぶ治まってきたみたいです」

「動かせますか」

ひいい、と吉田は呻きながら足を伸ばした。

「動かせるなら骨は折れちゃいないと思うんすけど、ちゃんと病院で診てもらったほうがいいっすね」

足首が変形していないか、腫れていないか、熱はないかと確認していく。太陽はひと通り確認すると、首にかけていたスポーツタオルを縦に二枚に裂き、結び合わせて長い襷《たすき》のようにした。吉田の足首に巻きつけ、交差させたり靴底もろとも結んだりして負傷個所を固定する。認めたくないが見事な手際だった。

「大学の旅行サークルで登山もするんすよ。事前に応急手当のしかたを教えてもらうんす」

別に質問したわけでもないのに太陽が語る。なんだよ、こんなときまで自慢かよ。剣也が舌打ちすると、太陽が急にこちらを見た。

「悪いんすけど、おれと吉田さんのリュックを持ってくれないっすか。あと金剛杖も」

「は？　なんでおれが全部持たなきゃならねえんだよ」

そもそもなんでおまえなんかに指示されなくちゃならねえんだ。

「おれは吉田さんを背負っていくんでリュックを持ってほしいんすよ」

「背負う？　この山道を背負って歩くってのか」

「そうっす」と太陽はけろっとした様子で言った。「吉田さんは捻挫だと思うんすよね。ただ、捻挫の程度はわからないし、こういうときは患部に負担をかけちゃいけないのが鉄則なんで、おんぶがベストっすよ。それとも、おれの代わりに吉田さんを背負ってくれますか」

ばか言え。吉田は痩せているとはいえ体重は五十キロ台だろう。この遍路転がしを背負っていけるはずがない。リュックや杖のほうがまだましだ。剣也はさっさと太陽や吉田のリュックを肩にかけた。

「さあ、どうぞ」と太陽がしゃがんで吉田に背を向ける。吉田は呻きながら体を起こし、なんとか太陽の背中に倒れこんだ。

「さあ、行きますか」

あっさりと太陽が立ち上がる。吉田の重さを感じさせない。「お、すげえな」なんて不覚にも言いかける。それが悔しくて、ばかと筋肉は使いようだな、なんて心の内でけなした。

太陽がのっしのっしと山道をのぼっていく。ひとりで歩いているときよりも、吉田を背負っているときのほうが足取りがしっかりして見える。おかしなやつだ。

十五分ほどのぼっただろうか。頭上を覆う木々のあいだから石灯籠が見え始めた。さらに上がって舗装された道までたどり着くと、山門の前で待つ七班のメンバーが見えた。麻耶が慌てて駆けてくる。

「いったいどうしたの」

太陽が立ち止まり、笑顔で答えた。

「吉田さん、足をひねったらしくてさ」

「すみません」

吉田がおぶわれたまま申し訳なさそうな声を出す。木戸も駆けつけてきた。

「だ、だ、大丈夫？　た、太陽君。お、お、落ち着いて」

班を率いるコーディネーターとしてアクシデントがあったら困るのだろう。だけど、おまえのほうこそ落ち着けって。

「ゆ、ゆ、ゆっくり下ろして」

木戸が指示を出す。しかし、太陽はまたのっしのっしと歩き出した。

「いや、吉田さんをこのまま背負って本堂まで行きますよ。途中、どうせ階段なんすよね？」

「そうだけど、大丈夫なの」と麻耶が尋ねる。

「大丈夫だと思うけどな。吉田さんも自分で動かせるみたいだから、骨は折れちゃいないと思うんだけど。捻挫だよ」

「そうじゃないって。あたしが大丈夫かって訊いたのは太陽のことだよ」

「おれ？」

「吉田さんを背負って遍路転がしをのぼってきたわけでしょう。それで大丈夫かって訊いてんの」

「がはは」と太陽は快活に笑った。「おれだったらなおさら大丈夫だよ。おれが日頃からトレーニングを積んでるのはなんのためだと思う？」

「さあ」

麻耶が首を傾げると、太陽はにやりと笑った。

「こういう日のためじゃねえかよ」

太陽は山門をくぐり、参道の長い石段をのぼっていった。麻耶が「かっこいいじゃん」とか「男だねえ」などと囃《はや》し立てながら寄り添っていく。木戸なんてときめいた乙女のように手を組み合わせて感謝していた。ふたりとも太陽に心酔しきっていやがる。

おいおい、待てよ。剣也は恨めしく思いながら、去っていく太陽たちを睨んだ。吉田のために助けを呼びに行ったのはおれだぞ。その功績をまるで無視かよ。あいつらふたりのリュックを持ってのぼってくるのは、本当に大変だったんだぞ。なのにみんな太陽ばかり称賛するってどういうことだよ。

太陽も太陽だ。「剣也さんがいたから吉田さんを助けられたんす」くらいのことは言いやがれ。気の利かねえ野郎だ。自分ばっかりヒーロー面するんじゃねえよ。手柄を横取りしやがって。

なんで太陽ばっかりみんなにちやほやされるんだ。こんなことになるなら太陽を呼びに行かなきゃよかったよ。くそったれが。

その日の宿は、焼山寺から二キロ下ったところにあった。宿に到着してすぐに、吉田がお遍路を続けられるかどうかの話し合いがもたれた。

吉田は続けたいの一点張り。木戸はコーディネーターとしての立場上、リタイアを勧める。せめて病院へ行って診てもらうべきだと太陽が提案するが、吉田は聞く耳を持たない。ドクターストップをかけられるのがいやなんだろう。結局、ひと晩経って足の状態を見てから、続行かどうか決めることになった。

よほど足が痛いのか、吉田は宿の中を四つん這いで移動した。夜のミーティングにも参加せず、部屋の隅で丸まって横になっていた。風呂もメンバー全員が済ませてから入っていた。きっと痛みに悶絶《もんぜつ》する姿を見られたくないからだろう。あまりの痛々しさに心が冷え冷えとする。なんでそんな頑張るのかね。

「ほら、大丈夫ですよ」

明くる朝、吉田は七班のメンバーを前にして、痛めた右足で畳を踏み鳴らしてみせた。ひと晩が経ち、なんとか立てるようにはなったみたいだ。吉田が歩けると主張するものだから、つらくなったらすぐにリタイアすることを条件にお遍路の続行が決定した。

あんな状態で歩きたいという吉田の心持ちがまったく理解できねえ。あいつは相当あほなやつに違いない。そもそも大丈夫のはずがないのだ。ほかのメンバーは吉田が足首をひねった瞬間を見ていないから、続行にゴーサインを出せるんだ。あのとき足首が九十度くらいに曲がっていたんだぞ。捻挫だとしても軽度のはずがねえ。あれは絶対に靭《じん》帯《たい》を痛めている。もしかしたら部分的に切れているかもしれねえ。

どうしてそこまで無理してお遍路を続けたいのだろう。八十八の札所を回ることが、そんなにも大切だろうか。尊いとでも考えているのだろうか。しょせん、お遍路なんて自己満足じゃねえか。苦行に耐える自分に酔っているだけだ。見ていると恥ずかしくなってきていらいらする。

宿を出て、十三番札所の大日寺《だいにちじ》を目指した。大日寺という名は四番札所に続いて二度目だ。同じ名前の札所があるなんてややこしい。吉田によれば二十八番札所も大日寺だという。また、ほかにも国分寺《こくぶんじ》とか観音寺《かんのんじ》とか、同じ名前を持つ札所がいくつもあるのだとか。

　大日寺までは二十キロの距離だった。本来の遍路道は未舗装の山道を歩くルートだが、吉田の足を考慮して舗装されている県道を選んだ。昨日の焼山寺が標高の高いところにあったので、今日はずっと下り坂だった。吉田はやはり足が痛いようで、引きずるようにして歩いている。その後ろを行く剣也から見れば、もう無理なのは一目瞭然だ。

「早くギブアップしちまえよ」

「自己陶酔はそのくらいにしときな」

「もう帰れよ。お遍路より足のほうが大切じゃねえか」

　剣也は吉田の背中に小声でつぶやきながら歩いた。かなりのスローペースとなった吉田が足手まといとなり、四日目は大日寺にたどり着くだけで一日が終わってしまった。

　明けて五日目は十四番札所の常楽寺《じょうらくじ》、十五番札所の国分寺、十六番札所の観音寺、十七番札所の井戸寺《いどじ》と回った。それぞれの札所は離れていても三キロ、近ければ一キロ。札所がまとまってあるなんてラッキーだ。

　一番札所から一度は西へ向かったお遍路道も、井戸寺が終わるといよいよ四国を時計回りに歩く旅に出る。南へ下り、高知県を目指す。

　次の十八番札所の恩山寺《おんざんじ》まで十五キロほどだ。眉山《びざん》を右に眺めながら徳島市の市街地を抜けていく。眉山は徳島市の象徴のような山だ。市内のどこからでも見える。幼いころに敏行に連れられて眉山のロープウェイに乗った覚えがある。

やがて眉山からも離れ、国道五十五号の歩道をひたすら南下する。国道は片側二車線の大きな道で交通量が多い。街中なのでコンビニだろうがファストフードだろうがなんでもある。すぐに食べ物や飲み物が買えるって本当に安心だ。昼飯は断然ファミリーレストラン派なので見かけるとついつい立ち寄りたくなる。メニューが多くないといやなタイプなのだ。

「なんだか味気ないですねえ」

赤信号で足止めを食らっている吉田に追いつくと、そんなことを言ってきた。吉田は足が痛むらしくさらにスピードが落ちてきている。最後尾を歩く剣也とともに班からだいぶ遅れてしまった。

「味気ないってなんだよ」

「大きな国道沿いってどこもそうなんでしょうけれど、整備されているゆえに景観が変わらないですよね。いままでの山道と違って気が紛れるものがありません。干されている猪の皮みたいな驚きもないですもん」

「おまえは山道のほうがいいってのかよ。その足でよ」

「そう言われてしまうと困りますね」

吉田は苦笑いだ。

「街中にいるうちにリタイアするかどうか決めたほうがいいんじゃねえのか。また山道に入ったら病院だってねえんだしよ」

「なるほど、なるほど」と吉田がうなずく。「でも、進めるだけ進みたいのですよ」

横断歩道の信号が青になった。吉田が金剛杖を突きながら歩き始める。なにをそんなむきになってお遍路を続けるのかねえ。ほんと意味がわからねえ。

恩山寺を参拝したあと、五キロ離れた十九番札所の立江寺《たつえじ》へ。その近くの宿に泊まった。出発して五日目ともなると、どのメンバーも体の痛みを訴えるようになった。足の筋肉痛と関節痛には全員が悩まされている。太陽は靴擦れでアキレス腱あたりの皮がずる剝けだと言っていた。麻耶は足の裏の豆が潰れたと騒いでいる。吉田なんて足がよほど痛いのか、男子部屋に敷かれた布団の上から動こうとしない。夜のミーティングも短めで切り上げられ、宿の消灯時間を待たずして、誰もが布団に入った。

六日目は朝の八時に出発。十四キロ離れた二十番鶴林寺《かくりんじ》へ向かった。歩いていれば暑さと疲労のせいで食欲なんて湧かないと思っていた。しかし、黙々と歩くだけの単調さの中で空腹は逆に強烈に感じられた。単調だから自分の変化に敏感なのだ。そして、一度空腹を意識してしまうとどうにも耐えがたくなった。

朝めしをろくに食べなかったのもよくなかった。少しでも寝ていたいのでぎりぎりまで布団で過ごし、なんとか起き上がったあと、寝ぼけたままみそ汁と鮭《さけ》の切り身だけを口にした。たったそれだけだったので、まだ午前十一時だというのに空腹で胃がきりきりと締めつけられる。

問題は遍路道沿いで食べ物が手に入らないことだ。鶴林寺へ向かう道から見えるのは山と田畑ばかり。田舎すぎて人家すら滅多にない。食い物にありつけるのはいつになるやら、だ。空腹は一度意識してしまったらどんどん耐えがたいものになっていく。胃があまりに痛むので、いつの間にか前屈《まえかが》みで歩いていた。

腹減ったなあ。ちくしょう。白目を剝いて仰向けに倒れてやろうか。大の字になって「食いもん持ってこい！」なんて叫んでやりたい。

やけくそになりながら歩いていると、先を歩いていた木戸たちがこちらを見て待っていた。木戸が遍路道から外れた方向を指差している。指差した先には「うどん」と書かれたピンク色の幟《のぼり》がはためいていた。


冷やしうどんがうまかった。こしが強くて出汁《だし》もいい。お遍路が始まったばかりのときは、うどんなんてうんざりだったのに。しみったれた雰囲気のうどん屋なんて好きじゃないのに。くそー、めしにありつけるありがたさを知ってしまったぜ。

カウンター席でうどんを食べる剣也に、女性の店員がおにぎりをくれた。お接待だという。

「ありがとうございます」

自然と礼を言っていた。七班のほかのメンバーがどよめく。視線が剣也に集まる。礼を言ったからだろう。ばかやろう。お礼くらい言えるよ。ガキじゃないんだからさ。いただいたおにぎりに齧りつく。温かい。コメが甘く感じる。嚙めば嚙むほど甘くなった。これはうまい。感動ものだ。剣也の隣に座る吉田なんて、おにぎりに向かって手を合わせている。おいおい、やめろよ。気持ちはわからねえでもねえが、大袈裟すぎるだろう。

「うれしいですねえ。『あたたかい白い飯が在る』ですよ」

吉田が語りかけてくる。

「おまえ、なに言ってんの」

「山頭火が詠んだ俳句なんですよ。『あたたかい白い飯が在る』は」

いったいそれのどこが俳句なんだよ。無視して食事に戻ろうとすると、テーブル席の木戸たちがこちらを向いてざわめき出した。太陽と麻耶なんて立ち上がってこちらを見ている。今度はいったいなんだよ、と横にいる吉田を見たら涙を流していた。

「お、おまえ、なんで泣いてるんだよ」

「すみません。わたくし感極まってしまって」

温かいおにぎりが泣くほどうれしいってどういうことだよ。お接待にそこまで感動しなくちゃ駄目ってわけなのか。いやいや、そんなの意味不明だよ。なんなんだよ、こいつは。霊能力に俄然《がぜん》興味示したり、突然泣き出したり、吉田は情緒不安定なんじゃねえだろうか。

「気持ち悪いやつだな」

剣也はカウンターに代金を叩きつけて店を出た。せっかくうまかった昼食を台無しにしやがって。


再び鶴林寺を目指して歩き出す。勝浦川《かつうらがわ》にぶつかる交差点で久々にコンビニを見かけた。何人かのお遍路が休憩している。それを横目に先を急いだ。急ぐと言っても前を行くのが足を痛めた吉田だ。かなり遅い。

木戸たちほかのメンバーはとっくに先へ進んでしまった。もう誰の背中も見えない。太陽が吉田を心配して振り返りながら歩いていたが、吉田が気にせずに先に行くようにうながした。「他人のペースに合わせて歩いていると疲れますよ」と忠告して。

「剣也君も先へ行ってください」

吉田はことあるごとに剣也にそう言ってきた。

「だから、おれはいいんだって」

「いまのわたくし、かなり遅いですよ」

「何度も言わせんなよ。おれは最後尾が好きなんだよ」

吉田の後ろをだらだらと歩く。痛めた足の状態は相当悪いみたいだ。後ろを歩く剣也だからこそわかった。

休憩や昼食後の歩き出しの時点では吉田は普通に歩いた。しかし、ほかのメンバーが先へ行って見えなくなると足を引きずり出した。リタイアを勧められたくなくてメンバーの目があるところでは我慢しているようだ。痩せ我慢しやがって。

金剛杖を突きながら歩いていると、こん、こん、こん、と一定のリズムが刻まれる。軽やかで小気味よいリズムが疲れを一瞬忘れさせてくれる。吉田の杖のリズムはばらばらになってきていて、間隔も開いてきていた。その杖の先端も気になる。つぶれて表面が割れているのだ。杖に体重をかけて歩いているせいだろう。

吉田の限界は近いのかもしれない。だからと言ってリタイアを勧めるつもりもない。木戸に報告もしない。吉田が自分で歩くと言ったんだ。言った責任は取れってことだ。こっちもそんなお人好しじゃない。

あまりに吉田がもたつくものだから、剣也はときどき並びかけた。そうしたとき吉田はぼそぼそと語りかけてきた。

「次の鶴林寺も、その次の太龍寺《たいりゅうじ》も、難所と言われているんですよ。鶴林寺は標高五百メートルで、太龍寺は五百二十メートル。再び遍路転がしです」

「ふうん」

反応くらいはしてやる。

「いちばんの難所はわたくしが転んだ焼山寺への道なんだそうです。徳島県での難所は『一に焼山、二にお鶴、三に太龍』なんて言われているそうですよ」

吉田は勝手に語り続けた。話しているほうが足の痛みがまぎれるのかもしれない。

鶴林寺への山道の入口で木戸たちと合流し、順に出発する。看板が立っていて、札所まで三・一キロと明記されている。平坦な道だったら楽勝な距離だ。けれど、山道の三・一キロは長くてつらい。

山道は覚悟していたが最初から急勾配だった。その後、山道は杉林の中に伸びていった。舗装されていたがこれまた急な上りだった。きついとか、つらいとかより、怒りが湧いてくる。はっきり口に出して言ってやった。

「空海のやつ、こんなきつい道ばっかり歩かせやがって」

途中から岩がごろごろと転がる未舗装の道となった。吉田のペースがさらに遅くなる。コンビニで見かけたお遍路たちがあとからやってきて追い抜いていく。

次第に吉田の体がふらつき出した。脱水症状となったマラソンランナーみたいだ。足の踏ん張りが利かないらしく、右手で金剛杖を突き、左手で手ごろな岩に手をかけて、なんとか歩いている。呻き声も聞こえてきた。吉田は一歩進むたびに、痛みにこらえきれずに声をもらしてしまっているようだった。

吉田のあの苦しみ方は尋常じゃない。また倒れられたらこっちが困る。万が一のときに備えて、剣也はスマートフォンの電波状況を確認した。

急に眺望が開けた。高台に出た。眼下を見下ろすと、山のあいだを縫うようにして逆S字に蛇行する緑色の川が流れていた。

「那賀川《なかがわ》ですよ」

先にたどり着いて見下ろしていた吉田が教えてくれる。川はくねり具合といい、緑がかった川面の色合いといい、身をくねらせる龍のようだった。

川に見とれていると、剣也の後ろでどさりと音がした。驚いて振り返る。吉田が仰向けに倒れていた。リュックは投げ出され、菅笠も脱ぎ捨ててある。吉田は自ら倒れたようだった。

「おい、どうした」

尋ねると吉田は目を細め、青空を見つめたまま微笑んだ。

「剣也君、わたくし、ここまでです」

「ここまで?」

「お遍路はもう続けられません。鶴林寺まではなんとか行こうと思いますが、そのあとはタクシーを呼んでもらいます」

「リタイアするってことか」

「はい。次の太龍寺の遍路転がしはとてもじゃありませんがのぼれないでしょう」

吉田は歯を食いしばって上半身を起こし、右の靴を脱いだ。ズボンをたくし上げる。足首があらわになった。

「おい、なんだそりゃ」

皮膚の下にみかんを潜りこませたみたいに足首がぽっこりと腫れていた。異様な腫れ具合だ。これは靭帯を損傷したというようなレベルじゃない。骨にひびが入っている。

「いったいいつから」

「焼山寺の次の日からどんどん腫れてきまして」

「早く言えよ。医者に診せなきゃ駄目なレベルだろ」

「八十八ヶ所をどうしても回りたかったものですから」

「なに言ってんだよ。お遍路なんかより体のほうが大事だろうが」

「剣也君はやさしいですねえ」

「はあ?　やさしいってなんの話だよ」

吉田のやつ、痛さのあまり頭がおかしくなったんじゃねえだろうな。

「わたくしが焼山寺で足を挫《くじ》いたときも、すぐに助けを呼びに行ってくれましたもんね」

それはひとりではどうにもならなかっただけだ。

「そのあともずっとわたくしの後ろを見守りながら歩いてくれました。焼山寺からここまで剣也君が後ろにいてくれたことは本当に心強かったです。そのやさしさに心の底から感謝いたします」

なんて幸せな誤解をするやつだろう。呆れて黙っていると吉田がすっきりとした笑みを浮かべて尋ねてきた。

「剣也君は同行二人の意味を知っていますか」

「一応、四国の人間だからな。お大師様とふたり連れってやつだろ。でも、それがなんだってんだよ」

「わたくしの場合は同行三人だったのです」

「三人？」

困惑する剣也をよそに吉田はリュックに手を伸ばした。足が痛むのか呻き声を上げながらリュックを開ける。

「やさしい剣也君だからこそ頼みたいことがあるのです」

吉田はリュックから小さな写真立てを取り出した。十代と思われるかわいい女の子の写真が入っている。水色のブラウスを着ていて、髪はほんのり茶色に染められている。いや、自然な色合いなのでもともとの髪色なのかもしれない。吉田がその写真立てを渡してきた。

「わたくしの妹です」

「妹?」

「五つ離れた妹です。いまは天国にいますけど」

「え」

驚きで写真立てを落としそうになった。慌てて両手でしっかりとつかむ。これは遺影ってことかよ。

「簡単に言うと、妹は三年前に横断歩道を自転車で渡っていて車に轢《ひ》かれて命を落としました。車の信号無視でした。大切な妹だったので簡単には言えないほど苦しみました。夢だってあっただろうし、恋愛だってろくにしていないだろうに、妹はあの世に旅立たねばならなかったのです」

かわいそうな話だ。でも、しんみりとした話題や雰囲気は得意じゃない。吉田の妹にしてはかわいらしいその子の写真を剣也はちらりと見てから尋ねた。

「で、おれに頼みたいことってなんだよ」

「わたくしは妹が亡くなったあと、その不在という大きな穴をどうやって埋めたらいいのかわからなくて、とにかく泣いてばかりいたのです。思い余ってあの世との交信ができないだろうか、などと本気で考えていたくらいなんです」

霊媒師の話に食いついてきたのはそのせいか。

「それがある日、妹の遺品を整理していたら、テレビ番組を録画したＤＶＤが何枚か出てきまして。調べてみたら五年ほど前の番組でした。アイドルグループがお遍路を回るというもので」

「それ、おれも知ってるぞ」

「うちの妹はあのアイドルグループの大ファンだったのですよ。部屋にポスターを貼ってありましたし、まねして歌ったり踊ったりもしていました。憧れだったのです。それで思い出したのですよ。妹があのアイドルと同じようにお遍路へ行ってみたいと言っていたことを」

同行三人の意味がやっと理解できた。三人とは吉田とお大師様と吉田の妹だ。吉田はひとりで歩いていたが三人で歩いていたってわけだ。

「わたくしが剣也君に頼みたいのは、このあとのお遍路に妹の写真を連れていってあげてほしいのです」

「ちょっと待てよ。なんでおれなんだよ」

「剣也君がやさしい人だからですよ」

「ばか言え。やさしくなんかねえだろう。それにそんな大切なことは誰かに託さないで、おまえの足が治ったらまたチャレンジしたらいいじゃねえかよ」

「わたくしは当分来られそうにないのですよ。来年は大学院の修士論文を書かなくてはならないし、実はもう一度ほかの大学を修士から入り直そうと思いまして、勉強しなくてはならないのです。妹もこうして二十番札所までやってきたのですから、いつかまた一からやり直すよりは、誰かに託して巡っていただこうかな、と」

身勝手なこと言いやがって。

「あのな、吉田。よく聞けよ。おれは別に好きでお遍路に来てるわけじゃねえんだ。行かないと実家の不動産屋で働かせてくれねえって言うから、いやいや来てるんだよ。親父に言われてしかたなく来てるんだ。供養の意味で妹さんの写真を託したいっていうのなら、おれじゃなくて太陽や麻耶みたいに、好きで来てるやつらに頼んだほうが妹さんのためにもいいんじゃねえのか」

剣也にしては真面目に忠告してやった。さすがに妹の件は不憫《ふびん》に思えて。しかし、なぜか吉田は楽しげな笑い声を上げた。

「あはは、そうだったのですか。剣也君はいやいや歩いていたのですか。でも、というより、それならば、なおさら剣也君にお願いしたくなりました」

「おまえよ、いまのおれの話を聞いていたのかよ。なんでそうなるんだよ」

「太陽君たちほかのメンバーは自らつらい目に遭いに来ているわけですよね。でも、剣也君はいやいや来ている。だったら、同じ行程を歩いていてもどっちがつらいかと言ったら、いやいや来ている剣也君のほうが断然つらいわけです。つまり、剣也君のほうがほかのみんなよりも頑張っていることになるんです。頑張っている人のほうに頼りたくなるのは道理というものでしょう？」

剣也は大袈裟にため息をついてやった。吉田はいったいどこまでおめでたいやつなんだ。

「だからよ、おれは信心なんてまったくないの。お大師様なんてどうだっていいの。そういうおれに大切な妹さんの一件を任せちゃいけねえよ。この山道に入ったときだって空海のやつに腹立ってしかたなかったんだからよ」

「お大師様にですか」

「そうだよ。空海のやつ、こんなきつい道ばっかり歩かせやがってよ。あいつきっとドSに違いねえよ。お遍路たちをきつい目に遭わせて、ひいひい言ってるところを眺めてにやにやしてんだよ、きっと」

「あははは」と吉田は空に向かって大きく笑った。すぐに「痛たたた」と体を丸めて足を抱えた。

「剣也君はすごいですねえ」

「どこがだよ」

「お大師様をドS呼ばわりするなんてすごいです。わたくし、お大師様をそこまで身近に感じたことはないですもん」

まったくなにを言っても褒めてきやがる。さすがに剣也もばかばかしくなって観念した。

「わかったよ。その妹さんの件は引き受けてやる。で、この写真を持って札所を回ればいいわけだな。それだけかよ」

「ときどきリュックから出してあげて、空や海を見せてあげていただければ」

「できたらな。途中で忘れちまうかもしれねえし」

「剣也君はちゃんとやってくれますよ」

また「やさしいですから」なんて言い出しそうで、吉田の手をつかんで無理やり立たせる。吉田は「痛たたたた」と涙目になりながらも笑みを浮かべた。

歩きながら妹の名前を教えてもらった。奏《かなで》ちゃんと言うそうだ。吉田奏。生きていたら、いまごろかわいい女子高生になっていただろう。

奏ちゃんの写真を持ち歩いている証拠写真を送るため、ラインのアカウントを交換した。そして、午後一時、吉田はたどり着いた鶴林寺でメンバーのみんなにギブアップを告げ、呼んでもらったタクシーに乗って帰っていった。

鶴林寺の参拝後、山道を延々と下った。川を渡ると今度はすぐにのぼりとなった。太龍寺への山道だ。

吉田がいなくなり、七班のペースは上がった。誰もなにも話さない。リタイア者を出したためか班の雰囲気は暗い。黙々と歩くというよりも、やりきれなさのせいで速く歩いているふうだ。やめてくれよ、と剣也は舌打ちしてしまう。そういうセンチメンタルな感じをあらわにされると、むず痒《がゆ》くなってしかたがない。

遍路転がしはしんどかったが、たった三時間で太龍寺へ到着した。スタートしてからいちばん速いペースだった。

太龍寺の山頂から麓まではロープウェイが通されている。西日本最長のロープウェイだ。班のメンバーで多数決を取り、下りはロープウェイを使った。

一度に百人が乗れる大きなゴンドラが、必死にのぼってきた山をいともたやすく下っていく。その呆気なさに脱力する。

西の方角を望むと遠く剣山《つるぎさん》山系が見えた。剣山は四国で二番目に高い山で、日本百名山にも選ばれている。剣也の名前はその剣山から取って命名された。美しく、高くあれ。敏行がそう願ってつけたのだそうだ。完全に名前負けとなっているけれど。

明けて次の日は、二十二番札所の平等寺《びょうどうじ》と二十三番札所の薬王寺《やくおうじ》までをいっきに歩いた。合わせて三十三キロだ。足を引っ張るやつがいなくなって、スケジュール通りに札所を消化できるようになった。

薬王寺は徳島県最後の札所となっている。札所のある美波町《みなみちょう》の日和佐《ひわさ》はウミガメの産卵地である大浜《おおはま》海岸が有名だ。薬王寺はその日和佐の港町が一望できる高台の上にあり、長いあいだ山道を歩いてきただけに広がる海がやけにまぶしく見えた。

「しょうがねえな」

剣也は低くつぶやいて班のメンバーから離れた。札所の境内の隅まで進み、リュックを下ろす。手早く奏ちゃんの遺影を取り出し、海を見せてやった。太陽たちが近づいてくる気配があったので、慌てて遺影をリュックの中に隠した。こんなクサいところを見られてたまるか。

幸い太陽たちには気づかれなかったようだ。ほっと胸を撫で下ろし、リュックのジッパーの隙間から覗く奏ちゃんに語りかける。

なあ、奏ちゃん。おまえの兄貴はとんでもなく思いこみの激しいやつだな。君を運ぶ役目としておれみたいな人間を指名するんだからよ。君の言ったひと言でお遍路へ来ちまうあたりも思いこみの強さを物語ってるよ。

昨日、吉田は鶴林寺でタクシーに乗りこむときに、メンバーひとりひとりと別れの言葉を交わしていった。その最後が剣也だった。

吉田は剣也に手を差し出して握手を求めてきた。ほかのメンバーの手前、恥ずかしくて剣也は舌打ちをして握手から逃げた。メンバーから数メートルほど距離を取る。しかし、吉田は足を引きずりながら追いかけてきて、無理やり剣也の手を握った。すぐ離したいのにがっちりと握って離してくれなかった。

「わたくしが思うにお遍路に来る動機として、なにかを失ったからという人が多いのではないでしょうか。お遍路とは失ったものがある人たちが来るものなのですよ」

　また意味不明のことを吉田は語り出した。

「なんだよ、失ったものがある人たちって」

「たとえばですが、夢を失った人、職を失った人、生きる意味を見失った人、大切な人と別れて愛を失った人、それから、わたくしみたいに身内や恋人の命が失われてしまった人です。みんな喪失を抱えてお遍路に来るのですよ。お遍路はですね、そうした喪失と向き合うのにぴったりの時間と空間をくれるんだと思います。そして、歩く人々に教えてくれるのです。ちょっとずつでもいいから前へ進むべきだってことを」

　吉田は剣也の手を握ったまま、生真面目な顔で熱っぽく語った。真面目なのも別れに際してしんみりするのも苦手だ。剣也は突き放すように冷たく言った。

「いまからリタイアするって人間が、なにを悟ったようなこと言ってんだよ。少しは残念がれよ」

「あはは、そうですね。でも、わたくしは得るものがありましたから。いいお遍路でしたから。きっとお遍路は失った分、なにかを得られるようになっているのですよ。そういう法則みたいなものがあるのです。だから、多くの人たちがお遍路に来て満足して帰っていくのでしょうね」

「おいおい、待てよ。おまえがなにを得たって言うんだよ。こんな早くリタイアをするおまえがよ」

吉田は晴れ晴れとした笑みを浮かべて言った。

「剣也君ですよ」

「は？」

「いい出会いをわたくしは得たじゃないですか。剣也君との出会いを」

タクシーに乗りこんだ吉田は、満足そうに手を振って帰っていった。七班のほかのメンバーは剣也と親しげに話して帰っていった吉田を、不思議なものでも見るかのような目つきで見送っていた。

昨日のあのときの吉田の言葉を思い出すたびに、剣也は腹立たしさとともにこそばゆさを覚えた。よくもまあ、あいつは「いい出会い」なんて言えたもんだ。恥ずかしいったらありゃしない。そもそも買いかぶるにもほどがあるもんだ。なあ、奏ちゃん。おまえの兄貴はやっぱりおかしいよ。あれは思いこみの達人だぜ。

「剣也、そろそろ出発するよ」

麻耶が呼んでいる。剣也は無言でうなずいたあと、薬王寺からの眺めにもう一度目をやった。まもなく納経所が閉まる五時だ。けれど、太陽はまだ空の高いところにあり、光と熱を容赦なくまき散らしている。

お遍路なんかくだらねえ。途中でリタイアしてやる。親父のことは仮病でも使って言いくるめてやる。そう思ってたのによ。

吉田のやつめ、お遍路を続ける理由ができちまったじゃねえか。

手のひらには吉田の汗ばんだ手のぬくもりがいまでも残っている。汗びっちょりの熱々の信頼をあのときに握らされちまったのだ。

第二章　灼熱の道

1

網戸の向こうから波の音が聞こえてくる。網戸の向こうに目を凝らしても、海岸沿いの街灯がすべて消されてしまっていてなにも見えない。

花凜は目をつぶり、くり返される波の音に耳を傾けた。脳裏に描き出された夜の海はおそろしく広大で、引きずりこまれる自分を想像してぞっとした。頭頂部までずっぽりと海に沈みこみ、苦しさで吐き出す泡沫《ほうまつ》の音まで聞こえた気がした。

「ウミガメちゃん、来るかなあ」

のどやかな麻耶の声で現実に引き戻された。「さあ」とだけ花凜は短く答えた。

「せっかくなんだから、ウミガメちゃんの産卵を見たいよねえ」

日和佐の大浜海岸はウミガメの産卵地として有名だという。遍路道とは少し外れているが、太陽のたっての希望で海岸そばにあるうみがめ荘に泊まった。

　産卵期のウミガメはとても敏感だそうだ。海岸周辺は街灯を灯さず、車の乗り入れも禁止されていた。大声を出したり、花火をやったりするのも禁止だ。花凛たちが宿泊しているうみがめ荘は夜八時になると遮光カーテンを閉めることが義務づけられ、ロビーや食堂も電灯が落とされる。風呂もそれ以前に入っておく決まりだ。日和佐は街ぐるみでウミガメの産卵地を守ろうとしているところだった。

「ねえねえ、花凛は動物は大丈夫?」

　麻耶の質問の意図がわからない。花凛は遮光カーテンを閉めて麻耶に向き直った。花凛が外を眺めているあいだ、部屋の電気は消してあった。遮光カーテンを閉めたら、室内は完全に真っ暗となった。

「大丈夫ってなに?」

「ウミガメみたいな爬虫類《はちゅうるい》は大丈夫なのかなって」

　麻耶が立ち上がって電気を点《つ》ける。蛍光灯が切れかかっているのか、何度か明滅したあとピンと小さな音を立ててやっと点いた。花凛も麻耶もうみがめ荘の浴衣姿だ。

「大丈夫」

「でも、ウミガメって大きいんだよ」

「平気」

「そっか」

会話が弾まない。麻耶とはいつも短いやり取りで終わってしまう。でも、これでいい。花凜は自分の布団に寝転がった。ウミガメがやってくるのは真夜中から早朝にかけてだそうだ。やってきたら館内放送もあるという。だったらそれまで眠っておこう。眠るのはいい。人と交わらなくて済む。いやなことを思い出さなくて済む。

深夜一時に揺り起こされた。麻耶が興奮気味に花凜の体を揺さぶっていた。いやな夢を見ていた気がするのだけれども内容を思い出せない。いやな夢を見ていたという不快感だけが頭にこびりついている。

「花凜、起きて。ウミガメが来たってよ」

廊下を騒がしく行ったり来たりしている足音が聞こえる。あのどすどすとした足音は太陽だろう。「やばいっすね、早く、早く」なんてはしゃぐ声が聞こえる。花凜は上半身を起こしてうつむいた。お遍路の疲れがたまっていてだるい。こんな夜中に出かけるなんて面倒くさい。

「ねえ、行かないの」と麻耶が訊《き》いてくる。返事も面倒くさくて黙っていると麻耶が声を弾ませて言った。

「ウミガメの産卵って年々見られなくなってるらしいよ。ここに宿泊しても見られないで帰っていく人もいるんだって。あたしたちが泊まった日に見られるなんて奇跡だと思わない？」

思わない。ただの偶然だ。ただ、滅多にない機会であることはたしかだ。ウミガメの産卵は五月から八月のあいだのみだという。かつては毎年百件ほど見られたらしいが、いまはどんどん減少して年に十数件だそうだ。見ておいても損はないかな。そんな気持ちになり、花凜は重い腰を上げた。

花凜たち七班の面々は、ウミガメの保護監視員の指導のもと静かに浜へ降りていった。明かりがないので足元がおぼつかない。夜の海は暗い夜空とあいまって、真っ黒な闇の壁となって立ちはだかっている。波の音は海へ引きずりこもうとする子守唄のようだ。こっちへおいで、こっちへおいで、とくり返している。波の音以外に聞こえるのは足音のみ。やや湿った砂浜を、さく、さく、と踏みしめながら歩く。みんな息をひそめているので足音がよく聞こえた。

保護監視員の説明によれば、観察できるのは産卵と穴埋めの最初だけだそうだ。上陸してくるところや穴掘りの様子は見られない。観察時間は正味三十分とのこと。ゲートを通って進むと柵の前にすでに十人ほどが集まっていた。柵際まで行くとその向こうに保護監視員のライトに照らされたウミガメがいた。

「大きいね」

隣の麻耶が耳打ちしてきた。ウミガメの体長は一メートルくらい。間近で見ると迫力があった。近づかないようにと柵が設置されているが、柵があることで安心しているのは花凜のほうだった。ウミガメはヒレ状の手足で砂浜を這《は》い進んできたためか全身砂まみれだ。手足だけでなく首周りや目の周りまで砂に覆われていた。

「泣いてるね」

再び麻耶が耳打ちしてくる。花凜は曖昧にうなずいた。

ウミガメは二時間ほどのあいだにピンポン玉くらいの卵を百個ほど産むそうだ。花凜が立つ位置からは卵は見えないが、太陽や玲の立つ位置からは見えるようで、静かなよめきを何度も上げている。花凜も彼らのところまで移動すれば、穴に産み落とされた卵を見られるだろう。しかし、気が進まなかった。いまはただひたすらウミガメの横顔を見守っていたかった。涙に潤む真っ黒な瞳を見つめていたかった。子供を産むために危険を冒して陸に上がり、苦しみながら卵を産む母性の美しさに心打たれていたかった。

母とは子を思うもの。そうした当たり前のことがなんて輝かしいのか。いとおしさに泣いてしまいそうだ。誰とも言葉を交わしてはいけないと思った。交わしたら涙がこぼれてしまう。

ウミガメが穴を埋め始めたので撤収となった。ゲートを通ってうみがめ荘へ戻る。

「ウミガメ母さん、泣いてたね」と麻耶がメンバーに語りかけた。

「あれは涙じゃないんだよ」

太陽が得意げに返す。

「なんなの」

「目の横に体内の塩分濃度を調節する器官があるんだ。そこから塩分を含んだ粘液を出しているのさ。上陸したときはその液で眼球を潤わせて、渇くのを防ぐようになってるんだよ。つまりさ、ウミガメは悲しかったりつらかったりで泣いているわけじゃないんだ」

暗がりの中でも麻耶がむっとした表情になったのがわかった。

「なによ、その余計なうんちくは。産卵に感動していたのに興醒《きょうざ》めじゃない」

麻耶が太陽の肩口に思いきりパンチを入れる。

「痛えな！」

「あたしの感動をぶち壊したあんたが悪いんでしょう」

「おれは本当のことを言ったまでじゃないか」

「なんでも本当のことを言えばいいってもんじゃないんだよ。まずはいっしょに感動に浸ってくれたっていいじゃない。そんなだから太陽はモテないんだよ」

「あ、なんでおれがモテないって決めつけるんだよ」

「ウミガメの産卵に感動してるあたしの乙女心を理解できていないんだもん。モテないに決まってるじゃないの」

またふたりのじゃれ合いが始まった。木戸や玲は苦笑いして見守り、剣也は「くだらねえ」と吐き捨てて階段をのぼっていった。

花凜もウミガメの母性に感動していたので麻耶の言い分はわかる。でも、どうでもよくなった。太陽と麻耶のどちらの肩を持つつもりもない。じゃれ合いを見守るつもりもない。さっさと二階の自室に戻った。白い敷き布団にうつ伏せに倒れこみ、顔を枕に埋める。しんとした室内にひとりでいると、お遍路プロジェクトに参加した後悔をひしひしと感じる。

自分は太陽たちみたいに楽しいお遍路をしたかったわけじゃない。深海を密《ひそ》やかに潜行するかのような旅がしたかった。太陽のようなはしゃいだおめでたい人を見ていると、心が急速に冷えていく。仲間と思われるのもいやだ。だから、距離は置いておきたい。関わりたくもない。

徳島県最後の札所である薬王寺から高知県最初の札所である最御崎寺《ほつみさきじ》まで七十六キロ。途方もない距離を四日間かけて歩く。そのあいだ札所はひとつもない。朝起きたら歩くのみで一日が終わる。

札所で参拝したり納経所へ行ったりすることは、疲れていると面倒なうえにしんどかった。でも、ただ歩き続けているだけのほうがしんどいと知った。札所での参拝は気持ちの切り替えになっていたようだ。

また、歩いているだけだと、歩くための筋肉だけを一日中使い続けることになる。もはや足はどこもかしこも痛く、骨の髄までじりじりと痛い。

しかし、メンバーの前ではつらい姿を見せたくなかった。つらそうに見えたら心配して話しかけてくる。会話する必要が出てきてしまう。それがいやで花凜は平気なふりで歩いた。

あまりにつらいときは、表情を見られないように下を向いて歩いた。地面を見つめて歩いていると、アスファルトに落ちているたくさんの死骸に気づいた。いろいろなものが死んでいた。干からびたミミズ、力尽きたクロアゲハ、大きなマイマイの抜け殻、ひしゃげたカナブン、仰向《あおむ》けの蜂。ハツカネズミの子供なんてのもあった。それらにアリが群がる。

「しかしさ、まさか自分の人生で室戸岬《むろとみさき》へ向かう日が来るなんてねえ」

気づいたら花凜の横を麻耶が歩いていた。顔を上げて前を向くと、先頭を歩いている木戸からかなり遅れてしまっていた。それで後続の麻耶と並んでしまったのだろう。

「花凜はさ、室戸岬は初めて？」

麻耶が声を弾ませて訊いてくる。花凜はこくりとうなずいた。

「あたしも初めて。じゃあさ、花凜はテレビで見たことがあるかな？　台風が来たときに大荒れの海の前で『こちら室戸岬です！』なんてリポーターが悲壮感たっぷりに叫ぶやつ。あの室戸岬にあたしたちもうすぐたどり着くんだよ。なんかすごくない？」

次の札所である最御崎寺は室戸岬の先端にある。麻耶の言う通り、千葉で生まれ育った花凜にとって、室戸岬はテレビでしか見たことのないはるか遠い場所だった。訪れる日が来るなんて思いもしていなかった。

「すごいかも」

短く答えた。

「だよねえ。ただчисло、台風って七月と八月には上陸しないんだって。あたし一応調べてみたんだ。この三年間で本当に七月と八月には来てないんだよ。残念だなあ。あたしさ、あの台風リポートをやってみたかったんだよねえ」

花凜の反応などお構いなしで麻耶は話し続ける。それはありがたいことでもあった。麻耶はきっと花凜との距離を懸命に縮めようとしてくれているのだ。

表裏のないさっぱりした子。それが麻耶の印象だ。年上の剣也に対してだって物怖《ものお》じせずに意見ができる。肝が据わっているのだ。感心してしまう。

もしもお遍路ではなく、違う場所で、違うときに、違う二宮花凜として会っていたら、麻耶とも仲良くなれていただろう。親友にだってなれていたかもしれない。

だけど、いまは駄目だ。誰とも関わりたくない。心を開きたくない。

「靴紐《くつひも》がゆるんじゃった」

麻耶が立ち止まり、しゃがみこんだ。花凜を見上げて微笑《ほほえ》む。

「ごめんね、花凜。先に行ってて」

花凜は言われた通りに麻耶を残して歩き出した。靴紐がゆるんだのは本当かもしれないし、嘘《うそ》かもしれない。花凜が空返事ばかりするものだから会話が手詰まりになり、麻耶は嘘をついて距離を取ったのかもしれない。

麻耶の「ごめんね、花凜」という言葉が耳の中で何度も再生された。「ごめんね、花凜」「ごめんね、花凜」と。こっちこそごめんねと花凜は思う。せっかく気を回してくれているのに心を開けなくて。

国道五十五号線を南下する。右手に緑の小高い山々が続いていて、左手に太平洋が広がっている。お遍路プロジェクトの旅のしおりによれば、このあたりは八坂八浜《やさかやはま》と言うそうだ。たしかにいくつもの坂があり、いくつもの砂浜があった。砂浜はどこも趣きが違っていて、海水浴場として家族連れでにぎわうところもあれば、サーファーばかりが集うところもあった。

海の色が花凜の出身地である千葉の海とだいぶ違う。緑に近い青だ。水の透明度が高くて半透明なので、海はメロンゼリーのように見えた。沖へと視線を上げていくと、その青は次第に紺色に近づいていく。

鯖大師《さばだいし》へ立ち寄った。空海の伝説が残る寺院だ。そこを過ぎると大きく開けた海水浴場に出た。

「駄目だ、おれもう我慢できねえ！」

太陽が菅笠《すげがさ》を脱ぎ捨て、リュックサックを放り投げた。Tシャツと靴を脱ぎ、短パンひとつになって砂浜を走っていく。誰もが唖然《あぜん》とするなか、水を蹴り上げながら海へ入っていった。

「気持ちいい！」と太陽が空を見上げて叫んだ。顔と腕だけが真っ黒に日焼けしていて、あとは真っ白な上半身をしている。おかしな焼け方をした巨体が海で叫んでいるとなんだか異様だ。

「そんなずぶ濡れになってどうすんのよ」

麻耶が呆《あき》れ顔《がお》で声をかける。

「この暑さだもん、すぐに乾くさ。つうか濡れているほうが気持ちいいって。みんなも海に入れよ」

「やだよ！　なんであんたそんな能天気なのよ。ばかじゃないの」

そう罵《ののし》りつつも麻耶は楽しそうに笑っている。

海から上がった太陽は、体を簡単に拭いただけで靴を履き、上半身裸のままでリュックを背負った。濡れた短パンから水を滴らせながら笑顔で歩き出す。その自由奔放さが花凜の目にはまぶしい。交わりたくないおめでたい人間なのだけれど。

サーファーショップの前を通った。花凜と同世代の男女がたむろっていた。肌をこんがりと焼き、タトゥーの入った腕や背中を自慢げにさらしている。海水浴客用の駐車場では、また同じような若者たちが水着に着替えていたり、ビール片手にはしゃいでいたりした。

ザ・青春って感じだ。そんな彼らの目にお遍路はどう映るのだろう。いままで出会った年配の人たちは、花凜たちにお接待してくれたり励ましてくれたりと歓迎ムードだった。でも、同世代の彼らが花凜たちに向ける視線はどこか冷ややかに感じられた。どちらかと言うと視界にも入れたくないといったふうだ。お遍路なんてしみったれた存在。鬱陶しい。そんなふうに考えているのでは。花凜はお遍路をスタートしてから初めて肩身の狭い思いがした。

坂をのぼり、また下った。いくつもの浜を横目に進んでいく。道路脇の電光掲示板に気温が表示されていた。三十六度とあった。しかし、数値ほど暑く感じられない。海風のおかげかもしれない。熱風を浴びながら歩いているとふいに冷たい海風に包まれた。大地からの熱風と海からの冷風がない交ぜになって過ごしやすくなっているのだろう。

後方から男性の歌声が届いてきた。怒鳴るような歌い方だ。花凜は身を強張《こわば》らせた。おそるおそる振り向くと太陽が両手を広げて楽しげに歌っていた。その左右に麻耶と玲がいる。麻耶が大口を開けて笑う。

「ぎゃはは！　太陽ってひどい音痴！」

「おいおい、ひでえな。麻耶が暇潰しに歌おうって言うからトップバッターとして歌ってやったのによ」

「なんか悪いことしちゃったな。こんな音痴をトップバッターに指名しちゃって」

「そんなにひどいかよ」

「のど自慢だったら一秒で鐘が鳴るレベルだよ。いや、〇・五秒で鳴るね」

太陽は納得がいかないのかしきりに首をひねっている。

「もう一回歌ってみな。あたしが前奏を歌うから、続けて太陽が歌うんだよ」

「オーケー。さあ、かかってこいや」

また歌うのか。花凜は聞きたくなくて前に向き直ってペースを上げた。それでも麻耶の「ラ、ラ、ラ」という前奏が耳に届いてきた。去年流行《はや》った女性アイドルグループの曲だ。前奏が終わって太陽が歌い出す。最初の一フレーズを聞いただけで花凜は顔をしかめてしまった。太陽はまるで音感がなかった。麻耶が歌ってみせた前奏の曲と違う曲を歌い出したのかと思ったくらいだ。

「ぎゃはは！」とまた麻耶が大笑いする。「太陽、ストップ、ストップ！　あんた本当にあの曲を聞いたことあるの？」

「あるよ」

「全然違うじゃん！　どういう耳してんのよ」

再び振り返ると、腹を抱えて笑う麻耶の横で太陽がむすっとしていた。怒り出すのかと思ったら、やけっぱちというふうにまた歌い出す。麻耶の大きな笑い声に対抗するつもりなのか太陽も大声だ。あいかわらず音は外しまくっていて原曲からほど遠い。救いがあるとすれば歌っている当人がすこぶる楽しそうなことくらいだ。大熱唱だった。

花凜は両手で耳を塞いだ。足を速めて三人から離れた。太陽の歌は聞くに堪えないが、耳を塞いだ理由はそこではない。歌そのものがいやだ。世の中にある歌という歌を聞きたくない。

この三年間、何百枚と持っているＣＤに一度も手を伸ばしていない。スマートフォンや携帯音楽プレーヤーにダウンロードしていた曲はすべて削除した。歌が流れてくるラジオやテレビに長らく電源を入れていない。愛用していたフェンダーのジャズマスターはギターケースに入れっ放しで、ケースは埃《ほこり》をかぶって真っ白だ。

かつては、悲しいとき、苦しいとき、うれしいとき、と心が動くときは必ずそこに歌があった。心を救えるいちばんのものは歌だと信じていたし、喜びを伝えるのにいちばんのものも歌だと思っていた。

歌こそすべて。

たとえば世界中で人々が憎み合ってばらばらになりかけていたとしても、最後にみんなの心を繋《つな》ぎとめるのは歌だと信じていた。神様のことはうまく信じられないけれど歌の力ならば信じられた。

でも、いまはすべてが遠い。

太陽のように楽しげに歌っていた以前の自分を思い出して、花凜は身震いした。逃げるように先を急ぐ。急いだところで逃げられるわけじゃないとわかっているのだけれど。

お遍路スタートから九日目、とうとう徳島県が終わって高知県に入った。県境に長いトンネルがあり、抜けたら高知県の標識が待ち構えていた。太陽たちが小躍りしながら標識の下を通っていく。花凜はなんの感慨も湧かなかった。

本当にこれが自分の求めていたお遍路だろうか。じりじりとした焦りに包まれる。お遍路プロジェクトから配られたしおりによれば、歩くルートによって正確な距離は異なるが、ここまででだいたい二百キロ歩いたことになる。二百キロも歩いたのに自分にはまだなんの変化も見られない。ため息が出てしまう。

十日目、宿を出発してすぐに大きな立像が見えてきた。真っ白な像だ。先頭を歩く木戸が振り返って立像を指差す。

「空海の若いころの像だそうです。二十一メートルあります」

立像は朝日を浴びてさらに白く輝いていた。背負っている山は濃い緑色だ。背景とのコントラストで立像の白さはなおさら際立った。

御厨人窟《みくろど》と神明窟《しんめいくつ》へ到着した。空海が若いころに修行したとされている洞窟だ。国道五十五号線から奥まったところに切り立った崖があり、その麓にそれらふたつの洞窟はあった。左が御厨人窟で右が神明窟。それぞれの入口に鳥居が建てられていた。

木戸のもとにメンバーが集まる。木戸がお遍路プロジェクトの旅のしおりを読み上げる。

「むかしはこの崖のところまで海だったそうです。いまは海までけっこう距離がありますけれど」

振り返ると国道をはさんだ向こう側が岩場の海岸となっていた。海まで百メートルくらいだろうか。

「すごいパワースポットって感じがしない？」

麻耶がスマートフォンのカメラで洞窟の写真を撮り出す。太陽や剣也もコンパクトデジタルカメラやスマートフォンのカメラで撮り始めた。撮影タイムだ。

観光客じゃあるまいし。花凜はメンバーから離れようと数歩下がった。すると、後ろに立っていた人とぶつかってしまった。玲だった。

「あ、ごめん」

ぶつかったのは花凜なのに玲が謝った。先に謝られて、花凜としては謝るタイミングを逸してしまった。

玲はぶつかった拍子にメモ帳を落としていた。小さな黒いメモ帳だ。花凜が拾い、玲に渡す。

「あ、ありがとう」

こっちが悪かったというのに玲はさも申し訳なさそうに礼を言った。

メモ帳はモレスキンだ。花凜もかつて愛用していたからわかる。歌詞が浮かんだときにその場でメモを取っておかないと忘れてしまう。スマートフォンのメモ機能を使ってもいいのだが、わざわざペンで書きつけるのが好きだった。

「ごめん、メモしていて前を見ていなかったから」

玲がまたもや謝る。異様に腰の低い人だ。

「なにを書いていたの」

尋ねると玲は目を白黒させた。花凜から声をかけたことに驚いているようだ。いままで七班のメンバーとは誰とも関わりを避けてきた。しかし、玲は別だ。質問したいことがいろいろある。記憶をなくした彼には。

「特にたいしたことは書いていないんだけど」と玲がもじもじと言い渋る。

「別に教えられないことならいいんだけど」

花凜が強く言うと、玲は慌ててメモ帳を開いてみせてくれた。モレスキンは罫線の入っていないプレーンタイプだ。玲は几帳面《きちょうめん》な文字でこう書きつけていた。

〈御厨人窟と神明窟。波による浸食で洞窟ができたということは、いまぼくが立っている場所はかつて海の底だったということ〉

御厨人窟と神明窟のスケッチも描かれていた。なかなか上手《うま》い。

「そこまできちんとスケッチするなら、写真を撮ればいいじゃないの」

花凜はぱしゃぱしゃと撮影を続ける麻耶たちへ視線を送った。玲はぼそぼそと答えた。

「ぼくは写真を信用していないんだ」

「信用していない？」

妙な言い回しだ。玲はためらいつつ続けた。

「ぼくが逆行性健忘症って診断されたあと、記憶が戻るように写真をたくさん見せられた話は覚えてる？」

こくんとうなずく。

「ぼくは何十枚もの写真を強制的に何度も見せられたんだよ。十歳のぼくにはそれが本当に苦痛だったんだ。思い出せなくて苦しいのはぼくのほうなのに、周囲はどうして思い出せないんだって怒ったり悲しんだりするんだよ。しかもあのときのぼくは崖から落ちて顎を複雑骨折していて、顎をギプスで固定されていてしゃべれなかった。写真はやめてくださいって簡単なひと言さえ伝えられなかったんだよ。そんなことがあったから写真は苦手。記憶を取り戻す手がかりにも全然なってくれなかった。だから、信用していないいんだ」

記憶をなくすというつらい経験をしてきた玲のことだ。悲しいエピソードのひとつやふたつは持っているだろうと思っていた。でも、写真のエピソードは花凜の想像を超えていた。

その一方でうらやましくもあった。玲のように記憶を失うことができたらどんなに楽だろう。花凜が三年前に出くわしたことを、すっぽりと失えたらどんなに幸せだろう。

麻耶たちがちらちらと花凜と玲を窺《うかが》っていた。こうして玲にだけ話しかけていることを不思議に思っているのだろう。花凜は視線から逃れるように神明窟へ向かった。足早に鳥居をくぐる。すると、見覚えのあるお遍路が立っていた。

「あ、おまはんは」

お遍路が花凜を見て微笑む。うどん屋で会った十文字だ。会釈をして通りすぎようとすると、あとからやってきた太陽がはしゃいだ声を上げた。

「わお！　十文字さんじゃないっすか！」

「また会《お》うたな」

十文字が細い目をさらに細めて笑う。

「お遍路、楽しんどるか」

「楽しんどります！」

「案内しちゃる」

出てきたばかりの神明窟へ十文字が引き返す。

「いいんすか」

「かまんよ。きー」

十文字はきびきびとした足取りで神明窟へ入っていった。花凛たち七班のメンバーも続いた。

神明窟は奥行きが浅かった。洞窟というよりも奥行きのある岩陰といったふうだ。

「ここはお大師様が苦行を積んだところと言われとる。隣の御厨人窟は住んどったところ」

「へえ！」

太陽が大仰に感心する。

「若き日のお大師様はここでコクウゾウグモンジホウの修行をしとったんよ」

「なんすか、それ」

「記憶力がよくなる修法と言うたらええかの」

「それ、旅のしおりに書いてあります」

木戸がお遍路プロジェクトの旅のしおりを掲げた。メンバーが一様に旅のしおりを開く。花凜も十文字が口にした記憶力の言葉が引っかかって開いた。コクウゾウグモンジホウは空海のプロフィールの欄にあった。漢字で書くと虚空蔵求聞持法。

「この虚空蔵求聞持法と言うんは、虚空蔵菩薩《こくうぞうぼさつ》様の真言を百日かけて百万回唱える修行法なんよ。虚空蔵菩薩様は知恵、知識、記憶に関して御利益のある菩薩様やけん、これを修行した者は仏教のあらゆる経典を記憶して忘れんとされとる。ほなけん記憶力増進を願う修法なんよ」

「はい」と太陽が元気よく挙手する。「百日かけて百万回ってことは一日に一万回っすよね」

「ほうやな」

「ハードな修行っすね。数字を一万まで数えるだけでも大変っすもん」

「その真言ってどういうものなんですか」

玲が会話に割って入った。玲も記憶力という言葉に引っかかったのかもしれない。十文字が諳《そら》んじてみせた。

「ノウボウ・アキャシャキャラバヤ・オン・アリキャ・マリ・ボリ・ソワカ」

「いまのをここに書いてもらってもいいですか」

慌ただしく玲が先ほどのモレスキンを取り出した。十文字が書きつけて渡す。

「ありがとうございます」

　玲は深々と頭を下げた。顔を上げてから真言をしげしげと見つめている。太陽が横から玲のモレスキンを覗《のぞ》きこんで言う。

「よかったなあ。唱えたらきっと効果ばっちりだぜ」

「一日一万回も唱えるのは無理そうだけどね」

「でもよ、一回五秒くらいで唱えられるわけだろう。一分間だと十二回。一時間だと七百二十回。ということは十時間で七千二百回だから、ええと十三時間くらい唱えていれば一万回行けるんじゃねえかな。不可能じゃないぞ」

「百日間は無理だよ。大学だって始まっちゃう」

「たしかに。そう思うと真言を唱え続ける時間のあるお大師様はうらやましいな。おれも講義に出ないで真言を唱える生活がしてみたいぜ」

　玲と太陽は顔を見合わせて笑った。まるでむかしからの友達のようだ。いつの間にふたりはこんなに仲良くなったのだろう。

「さて、ここでお大師様が修行したんは、おまはんらくらいの年齢だったそうや。ほんでな、求聞持法の修行をしとるとき、明星つまり金星がぴゅーっと飛んできて、お大師様の口に飛びこんだとされとる」

「そんなばかな」

花凜の後ろで剣也が小さく言って冷ややかに笑った。その声は十文字にも聞こえたようだ。剣也に向かって言う。

「おまんの言う通り、ばかなって話じゃ。ほなけんど、お大師様が自ら書かれた『三教《さんごう》指帰《しいき》』では明星来影スと書かれとるんよ」

その逸話は旅のしおりにも書かれていた。明星が空海の口の中に飛びこみ、そのときに悟りを開いた、と。

「虚空蔵菩薩様の化身である明星がお大師様の口に飛びこんで、一体化するような神秘体験を得て悟りを開いたんやないか、と主張する人もおる」

「金星が口に飛びこんだら大きすぎて口が裂けちゃうかもな」

太陽が子供みたいなことを言って笑う。すかさず麻耶が太陽の肩口を叩いて突っこみを入れた。

「なに言ってんの。夜空に見えるお星様の大きさで飛んできたって話でしょ。本当の惑星の大きさだったら口が裂けるんじゃなくて押し潰されちゃうじゃない」

「大丈夫。おれだったら潰されねえよ」

「おれだったら？」

「おれ、太陽だから。太陽に比べたら金星なんて豆粒みたいなもんだからな」

「ばーか。そういうこと言ってるんじゃないでしょう」

またふたりのじゃれ合いが始まった。それを見て十文字が声を上げて笑う。玲や木戸たちも笑っている。しかし、花凜はいっしょになって笑う気になれず、ひとり先に御厨人窟へ移動した。

御厨人窟は神明窟と違ってかなり奥行きがあった。中は広く、こちらはいかにも洞窟といったふうだ。奥へ進んでいくとひんやりしていて、岩壁も足元もみんな濡れていた。洞窟の入口が狭いせいで中は暗い。暗さと薄気味悪さで花凜の足取りは鈍った。

奥まったところに石造りの壇が待ち構えていた。大きな祠《ほこら》が奉《まつ》ってある。これらもすべて濡れていて、洞窟内に設置された小さな灯《あか》りに照らされてぬめぬめと光っていた。

遅れて十文字と七班のメンバーがやってくる。十文字は石造りの壇の前まで進むと、振り返って入口の方向を指差した。

「おまはんら、いま入ってきたほうを振り返ってみぃ」

振り返ると洞窟の小さな入口から、水色の空と真っ青な海が見えた。暗い洞窟から見ているせいか、空と海はまばゆく輝いて見えた。

「空海の法名はここから見た風景が空と海だけやったからと伝えられとる」

「なるほど！」

太陽が感嘆の声をもらす。ほかのメンバーも感じ入っているのか空と海を無言で見つめている。ところが、舌打ちがその沈黙を打ち破った。剣也だ。狭い洞窟ゆえに舌打ちは響いて聞こえた。

「なんだかなあ」と剣也が不満げにもらす。

「なんだかなあってなによ」

麻耶が腕組みをして剣也を睨《にら》む。

「修行の場っていうからどれだけ大変なところかと思ったら、いまのこの時期ありがたいくらい涼しいじゃねえか。天然のクーラーってわけだ。それに洞窟からきれいな空と海が見えるときてる。お大師様はいいところで修行してたってわけじゃねえかよ」

「あんた、よくそんなことが言えるね。ここはお大師様を信仰する人にとって聖地みたいな場所なんだよ」

「別におれは大師信仰でもねえし、真言宗でもねえし。関係ねえよ」

「でも、その態度はないでしょ」

「まあまあ」と十文字があいだに入った。「ほなけんど、おまんの言う通り、お大師様は過ごしやすいところを探して御厨人窟へやってきたのかもしれんね。過ごしやすいっちゅうことは修行にもええ按配《あんばい》やったということやけんね」

十文字は続けて虚空蔵求聞持法について語り出した。花凜は興味がなくて、話を聞くメンバーの輪から離れた。先ほど十文字は虚空蔵求聞持法を記憶をよくする修法だと言っていた。

だったら、いらない。記憶なんてよくなりたくない。

自分は忘れたいのだから。


高知県最初の札所である最御崎寺は室戸岬にある。室戸岬は山地がそのまま太平洋に突き出していた。まるで、巨大な銛《もり》の先端が海へ切りこんでいるような形をしている。その室戸岬の山地の上に最御崎寺はあった。山地なので再び汗だくの山登りをするはめとなる。

観光地として集客のある土地では札所も混雑するようだ。最御崎寺も本堂の賽銭箱《さいせんばこ》前は参拝客で混み合っていた。花凜はやや下がったところから賽銭を投げ入れ、手を合わせた。願うことはただひとつ。

また歌えますように。

いまは声が出ない。歌おうとすると喉が締まって声が出なくなる。それでも無理に歌おうとすると、湿ったやりきれなさに胸が押し潰されて体に力が入らなくなる。立ってさえいられなくなるのだ。

歌えない理由は明白だ。歌うことがこわい。歌って罵られるのがこわい。三年前に罵られてばっさりと寸断されたあの日から、花凜の時計は止まってしまっている。

参拝後、札所のある小高い山から、ヘアピンカーブの続く室戸スカイラインを歩いて下った。カーブはところどころ高架になっていて空中にせり出していた。ガードレールのそばに立って下を覗いてみた。足がすくむほどの高さで、家並みをほぼ真上から見下ろせた。

北西の方角を望む。室戸市の市街地が一望できた。海岸線は西へとどこまでも続いている。その果てに足摺岬《あしずりみさき》があり、三十八番札所の金剛福寺《こんごうふくじ》があるはずだった。気が遠くなるような道のりだ。

次の二十五番札所の津照寺《しんしょうじ》までは約七キロ。花凛は木戸に続いて二番目を歩いた。遍路道は基本的に国道五十五号線と重なって延びているが、ときに裏道を通ったり、ときに防波堤の上を歩いたりと、国道を縫うようにして続いていた。

その次の二十六番札所の金剛頂寺《こんごうちょうじ》までは約四キロと距離が短い。楽な道のりだろうと高を括《くく》っていたら、遍路道は次第に海から離れていき、やがて上りの山道となった。さんざん海沿いを歩かされたあとの山道だ。足が悲鳴を上げる。

「金剛頂寺って寺の名前に頂って字が入ってるんだもん。そりゃあ高いとこにのぼることになるよね」

麻耶がうんざりとこぼす。メンバーの誰からも反応はない。みんな会話する余裕がないほど疲れきっているのだ。

金剛頂寺の参拝を終え、下ってきて再び国道五十五号線に戻った。ちょうど道の駅があってレストランで昼食となる。食後に屋外にあった鯨のモニュメントを眺めながら出発の準備をしていると「剣也！」と男性の声がした。

「剣也、こっちだよ！」

国道を走る白いスポーツカーからだ。花凜たちと同い年くらいの男が窓から手を振っていた。スポーツカーは無駄にアクセルを吹かしながら通りすぎると、これまた無駄にブレーキ音を響かせて曲がり、道の駅の駐車場へ入った。

車からふたりの男が降り、手を振りながら近づいてくる。ふたりともシャツにハーフパンツという格好だ。ひとりは金髪で、もうひとりはストローハットにサングラス。「チャラい田舎の兄ちゃん」という名札をつけてあげたくなるようなふたりだった。

「見つけたぜ、剣也」

金髪のほうが両手の人差し指で剣也を指差す。サングラスは剣也とハイタッチを交わした。剣也が花凜たちメンバーに向き直って言う。

「こいつら、大学でつるんでるやつらなんだよ。松山からこんな高知の果てまで来やがってよ。本当に暇なやつらだぜ」

口ではけなしているが、うれしくてしかたがないといった笑みを剣也は浮かべている。自分のためにはるばるやってくる友人がいることを、見せつけたがっているのも伝わってくる。

しかし、それらすべて花凜には興味のないことだ。日陰に移動し、建物に背中を預けて地面に腰を下ろした。午後のために少しでも体力を温存しておかなくては。

汗を拭き、体育座りでうなだれる。すると、花凜の目の前に誰かが立った。顔を上げると金髪がいた。しゃがみこんだかと思うと、ぶしつけな値踏みの視線を送ってくる。感じの悪い男だ。顔を背けると、金髪は立ち上がって剣也に向かって言った。

「なあ、剣也。同じ班に目ぼしい女がいねえって言ってたけどいるじゃねえか。つうかすげえきれいな子いるじゃん。隠してたな」

サングラスもやってきた。わざわざサングラスを外して花凜を見る。予想していたより小さな瞳がサングラスの下から現れた。その瞳がぐっと見開かれる。

「あれ？　この子、カリンじゃん」

びくりと身震いしてしまう。剣也がやってきてサングラスに尋ねる。

「知り合いか」

「違《ちげ》えよ」とサングラスが首を振る。「髪が黒くてわからなかったけど、この子はピンクバンビのカリンだよ」

「ピンクバンビ？　なんだそれ。夜のお店か」

ひひひ、と剣也が卑しい笑い方をする。

「知らねえのかよ。バンドだよ」

「バンド?」

剣也がきょとんとする。それから鼻で笑って「そんなバンド知らねえよな」と金髪に同意を求めた。

「知らねえよ!」と金髪が大袈裟《おおげさ》に笑った。

「いやいやけっこう有名だって。女の子三人組でテレビにもよく出てたんだって。たしかカリンとピコとエリーって三人で。『冬のくちづけ』って歌、ラジオでもよくかかってたんだぜ」

花凜は心の中で「ブー」とクイズの不正解の効果音を鳴らした。残念ながらピンクバンビは四人組だ。しかもひとりは男。ドラムスのフジが忘れられている。フジに報告したら憤慨するだろう。サポートメンバーに間違われることを、彼はなによりもいやがっていたから。それに正しい曲名は『冬のくちぶえ』だ。目の前で曲名を間違えられることほど恥ずかしいものはない。

「なあ、ピンクバンビのカリンだよな。本物だよな?」

サングラスが顔を覗きこんでくる。面倒なことになった。いままで素性を知られずにお遍路を続けてこられたのに。

黙っていると金髪が唐突に「おお!」と騒がしい声を上げた。「本当だ! 歌ってんじゃん。髪の毛、オレンジ色だし」

スマートフォンの画面を見て金髪がにやにやしている。かすかに『冬のくちぶえ』が聞こえてくる。ユーチューブかなにかの動画共有サイトを見ているのだろう。剣也もいっしょになって画面を覗きこんでいたが、じろりと花凜を睨んだ。

「なんだよ、おまえ。大学生ってのは嘘か。素性を偽ってお遍路に参加してたわけか」

「ちょっと待って、剣也君」

木戸が遠巻きながら声をかけてきた。剣也が舌打ちをして木戸に振り返る。

「言われなくてもわかってるよ。お遍路プロジェクトは匿名で参加してもいいんだよな」

「そ、そうだよ。それに花凜ちゃんは大学生だよ。コーディネーターのぼくが保証する」

「わかったよ、わかった」

先ほどより大きな舌打ちをして剣也は花凜に向き直った。

「バンドやってて売れてたやつが、なんでお遍路に来てるんだよ。息抜きかよ。それともお遊びのつもりか」

花凜はうつむいた。面倒くさいやつに捕まったものだ。無視を決めこんでいると、すぐ目の前まで剣也がやってきた。威圧感たっぷりの声で言う。

「おまえよ、いままで七班のメンバーと関わろうとしなかったよな。それって自分を特別だって思っていたからだろう。住む世界が違うって線を引いていたわけだろう」

こいつは自分を棚に上げてなにを言っているんだ。おまえだって班のメンバーと関わろうとしなかったくせに。浮きまくっていたくせに。毒づいてやりたかったが言い返したらさらに面倒になる。花凜はうつむいて地面に視線を落とした。頭上から剣也のいら立った声が降ってくる。

「気に入らねえなあ。音楽で成功してるやつが正体隠してこそこそお遍路しやがって。どういうつもりだよ」

なにが音楽で成功だ。レコード会社内のマイナーなレーベルから六曲入りのミニアルバムを出しただけなのに。それ以降、まったく活動していないのに。ピンクバンビの動画をインターネットで検索して見つけられたのなら、その後の活動状況についても調べてみればいい。活動休止が発表された情報も見つかるはずだ。

花凜はうつむいたまま小さく笑ってしまった。音楽で成功などという剣也の見当外れがおかしかったからだ。歌を歌えなくなった自分への嘲《あざけ》りもあった。

「おい、おまえいま笑っただろ」

剣也の声が尖《とが》る。花凜は立ち上がってリュックを背負った。聞こえないふりで歩き出す。

「話は終わってねえぞ」

後ろから肘をつかまれた。後悔がむくむくと湧き上がってくる。やっぱりお遍路プロジェクトに参加しなければよかった。ひとりで歩けばよかった。無言で肘を引き抜き、剣也を睨む。べたべたと汗臭い手で触らないでほしい。

「調子に乗ってんじゃねえぞ」と金髪が脅しの声を上げた。

「ちょっと有名だからって、おまえいい気になってんだろ」とサングラスが続く。

調子にも乗っていないし、いい気にもなっていない。なんて安っぽい言葉を吐く人たちだろう。相手にするのもばかばかしくて花凜は歩き出した。しかし、剣也からかけられた言葉で足を止めた。

「ステージの上じゃ爽やかそうに歌っているくせに、実際は感じ悪いんだな。歌詞だってどうせ建前ばっかりなんだろう」

歌を罵られたあの日の記憶がよみがえってくる。三年前、あの人は花凜に向かって言い放った。

「あなたが歌っていることなんて、しょせんきれいごとなのよ」

人の心を救えるいちばんのものは歌だと思っていた。歌の力を信じていた。でも、そうした花凜の思いをあの人は罵り、ずたずたにした。あの人の小さな瞳と細い目を思い出すと、いまでも体が震える。あの日からずっと震えているような気もする。

「いい商売だよな」と剣也がせせら笑う。「どうせおまえも頑張れば夢が叶《かな》うとか調子のいいことばっかり歌ってるんだろう。才能のない人間の悩みなんて想像もしないでよ。きれいごとを並べるだけで金が入ってくるなんて、吐き気のする商売だぜ」

きれいごと。

いちばん言われたくない言葉が剣也の口から出た。めまいを覚えるほどの怒りが湧き起こる。真っ暗な深い井戸から突如として火柱が上がるかのようだった。花凜は剣也に振り返り、一歩踏み出した。気づいたときには剣也の頬を平手で打ち抜いていた。ばちんと乾いた音が響き渡り、我に返る。この怒りは本来あの人に向けるべきものだったのに。

「痛えな！　なにしやがるんだよ！」

剣也が吠《ほ》える。鼓膜がびりびりと震えた。けれど、こわくはない。もっとこわいものを見てきたから。花凜は冷静に返した。

「叩《たた》かれるようなことを言うからだよ」

「手を出しておいてなに言ってんだ！　このくそ女！」

血走った目で剣也がつかみかかってきた。もう一発叩いてやろうと頬を目がけて平手打ちを放つ。しかし、右手をつかまれた。曲がるはずのない方向へ腕をねじ曲げられる。

「痛いよ！　放してよ！」

「てめえが悪いんだろうが」

剣也がさらに力をこめてくる。手首が捩《ね》じ切れそうだ。

「やめてあげてください」

助けの声がかかった。声を上げたのは意外にも玲だった。揉《も》めごとに慣れていないのか腰が引けている。剣也もそれを見抜いたのか唾を飛ばして怒鳴りつけた。

「しゃしゃり出てくるんじゃねえよ！」

「痛がっているじゃないですか。二宮さんを放してあげてください」

「おい、玲。おまえごときがおれに指図すんのか」

「指図とかじゃなくて、やめましょうって言ってるんです」

「おれだってびんたされて痛い目にあったんだ。これでお相子《あいこ》だろうが！」

「はいはい、ストップ。揉めるのはやめましょう」

のどやかに言って太陽が近づいてきた。なにごともなかったかのように笑顔で花凜のそばまでやってくる。

「太陽、てめえこそ引っこんでろ！　関係ねえだろう！」

「そう言わず花凜の手を放してあげてくださいよ」

なだめようというのか太陽は剣也の右肩にぽんと手を置いた。剣也が太陽の手を振り払う。

「気やすく触るな！」

花凜は瞬時に理解した。剣也は太陽の手を振り払うために、花凜の腕を放す必要があった。太陽はそれを見越して剣也の右肩に手を置いたのだ。

腕が自由になった隙に剣也から離れた。「待て、ちくしょう」と剣也が手を伸ばしてきたが、あいだに玲と太陽が割って入った。

「おまえら、花凜の肩を持つってわけか」

剣也の目が怒りで吊《つ》り上がっている。

「か、か、肩を持つというよりも、ぼくには二宮さんが悪いことをしたように見えなかったんですけど」

玲の声は震えていた。

「おい、玲。おまえの目は節穴か。あいつがおれを殴ったのを見ただろう」

「それは因縁をつけるようなことをさんざん言ったからじゃないかと」

「なんだと」

剣也が声を一段低くして玲に凄《すご》む。今度は玲につかみかかろうとした。だが、花凜の頭上で「あはははは」とのん気な太陽の笑い声が響いた。

「殴ったなんて大袈裟っすよ。たかが女子の平手打ちじゃないっすか。蚊に刺されたようなもんでしょう」

「筋肉ばかのおまえといっしょにするんじゃねえ！」

「筋肉ばか？　ひどい言われようっす。ねえ？」

太陽が急に花凜に同意を求めてきた。突然のことで素直にうなずいてしまう。

「玲も太陽も脇から出てきてごちゃごちゃ言ってんじゃねえぞ。そこをどけ！」

「ごちゃごちゃ言ってるのはそっちじゃないっすか。おれは単純に揉めごとはやめましょうって言ってるだけっす。おれ、超シンプル」

「どけって言ってんだろ！」

剣也が太陽の胸を両手で思いきり押し飛ばした。ところが太陽はびくともしない。剣也は舌打ちをすると数歩下がり、太陽に向かって肩から体当たりをかました。しかし、当たり負けをしたのは剣也のほうだった。太陽はよろけもせず、剣也は弾《はじ》かれて地面に転がった。その無様な姿に成り行きを見守っていた麻耶が「ぷ」と噴き出して笑った。

「てめえ、ふざけんなよ」

立ち上がった剣也は怒りで体を震わせていた。

「別におれ、なんにもやっていないっすけど。そっちが勝手にぶつかってきて転がったんじゃないっすか」

太陽は涼しい顔だ。

金髪とサングラスが剣也のもとへ駆け寄った。威嚇の視線を花凜に向けてくる。その様子を見て花凜はため息をついてしまった。どうして小物感の漂う男は徒党を組みたがるのか。その時点で安っぽくなり下がっていることに気づかないのだろうか。こんなどうしようもない人たちに挑発されて頰を張ったことを後悔した。相手になんかしなければよかった。

　花凜は妙に冷静になり、周囲を見渡した。見物人が集まり始めていた。お遍路同士が大声で罵り合っているのだ。どうしたって人目を引く。

　顎を上げて空を見上げる。雲ひとつない青空が広がっていた。遠近感を失わせるほどの青一色の空だ。お遍路プロジェクトに参加した後悔が全身に沁《し》み渡る。自分はいまなぜこんないざこざに巻きこまれているのか。うんざりだ。迷惑以外の言葉が浮かばない。

　じりりりりん、じりりりりん。

　はっとした。花凜のリュックの中でスマートフォンが鳴っていた。あの人からの着信だ。あの人からの着信音は「黒電話」と名づけられた音に設定してある。通常設定している軽やかなメロディーとは別にしてある。

　じりりりりん、じりりりりん。

　リュックを下ろし、スマートフォンを取り出す。それまでくぐもって聞こえていた着信音がリュックの外に出て自由に響き渡った。あの人でなければいいのに、と無茶な希望を抱きながらディスプレイに浮かぶ発信者の名前を確認する。やっぱり、あの人の名前が浮かび上がっていた。

〈山西清美《やまにしきよみ》〉

がっくりと肩を落とす。しばらく連絡がなかったのであきらめてくれたかもと期待していたのに。

花凜の手の中でスマートフォンが着信を訴え続けている。黒電話を模した着信音はどうしてこんなにも切迫感を駆り立て、耳に突き刺さってくるのか。山西はいつもと同じように花凜が電話に出るまで粘るつもりに違いない。

いまは勘弁してほしい。そう願ってみるが着信音は鳴りやまない。太陽や剣也たちも妙に思ったのか揉めるのを中断して花凜へ視線を注いでいる。麻耶が尋ねてきた。

「電話に出ないの？」

首を横に振った。出られるはずがない。出れば最低でも二時間、長ければ六時間は山西の話につき合わされる。取りこみ中で話ができないと断れば山西は落胆し、文句をねちねちと並べ、数時間後にまたかけてくる。そして、結局は聞かされるのだ。山西の呪《じゅ》詛《そ》のような言葉を。

じりりりりん、じりりりりりん。

鳴り続けるスマートフォンを見つめていると、剣也がサングラスと金髪を引き連れて立ち去っていく。花凜に捨てぜりふを残して。

「電話見つめてなにを立ち尽くしてんだよ。気持ち悪いやつだな。おまえ、頭がおかしいんじゃねえのか」

否定はしない。もう自分はおかしいのかもしれない。

その日の夜、宿の夕食はばらばらに取った。剣也は宿に着くなり、迎えに来た金髪たちとどこかへ出かけていった。花凜はなにも食べる気にならず、女子部屋にこもった。眠くはないけれど畳に横になって目をつぶる。

ピンクバンビを知っている人が四国にもいた。それは素直にうれしい。一方で活動休止の現状を東京から遠く離れた四国に来てまで突きつけられたように思えた。逃れられないことなのだ。現在、ピンクバンビは花凜が歌えないせいで活動ができていない。その申し訳なさに体をぎゅっと縮こめる。

スマートフォンに手を伸ばした。エリーから送られてきたラインのメッセージを表示させる。彼女はほぼ毎日メッセージを送ってきてくれている。

〈ハロー、カリン。お遍路の進み具合はどう?
四国で美味《おい》しいもの食べた?
もう高知だっけ?
高知って言えば鰹《かつお》のたたきだよね。
超うらやましい!〉

メッセージに続いて目をうるうると潤ませるウサギのスタンプが送られてきていた。

ピンクバンビの結成は花凛が高校一年生のときのことだ。花凛が言い出しっぺだった。好きだったバンドのコピーバンドをやろうと幼なじみのエリーを誘ったら、彼女は当時クラスメイトだったピコを連れてきた。

エリーの本名は柴本絵梨花《しばもとえりか》。「お父さんがスウェーデン人でわたしはハーフなんだ」と嘘をつくと、たいていの人が騙《だま》されるような日本人離れした顔立ちをしている。中学生のときまでピアノを習っていたのでキーボードの担当だ。ピコは境真美子《さかいまみこ》。身長が百四十二センチしかない。小さくてピコピコ動いているのと、真美子の「みこ」がピコの由来だと聞いている。ベースの担当。

ドラムを叩ける人が必要になってピコが連れてきたのがフジだった。軽音部の藤川高広《ふじかわたかひろ》だ。花凛たちより学年はひとつ上で、ピコとフジはアルバイト先の牛丼チェーン店がいっしょという繋がりだ。フジはギターもベースもキーボードも弾ける。母が中学校の音楽の教師で、フジは幼いころからいろいろな楽器に慣れ親しんできたという。彼の家にはグランドピアノが置かれた音楽室とも言うべき部屋があり、防音になっているので放課後になるとみんなで集まって練習したものだった。

冬休みを迎えたある日、フジがオリジナルの曲をやろうと提案してきた。作詞と作曲は誰もが初挑戦だったので平等にひとり一曲ずつ作って持ち寄った。

エリーやフジは楽譜が読めるからいい。花凜とピコは読めないのでスマートフォンにアカペラで歌ったものを録音して持っていった。すると、なぜか「花凜の歌は歌詞もメロディーも面白い」と好評だった。フジがコードをつけてアレンジを加え、ピンクバンビの最初のオリジナル曲となった。それが『冬のくちぶえ』だ。

花凜が中学校三年生のとき、隣の二組に学校を休みがちな子がいた。高木《たかぎ》まりえと言った。美人とは言いがたい子だ。けれど、清潔感があってスタイルがよかった。クラスに馴染《なじ》めていないようで花凜たちの一組と合同で行われる体育の授業になると、ひとりぼっちの彼女をよく見かけた。誰ともつるまず、顔を伏せ、授業をやり過ごしていた。たぶん、いじめられていたのだと思う。

授業中、高木は空気のように扱われていた。でも、なぜか彼女はそうした扱いに従順に従っているように見えた。自ら望んでその立場に甘んじているようでさえあった。存在を滲《にじ》ませてクラスという風景に溶けこもうとしているかのように。心を消して透明になろうとしているかのように。それが花凜にはあまりに違和感のない光景として見えたので、高木が心のある人間かどうかさえ疑わしく思えた。

ところが花凜は聞いてしまった。高木が高らかに口笛を響かせるのを。彼女が彼女の歌を奏でるのを。

十二月のことだった。通学路である土手の上に延びる小道を、高木が口笛を吹きながら歩いていた。花凜はたまたま土手の下にあるベンチで友達を待っていたのだ。聞こえてくる高木の口笛は美しくて力強かった。冷たい空気を切り裂き、寒空の下をどこまでも鳴り響いていた。口笛はこう歌っていた。自分はここに存在している、と。心は消さない、と。高木の紺色のブレザーがゆるゆるとした足取りで遠ざかっていくのを、花凜は土手の下から見送った。初めて高木まりえという女の子ときちんと出会えたような気がした。

しかし、三学期に入って二組に高木の姿はなかった。不登校になったという噂《うわさ》を耳にした。その後は知らない。高校に進学できたのかどうかさえも。

自分はあのとき高木に手を差し伸べられたんじゃないだろうか。友達になろうと名乗り出ることができたんじゃないだろうか。そんなことをずっと考えた。自分は高木の本当の声を口笛として聞いたのだから。

一方で手を差し伸べるなんてことを考える自分は偽善者だろうかと悩みもした。優等生ぶっているだけじゃないだろうか。助けられずに傷ついた自分に酔っているだけじゃないだろうか。そもそも口笛ひとつで自分はなにをわかった気になっているのか。

どうしてあげればよかったのだろう。なにが正解だったのか。答えはいまもはっきりしない。ただ、冬が再びやってくるたびに、あの高木の口笛を思い出す。そして、距離を縮めようとしなかった後悔はこれから何度もよみがえってくるのだろう。無力でちっぽけだった十五歳の自分の姿とともに。

そうした名づけようもない気持ちたちを『冬のくちぶえ』という曲にした。逃げてもいいんだよ、と高木に語りかけたかった気持ちもみんなこめて。なにもしなかった自分のずるさもひっくるめて。できあがった曲はフジのアレンジのおかげもあって、ひりひりするような繊細で美しいものに仕上がった。

その『冬のくちぶえ』がきっかけとなり、作詞作曲は花凛、アレンジはフジと担当が決まった。ヴォーカルも花凛が担当した。歌うのは苦手だったが、エリーとピコから曲を作った本人が歌うほうが歌の世界を理解していていいと説得された。

その後、オリジナル曲が『笑わない月』、『思春期バタフライ』と増えたので、思い出作りをしようと駅のそばの小さなライブスタジオでライブのまねごとを計画した。客は高校の友達ばかりとは言え、びびって尻ごみしそうになるときもあって、そうしたときはこの合い言葉を唱えて乗りきった。

「レッツ、思い出作り！」

これは開き直って楽しむための魔法の言葉だった。

ラジオ局と大手レコード会社と携帯電話会社が共催するロックフェスにもその合い言葉のもと応募した。参加条件はメンバー全員が十代でアマチュアであること。花凛たちにはもってこいの企画だ。一次審査はデモテープ音源のみ。プロになろうなんて端《はな》から考えていなかったのでお気楽な調子で応募した。

ピンクバンビのなにがよかったかと言えば、得意分野がそれぞれあって誰もが活躍できたことだ。花凜は作詞作曲、フジは曲作りの要、エリーはかわいくてアイドル的存在、絵が得意なピコはバンドのビジュアルイメージを担当。

思えば、ピコはバンドの推進力だった。彼女のおかげでステージ衣装やフライヤーのデザイン、バンドのロゴなどが決まっていった。ピンク色に染めた子鹿のマスコットキャラクターまで生み出し、それをプリントした缶バッジも作ってくれた。そもそもピンクバンビというバンド名も彼女の考案だ。ピコの発案でカリン、エリー、ピコ、フジというステージネームも決めた。バンドのイメージを固めてくれたのはほかならぬピコだった。

転機は高校二年生の夏のことだ。デモテープを送ったロックフェスの一次審査が通った。あれよあれよという間に二次のスタジオ審査、三次のライブハウス審査も通過し、ファイナルステージである東京ビッグサイトの野外ステージへ立った。そこで審査員特別賞をもらったのだ。

「レッツ、思い出作り！」

ファイナルステージの舞台袖でも、出番待ちの花凜たちは合い言葉を口にして笑っていた。気負わなかったのが審査員特別賞という結果に結びついたのだと思う。

花凜が三年生になったとき、レコード会社からスカウトされた。秋にオリジナル曲が五曲とカヴァー曲が一曲のミニアルバムをリリースしてメジャーデビュー。そのうちの一曲である『冬のくちぶえ』は公開された邦画のエンディング曲としてタイアップがつき、テレビやラジオでも流れるようになった。ドラムスに男子のフジがいるけれど、ガールズロックバンドといった扱いでいろんなロックフェスに呼んでもらった。現役女子高生たちによるバンドという触れこみで脚光を浴びたのだ。

この世の中、平行にどこまでも移動したとしても、自分を取りまく景色は変わらない。地平線を目指して走ってみても地平線しか見えてこないように。

大切なのは垂直方向への移動だ。少しでも高台にのぼれば景色は変わる。考え方も変わる。周囲からの扱いだって変わる。

ピンクバンビの活動を通して、人としてステージがひとつ上がったように思えた。成長ってこういったことを言うのだろうな、なんて十八歳の花凜は実感したのだ。

じりりりりん、じりりりりん。

畳の上のスマートフォンが鳴って、あまやかな思い出から引き戻された。また山西からだ。彼女の顔が思い出されて胸が苦しくなる。後頭部から背中にかけて、ぞぞぞっと悪寒が走る。拒否反応なんだと思う。

観念してスマートフォンを手に取り、上半身を起こした。今日の山西はどちらだろう。

許しを請うて泣きついてくる山西か、花凜を罵る山西か。どちらにしてもあの人を相手にすれば神経が擦り減る。

花凜が通話ボタンに指をかけ、最後のためらいの前で足踏みしていると、着信音が途切れた。ほっとして畳に横倒しになる。スマートフォンのディスプレイが通常の待ち受け画面に戻って気づいた。そうか、今日はK太《ケイタ》の月命日か。だから、山西は心が不安定になって電話をかけてきているのか。

K太はピンクバンビの大ファンだった男の子だ。花凜と同い年でいちばんのファンだったと言っていい。本来は圭太と書く。ピンクバンビには公式ブログがあり、彼はいつもコメントを寄せてくれていて、そのときに名乗っていたのがK太だった。

そのK太の母親が山西清美だ。いまだにK太が死んだことを受け入れられず、花凜に電話をかけてきては話を聞いてもらおうとする。

じりりりりん、じりりりりん。

また黒電話の着信音だ。出ようか迷っていると夕食を終えた麻耶が女子部屋に戻ってきた。怪訝《けげん》そうな顔をされたのでスマートフォンをつかんで部屋を出る。そのまま宿も出た。

外は真っ暗だった。夜の八時を回っているのに蟬《せみ》がいまだ叫ぶように鳴いている。その蟬の絶叫と黒電話の不穏な着信音があいまって耳に迫ってくる。

じりりりりん、じりりりりん。

さんざん着信音を聞いたせいで、スマートフォンが鳴っているのか、もともと頭の中で響いている音なのかわからなくなってくる。その音をともかく止めたくて通話ボタンを押した。生き物の息の根を止めるかのように親指に力をこめてぎゅっと。

「はい、もしもし。二宮です」

死んでしまいたいと願う人に寄り添ううちに、こちらまで同じ気持ちに侵食されるのはなぜなのだろう。そうした気持ちに取りこまれないように、山西とは心で踏ん張って話さなくてはならない。

泣いていたあの日の山西の姿を思い出す。あの細い目から涙があふれていた。あの涙は本物の涙だったのだろうか。K太を思っての涙だったのだろうか。自らの心を守るための偽物の涙だったように思えてならない。ウミガメの涙のように。

2

朝起きて歩く。陽が傾けば宿を目指す。疲労が蓄積して体が重い。足はテーピングと湿布だらけ。逃げ出したくなるような毎日だ。

でも、玲には恍惚感《こうこつかん》があった。体の限界を超えてさらに無理やり歩いているとうっとりしてくる。あまりの疲れで頭も体も麻痺《まひ》しているだけかもしれないけれど。

夜は短い。夕食を取って、風呂に入り、布団に倒れこんだと思ったらもう朝だ。目を覚まして最初にすることは体が動くかのチェック。急に動くとどこか痛めてしまいそうで、目をつぶったままゆっくり動作確認をする。右手は動くか、左手は動くか、右膝は、右の足首は、それから足の指たちは。続けて左足も同じように。

痺《しび》れに似た疲労が体の隅々にまで根を張っている。ゴールの八十八番札所はまだまだ先だ。今日は最後まで歩けないかもしれない。途中でリタイアしてしまうかも。いや、宿を出発するのでさえ無理な気がする。弱気の虫が全身にびっしりと取りついている。

しかし、支度をして玄関から一歩目を踏み出せば、不思議と二歩目が出た。二歩目が出れば三歩目も出る。くり返していくとそれは距離を生んだ。

「よし」

玲は歩きながら自らを鼓舞するためにつぶやいた。出発してから十六日目だ。やっと高知県の高知市に入った。

二十六番札所の金剛頂寺から二十七番札所の神峯寺《こうのみねじ》まで二十七・五キロ。次の二十八番札所である大日寺まで三十七・五キロ。長距離移動の連続だ。遍路道は海を離れて内陸の深いところへ続いていた。

あまりの疲労感で最近はモレスキンにスケッチする気にもならない。四国の風景を見慣れてきて、驚きや発見が少なくなってきたこともスケッチしなくなった理由のひとつだ。正直に言ってしまえば、四国の同じような景色にうんざりしてきた。

昨夜のミーティングでは九人目のリタイアが出たことを木戸から知らされた。リタイアは体力面でついていけなくなった者がほとんど。足を挫《くじ》いた者が一名。吉田のことだ。炎天下を歩く毎日だけれど熱中症は出ていないという。お遍路プロジェクトの運営委員会は、その点に関しては念入りに対策を練っていたようだ。気温が上がりすぎた場合、各班のコーディネーターに休憩を指示するメッセージが一斉送信されていた。いままで四度そうしたメッセージがあった。

夏のお遍路の難しいところは、気温のみでは歩くか休むか判断がつきかねるところのようだ。日陰の多い山間部ならば歩いたほうがいい。海沿いならば海風で体感温度が低いこともある。また、太陽が真上に位置しているときは菅笠のおかげで日差しを浴びにくいけれど、午後になると傾いた太陽からの光を全身で浴びてとんでもなく暑い。高知が終わるまで西へ向かうルートだ。午後は正面からの西日を浴び続けることになる。午後三時なんて全身焼かれているようなものだった。

リタイア者はここまで九名。先へ進めばもっと増えるだろう。現在、残りは三十八名だ。いったいどれだけの人数が八十八番札所までたどり着けるのだろうか。スマートフォンで見た天気予報によれば、これから五日間は猛暑が続くという。きっとまたリタイア者が出る。それは自分でないとはかぎらない。

幸か不幸か高知に入ってから一度も雨に降られていない。それどころか、お遍路をスタートしてから雨に降られたのは一度だけだ。それもすぐに上がってしまった。

玲が汗を拭き拭き歩いていたら、遍路道沿いの家から出てきたおばあさんに呼び止められた。お接待だと言って栄養ドリンクをもらった。見ず知らずの人に施しをする。なんて不思議な風習なのだろう。もし東京で見ず知らずの人間が家の近辺を歩いていたら、絶対に警戒されるのに。

「のびんようにな」

おばあさんに笑顔で見送ってもらった。「のびんようにな」は暑さでのびてしまわないように、という意味だろう。玲も笑顔で手を振って別れた。疲労がたまっていて作り笑いだったけれど、笑ってみたら不思議と心が明るくなってきた。

感謝しつつ栄養ドリンクをひと息に飲み、空を見上げた。太陽が燦々《さんさん》と輝いている。日差しは強く、肌をざくざくと切り刻まれるかのようだ。ときどき雲が太陽を覆う。それだけで暑さはだいぶ和らいだ。ありがとう、雲。雲にこんな感謝の念を抱いたのは生まれて初めてだ。

水田がどこまでも広がっていた。その中を遍路道が続いている。道が単調だと頭がぼうっとしてくる。無防備な心に、ふいに美幸さんの思い出がよみがえってきた。思い出したくないことほど急にやってくる。

「美幸さんとは血では繋がっているけど、記憶のないぼくにとって赤の他人でしかないんだよ！」

そう罵ったことがあった。玲が中学校三年生のときのことだ。進学する高校の選択で悩みまくっていた。進学校のAにするか、そこよりも劣るが合格の確率が高いBにするか。

担任の男性教師は「相楽君なら頑張ればAに行けるだろうし、Bに行っても勉強すれば大学へも行けるだろうから、君次第だよ」なんて曖昧なことしか口にしなかった。選択をこちらに委ねてくれているようにも見えたし、責任を負いたくなくて逃げているようにも見えた。

美幸さんは母親の立場から様々な助言をしてくれた。しかし、十五歳だった玲は素直に聞き入れられなかった。進学は人生において初めての重要な選択だ。神経質になってぴりぴりしているときに、美幸さんから「お母さんはね」とか「お母さんとしてはね」の言葉を聞くといら立った。美幸さんに言った「赤の他人でしかない」という言葉はまるで心にもないものだったわけではない。かねてより玲が気にしていたことだった。それを鬱陶しさが募ったときに口走ってしまったのだ。

「騙されている気がするんだよ！」

そう怒ったこともあった。難関のAに進学したものの勉強のレベルについていけなかった。二年生に進級するころ、通うのがつらくなって学校をさぼりがちになった。そんな玲を美幸さんは励ましてくれた。

「いまが辛抱のしどきじゃないのかな。全部の科目が苦手ってわけじゃないでしょう？あまり悩みすぎないで、まずは苦手科目をいままでの倍の時間やってみたらどうかな。単純に二倍やるの。それだけでもいずれよくなってくると思うな」

いまにして思えば、あの美幸さんのアドバイスは正しかった。苦手な科目から逃げ回っていたせいで、そこそこできていたほかの科目にまで嫌気が差していたのだ。玲の頭に蔓延《まんえん》していた苦手意識を退治することが、成績を立て直す近道に違いなかった。

けれど、当時の玲は勉強だけでなく学校そのものがいやになっていた。美幸さんのアドバイスなんて煩わしいだけだった。美幸さんの声を聞くだけでいらいらした。やがて美幸さんの話す言葉すべてをはねつけるようになり、たびたび聞かされていた記憶をなくす以前の玲にまつわる話でさえ彼女の作り話に思え、「騙されている気がするんだよ！」なんてひどい言葉を吐いてしまったのだ。美幸さんが嘘の記憶を吹きこもうとしているんじゃないか、なんてあのころの玲は妄想じみた考えまでしていた。

最低だ。自分は最低だった。進路にしても、成績にしても、努力をすれば乗り越えられる問題だったのに。

自分が弱いだけだった。弱いから現実に押し潰された。心配してくれた美幸さんに当たったのは甘えだった。母として大切にしなかったくせに甘えることだけはしていた。やっぱり、最低だ。

もっと強くならなくちゃいけない。強い心を持たなくちゃ。そのためにもお遍路は絶対にリタイアできない。

情けなさや悔しさを踏みつけながら進んだ。美幸さんを傷つけるだけで愛せなかった卑怯《ひきょう》で弱い自分を踏みつけて前へ向かった。

遍路道は住宅街へと続いていた。長らく人影のまばらな道を歩いてきたので、住宅街を歩くと生活の気配にほっとした。

玲から五十メートルほど前を歩いていた花凜が自動販売機の前で足を止めた。リュックを下ろし、財布を取り出している。彼女は道の駅で剣也と揉めて以降、ますます七班のメンバーと距離ができてしまった。以前は麻耶が話しかければ返事をしていたけれど、いまではもう駄目なようだ。なるべく誰とも顔を合わせたくないようで朝食の時間も起きてこない。なにも食べないまま歩き始め、コンビニなどがあればひとりでなにか買って食べている。

自動販売機の前の花凜に追いつかないように玲はゆっくり歩いた。早く花凜が歩き出せばいい。そう願ったが彼女は買ったペットボトルをその場で飲み始めてしまった。

もうあと数メートルで追いついてしまう。追いついたら話しかけたほうがいいだろうか。あるいは会釈をしてそのまま通りすぎたほうがいいだろうか。

率直に言って、花凜はきれいな子だ。バンドでCDを出していたってことは芸能人ということにもなる。興味はある。けれど、彼女は気難しい。持て余す自分が簡単に想像できた。そもそも玲は女子と接することが苦手だ。女子との思い出を振り返ってみてもいいものはまったくない。

誰か追いついてこないかな。振り返ってみたが後続の太陽はまだまだ遠い。しかたがない。なるようになれだ。

玲は開き直って花凜に近づいていった。彼女も玲に気がついたようで視線をよこした。どきっとして目が泳ぐ。話しかけて取りつく島がなかったらどうしよう。緊張で息が止まりそうになったそのとき、花凜が自然な様子で手を振ってきた。

「君もなにか買う？」

そう言って花凜は自動販売機を指差した。予想外の展開だ。

「そ、そうだね。ちょうどなにか買おうと思ってたんだ」

玲はそう答えてから、水のペットボトルを手にしていたことを思い出した。花凜に指摘されたわけでもないのに、慌てて水を地面に撒《ま》いた。

「こう暑いとすぐにぬるくなっちゃうよね。冷たいものが飲みたかったんだよ」

空になったペットボトルをごみ箱に捨て、自動販売機に向き合う。後頭部に花凜の視線を感じてぐっと緊張感が増す。あまりの緊張で、お金を投入していないというのに烏龍茶のボタンを押してしまった。恥ずかしい。大汗をかきながらお金を投入し、改めてボタンを押した。

「君はもう少し休んでいく？」

花凜に尋ねられた。その声の調子は穏やかだ。薄々勘づいていたことだけれど、花凜は七班のほかのメンバーに対しては壁を作っているが、玲に対してはやさしい。もしかしたら、そんなに緊張する必要はないのかも。落ち着きを取り戻してきて、烏龍茶をひと飲みしてから花凜に向き合った。

「いや、休まないで歩くよ」

「じゃあ、ちょっといっしょに歩こうか」

「え、いっしょに？」

「迷惑？　君はひとりで歩きたい？」

「いや、迷惑なんかじゃないよ」

誘ってくれるなんてどういう風の吹き回しだろう。きれいな花凜と歩くのは光栄だ。でも、ひとつ引っかかることがあって、玲のほうから提案してみた。

「あのさ、君って呼び方はなんかきつい感じがするんだよね。だから、七班のみんなみたいに玲って呼んでもらってもいいかな」

「わかった。だったら、わたしのことは花凜で」

「花凜」と玲は切り出してから「ちゃん」づけでは馴《な》れ馴《な》れしいし、「さん」をつけたらよそよそしく思えて迷った。しかたなしにおそるおそる「って歌を歌っていたんだね。びっくりしたよ」となし崩し的に呼び捨てで続けた。

「聞いた？」

「聞いていないけど」

「本当に？」

まっすぐな瞳で問うてきた。

「ごめん、本当は聞いた」

花凛は剣也たちにバンド活動をしていたことをばらされたとき、歓迎しているふうに見えなかった。だから、ピンクバンビについてインターネットで検索して調べることも、彼女の歌を探し出して聞くことも、悪いような気がしていたのだ。でも、好奇心に抗《あらが》えなかった。

「ごめん」

今度は頭を下げて謝った。

「謝らなくてもいいよ。ネットにうちらのバンドの動画はいくらでも転がってて、誰だって聞くことができるんだから」

花凛は手にしていたペットボトルの炭酸飲料をごくりと飲み、「行こうか」と先に歩き出す。

「どう思った?」

玲に振り返りつつ花凛が訊いてくる。曲のことだろう。追いかけながら答える。

「よかったよ。知っていたら絶対にファンになってた」

「お世辞ならいらないんだけど」

「いや、お世辞じゃないよ。本当にいいと思ったんだ。うまく言えないけど届いてくるものがあったというか」

「届いてくるもの?」

ピンクバンビの曲調は大きく分けてふたつあった。ひとつは切ないもの。もうひとつは明るくてポップなもの。玲がいいと感じたのは切ない曲調のほうだ。メロディーはやさしく繊細で、歌詞は儚《はかな》げで、聞き終えたあと胸に疼《うず》きに似た余韻が残った。

「たとえて言うなら、悲しみのどん底にいるときでも聞ける歌だなって思った」

「悲しみのどん底？」

「そういうときって誰のどんな言葉も聞きたくないよね。でも、ピンクバンビの歌なら聞くことができるなって思ったんだ。悲しみのどん底の真っ暗闇にいたとしても、ピンクバンビの歌は届いてくるだろうなって。そういう闇の中に延びるひと筋の光みたいなものを感じたんだよ」

ふいに花凜が足を止めた。そのまま前方を睨んでいる。きれいな子が急に黙ると、怒っているのかと不安になる。

「見当違いのことを言っちゃったかな」

おそるおそる尋ねた。花凜は首を横に振った。前を向いたままぼそりと言う。

「ありがとう」

花凜が歩き出す。礼を口にはしたけれど、本人はさほどうれしそうではない。歌を褒められて照れているのだろうか。あるいは本当は機嫌を損ねているのだろうか。わからない子だ。

三十番札所の善楽寺《ぜんらくじ》を参拝した。次の竹林寺《ちくりんじ》に向けて南へ進路を取る。せっかく高知の内陸部まで北上してきたのに、また海を目指して歩き出す。

遍路道は歩き遍路を翻弄するかのように、あちらこちらと行ったり来たりで続いている。歩く人間の都合などお構いなしだ。また、行ってみたいと思う土地を通ってくれることもない。たとえば、高知ならば観光スポットである桂浜《かつらはま》へは行かない。麻耶は幕末を舞台にしたテレビドラマや映画が大好きだそうで、桂浜に寄らないと知って大騒ぎをしていた。

「桂浜の坂本龍馬《さかもとりょうま》を見ないで帰るなんて、あたし信じられないよ!」

すかさず太陽が茶化していた。

「だったら、麻耶ひとり遠回りして観光してきてもいいんだぜ。おれたちは先に行くけどさ」

「ばーか、ばーか、太陽のばーか。遠回りする体力なんて残ってるはずがないでしょ」

ふたりを見ていて思う。「ばか」と言い合えるのは仲がいいからなんだ、と。まるで中学生の男子と女子みたいな、うぶなじゃれ合いもうらやましい。自分もああした無邪気な男女のやり取りをしてみたい。女子が苦手なのでかなりハードルが高いのだけれど。

七班のメンバーは札所や休憩場所で集合しては、歩き始めてまたばらけることをくり返した。歩く距離が長ければ長いほど、ばらけ具合は甚《はなは》だしくなっていく。一度ばらけてしまうと先頭の木戸や最後尾の剣也の姿を見ることはなかった。

逆に花凜はいつも玲の視界に入っていた。お互い歩くペースが近いのかもしれない。次第にいっしょに歩くことが多くなり、なんてことない言葉を気軽にかけ合うようになった。「さっきお接待を受けたよ」とか「残り四キロだね」とか。

花凜への警戒が解け、緊張も薄れてきたころ、彼女のほうから踏みこんだ質問をしてきた。

「玲が札所で手を合わせて願ってることって、やっぱり記憶が戻ってくるように？」

「そうだけど」

「玲の記憶ってもう十年も戻ってきていないんだよね」

「うん」

「それなのにお遍路に来て願ったくらいで戻るものなの？」

なぜか花凜の口調から挑発的なものを受け取った。気遅れしつつ返す。

「鍵になりそうな映像があるんだ。一瞬だけ頭に浮かぶんだよ」

「どんな」

「小学生くらいの女の子の映像。きっとぼくが子供のころに知っていた子だと思う。香川で暮らしていたころの友達か知り合いだよ」

ふとした瞬間、その女の子の映像が頭をよぎる。女の子は麦藁帽子《むぎわらぼうし》をかぶっていて赤いワンピースを着ていた。その子は玲に微笑みかけてくる。でも、親しみは感じない。心の距離があるのだ。

「それって本当になくした記憶なのかな。捏造《ねつぞう》した可能性もあるんじゃないかな」

玲は花凜の指摘に顔をしかめそうになった。彼女が言うような疑いなら玲も抱いたことがある。記憶が欲しくて勝手に作り出した映像なのでは、と。つい躍起になって返した。

「捏造じゃないよ。その子は記憶をなくす前に知っていた子だよ。名前はわからないけれど同級生だったんだと思う」

「なんで同級生だったって思うの。記憶をなくしたあとに出会った子かもしれないよ。それを幼いころの記憶と勘違いしているのかも」

「それはないと思う」

「どうして」

「現在のぼくの記憶はどんなに遡っても十年前までなんだ。記憶の量は多くないし、だいたい整理もついている。そうした中から麦藁帽子の女の子を探そうとすると、簡単に照合しきってしまうんだよ。すべて照合した結果、その子はいまのぼくの記憶の中にはいない。つまり、十歳以降のぼくが出会った子じゃないいんだよ」

「それって確かなの」

「自信はあるよ。記憶を一度なくしてから、ぼくはメモを取るようにしているんだ。特に人の名前は忘れたくなくて、出会ったら必ず書きとめるようにしている。七班のメンバー全員の名前も書いたよ。つまりさ、顔が思い浮かぶのに名前がわからないなんてことは、いまのぼくにはあり得ないんだ。記憶をなくす前に出会っていたと考えるほうが自然なんだよ」

「ふうん」

花凜は納得がいかないようだ。しばし無言になって歩いた。数メートル進んだところでやっと口を開く。

「玲はお遍路しながら記憶の鍵となるその子を探してるわけ？　かつて住んでいた四国にその子を探しに来たってわけ？」

「それはさすがに無理だと思う」

麦藁帽子の子も玲と同じように二十歳前後に成長しているはずだ。違う姿となっているはず。あの子とこの広い四国でばったり会える可能性はないに等しい。

「だったらどうしたいの。どうしてその子を鍵だなんて言えるわけ？」

「それは」と切り出したものの、言いよどむ。「実はぼくも自分でどうしたらいいのかわからないんだ。でも、映像に出てくるその子のことをこの四国という土地でよく思い出して、映像を鮮明にすることで眠っている記憶を揺り動かせないかなって」

「眠っている記憶ねえ」

花凜はどうやら玲の考えに懐疑的なようだ。玲の記憶が戻るようにといった協力的な姿勢も見せてくれない。これはこれで不思議な態度と言えた。

玲が逆行性健忘症であることを公にすると、とたんに近寄ってくる女の子たちがいた。中学校や高校に通っているときは特に多かった。近寄ってくる理由はふたつ。ひとつはやさしさから。もうひとつは好奇心から。そのどちらにしても彼女たちは玲の元から去っていった。やさしくしてあげられたと満足して。あるいは好奇心が満たされたので。

しかし、花凜はそうした子たちの誰とも似ていない。かつて近づいてきた子たちはみんな一様に「記憶が戻るといいね」とまず言った。花凜は違う。記憶が戻ることを疑っている。戻るのならば戻してみなさいよ、といった挑発すら感じる。

「玲にこんなことを言っちゃ悪いけれど、そもそも頭の中に記憶は残っているの？　記憶は眠っているんじゃなくて、とっくに失われている可能性はないの？」

やっぱり挑発的だ。玲はやや強く言い返した。

「記憶は残っているらしいよ。同じ質問をぼくも病院で先生にしたんだ。頭の中には残っているんですかって。先生が言うには、ぼくの場合は記憶の貯蔵庫はしっかりしているのに、引き出す力が欠けているタイプだろうって」

「じゃあさ、もし記憶が戻った場合、いまの記憶はどうなるの。映画とかドラマだと記憶喪失が治ると現在ある記憶が消えちゃうでしょう」

「それも質問してみた」

「なんて？」

「そもそもぼくの記憶障害は症例が少ないんだって。ドラマなんかで出てくる外傷性の健忘症は短い期間で記憶が戻ってくるもので、ぼくみたいに十年も戻ってこないのは特殊なんだってさ。で、ぼくの場合は症例が少ないからはっきりしたことは言えないけれど、いま花凜が言ったように現在ある記憶は消える可能性が高いだろうって」

「え？」

「だったら記憶なんて戻らなくていいじゃない」

「いまのままでいいじゃないの。なくしたままで」

思わぬ言葉に玲は耳を疑った。そのあと湧いてきた感情は怒りでも悲しみでもなかった。笑いがこみ上げてきたのだ。つい声を出して笑ってしまった。

「あははは」

「なにがおかしいの」

花凜が不機嫌な声を出す。

「ごめん、ごめん。初めてだったんだよ。面と向かって記憶が戻らなくてもいいなんて言われたの」

「記憶が戻ることが幸せとはかぎらないでしょう。戻らないのは玲自身があえて蓋をしている可能性だってあるわけだし。なにかすごくつらい記憶があるせいでさ」

「なるほど」

そう答えながら、ふと疑いを抱いた。もしかして花凜こそ、蓋をしたい記憶があるんじゃないだろうか。記憶が失われている状態がうらやましいのかも。記憶が失われているほうがいいなんて、普通ならばあり得ないことだけれども。

「怒った？」

花凜が訊いてくる。言いすぎたかもと反省しているようだ。そういうバランス感覚はあるらしい。

「全然。だってぼくはいま笑ったじゃない」

「でもさ」

「本当に大丈夫だから」

不思議と気持ちが軽くなっていた。記憶なんて戻らなくていいと、玲が長年抱いていた悩みを花凜はあっさりと否定した。本音で接してくれた風通りのよさがあった。

かつて玲に近寄ってきた女子たちは、自分のやさしさを満足させたいだけのくせに、あるいは好奇心を満たしたいだけのくせに、神妙な顔をして近づいてきた。それでいて玲に記憶がないというドラマチックなプロフィール以上の面白味がないと気づけば離れていった。いい人の仮面をかぶって近づいてきては、飽きれば離れていく。離れていった子たちのその後のよそよそしさと言ったらなかった。そのせいで女子全般が苦手になってしまった。その点、花凜はいい。嘘がなくていい。

こちらからも花凜に踏みこんだ質問をしていいだろうか。「なにか消してしまいたい記憶でもあるの？」と。しかし、ためらっているうちに花凜は歩き出してしまった。あとを追い、横に並ぶ。気づかれぬようにそっと彼女の横顔を盗み見た。

きれいだ。けれど、不可解だ。もっと彼女について知ってみたい。話を聞いてみたい。こちらの話を聞いてもらいたい。

ただ、話せないこともある。

花凜が言ったように、記憶が戻ったら現在の記憶は失われてしまうのだろう。医師によればその可能性は高いという。

けれど、それでもかまわない。いまの自分に失って困る記憶などない。大切な思い出や忘れたくない繋がりもない。

出会ったものをモレスキンに細かくメモし、スケッチもしているけれど、あれは気休めに過ぎない。忘れるときはきれいさっぱり忘れてしまう。そのことは経験上よく知っている。

忘れたってかまいやしない。

そうした投げ遣《なや》りな気持ちが玲の胸の底には常に沈澱《ちんでん》している。いまある記憶だって継ぎはぎだらけの空っぽな人間が、必死に貯《た》めこんだものでしかない。たいして価値などないのだ。

そもそもいまの自分に価値はない。たとえば、今後お遍路をしていて大型トラックに轢《ひ》かれて死んでしまってもかまわない。なんだったら一瞬にしてこの世から消えてしまってもいい。そうした悲しい衝動について、花凜やほかの人には絶対に話せない。

記憶がないのに生きている。そうした玲の存在の不安定さを理解してくれる人は、この世界に誰もいないだろう。形もなく、根っこもなく、漂っているだけのくらげのような自分は、虚無感が服を着て歩いているようなものだ。

その虚無に飲みこまれないように他人と会話しては笑う。繋がりのある人間だと自らを信じこみたくて笑う。モレスキンにメモをする。いまぼくはここにいるよ、と叫びたい衝動を抑え、子細なメモと緻密なスケッチでいまの自分と世界を繋ぐ。

三十一番札所の竹林寺を目指し、竹林に覆われた斜面をのぼった。勾配はきつく、足場も悪い。

汗だくになってのぼりきると、遍路道は高知県立牧野《まきの》植物園の園地へ続いていた。設置されている看板によれば、たどり着いたこの山は五台山《ごだいさん》というらしい。

　牧野植物園は山の起伏をそのまま生かして作られていた。敷地も広大だ。野生植物など三千種類が植えられているという。目的地の竹林寺は植物園と隣り合わせで、園内から竹林寺の赤い五重塔が見えた。

　竹林寺での納経を終え、ベンチで境内の様子をスケッチしていると、太陽が隣にどかりと座った。

「なんだい、なんだい、うらやましいねえ」

　太陽の目は境内の参拝客に向けられていた。竹林寺の参拝客はいままでの札所と客層が異なっていた。植物園へ来がてら札所へ寄る人が多いようなのだ。デートのついでらしき男女が多数いた。まるでデートスポットだ。

「こっちが暑い中ひいひい歩いてるあいだ、あっちはあっちで熱い仲ってわけだ。うらやましいかぎりだ。ああ、うらやましい、うらやましい。玲もなんか言ってやれって」

「言ってやれって言われても」

「うらやましくないのかよ」

「そうじゃないけど、わざわざなにか言うほどでもないかなあ」

「あ、わかったぞ！」と太陽がばちんと手のひらを打ち合わせる。

「え、なにが」

「玲がカップルをうらやましがらない理由」

「うん？」

太陽はにやりと笑った。

「玲はいま花凛といい感じだもんな。そりゃあ、そこらへんのカップルなんてうらやましくないよな」

花凛といい感じだなんてとんでもない。卒倒しそうになった。

「ちょっと待ってよ。なに言ってるの。あの子とはそんなんじゃないよ」

「いやいや、おれはおまえたちの後ろを歩きながらチェックしてたぞ。ふたりで親しげに歩いてたじゃないか」

「ただいっしょに歩いてただけだよ」

「会話だってしてただろ」

「話くらいするよ」

「おれなんて完全に無視されてるんだぞ」

「それはなんらかの理由があの子にあるからじゃないかなあ」

「あ、そういや花凛が剣也と揉めたとき、玲は真っ先に花凛をかばったよな。あれで花凛がぐらりときたのかも」

「ありえないよ」

「どうかな」と太陽はにやにや笑って思わぬことを言う。「脈ありだと思うぞ」

「へ？」

間抜けな声が出てしまった。

「なにをばかなこと言ってんの」

「いやいや、玲。まあ、おれの話を聞けよ。花凜ってきれいな子だろ？」

「そりゃあね」

「あの子はどんな男にも興味がない。だけど、玲には話しかける。これは大変なアドバンテージじゃないか。つうかマッチポイントまで来てるかも」

「妄想はやめようよ。あとで虚《むな》しくなるから」

「ここはひとつ玲が頑張ってみるべきだと思うな」

「頑張るってなにをさ」

「花凜とつき合ってみればって言ってるんだよ」

話が強引すぎる。玲はわざとため息をついた。

「花凜とはつき合うとかそういう感じじゃないんだってば」

「だったら、どういう感じだよ」

「中学や高校でもぼくが記憶のない人間とわかると近づいてくる女の子たちがいたんだ。やさしさからだったり好奇心からだったりでさ。花凜もきっとそうだよ。あの子の場合、好奇心で近寄ってきてるんじゃないかな」

本当は違う。花凜はそのどちらでもない。しかし、そのふたつのパターンのどちらかに押しこめてしまったほうが期待せずにいられる。自分で自分に嘘をついた。

「好奇心かあ」と厄介そうに言って太陽は腕組みをした。「おれもそういう子は苦手だなあ」

「やさしさから近づいてきた子も、好奇心から近づいてきた子も、みんな最後には離れていったんだ。やさしくしてあげられたと満足して離れていくし、好奇心が満たされたと離れていく。本当にいやな経験だったんだよ」

太陽はしばらく黙ったあと、ぎしりとベンチを鳴らして玲に向き直った。先ほどまでのにやにや笑いが消えていた。

「玲が過去にすごくいやな思いをしたのはわかったよ。そういった経験のせいで恋愛に積極的になれないのもしょうがないことだ。だけど、花凜がそういう子たちといっしょとはかぎらないだろう。もう少し時間をかけて、あの子のことをよく見てみたらいいんじゃないかな。時間はたっぷりあるんだからさ。苦手意識で逃げることはないさ」

「そう言われたら、そうなんだけど」

実際のところ、花凜はいままでの誰とも似ていない。ただ、なにを考えているかもわからない。

「七班の誰とも関わろうとしないあの花凜が、玲にならば話しかけるんだぞ。やさしさからだとしても、好奇心からだとしても、あの花凜が働きかけてくるってことはちょっとやそっとの興味じゃないってことだよ。玲にすごく興味があるんだ。それは確かだろ」

認めざるを得ない。渋々うなずく。

「玲になにか求めているのかも知れないしな」

「求めてるってなにを」

こんな空っぽの自分にいったいなにを。

「それはおれにはわからないよ。いまのところ花凜にいちばん近い玲がわからないんじゃ誰もわからないさ。きっと玲が最初に気づくんじゃないかな。花凜は玲に最初に気づいてもらって、話を聞いてもらいたいのかもしれないしな」

花凜と言えば、スマートフォンの黒電話の着信音が鳴っているにもかかわらず、電話に出なかったことを思い出す。そして、失《な》くしてしまいたい記憶がありそうなあの態度。関連があるのだろうか。

太陽の言う通り、打ち明けたいことがあるのかもしれない。でも、なぜ自分なのだろう。相談ならば太陽のほうがよっぽど頼りになるのに。

「ま、話は戻るけどよ、きっかけはなんでもいいんだ。花凜が玲に興味を抱いてくれれば、おれはなんでもかまわないって思うんだよね。あとはいかに彼氏彼女の関係になるかだからさ」

太陽が企《たくら》みの視線をよこしてきた。話が真面目《まじめ》な方向へ傾くと、あえておちゃらける。そういうところが太陽にはあった。玲はうんざりと言ってやった。

「また恋愛の話？」

「いいと思うけどなあ。お遍路中に恋愛だなんて」

「そうかなあ」

「お遍路って人生の縮図みたいなもんだろう。こうしておれたちメンバーは出会い、それぞれの目的を胸に歩き、吉田さんとみたいに別れがある。出会い、交わり、別れる。ほら、人生なわけだよ」

「まあね」

「だったら恋愛があってもいいわけだ」

「強引な気がする」

「ともかく、玲は花凛にアタックすべきだと思うんだ」

「話が飛躍しすぎだよ」

「していない。ていうか飛躍するのは玲だよ。花凛に向かって飛べって！」

鳥がばさばさと羽ばたくまねを太陽はした。太陽が両手を広げると大鷲《おおわし》だ。

「そんなにお勧めするなら太陽が飛べばいいじゃない」

「がはっ」と大きな水の泡を吐くみたいに太陽は笑った。「おれはいいよ。花凜はおれなんて無視だもん」

「先は長いんだからどうなるかわからないよ」

「遠慮させていただきます」

太陽が恭《うやうや》しくお辞儀した。その様子に笑ってしまう。

こうして太陽と交わす軽口が楽しい。思い返してみれば、玲が友達と呼べた人間はいままでほとんどいなかった。クラスメイトとか同級生と呼べる人間はいくらでもいたけれど、そこからさらに親しい呼び方をする関係は築けなかった。親友と呼べる人間だったらゼロだ。

記憶のない人間である自分は人とは違う。心まであとから獲得した継ぎはぎだらけ。そうした劣等感で人と深く関わることを避けてきた。くらげの自分はどこまで心を見せればいいのかわからない。他人と打ち解けることなんて不安でできなかったのだ。

今度は玲のほうから軽口をしかけてみた。

「遠慮させていただくってのは、花凜に対して失礼なんじゃないのかなあ」

太陽なら受け止めてくれる。そういう安心感があった。

「おれが花凜に失礼？　なんでだよ」

「好きなタイプではないっていう表明に聞こえるもん」

「そ、そういうわけじゃないって」

太陽を慌てさせたことがほんのりとうれしい。

「じゃあ、間に合ってるから？」

さらにたたみかけてみた。以前から気になっていたのだ。太陽に彼女はいるのか。おおらかでやさしい彼に彼女がいてもおかしくはない。

「玲は痛いところを突いてくるよな」と太陽は大袈裟に嘆いてみせた。「よし、玲だから言っちまおうか」

太陽は両手で自分の両頰を打った。気合いを入れたようだ。

「おれはさ、つき合っている人はいないよ。だけど、好きな人がいる。片思いなんだ。これでどうだ」

恥ずかしいのか太陽は顔をあちら へ背けた。でも、その横顔はどこか誇らしげだ。その人のことを本当に好きなんだと思った。

「なるほどね」

「じゃあ、次は玲の番だな。実際のところ花凜をどう思ってるんだよ」

太陽が再びにやにや顔になって訊いてくる。

「しつこいなあ」

「おれはとっときの秘密を打ち明けたんだぜ。玲もちょっとくらい打ち明けてくれてもいいだろう」

そう言われたらしかたがない。玲はひと呼吸置いてから真面目に答えた。

「花凜ってなにを考えているかよくわからないんだ。そんな子をどう思ってるかって訊かれたら正直に言って困るよ。でも、花凜が言ってくれたことでありがたいなって思ったことがある。だから、好印象って感じかな」

うんうんと太陽は興味深げにうなずいて言う。

「どんどん行ってみようぜ」

「どんどん？」

「玲って過去に記憶障害を経験していて、さっきの話からすれば女子と関わるのが苦手になってるわけだ。でもさ、そうした過去や現在にとらわれないで、どんどん花凜と接したらいいんだよ。どんどん未来へ向かえばいいのさ」

「未来？」

話が大きくなりすぎて戸惑う。

「なあ、玲。未来ってどこにあると思う」

「どこに？　わからないよ」

「おれさ、お遍路を歩きながらずっと考えていたんだ。未来ってやつは過去や現在の延長にあるわけじゃないんだなって。ましてや誰かがレールを敷いて用意してくれているものでもない」

だんだん話が抽象的になってきた。ただ、未来という言葉に惹《ひ》かれるものはあった。

記憶のない自分にとって、未来という言葉ほど縁遠く聞こえるものはない。人としての輪郭があやふやなのに、将来など描けるはずもないからだ。

中学時代や高校時代を振り返って見えてくる光景がある。周囲に歩調を合わせるだけで精一杯な自分の姿だ。みんなと同じふりをするだけで一日は終わった。高校進学も大学進学も周囲に倣《なら》った結果だった。

では、大学卒業後はどうするのか。将来どうなりたいのか。実はそういったものが自分にはなかった。

同じ大学の学生たちは卒業後それぞれの道を歩んでいくのだろう。人生を選択して進んでいく。しかし、自分というものがなく、夢や目標もない自分は、周囲と歩調を合わせる必要がなくなる卒業後、どうしたらいいのかわからない。まるで急に切り立った崖の上に出てしまったかのようだ。その先に道はなかった。やさぐれた気分になって言う。

「未来がどこにあるかなんて訊かれてもわからないよ。ぼくには過去がないんだ。そんな人間に未来なんてあるのかな」

「大丈夫」

なぜか太陽は自信たっぷりだった。

「あのな、玲。未来は時間じゃないんだよ。時が経《た》ったからといってたどり着けるところでも、待っていてくれるものでもないんだ」

「じゃあ、なんなのさ」

「ふふん」と太陽は楽しげに笑った。「未来ってのは、自分が向かった先に生まれるものなんだよ。まずは向かうんだ。そこに生まれるものなんだよ」

「向かった先に生まれるもの」

気づいたら復唱していた。

「花凜のこともそうなんだよ。どんどん進んであの子に接してみな。思いもしなかった未来が生まれるはずだからさ」

玲の胸にじんわりとした温かみが広がった。太陽が唱える通りに未来が進んだ先に生まれるものなら、こんな自分にも未来があるってことだ。目をつぶって太陽がくれた温かみに浸ってしまいそうになる。でも、あえて軽口で返した。混ぜっ返すときの太陽をまねて。

「そんなふうにぼくをそそのかして、道連れにしようとしてるんじゃないの？　太陽が片思いしている人に告白する道連れにさ」

「鋭い」と太陽が笑う。

「進んだ先が見当違いってこともあるかもしれないじゃない。ひどい空振りをして傷つくことになるかもしれない。太陽はこわくないの？」

「おれだってこわいさ。でも、自ら進みもしないで、いまのまま変わりもしないで、時間だけが過ぎてたどり着いたところが未来だなんていやだろ。未来なんて呼びたくねえだろ？　おれはそんなのまっぴらごめんだね」

玲は大きく首を縦に振って同意した。こんなにも本心から同意したのは初めてだ。その場を取り繕うための間に合わせの同意などではなくて心からの同意だった。

太陽が握りこぶしを差し出してきた。玲も応じて差し出した。太陽の岩のように大きなこぶしが玲のこぶしに打ちつけられた。ごつんという痛みが心地いい。太陽がベンチから立ち上がる。リュックを背負った。

「進もうぜ」

「うん」

玲も立ち上がった。ふたりで集合場所へ向かう。

そうだ、まずは動いてみよう。自分が何者なのか自問して立ち止まるより、太陽の言葉を信じて進んでみよう。

山門を出た。夏の日差しを全身に浴びる。空を見上げて思った。

この夏は未来を生み出す夏なのだ。

五台山を下って平地に出た。遍路道は川に沿って続いていた。あたりは一面の水田だ。気づけば玲はまた花凜といっしょになって歩いていた。花凜が足を止めて水田を向く。すっと指差した。

「鷺《さぎ》だよ」

一羽の大きな鷺が立っていた。

「白鷺だね」

玲が水田に一歩近づくと、距離はかなり離れているのに白鷺は飛び立った。ばさりばさりと翼を動かし、さらに奥の水田へ移動していく。

「優雅だね」

花凜がうっとりと飛びゆく白鷺を眺める。玲はその横顔に語りかけた。

「訊きたいことがあるんだ」

「訊きたいこと？」

プライベートに関する質問はためらう。でも、進んでみようと思った。

「剣也君たちと揉めたとき、花凜のスマホに何回も着信があったよね。でも、出ようとしなかった。あれ、どうしてなのかなって」

無言で花凜が見つめてくる。彼女の背後を飛び去った白鷺が戻ってきて横切った。

「七班のみんなは花凜の彼氏が電話をかけてきたのかなって心配していたんだ」

「彼氏？　心配？」

花凜が眉根を顰《ひそ》める。見当違いだったろうか。

「これはぼくたちの勝手な想像なんだけど、花凜には強面《こわもて》の彼氏がいて逃げるためにお遍路に来ているんじゃないかって。ほら、芸能界にいる花凜だからそういう被害にあっているのかなって」

「芸能界？　わたしそんなたいそうなところにいたわけじゃないよ。せいぜい音楽業界の端っこだよ」

「音楽業界ってのも素人のぼくにはいかがわしい響きに聞こえちゃうけど」

「バンドのイケメンのヴォーカルがファンの女の子をはべらせたりとか、悪徳プロデューサーが体の関係を迫ってきたりとか、そういうやつ？」

「テレビドラマの見すぎだよ。たしかに変な人はいるけど」

「そう」

「そっか」

どうやら電話の件は男性問題ではなさそうだった。それならばなぜ電話に出ようとしないのだろう。謎だ。追及したいところだけれど、電話の件について花凜が話したくなさそうに見え、話題を変えることにした。

「花凜はどうして歌おうと思ったの」

「バンドを始めたきっかけ？」

「うん」

「好きなバンドのコピーバンドをやりたかったから」

　意外とありきたりな理由だな、と思っていると、花凜が「でも」と続けた。

「オリジナルの曲を始めたときは、届けたい人がいたからなんだよね」

「届けたい人？」

「そう」と小さく答えて花凜はうつむいた。横顔からためらいが伝わってくる。しばらく黙ったあと彼女は顔を上げ、遠くを見てぽつりぽつりと語り出した。

「わたしが中学校三年生のとき、隣のクラスに不登校の女の子がいたんだよ。みんなに無視されてて、孤立してて、早い話がいじめられてた。三学期になったら完全に学校に来なくなった。わたし、別にその子と親しかったわけじゃないし、ていうか話もしたことがなかったんだけど、気になる子だったんだよ。高木っていう口笛の上手い子」

「その子はいまどうしているの」

「知らない。いやな噂なら聞いたよ。自分から死のうとしたとか。あくまでも噂だけど」

花凜がとぼとぼと歩き出した。玲も同じペースでついていく。

「わたしね、彼女に頑張ってほしかったんだ。孤立したポジションから抜け出してほしかった。もしも死にたいほどいやなことがあるのなら、そこから逃げてほしかった。助かってほしかった。でも、当時のわたしはあの子に手を差し伸べたわけじゃないの。後悔があるんだよ。だから、そういう気持ちを歌にこめて届けたかったんだよ。ただ、それは歌を作って何年も経ったいまだから言えることで、作った当初は自分でもよくわかっていなくて、背景もひっくるめてすべて歌にしたって感じだったんだよね。時が経ってやっと初期衝動を客観的に見られたというかさ」

そこまでしゃべったとき、花凜が「え、なに？」と不意に問いかけてきた。

「いや、ぼくはなにも」

熱心に語る花凜に目を奪われていただけだ。

「わたし、語りすぎてた？」

「そんなことないよ。初期衝動とかアーティストっぽいなって感心してた」

「ちょっと待って。アーティストなんておこがましいよ。そういうのはずっとなにかを作り続けている人だけが呼ばれていいものだから。わたしは失格。バンドもいま活動休止中だからね」

ピンクバンビについての情報を玲がネットで検索しているときに、最初に見つけたのが活動休止の知らせだった。理由はヴォーカルの体調不良と書いてあった。体調不良の詳細は発表されなかったらしい。そのためネット上では様々な憶測を呼んでいた。〈実はカリンはスランプで曲が書けないらしいな〉とか〈精神的にきついことがあって声が出ないみたい〉とか。〈妊娠したらしいよ〉なんて無責任な発言もあった。その相手はドラムの男の子とまで書かれていた。

「どうして活動休止になったの。よくある方向性の違いとか？」

「違う、違う」と花凜は首を横に振り、さっぱりとした口調で言った「曲ができないんだよ。歌詞もメロディーも浮かばないの。声も出ないの。歌おうとすると喉が締まって呼吸ができなくなるんだよ。わたしさ、長いあいだ歌えていないんだよね」

「どうして歌えなくなったの」

尋ねると急に花凜が足を止めた。驚いて玲も立ち止まる。花凜はすっと息を吸った。そのまま固まる。見守っていると彼女の瞳から涙がぽろりとこぼれた。玲は慌ててハンカチを探し、花凜に差し出した。

「あの、これ」

先ほどのさっぱりとした口調は強がりだったと気づく。

「ありがとう。大丈夫」

そう言って花凜は肩にかけていたタオルで涙を拭った。

「ごめんね、玲。変なところ見せて」

玲はぶんぶんと首を横に振った。

「わたしさ、ピンクバンビのメンバーやバンドの関係者以外にこういうことを話すのは初めてなんだよ。いつ誰に質問されてもいいように心構えをしてきたつもりだったけれど、実際に話してみると駄目だね」

話し終えると花凜は笑った。笑うところを初めて見た。けれど、それは本当の微笑みではなかった。間に合わせの微笑みだった。


三十二番札所の禅師峰寺《ぜんじぶじ》は小高い山の上にあった。のぼると南側が開けていて、眼下を一望できた。街並みの向こうに土佐の海が広がっている。これまで内陸を歩いてきたけれど、再び海のそばを行くわけだ。

参拝後、山を下った。住宅街を抜けるうちにまた花凜といっしょになった。細い路地を進んでいくと、先頭を歩いていたはずの木戸がこちらを向いて待っていた。追いつくと木戸が言う。

「このあと船に乗って浦戸湾《うらどわん》を渡るんだけど、あと三分で出発の時間なんだ。ぼくはまだ来てないメンバーをここで待つけど君たちはどうする？　渡った向こうに商店街があるから先に行って休憩しててもいいよ。それともみんなを待つ？　次の便は一時間後なんだけど」

路地に面して広場があり、その奥が渡船場となっていた。係員がこちらを見ている。乗るのかどうか窺っているのだろう。

「行こう」

玲は反射的に花凜に提案した。花凜がうなずく。

「それならふたりとも急いで。県営の渡し船で無料だからそのまま乗っちゃって。レッツゴー！」

木戸が玲の背中を叩く。弾かれたように走り出した。花凜も駆け出す。

「急いで」

係員が大きく手招きしていた。走る玲の背中でリュックが盛大に揺れる。ここまで歩いてきてへとへとのはずなのに、いざとなれば走れることに我ながら驚く。走りながらやけくそ気味の楽しさに包まれ、自然と笑みが浮かんでしまった。

船まであと数メートルというときだった。地面は平らで段差などない。それでも花凜が爪先を引っかけてつんのめった。疲労で足が上がらなかったのだろう。足をもつれさせて転びかけた。

「危ない」

玲は瞬時に手を伸ばし、花凜の肘をつかんだ。ぐっと引き起こす。たまたま花凜が玲の左側を走っていたから助けられた。金剛杖《こんごうづえ》を握っていない左手がたまたま空いていたから。

「ありがとう」

見上げてくる花凜の瞳からすがろうとするものを感じた。転びかけて動転し、隠していた弱さが瞳に表れてしまったのだろうか。高木という同級生に助かってほしいと語っていた彼女こそ、本当は助けてほしい人なんじゃないだろうか。

「急ごう」

とっさに玲は花凜に手を差し伸べた。花凜は金剛杖を反対の手に持ち替え、玲の手を握った。ふたりで手を繋いで走った。

船に乗りこみ、なるべく自然に手を離した。花凜の手はほっそりしていて、肌がすべすべだった。そして、この暑いさなかだというのにひんやりと冷たかった。

渡し船は小型のフェリーで、人以外は自転車とバイクだけが乗船可能らしく、乗船時間はたったの五分。対岸までは五百七十五メートルの距離だという。

花凜と並んで船尾に立ち、離れていく岸を眺めた。船が生む白い引き波が海に広がっていき、やがて海の青に取りこまれていく。

「すごくファンになってくれた男の子がいたんだよ。たくさんファンレターをくれて、バンドのブログにいつもコメントを書いてくれて。男の子と言っても、わたしと同い年だったんだけどね」

唐突に花凜が語り出した。なんの話だかわからず、玲は花凜の横顔を問いかけるように見た。彼女は海をまっすぐ見据えて言った。

「わたしがなんで歌えなくなったのか、そのきっかけの話」

花凜はリュックを下ろし、中からクリアファイルを取り出した。鮮やかなピンク色の封筒がたくさん挟まっていた。三十通はあるだろうか。

「これでも一部なんだよ。この三倍くらい送ってくれてた」

一通を引き出して見せてくれた。宛名はピンクバンビ様となっている。差出人はK太とあった。

「K太という名前は、ブログにコメントを書いてくれたり公式ツイッターに返事をくれたりするときに名乗ってたものなの。そのK太がね、自分で死んだんだよ」

海風に菅笠があおられて飛ばされそうになる。花凜もかぶっていられなくなったのか脱いで小脇に抱えた。自由になった花凜の黒髪が風に靡《なび》いて広がる。

「ピンクバンビの歌には届いてくるものがあったって玲は言ってくれたでしょう」

話がどこへ向かっているかわからないけれど、玲はうなずいた。

「K太も同じようなことを言ってくれたんだよ。世界の隅っこにいるこんなおれにも届く歌を作ってくれてありがとうって。最後の手紙にそう書いてあった」

「最後の手紙？」

「そう、Ｋ太が送ってくれた最後の手紙。そこに書いてあったんだよ。ピンクバンビの、カリンの歌があったからこそ、いままで生きてこられましたって。本当に感謝していますって。あなたの歌は光でしたって。Ｋ太はピンクバンビの歌をイヤホンで聞きながら、マンションの最上階から飛び降りたんだよ」

花凜とのあいだを海風が流れていく。彼女にかけてあげたい言葉を風が奪っていく。彼女も重くて暗い別れをしてきた人だったのか。

「オリジナル曲を作ったときに届けたい人がいたって、さっき話したでしょう」

「うん」

「Ｋ太みたいな人こそ届いてほしい人だったんだよ。口笛の上手かった高木といっしょ。つらい状況から逃げてほしかったし、助かってほしかった。そのためにわたしは歌っていたんだよね。わたしの歌をきれいごとだって悪く言う人もいるよ。だけどね、わたしは死ぬ気できれいごとを歌ってきたつもり。わたしは売れっ子のアーティストになりたいわけでもないし、才能を評価されたいわけでもないの。届けたい人がいるだけなんだよ」

まもなく対岸の梶《かじ》ヶ《が》浦《うら》渡船場へ到着する。玲の耳の中で「死ぬ気できれいごと」という言葉がこだましていた。花凜の覚悟と清冽《せいれつ》さが感じられる言葉だった。

亡くなったK太の手紙の言葉通り、花凜の歌は光だ。またあの歌を歌えるまで見守ってあげたい。花凜の求めているものが自分にあるのなら惜しみなく与えたい。そうした思いが玲の胸に芽生えていた。

消えていく白波を睨みながら、ふと忘れることがこわいと思った。大切な思い出も人との繋がりもないから、忘れることなどこわくなかったのに。いま初めてこわくなった。花凜を見守りたい、寄り添いたい、とこれからのことを考えたからかもしれない。

もし失われた記憶が戻ってきて、入れ替わりでいまある花凜との記憶が消えてしまったらどうしよう。この夏に得た花凜との思い出や繋がりを忘れたくない。彼女の華奢《きゃしゃ》でひんやりとした手を忘れたくない。もう二度と記憶をなくしたくなかった。

3

わっからねえなあ。太陽は首をひねりながら遍路道を歩いた。毎日来ていた千帆からのラインのメッセージが届いていない。千帆は律儀に毎朝七時半にメッセージを送ってきていた。スマートフォンのカメラで撮影したチロの画像といっしょにだ。

太陽がお遍路に出ているあいだ、チロは千帆に預かってもらうことになった。アパートで留守番させて毎日ペットシッターを頼むような金銭的余裕は太陽にはない。慣れない実家に預かってもらうのもどうかと迷っていると、「わたしんちで預かってあげるよ」と千帆が名乗り出てくれたのだ。

「百花もチロちゃんのこと大好きだし、どうせうちはこの時期わんこにゃんこのために冷房をつけっ放しだから、一匹くらい増えても関係ないからね」

そうした言葉に甘えてチロを預かってもらい、日々の様子を毎朝メッセージと画像で伝えてもらっているのだった。

それが今朝は届いていない。忘れているのだろうか。事情があって送れないのかも。風邪《かぜ》を引いたとか、スマートフォンが故障したとか。

昨日届いたメッセージを表示させる。

〈おはよー！

今日もチロたんは元気でちゅよ！

すっかりうちのやんちゃ猫たちとも打ち解けてお昼寝してまちゅよ。

仰向けでお股開いてパッカーンでちゅよ。笑〉

送られてきた画像はチロが仰向けで股を開いているあられもないもの。昨日のメッセージの文面からは異常を感じられない。

チロは人見知りをしない子だ。テレビが壊れて訪問修理サービスを依頼したときも、やってきた業者の男性にまったく物怖じしなかった。チロ自ら平然と挨拶へ行っていた。工具箱のにおいをチェックし、作業着姿の男性の後ろから近づいて膝裏あたりをすんすんと嗅いだ。そんなマイペースな子だから、千帆の家でも我が物顔で過ごしているのだろう。

早くチロに会いたいな。送られてくるチロの画像は、しんどいお遍路においていちばんの癒しだ。ついつい画像に話しかけてしまう。

「ああ、チロたん、早く会いたいでちゅね。うちのチロたんは本当に美人さんでちゅねえ」

話しかけたあと、即座に周囲を見回す。猫の画像に赤ちゃん言葉だなんて、人に聞かれたら頭のおかしいやつだと思われる。

赤ちゃん言葉を使ってしまうのは千帆の影響だ。彼女が声優の要領で、子猫のころのチロにせりふを当てていた。チロが眠たそうな顔をしていると「あたち、眠たいでちゅ」といった具合に。それがいつしか千帆はチロに語りかけるときも赤ちゃん言葉を使うようになった。百花といっしょに太陽の部屋にやってきては「チロたん、こんにちはでちゅ」とか、「かわいいでちゅねえ、チロたんは」などというふうに。それらをずっと耳にしているうちに、太陽も使うようになってしまったのだ。

まさかチロになにかあったわけじゃないでちゅよね。じゃなかった、なにかあったわけじゃないよな。そうだったら、いの一番に千帆は太陽へ知らせてくれるはずだ。

わっからねえなあ。

剣也が札所に到着するたびに、境内の隅っこでなにかやっていた。リュックを開き、一瞬だけなにかを取り出す。だいぶ警戒しているようで必ず周囲を見回し、そばに誰もいないことを確認してからリュックを開けていた。

昨日は三十三番札所の雪蹊寺《せっけいじ》でメンバーが野良猫と戯れているときと、三十四番札所の種間寺《たねまじ》でアイスクリームの原型とも言うべきミルクシャーベットのアイスクリンにみんなが舌鼓を打っているときに。今日は午前中に行った三十五番札所の清瀧寺《きよたきじ》で札所の飼い犬であるらしいゴールデン・レトリーバーを撮影しているあいだにだった。山越えの途中の見晴らしのいいところや、海岸線に沿って歩いているときも、リュックを開けることがあった。

ときにはリュックから取り出したなにかを、スマートフォンで撮影していることもあった。あれはなんなのだろう。本だろうか。ノートだろうか。四角いなにかだ。でも、なぜ撮影をしているのだろう。わっからねえなあ。

午後、三十六番札所の青龍寺《しょうりゅうじ》にたどり着いた。青龍寺は浦ノ内湾《うらのうちわん》という大きな内湾を抱えた横浪半島《よこなみはんとう》にあった。半島へは、右に浦ノ内湾を、左に太平洋側の宇佐湾《うさわん》を見つつ、宇佐大橋を渡らなければならない。宇佐大橋がもしなかったら、浦ノ内湾で隔絶されてしまうような土地に青龍寺はあるのだ。

青龍寺のそばには甲子園の常連校がある。高校で野球をやっていた太陽としてはわくわくする札所だ。けれど、いまひとつ気分が盛り上がらない。千帆からチロの連絡が来ないことが頭に引っかかってしまっているせいだ。

参拝後、宇佐大橋を再び本土側に渡り、宿に到着する。玄関を開けるとテレビの音がもれ聞こえてきていた。キンと金属バットの快音が響き、大歓声が起こる。アナウンサーが興奮した声を上げる。高校野球の夏の甲子園大会の中継が流れているようだった。

太陽が玄関の上り口でテレビ中継に耳を傾けていると、玲が「野球だね」と語りかけてきた。

「なんか懐かしくなって聞き入っちまったよ」

「懐かしいってあんた補欠だったんじゃないの」

麻耶がいつもの調子でじゃれ合いをしかけてくる。

「一応、試合に出たこともあるんだぜ」

「ほんとに？」

「三年のとき地方予選の準々決勝で代打で出たんだよ。九回裏ツーアウト、五点差で負けてて、ランナーは三塁って場面」

「それって思い出代打じゃねえか」と先に玄関を上がっていた剣也が振り返って笑う。

「お情けで出させてもらったわけだろう。恥ずかしい」

「ちょっと言いすぎじゃない？」

麻耶が抗議の声を上げるが剣也は取り合わない。さっさと廊下を歩いていってしまった。室戸岬の道の駅での一件以来、剣也とメンバーの仲は険悪だ。花凜なんて剣也がいる場所に近づきもしない。いまも剣也と顔を合わせないようにと玄関の外にいる。班内の空気がきな臭くてしかたない。

「で、その代打の結果はどうだったの」と麻耶が訊いてくる。玲と木戸も太陽に注目した。

「パワーに自信あったし、相手のピッチャーも疲れているから、いっちょツーランホームランでも打って反撃の狼煙《のろし》を上げてやるぜ、なんて思ったんだけど残念ながらショートゴロさ。一塁にヘッドスライディングしたけどアウトで試合終了。高校野球の様式美的な終わり方って感じだったよ」

「太陽がヘッドスライディングって似合わないねえ」

　麻耶が苦笑いする。

「万が一ってこともあるだろう。一塁手がボールをグラブから落とすかもしれないし」

「その巨体でどすどす走ってきたらこわいだろうなあ。ボールをぽろりしちゃうかもね」

「それを期待したんだよ。鬼の形相で走ったもん。結局、駄目だったけどな」

　笑いながらあの最後の場面を話してみたけれど、悔しさの炎は消えることなくいまでも胸の中で燻《くすぶ》っている。結果を残せず、期待に応えられず、みんなの前で泣くわけにもいかず、学校で解散したあと家のそばの公園でひとり泣いた。号泣だった。

　ボールがバットの根元寄りに当たったときのあの感触はいまも忘れられない。鈍く詰まったのが手に伝わってきた。勢いの死んだ打球が転がっていく様子も、送球を待って体を伸ばす一塁手の横顔も鮮明に覚えている。アウトになるまでの一連の流れは頭の中で何度も再生され、そのたびに涙が出た。悔しさで泣いたのはあとにも先にもあの一度きりだ。最近やっと笑いながら話せるくらいまでになった。

明くる日も千帆からのメッセージは届かなかった。歩いているあいだ、太陽は尻ポケットから何度もスマートフォンを取り出し、メッセージが届いていないか確認した。着信音の音量は最大に設定してある。メッセージが来たら絶対に気づくはずなのだけれど、待てずに何度も確かめてしまう。

次の三十七番札所の岩本寺《いわもとじ》までは五十八・五キロの大移動だった。浦ノ内湾の北側を通るルートを選んで須崎《すさき》市まで抜け、そこから安和《あわ》へ向かった。須崎市の市街地に出るまで、代わり映えのしない山道が延々と続いた。人家もまばらで道があるだけといった印象だ。

そうしたなにもないようなところでも玲は立ち止まり、メモ帳にメモやスケッチをしていた。お遍路を続けていると四国という土地の新鮮味はどんどん褪《あ》せていく。はっきり言って、変わらぬ風景に飽きてきていた。でも、玲がメモ帳を開く回数は以前より増えている。やけに必死になってメモをしている。訪れた札所だけでなく、なんてことない廃屋を、ふいに出会った野良猫を、立ち寄った食堂の昼食を、メモ帳に書きこんでいる。メモやスケッチをしている玲に太陽が追いつき、追い越したあとしばらくすると歩くペースの速い玲が追い越していく。そのくり返しだった。

高知に入ってからというもの、トンネルを歩く機会が増えた。今日は五つもトンネルをくぐった。トンネルは日差しを避けられるのでありがたい。でも、トンネル内の歩道はないに等しく、大型トラックが脇をすり抜けていくと風であおられて飛ばされそうになる。かぶっている菅笠がもろに風を受け、疲れて足腰が弱っているのでよろけてしまうのだ。

安和の宿には予定通り午後四時に到着した。結局、今日もチロの報告はやってきていない。今日で二日目だ。さすがに心配になってきて、太陽は荷解きをしてから千帆にメッセージを送ってみた。深刻な文面だと驚かせてしまうだろうから、あまり気にしていないふうを装って書いた。

〈こんにちは！
チロの報告がなかったので、ちょいと心配になってこちらからメッセージを送ってみました！
チロたんは元気でちゅか？
もちろん、千帆さんも百花ちゃんも！〉

送ったメッセージには、昼間に撮影した海岸線の画像を添付した。その後、スマートフォンを肌身離さず持ち歩き、風呂も速攻で済ませ、千帆からの返信を待った。しかし、ひと晩経っても彼女からの返信はなかった。

明くる日は久礼《くれ》の街を過ぎて山間へ向かった。遍路道は須崎市から国道五十六号線と重なっていて、国道の歩道をひたすら歩いた。国道はそれまで寄り添っていたＪＲの土讃線《さんせん》とも離れ、高知自動車道と交差しつつ奥へ奥へと続いていた。

携帯電話の電波が届かない地区が続いた。そのあいだに千帆からメッセージが来ているのではと心配になり、ペースを速めて電波の届く地域まで急いだ。けれど、電波の入る窪川《くぼかわ》に至ってもメッセージは届かなかった。

三十七番札所の岩本寺を参拝して宿にたどり着く。太陽はとうとう我慢できなくなり、メンバーが風呂で汗を流しているあいだに宿を抜け出して、千帆に電話をかけた。いつもメッセージのやり取りだけで済ませているので、千帆に電話をかけるのは初めてのことだ。緊張で手汗を大量にかき、スマートフォンを滑り落としそうになる。聞こえてくる呼び出し音がさらに緊張をあおる。しかし、千帆は電話に出なかった。留守番サービスセンターに接続され、とっさに用件が出てこなかったので電話を切った。

夕食後、改めて電話をかけた。急いで夕食を平らげ、ひとり先に男子部屋へ戻って電話をかけたのだ。

電話はまたしても留守番サービスセンターに接続されてしまった。今度は用件を吹きこむことにする。でも、声に深刻さが滲み出ないように、太陽は千帆たちとのいつもの調子を思い出して明るい口調で用件を吹きこんだ。

「もしもし、こちら高知にいる三上太陽です！　うちのチロちゃんはどうしてまちゅか。

元気でちゅか。そろそろ会いたくてたまらないでちゅ。寂しいでちゅねえ。うちのラブリーガールに早く会いたいでちゅ！」

そこまで吹きこんで陽気に畳の上でターンを決めたときだった。部屋の入口に冷ややかな目つきをした剣也が立っていた。

「ぐは！」

慌てて電話を切る。きっと留守電には「ぐは！」まで吹きこまれていることだろう。

「ど、どこから聞いてたんすか」

「もしもし、こちら高知にいる三上太陽です、から」

抑揚のない声で剣也が答える。

「最初からじゃないっすか」

「まあな」

自分でも顔が真っ赤になるのがわかった。慌てて言う。

「あの、いま留守電に吹きこんだ相手は別に彼女とかじゃなくて」

「相手が誰かなんて知ったことじゃねえよ。てめえのプライベートなんて興味ねえからよ」

「えっとですね、猫の件なんです。留守電の相手は猫を預かってもらっている同じアパートのママさんなんですよ。小学生の娘さんがいるママさん」

「人妻相手に赤ちゃん言葉か。おまえ、すげえな。そんなカミングアウトされても困るけどよ」

「いや、そういうわけじゃなくて」

「別に隠さなくてもいいでちゅよ」

そう言いながら剣也がのしのしと部屋に入ってきた。

「いや、その赤ちゃん言葉も違うんす。ちゃんと説明させてくださいよ」

太陽は後ずさりしながら懇願した。そのとき太陽の踵《かかと》になにかが触れた。よろけた拍子に踏みつけてしまう。ぱりんといやな音がした。

「あ、てめえ！」

剣也が血相を変えて太陽の胸を突いた。太陽が足元を見るとそこに剣也のリュックがあった。剣也がリュックを開け、写真立てを取り出す。ガラスが割れてしまっていた。

「割れちまったじゃねえかよ！」

「す、すみません」

太陽は深々と頭を下げ、写真立てに入っている写真を見た。かわいらしい女の子の写真が入っていた。

「もしかして彼女っすか」

「ばか言え。中学生だよ」

「そんな年下に片思いっすか」

「ロリコンじゃねえよ。もう亡くなってるんだ」

「好きだったのに亡くなってしまったってことっすね」

「あほか！　なんでおれがこの子を好きだって決めつけるんだよ」

「札所に着くたびにリュックから取り出してたのはこの写真立てっすよね。景色がいいところでもやっていたっすよね。わざわざそんなことをしてあげていたのは好きだからかと」

剣也はひと際大きな舌打ちをした。

「おまえ、見てたのかよ。これは吉田に頼まれたんだよ。この子は吉田の妹なの」

いかにも渋々といったふうに剣也は説明してくれた。写真立ての女の子は奏ちゃんという名前で吉田の五つ下の妹であること。交通事故で亡くなったこと。吉田は同行三人の状態で歩いていたがリタイアしたので剣也が託されたこと。お遍路の道中で有名な札所を参拝したり、景色のいいところを通ったりしたときは、リュックから写真立てを出して見せてやっていること。報告として写真を撮って吉田へ送っているのだそうだ。

太陽は剣也の説明を聞くうちに目頭が熱くなってきてしまった。吉田がこんな苦悩を抱えて歩いていたなんて。そして、思いを引き継いで歩いている剣也のやさしさに心打たれた。

「剣也君って本当はすげえやさしい人だったんすね」

握手を求めて太陽は剣也に両手を差し出した。周囲に気づかれないように裏では頑張っていた、というパターンの話に太陽は滅法弱い。寡黙《かもく》で意固地な父親が実は子供の夢のために貯蓄していた、なんてストーリーの映画だったら、半日は泣ける。

「やめろよ、そういうの」

剣也に手を邪険に払いのけられた。

「恥ずかしがらなくてもいいっす。おれいま剣也君のことを猛烈に尊敬してるっす」

「それだよ、それ」と剣也が太陽を指差す。「そういう気持ち悪いこと言い出すやつがいるからこっそりやってたんじゃねえか。おれは別にやさしくねえし、尊敬されるような人間でもねえんだよ」

「剣也君、そんなふうに謙遜しなくてもいいんすよ」

「その剣也君って呼び方もやめろ。おれはおまえより年上なんだぞ。剣也さんだろ」

「麻耶も剣也君って呼んでるじゃないっすか。それにおれ、野球部のときに本当に親しい先輩のことは、下の名前で呼んでいたんすよ。拓郎《たくろう》君すげえピッチングだったっすね、なんて。本当に尊敬していて親しい先輩にしかできない呼び方っす」

「言ってる意味が全然わかんねえんだけど」

「じゃあ、剣也君さんはどうっすかね。親しみをこめて剣也君と呼びつつ、尊敬も加えてさんをつけるっす。だから、剣也君さん」

「それこそ意味わかんねえよ。勝手にしろ」

剣也は写真立ての木枠から割れたガラスを取り除いていく。ガラスをティッシュペーパーにくるみ、写真立てはリュックにしまった。太陽は申し訳なくてもう一度頭を深く下げた。

「本当にすみません。このあと写真館とか文具店があったら、新しい写真立てを買ってくるっすから」

「おれが自分でやるよ。それより奏ちゃんのことは誰にも言うなよ」

「なに言ってるんすか。こんな美談を黙ってなんかいられないっす」

「黙ってろって言ってるだろ。特に麻耶な。あいつもおまえと同じ反応しそうだしな。それでべたべた近づいてこられるのは迷惑なんだよ」

「剣也君は恥ずかしがり屋さんっすね。ま、おれの赤ちゃん言葉の件を黙っていてくれたらこの件も黙っておきますけど」

「おまえ、ずるいな。取り引きしようってのかよ」

「違うっすよ。お互いの秘密を共有するんす。そのほうが親しくなれていいじゃないっすか」

「なにが秘密の共有だよ。汚ねえな」と剣也は吐き捨ててから、「しょうがねえな」とつぶやいた。

「ただよ、おれはおまえなんかと親しくなりたくねえからな。その点だけは勘違いするなよ」

「了解っす」

「ほんとにわかってんのかよ。おまえといい吉田といい、好きでお遍路に来ているやつらは、頭のおかしなやつばかりだぜ」

剣也はバスタオルをばさりと首に巻きつけ、風呂場へ向かっていった。


朝六時に宿を発《た》ち、山間をうねうねと続く国道五十六号線の歩道を歩いた。昼前に土佐くろしお鉄道中村線の伊与喜《いよき》駅の前を過ぎた。

昼休憩のあと太陽が剣也といっしょに歩いていると、向かいからお遍路がやってきた。向かいからやってくるということは逆打ちのお遍路だ。札所を一番から順に八十八番を目指して参拝していくことを順打ちと言い、八十八番から逆に参拝していくことを逆打ちと言うのだそうだ。

逆打ちは順打ちより功徳を積めるとされているらしい。三倍の功徳があるなんて説く人もいるとか。また、お大師様は現在も順打ちでお遍路を回っているといった言い伝えがある。逆打ちで歩けば、いつかお大師様に会えると考えるのだそうだ。

逆打ちのお遍路は六十代くらいの男性だった。白衣《びゃくえ》を着て毅然とした印象がある。逆打ちは順打ちを何度か回ったあとに挑戦するものだと聞いた。それゆえ逆打ちのお遍路からは風格を感じてしまう。

「こんにちは」

太陽が挨拶をすると、逆打ちのお遍路はにっこりと微笑んで「こんにちは」と返してくれた。そのまま過ぎ去ろうとすると「あ、君たち」と呼び止められた。

「なんでしょう」

「この先の跨線橋《こせんきょう》を渡っていくと国道五十六号線沿いをそのまま歩くことになるんだけど、渡らずに脇の旧道に逸《そ》れると熊井《くまい》トンネルへ通じてるよ。お遍路の名物のトンネルだからぜひ行ってみて。ちょいと遠回りになるけどね」

「ありがとうございます」

深々と頭を下げたあと、逆打ちのお遍路の背中を見送っていると、剣也がさっさと歩き出した。

「じゃ、おれは橋を渡っていくから」

「いやいや待ってくださいよ。せっかくお遍路の名物だって言うんすから、いっしょに行ってみましょうよ。きっと先に行ってる木戸さんたちもトンネルを通っているに違いないっすよ」

「トンネルは遠回りになるんだろ。近いほうを行けばいいじゃねえか。それになんでおまえといっしょに行かなくちゃならねえんだよ。朝からべったりくっついてきやがってよ」

今朝、宿を出てからずっと太陽は剣也と歩いているのだ。

「同じ班なんだから、いっしょに歩いてもなんの問題もないじゃないっすか。それより、名物トンネルに行きましょうよ。ひとりで名物に行ったたって面白くないっすもん。すごいっすねえ、なんて言い合う誰かがいたほうがいいに決まってるじゃないっすか」

太陽が粘ると、剣也はぶつぶつ文句を言いながらつき合ってくれた。

トンネルを通るルートは旧道だと先ほどのお遍路は言っていた。長らくお遍路を歩いてきてわかったことがある。遍路道というものは時代とともに変遷していくものらしい。かつては幹線道路もトンネルもなかった。だから、遍路道は峠道や山道ばかりだった。それがやがて道が整備され、歩きやすくなれば人はそちらを歩くようになる。もともとの道は旧道となり、新たな道が主な遍路道へと更新される。つまり、千二百年という長きにわたって遍路道は変化し続けているというわけだ。そして、どの遍路道を選択するかによって総延長距離も変わってくるのだろう。

ふと考える。四国を上空の高いところから俯瞰《ふかん》し、遍路道だけに注目することができたら、血脈のように張り巡らされた遍路道を見ることができるんじゃないだろうか。

「さっきのおっさん、逆打ちなんてよくやるぜ」

剣也が呆れたように言う。

「難易度が高そうっすよね」

「難易度？」

「遍路道の道しるべって順打ちのために設置されているじゃないっすか。おれ、逆に回ったら絶対に迷いそうっす。功徳が三倍ってのもわかる気がするっす」

「おまえマジで言ってんのか」と剣也が腹立たしげに言ってくる。「難易度が高いから三倍って勝手な話だろ。距離は同じなんだから功徳もいっしょにしろって。勝手に苦しいほうを選んでおいてポイントが三倍なんてそんな都合のいい話はおかしいだろ。札所には番号が振ってあるんだから順番に歩けっての」

「あはは、剣也君てキャラに似合わず正論を吐きますよね」

「キャラに似合わずってなんだよ」

「あ、名物のトンネルが見えてきましたよ」

「はぐらかすんじゃねえよ」

「ほら、トンネル、トンネル」と太陽は足を速めた。

熊井トンネルは煉瓦《れんが》造りの瀟洒《しょうしゃ》なトンネルだった。石積みの土台の上へ煉瓦がアーチ状に積まれていた。車一台がぎりぎり通れるくらいの細さだった。

入口に立て看板が設置されていた。完成は明治三十八年（一九〇五年）十二月とある。長さは九十メートル。煉瓦はここから数キロ離れた佐賀港から、小学生たちが一個一銭の運び賃で運んできたとのこと。トンネルの上は杉木立となっていて周囲は人の気配がまったくない。

「ひとりで来ないでよかったっすよ。こんな立派なトンネルをひとりで鑑賞するなんてもったいないっす」

「どこが立派なんだよ。幽霊でも出そうじゃねえか」

「立派な土木遺産じゃないっすか。しかも地元の子供が手伝ったってことは、この土地の人々にとっては待望のトンネルだったはずっすよ。一九〇五年十二月の完成ってことは日露戦争のすぐあとっすね。いやあ、すげえな」

「トンネルなんかでよくそんな興奮できるな」

「興奮するっすよ。百年以上前の高知の山の中に、こんな立派なトンネルが作られていたんすよ。すごいじゃないっすか」

トンネルをくぐった。九十メートルはあっという間だった。南側の坑口へ抜けて振り返る。「熊井隧道《ずいどう》」と彫られた石造りの看板がアーチの上に掲げられていた。横書きを右から読むタイプだ。立ち去りがたくてスマートフォンのカメラで何枚も撮った。

高揚感に包まれ、意気揚々と次の札所を目指した。遍路道は土佐くろしお鉄道中村線の線路に沿うような形で続いていた。佐賀地区の港街を左に見ながら南下すると、国道沿いにある土佐西南大規模公園へたどり着いた。展望所へ行ってみると太平洋の大海原がどんと待ち構えていた。

太陽は柵に手を置き、海風の涼やかさに浸った。きらきらと輝く海原を目を細めて眺めていると、沖合いで黒いものがうねった。

「剣也君、あれ見て」

柵に背中を預けて休んでいた剣也を呼ぶ。

「なんだよ」

「沖で大きなものが泳いでいたんす。一瞬しか見えなかったけど」

「マジか。どっちだよ」

剣也が慌てて太陽のそばまでやってきた。

「あっちっす。なんだったんだろ」

沖合いを指差すと剣也が興奮気味に言った。

「鯨だな」

「え、鯨っすか」

「高知はホエールウォッチングで有名なんだよ。一年中このあたりにいるニタリクジラかもしれねえな」

再び鯨が海面に顔を出すかもしれないと、ふたりでしばらく沖合いを眺めた。しかし、いつまで経っても海は水平線まで真っ平なままだった。

「おまえ、ラッキーだったな。鯨だって年がら年中潮を噴いたりジャンプしたりしてるわけじゃねえからよ」

「ちらっとしか見ていないんすよ。鯨とわかってたらもっとよく見たのになあ」

「奏ちゃんに見せてやりたかったぜ」

剣也が忌々《いまいま》しげに言って無念がった。思わず太陽はにやけてしまいそうになった。剣也は本当にキャラに似合わず、やさしい一面がある。なんだか楽しくなってきて、海岸線に沿って続く下りの道を軽い足取りで進んだ。ついつい鼻歌まで出てしまった。剣也からすぐにクレームが入る。

「耳障りだからその鼻歌はやめろよ」

「鼻歌くらい別にいいじゃないっすか」

「そんな下手くそな鼻歌は聞いたことねえぞ」

「上手か下手かはこの際関係ないっす。楽しいから歌っちゃうんす。しかたないんす」

「どこが楽しいんだよ。一日中暑い中歩き通しでしんどいったらありゃしねえ」

「しんどいから楽しいんすよ。それにどうせ黙っていてもしんどいなら、歌ったほうが気が紛れるってもんすよ」

「いやだねえ、そういう前向きな姿勢。おまえみたいなポジティブ野郎はさっさと先に行けよ。つうかさ、おまえは玲や麻耶たちと歩かなくていいのかよ。朝からずっとおれと歩いててよ」

珍しく剣也が気を回してくれた。

「誰と歩こうがおれの自由じゃないっすか」

「急におれとべったりになったら、ほかのメンバーは怪しむだろう」

「他人になにをどう思われようとも、おれは関係ないんで」

「でもよ」と剣也は口ごもった。

太陽には剣也がなにに引っかかっているのかだいたい想像がついた。太陽が以前にあれほど揉めた剣也と親しくしているものだから、七班のほかのメンバーが混乱しているのだ。温泉施設にあったレストランで昼食を取ったときも、太陽は剣也といっしょのテーブルで食事をした。玲や麻耶や木戸だけでなく、あの花凜まで驚きの視線を太陽たちに向けていた。

「おれ、どんなことに関しても百かゼロかなんすよ」

「百かゼロ？」

「英語で言ったらオール・オア・ナッシングってところっすかねえ」

「余計わかりにくいだろ」

「剣也君には尊敬できるいいところがあった。奏ちゃんに関してはマジで尊敬できる。その一点があればいいんす。ひとつ尊敬できるところがあるから、剣也君に対しては百で仲良くするんす。ほかのことなんて些細《ささい》っすよ。みんな飲みこめるっす」

剣也は啞然とした表情を浮かべたあと、不愉快そうな目つきで太陽を見た。

「おれはそんなの無理だね。飲みこめねえことばかりだ」

「あ、もしかして剣也君はおにぎりのことをまだ根に持ってるんすか」

「当たり前だろうが」

「こんなに仲良くしてるんすから、試しにちょっと許してみるってのは」

「おまえが勝手におれにくっついてきてるだけじゃねえか。仲良くなった覚えなんてねえからな」

「まあまあ、そう言わずに」

「それにな、許したと思いこんでみたところで、許せねえって気持ちはあとから必ず浮かび上がってくるもんだ。消えねえんだよ。おれはおまえみたいに百かゼロかなんて絶対に無理だね。許してやりたい気持ちがないわけじゃねえけど無理なんだよ」

「白か黒かで決めてしまったほうが楽なんじゃないっすかね。そんな灰色の部分を残して人づき合いしていたら、しんどいばかりじゃないっすか。先に白か黒かの答えを出して、あとはみんな飲みこめばいいんす。それができない場合は、全部放り出してゼロにすればいいんすよ。ほら、百かゼロかで済むじゃないっすか」

「そういう単純な考え方は嫌いだね」

剣也はにべもない。

「シンプルって言ってくださいよ」

太陽は苦笑いを浮かべるしかない。

「それにおまえはうちの親父《おやじ》が卒業した大学に通っているからな。簡単に許せねえんだ」

「へ？」と思わず太陽は足を止めた。「そうだったんすか。剣也君のお父さんはおれの先輩っすか。だけど、それがなんでおれを許せないって話になるんすか」

剣也も足を止め、太陽に向き直った。

「おれは親父が大っ嫌いなんだよ。おまえが通っている大学を出たら、世間一般ではエリートなわけだ。うちの親父みたいに地元に帰ったら、なおさらエリート扱いだよ。で、そういうエリートはおれのような人間に対し、敗北者を見るような視線を送ってきやがる。憐《あわ》れみの視線だよ。おれは勉強もスポーツもできなかったし、いい高校や大学にも行けなかったからな。負け犬ってやつだよ」

「そんな自虐的にならなくても。うちの大学の出身者なんて、東京だと石を投げりゃ当たるくらい珍しくないんすよ。エリートなんて思っていられないっす。ていうか、そもそも親父さんを嫌いなこととおれは関係ないじゃないっすか。とばっちりっす」

「同じ大学出身ってのはおまえの減点要因のひとつってことだ」

「そんな些細な要因でおれは減点されるんすか。それじゃ誰だってすぐに零点になっちゃうっすよ」

「減点されるやつが悪いんだろうが。おれのせいじゃねえ」

取りつく島がない。さすがに太陽も怯《ひる》んだ。

「人にはいいところも悪いところも両方あるんすよ。マイナスの部分は見逃してあげて、プラスの部分で評価していきましょうよ。マイナス部分は目をつぶっていくんす。そうすると楽っすよ」

「だからよ、おれはおまえみたいに単純じゃねえんだよ。見逃すとか目をつぶるとか簡単に言うんじゃねえよ」

「簡単っすよ。相手のいいところってたくさんあるじゃないっすか。剣也君だってそうっす。尊敬できるところがあったから親しくなりたいなっておれは思ったんす」

ぶんぶんと剣也は首を振った。

「駄目だ、駄目だ。長い時間をかければ、許すとか忘れるとかの選択肢も出てくるかもしれねえ。けれど、一時的に自分に言い聞かせることなんてできねえ」

「まどろっこしいっすね」

「おれは自分の気持ちに正直でいたいだけだ」

「正直でいたい？」

「おれはおまえみたいに百かゼロかなんてきれいに分けられねえ。もっと頭の中がもやもやしてるわけだ。それを長い時間かけて自分の気持ちってなんなのか判断していくんだよ。あとから思い返して腹が立ったり蒸し返したりしたくならないように、よーく時間かけるんだ。アドバイスとか他人の言葉もいらねえ。混じりっけのない自分の正直な考えが欲しいだけだからな」

「ややこしいっす」

「うるせえよ。ややこしいのは自分でもわかってんだ」

ぶっきらぼうに言って剣也は先に歩き出した。

剣也という人間がやっと少しずつわかってきた。彼は自分で白黒をつけるのが苦手なのだ。百にもゼロにもできず、保留のまま抱えこんでいるものがたくさんあるのだろう。

太陽は剣也とまったく逆の人間だ。直感でまず答えやゴールを決め、辻褄《つじつま》だろうが帳尻だろうがあとから合わせてきた。苦しくても身悶《みもだ》えしながら進む。間違った選択だったら戻ればいい。後悔なんて必要ない。間違ったことでさえ意味がある。そうやって三上太陽という人間を作り上げてきた。

でも、考え方や信条は千差万別なんだよなあ。剣也のように答えを出すまで時間を要する人間もいる。自分の意志から生まれた混じりっけのない答えかどうか必死に目を凝らす必要があるのだろう。それもひとつの生き方として間違っていない。大変だろうけれど。

厄介なのは剣也の強烈な劣等感だ。大学生にもなって父親の影響から抜け出せない人間がいるとは思わなかった。父親が立派すぎるのも考えものなのかもしれない。彼の攻撃性も劣等感のせいだ。花凛がバンド活動していたことを知ったときの尋常じゃない刺々《とげとげ》しさも劣等感から。人の成功が妬ましいのだろう。

吉田との約束を守っているあたり、悪い人間ではないのだけれどな。やさしいところはある。その点が垣間見《かいまみ》えただけでもいまはよしとしておこう。急いで剣也を追いかけ、その隣に並んだ。

「おい、太陽。おまえなんでにやにやしてるんだよ」

剣也がいやそうな顔で指摘してきた。

「していないっすけど」

「してるじゃねえか」

「しているとしたら、剣也君という人がどんな人間かわかってきてうれしくなったからかもしれないっすね」

むっとした表情となって剣也が言ってくる。

「てめえにおれのなにがわかるって言うんだよ」

「剣也君って答えを出すまで時間を要する人なんすよね。まったく考えていなかったり、考えが至らなかったりするわけじゃないんすよね」

虚を突かれたのか、一瞬の間があって剣也は言った。

「わ、わかってるじゃねえかよ」

剣也は戸惑いをうまく隠せないようで、ぷいとあちらを向いて歩いた。太陽はまたにやにやしてしまった。いまこの瞬間、剣也の心に橋を架けられたように思えたからだ。

日がとっぷりと暮れたころ、四万十川《しまんとがわ》へたどり着いた。汗だくになって土手をのぼると広大な闇が太陽たちを待っていた。

左手に明日渡る予定である四万十大橋が見えた。橋に設置された灯り以外、この近辺に電灯はない。あたり一面、黒い世界となっていた。目の前に横たわる四万十川も黒い水を湛《たた》え、川岸との境目も曖昧だ。まもなく川は土佐湾に注ぐ。河口が近いために川幅も広い。闇が上流から海へと流れているかのようだった。

「四万十川まで来ると高知まで来たって感じがするな」

珍しく剣也のほうから太陽に話しかけてきた。

「そうっすね」と朗らかに返す。

やっぱり、橋は架かったんじゃないかな。そんな気がした。

千帆から五日ぶりにメッセージが届いた。四万十川沿いの宿で早めの朝食を取っているときだった。

昨夜はちょっとした騒動があった。本日宿泊する予定だった宿の確認をしたら、ダブルブッキングであることが判明したのだ。新たに予約した宿は三十八番札所の金剛福寺《こんごうふくじ》のそばにあり、たどり着くためには一日で四十キロも歩く必要が出てきてしまった。そのため朝食も早めの六時となり、誰もが眠い目をこすりながらもさもさと食事を取るはめとなった。そうしたときに千帆からメッセージが届いたのだ。

「えええええ！」

太陽はメッセージの文面に驚き、茶碗《ちゃわん》を持ったまま立ち上がってしまった。

「なによ、あんた。行儀悪いよ」

麻耶にたしなめられる。

「悪い、悪い」

急いで朝食を平らげ、男子部屋に移って千帆からのメッセージを再読した。

〈何日も連絡しなくてごめんねー。

実はひどい風邪を引いて倒れてたんだー。

あ、チロたんはもちろん元気でちゅよ。

太陽君が帰ってくるのを首を長ーくして待ってまちゅ！〉

急いで返信した。

〈風邪の具合はいかがっすか。治りましたか？〉

すぐに返信があった。

〈あはは、やっと布団から起きれるようになったくらい。お仕事も行けてなくてさ、情けないったらありゃしないよ。でも、チロたんをはじめニャンコたちのお世話はちゃんとやってるよ。ちょいとマロンには悪いなって思ってるけどね〉

マロンというのは千帆さんちのチワワだ。室内でのトイレトレーニングをしてあるので、外へ散歩に行かなくても済んでいるのだろう。

ひどい風邪だったというなら、仕事は当分無理に違いない。千帆はクラシックバレエの動きを取り入れたバレエ・ストレッチというエクササイズを教えるインストラクターをしている。南青山のスタジオや日本橋のカルチャーサロンに出向き、パーソナルレッスンでもグループレッスンでもなんでも請け負う。ただ、それだけでは食べていけないらしくバレエ・ストレッチ以外のインストラクターをかけ持ちしている。ジャズダンスやピラティスやヨガのインストラクターだ。きちんとしたクラシックバレエも入門編くらいなら教えられるという。なんにせよ、体を使う仕事なので、全快しないと復帰は難しいだろう。

〈お仕事はしかたないっすよ。無理しないでくださいね。百花ちゃんは元気っすか？〉

なぜか次の返信が届くまで十分ほどかかった。

〈百花のことはなんて言ったらいいのかな。ちょっといまは言葉にできないんだよね〉

メッセージから不穏なものを嗅ぎ取った。慌てて返事を送る。

〈もしかして百花ちゃん、なにかあったんすか？〉

また返信まで時間が空いた。太陽は畳の上にスマートフォンを置き、その前に正座した。返信をじっと待つ。しかし、スマートフォンはうんともすんとも言わない。こらえきれなくなって太陽からまたメッセージを送った。

〈千帆さん、いま電話しても大丈夫っすか〉

〈大丈夫。いま布団の中〉

スマートフォンを握って宿の外へ向かった。朝食を終えて戻ってきた玲たちと廊下で鉢合わせする。すれ違いざま、みんなに告げた。

「ごめん、電話しなくちゃならなくてさ。先に出発してて。あとから追いつくから」

宿を出たらそこは四万十川の土手だ。早く千帆と電話したくて駆け上がった。土手をのぼりきり、スマートフォンから電話をかける。顔を上げたら昨夜は闇の中でよく見えなかった四万十川が広がっていた。

息を飲むほどに広い。河口が近くて流れがゆるやかなため、水面が鏡のようになっていて、空の青も白い雲もみんな映っていた。見晴らしのよさと朝の空気の心地よさに包まれて下流を望む。今日このあと渡っていく四万十大橋が待ち構えていた。足摺岬《あしずりみさき》の入口とも言うべき大きな橋だ。

見とれていたら「もしもし」と千帆が電話に出た。いろいろと質問をしたいし、いろいろと話をしたい。焦《じ》れったさを飲みこみ、穏やかに切り出す。

「おはようございます。風邪の具合は大丈夫っすか」

「もう大丈夫」

いつも元気な千帆が、今日はなぜか消え入りそうな声をしていた。

「百花ちゃんのこと気になったんで電話してみたんす。千帆さんが風邪のあいだ大丈夫だったのかなって。もしかしてなにかあったんすか」

返答がない。太陽はスマートフォンの音が出る部分に耳を押しつけて耳を澄ました。それでも千帆の声は聞こえてこない。川の対岸にはゴルフ場が広がっている。朝日に輝くまぶしいその緑を睨みつけつつ言葉を待った。

最初は風の音かと思った。しかし、それは鼻をすする音だった。千帆は泣いていた。

「大丈夫っすか」

がさがさと音が聞こえる。ティッシュで涙を拭いたのかもしれない。

「あはは、大丈夫。やっぱり体調を崩すと駄目だね。心まで弱くなっちゃう」

からからと千帆は笑った。無理やりいつもの調子に戻そうとしているのが伝わってくる。

「ねえ、千帆さん。なんでも話してください。おれ、聞きますよ」

「いいよ。話すと長くなるし」

「あのね、千帆さん。おれいま四万十川の前に立ってるんすよ。でっかいんす。四国でいちばん長い川っす。そんな大きなものの前にいるんすもん、電話での話なんて短いっすよ」

「前から思ってたけどさ、太陽君は心の器が大きいよね。チロたんを迎えてくれたり、わたしたち親子と遊んでくれたり」

「体が大きいっすからね。器も大きくなっちゃうんじゃないっすか」

「あはは」

やっといつも通りの明るい笑い声が聞こえたが、それからまた千帆はしばらく黙ってしまった。

目の前を流れる四万十川のようにゆったりとした心持ちで待っていると、「あのね」と千帆がいつもより舌足らずな感じで語り出した。

太陽は四万十大橋をひとり渡った。足摺岬を目指して南へ下っていく。コーディネーターである木戸にメッセージを送った。

〈ちゃんと追いかけてます。待たないでどんどん進んでください〉

急げば追いつく。でも、追いつきたくなくてペースを落とす。当分のあいだひとりで歩きたかった。

千帆の電話での言葉が耳から離れない。思い返すたびに気づくことが増えていく。彼女はあの言葉をこういう意味で言ったんだろうな、あるいはこういうことを隠したかったんだろうな、と。

「あのね、太陽君にちゃんと言ってなかったけれど、わたし離婚してるんだ。別れた旦那さんは八つ年上のお医者さんでさ、友達の紹介で知り合って、ぐいぐいアプローチされて出会って半年で結婚しちゃったんだよね。タイミングとしてもちょうどバレエをやめたときで、家庭に入るのもいいかななんて考えてさ。結婚すれば新しい居場所ができるかなって。でも、その別れた旦那さんは大学病院で働いてて、すごく忙しい人だったんだよ」

「なんのお医者さんだったんすか」

「外科医」

激務だと太陽も聞いたことがある。離婚率がいちばん高いとも。

「土日祝日なんて関係なしだったよ。朝の六時に家を出ていって、帰ってくるのは夜中の十二時。当直じゃない日も担当している患者さんの容態がよくなければ病院に呼び出されてた。本当にハード。だから、百花の育児はすべてわたし。でもね、全然かまわなかったんだよ。これが医者の妻の務めだなんて思ってたからさ。ただささ」

「ただ？」

「百花の一件が引っかかってね」

千帆の声が小さくなった。電話越しで見えないけれど、千帆が萎《しお》れる様子を想像できた。彼女に洗いざらい話してもらいたくて、太陽は次の言葉を静かに待った。

「百花が一歳のときにひどい熱を出したの。高熱で四十度から下がらなくてね。その日、彼は当直でわたしもどうしたらいいかわからなくて、普段だったらかけない電話を彼にかけたの。脳に後遺症でも残ったらどうしようってこわくなっちゃってさ。そしたら電話に出た彼が、熱はいつからか、下痢や嘔吐《おうと》はあるか、痙攣《けいれん》はあるかって不機嫌そうに質問してくるの。夕方から熱っぽくてほかに症状はないって伝えたら、それはただの風邪だからスポーツドリンクを飲ませて寝かしつけておけって電話を切られたの。ぶつっとね」

「切られた？」

自分の娘が高熱を出しているのに、そんな冷たい対応ができるものなんだろうか。

「わたし、びっくりしちゃってさ。そのあと、ぞっとしたんだよ。自分の娘が苦しんでいるのに心配しない彼に。で、わたしも黙っていられるタイプじゃないから電話をかけ直して怒ったの。でも、向こうは向こうで怒ってんの。十時間の手術が終わったあと患者の容態がよくなくてそれがやっと落ち着いて仮眠を取れたところなのに、そういうおれのしんどさを配慮せずに電話で怒り出すのは非常識だって」

「はあ？」

一度では不可解さを表しきれず、太陽はもう一度くり返してしまった。

「はあ？」

「彼が言うには、百花の様子を聞いて大丈夫だとわかったんだって。発熱は体の防御反応の表れで明くる日には下がるだろうって。高熱で脳や内臓に影響が出ることはまずないって。だから、心配の言葉は言わなかったんだって」

「それは医者だからわかることっすよ。そうしたことがわかってるなら、安心できる言葉をかけてくれたっていいのに」

「わたしも同じことで怒ったの。どうして安心させてくれなかったのかって。あんたそれでも医者なのかって。それがまたこじれる原因になったんだけどね」

千帆の深いため息が聞こえてきた。

遍路道は国道三百二十一号線と重なっていた。十キロほど進むと左側に海が見えてきた。やがて国道は海岸線に沿う形となった。

太陽は千帆との電話を思い返しながら、一歩一歩踏みしめて歩いた。

「わたしだってわかってたんだよ」と千帆は訴えてきた。「外科医が命を預かる重要な仕事だってことも、それに比べたら子供の熱なんてちっぽけだってことも」

電話で揉めて以降、その元夫は三日も帰ってこなかったそうだ。百花を心配する電話もまったくなし。三日後に帰ってくると、千帆を完全に無視。怒る千帆に対して、話の通じない人間を見るような蔑《さげす》みの視線を送ってきたのだとか。

そのうち忙しさを理由に会話を避けるようになり、連絡を入れれば激怒するようになった。一ヶ月が過ぎても態度が軟化しないのを見て、いっしょにやっていくのは無理と考えるようになったという。最後には罵り合って別れたそうだ。百花が二歳になったころのことだという。

しかしながら、千帆が風邪で倒れているいま、百花は元夫に預かってもらっているのだそうだ。正確には練馬にいる元夫の両親だという。千帆の実家は新潟なので遠い。預けに行けないし、来てほしかった母がいまは腰痛で動けないため、元夫の両親に頼んだらしい。

「本当に泣く泣く彼に連絡したんだよ。あっちのお父さんもお母さんもわたしの印象がよくないせいか、孫の百花に対してもやさしくないんだよ。笑顔も見せてくれないの。百花に本当に悪いことをしちゃったな。こんな風邪を引くなんてばかだなあ、わたし」

電話の千帆の声はどんどん暗くなっていった。

「そんな大変なことになってたのに、どうしておれに連絡をくれないんすか。百花ちゃんの面倒ならおれが見たのに」

「太陽君はお遍路の真っ最中じゃないの」

「お遍路は区切って回ってもいいんす。つうかいまから帰るっす。今日中に東京に帰れますよ。待っててください」

「ばか。帰るなんて言わないでよ」

「どうしてっすか。頼ってくださいよ。水臭いじゃないっすか」

「頼れるわけないじゃない。だって、わたしは」

ふいに千帆は言いよどんだ。「わたしは」のあとの飲みこんだ言葉はきっとこうだ。

「太陽君の告白を断ったでしょう」

太陽はしらを切って続けた。

「千帆さんがなにを気にしているか、おれにはわからないっす。おれに頼れない理由とか原因なんてまったくないはずっす」

「でも」

「それより百花ちゃんはあと何日預かってもらうんすか」

「今週いっぱいだからあと三日」

「やっぱりおれ帰りますよ。百花ちゃんが千帆さんと離れて暮らしているなんてかわいそうっす」

「駄目だってば！　帰ってきたら太陽君のこと嫌いになるからね」

ぶつりと電話は切れた。

その後、太陽は悶々《もんもん》としながら七班のメンバーを追いかけて歩いてきた。

帰るべきか、帰らざるべきか。電話の千帆の最後の言葉が、太陽の頭の中でぐるぐると回っている。

「太陽君のこと嫌いになるからね」

嫌いになるってことは、いまはそうではないってことだ。都合のいい解釈だけれども。

以前に告白したときは、恋愛対象として見られないとはっきりと断られた。「ごめんね、太陽君。わたし、君をそういうふうに見られないの」と。

いま千帆の気持ちは変わっているのかもしれない。太陽を頼りたいが頼れないと強がっているのかも。これもまた希望的観測だけれども。

太陽は迷って何度も足を止めた。東京の方角を眺めて考えた。いますぐ東京へ帰るべきだ。百花のためにも帰るべきだ。

いやいや、と打ち消す声がする。東京へ帰ったところで千帆に困惑されるだけじゃないのか。彼女の気持ちも考えず先走ってどうするつもりだ。勇み足はおまえの欠点中の欠点じゃないか。

冷静になって考えれば、千帆にはすでに告白を断られている。一度きっぱりと拒まれたのだ。また、彼女はひと回りも年上の女性で子供もいる。条件だけで言ったら、おいそれと好きだなんて言っていい相手ではない。

たとえばだけれども、恋愛感情を抜きにして、千帆と百花を見守る立場に収まることもできるはずだ。帰ろうかどうしようかとそわそわしているのは、実は自分が千帆に会いたいだけじゃないのか。

「わっかんねえな！」

太陽は菅笠を脱ぎ、背負っていたリュックを地面に投げ出した。即断即決が信条なのに今回ばかりは答えが出ない。自分の中にも剣也と重なるものがあるみたいだ。

日陰に腰を下ろし、仰向けに寝転がった。顔の上に菅笠を置いて光を遮る。先を歩いている木戸たちのことが気がかりだったけれど、この際知ったことじゃない。

帰るか、お遍路続行か。その答えが出るまでこの場を動かない。太陽はぎゅっと目をつぶり、金剛杖を胸に抱いた。

ときおり車道を行く車の音がした。地面を吹くぬるい風が太陽の肌を撫《な》でていく。かすかに波音が聞こえた。

「どうしたらいいんすかねえ、お大師様」

目をつぶったままお大師様に訴えかけてみる。こんなときお大師様の化身だという金剛杖が答えてくれたらいいのだけれど、もちろん答えは聞こえてこない。

お遍路は千帆から距離を置きたくてやってきた。彼女を忘れるために歩いた。でも、全然忘れられなかった。いったい自分はなにしに四国までやってきたんだか。

いや、もしかして忘れられないというのがお遍路での答えなのかも。

「だあああああ！」

菅笠を投げ、大声とともに太陽は跳ね起きた。歩きながら考えごとをするお遍路のスタイルに長らく染まってしまったせいか、じっとしたまま考えごとをしていたらむずむずしてきた。リュックを背負い、菅笠をかぶってまた歩き出す。

まだお遍路は半分しか消化していない。けれど、いつの間にか体得していたことがあった。それはこういったことだ。

考えごとは歩きながらがいい。

じっとして頭の中であれこれ悩んでも駄目なのだ。足を動かし、移ろう景色に目をやり、風を感じ、新鮮な呼吸をくり返しつつ考える。頭だけじゃなくて体全体で考える。

これが大切なようだった。

たぶん、考えることと歩くことは相性がいい。動かないでいると考えも停滞する。大袈裟に言ってしまえば、考えることは歩くことであり、歩くことは考えることなのだ。

十二時間かかって三十八番札所の金剛福寺へたどり着いた。昼食や休憩の時間を入れて十二時間なので、実際に歩いたのは十時間ほど。お遍路をスタートしてからいちばん長く歩いた一日となった。

残念ながら納経所の閉まる十七時はとっくに過ぎていて、参拝は明朝改めてやってくることになった。

金剛福寺の赤い山門の前で集合し、そろって宿に向かう。四十キロを歩いて疲弊し、誰もが菅笠をかぶった頭を深く垂れている。足を引きずり、よろけながら進んでいく。いちばん後ろを歩いていた太陽は、そうしたメンバーの背中に大きな声で呼びかけた。

「あの、みなさんに聞いてほしいことがあるっす！」

疲労のために急に足を止められないのか、メンバーは惰性でよろよろと進んでからやっと止まった。みんなのそのそと太陽に振り返る。「なによ」と麻耶が死んだ目で尋ねてくる。

「おれ、ここでリタイアだ」

誰からも反応がない。驚く元気も残ってないようだ。

「どういうこと」

　玲がまず口を開いた。

「東京に帰らなくちゃいけない用ができちまった」

「ご家族とか友人になにかあった？」と木戸が心配そうに訊いてくる。

「いや、そうじゃないっす。けど、大切な人には違いないっす。その人を助けたいなって思って」

「おい、太陽。おまえ相変わらずなに言ってるかわからねえな。大切な人ってなんだよ。彼女かよ」

　剣也が突っかかってくる。

「違うっす。同じアパートに住んでいる例のママさんっす」

「ますます意味がわかんねえだろ。言っとくけどな、あさってからお盆だぞ。飛行機なんて満席だからな。帰れるわけねえよ」

「空港で当日キャンセルを狙ってみるっす。おれ、大学で旅行サークルに入ってて飛行機によく乗るんすけど、空席待ち整理券で乗れたことあるんで。今夜はもう間に合わないから、明日早朝から狙ってみるっす。それで駄目なら電車でもヒッチハイクでもいいから大阪に出て新幹線で」

「無茶苦茶だな。せっかくお遍路も半分まで来たのに、同じアパートの子連れママのために帰るってなんだよ。頭おかしいだろ」

容赦なく剣也がけなしてくる。しかし、寂しがっているのは見透かせた。裏腹な人なのだ。

「おれ、やっぱり百かゼロなんで」

笑って言うと剣也は「勝手にしろ」と吐き捨てた。

「じゃあ、剣也君、頑張ってくださいっす」

剣也に近づいていき、無理やり手を握った。別れの際に握手をしていった吉田のことが思い返されたからだ。

「やめろよ、そういうの。恥ずかしいんだよ。さっさと東京に帰っちまえ」

太陽は剣也に小声で耳打ちした。

「剣也君は自分を敗北者なんて言ってたっすけど、そんなことないっすからね」

「エリートのおまえになにを言われても頭に入ってこないね」

「頑固っすねえ。でも、もし敗北ってとらえてるんだったら、そこから進まないといけないっす。おれ、野球部の思い出代打でアウトになったときに思ったんすよ。敗北に意味を与えられるのは自分だけだって」

剣也が複雑な表情を浮かべて太陽を見上げてきた。

「あの日のアウトは他人から見たら情けない場面だったでしょうけど、おれにとってあそこがスタートラインだったんすよ」

太陽は剣也に微笑みかけ、握っていた手を離した。

次に玲と握手を交わす。玲には謝らなければならなかった。

「悪いな、玲。玲のことをさんざんそそのかしておきながら、先に帰ることになっちまって」

「気にしなくていいよ。だってさ、太陽の未来は進んだ先に生まれるわけでしょう」

玲は空いた手で東京のある方角を指差した。

「そうだな」

空がほんのりと赤く色づいていた。水に紅を一滴落としたかのような薄い赤だ。このあと真っ赤な夕焼けへと変化していくのだろう。握っていた玲の手を離し、互いのこぶしをぶつけ合う。

「ちょっと待ってよ、太陽。あんたなに言ってんの。なんで帰るのよ」

急に麻耶が泣き出した。しかも子供のようにぼろぼろと涙が頰を伝っている。

「泣くなよ、麻耶。リタイアはリタイアだよ。しょうがないだろう」

「あんたみたいに頑丈が取り柄の人間がリタイアするなんて思ってもみなかったんだよ。心の準備ができてないの！」

「麻耶は最後の最後までおれに失礼だな」

太陽はやさしく笑いながら麻耶の手を取った。思った以上に華奢な女の子の手をしていた。

「残りの道中も頑張ってな。麻耶のお遍路がいいものになるように」

「ばか」と言って麻耶が抱きついてきた。でも、それは一瞬のことで、うろたえているうちに突き飛ばされた。なにがなんだかわからない。当の麻耶は泣いて目を真っ赤にしながら笑っている。

「ねえ、太陽君ちょっと待って。帰るって言っても六時を過ぎてるから最終のバスは行っちゃってるよ」

木戸が動揺しつつ報告してくる。

「マジっすか」

「帰るとしたら明日の朝一のバスしかないよ」

「残念だったな、太陽」と剣也が痛快というふうに手を叩く。「足摺岬は四国でも空港からいちばん遠いところだからな。今日は観念して明日の朝に帰るんだな。と言っても木戸が言うように朝一のバスで空港に向かったとしても大変だぜ。ここらへんは電車やバスの乗り継ぎが悪いんだ。どんなに早くても空港到着は昼過ぎになるぞ。さすが四国の最果ての地だよ」

それでは困る。昼過ぎの到着では空席待ち整理券の順番が遅くなる。明日中に帰れる見込みも薄くなる。

「参ったな」

　太陽は困り果てて暮れつつある空を見た。山門が目に入る。掲げられた額には嵯峨《さが》天皇の筆とされる「補陀洛《ふだらく》東門」の文字が彫られている。かつて、はるか南の海に補陀洛という浄土があると信じられていたそうだ。補陀洛信仰と呼ばれるものだという。そこを目指して舟を漕《こ》ぎ出す場所がこの足摺岬だったそうだ。剣也が言っていた通り、ここは最果ての地なのかもしれない。

　木戸がおずおずと言ってくる。

「こんなときに言いにくいんだけど、運営委員会から台風が近づいているので注意するようにって連絡が来てるんだ。もし明日あまり遅くなるようだったら飛行機は飛ばないかも」

「ぎゃはは」と剣也がばか笑いする。「なあ、太陽。これは東京に帰るなってことだよ」

　太陽は深くうなだれた。東京が遠のいていく。一分一秒でも早く千帆の元へ帰りたいのに。百花を迎えに行きたいのに。

　ほかのメンバーも打つ手が見つからないのか黙ってしまった。いったいどうしたらいいのだろう。空は夕焼けで赤一色に染まり、それとともに夕闇があたりを包み始めた。真紅の太陽が輪郭を滲ませながら海へと落ちていく。

「おまはんら、なんしょんえ」

聞き覚えのある声に、はっと太陽は顔を上げた。十文字が笑顔で立っていた。

ワンボックスタイプの軽自動車の助手席で、太陽は恐縮してその大きな体を縮こめた。十文字に急いで東京に帰らなければならなくなった旨を説明したところ、「ちょー、待っときぃ」と電話ボックスへ向かっていき、五分もしないうちに四十代くらいのがっしりした男性が呼び出されてやってきて、これもお接待だからと軽自動車で太陽を送ってくれることになった。

空港まで片道三時間半はかかる。往復だと七時間。かなり無茶なお願いだ。それでも引き受けてくれたのは、ひとえに十文字の人徳のおかげのようだった。さすが伝説のお遍路と呼ばれるだけはある。

往復七時間の運転はきつい。太陽は申し訳なくて、道中の暇潰しとして急いで東京へ帰ることになった理由を話して聞かせた。男性は最初は面白くなさそうに耳を傾けていたが、好きな人を助けたくて帰ることになったのだと打ち明けると、俄然《がぜん》興味を示してきた。

「けんど、その千帆さんに一度ふられちゅうきに、おんしもいちがいな男ぜよ」

「いちがい？」

「頑固っちゅう意味やき」

「正直言えば迷ったっすよ。その千帆さんがおれのことをどう思っているのか、本当のところはわからないっすからね。助けたいと思って帰ったところでおれのひとりよがりかもしれないし。確かなことがひとつもないのにお遍路を投げ出して帰っていいのかなあ、なんて。でも、歩きながら考えていたら声が聞こえたんすよ」

「声？」

「自分の心の奥底から、声が聞こえたんすよね」

「どんながぁよ」

男性はじろりと太陽を見た。

「千帆さんがおれのことをどう思っているかじゃなくて、おれが千帆さんをどう思っているかが重要だろうって。そうした自分の思いなら信じきれるだろうって」

足を引きずり、息を乱し、目玉を動かすことさえしんどい四十キロにも及ぶお遍路の中でそうした心の声が聞こえてきた。そして、気づいたのだ。申し訳ないけれど、千帆からの気持ちは関係ない。ひと回り年上であることや子連れであることなどの条件も関係ない。それらは逃げ腰である自分に、自ら用意した言い訳だ。

大切なのは千帆を思ったときの胸の高鳴りだ。それを信じなくてどうするのか。千帆を思っての高鳴りなら百じゃないか。百かゼロかで言ったら確実に百じゃないか。

「かっこえいやいか」

男性が前を向いたまま言う。

「かっこ悪いっすよ。リタイアっすもん」

「いや、おんしかっこえいよ」

ハンドルを両手で握り直した男性は太陽を見て、にっと口角を上げた。にっと同じように太陽も微笑み返す。

「ふふん」

男性は楽しげに笑ってアクセルを踏みこんだ。

軽自動車が真っ暗な国道を走っていく。東京までの道を人のやさしさが繋いでくれた。いい旅の終わりだと思った。

第三章　兆　し

1

　太陽がリタイアして東京に帰った次の日のことだ。あんなにも青かった空が一面の灰色に変わった。あいつが四国を去って本物のお天道様《てんとさま》まで去ってしまったみてえじゃねえか。剣也は天気にも帰っていった太陽にも忌々《いまいま》しい思いを募らせながら歩を進めた。

　降り出した雨は小降りだったので、金剛福寺から次の札所を目指した。遍路道は打ち戻りのコースだ。打ち戻りとは来た道を戻ること。二十数キロにわたって戻らなければならなかった。

　海岸線を右に見ながら北上する。台風が接近しているせいで風が強い。手で菅笠《すげがさ》をつかんでいないと飛ばされそうになる。海は濁って黒に近い灰色だ。荒れに荒れていて、岩に当たった波が真っ白な水しぶきになって飛び散っている。

その日のゴールである下ノ加江《しものかえ》の民宿まで間もなくというところで、ざあざあの本降りになった。雨は横殴りになり目を開けていられないぐらいだった。

「くそったれが。ずっと晴れ続きで雨合羽を持ってる意味なんてねえと思ってたのに、このざまかよ」

飛びこんだ宿の玄関でびっしょりに濡れたレインウェアを脱ぐ。剣也がお遍路に行くことを渋々承諾したら、父親の敏行が菅笠や白衣《びゃくえ》などお遍路の一式を買ってくれた。リュックもトレッキングシューズもレインウェアも有名なアウトドアブランドでそろえてくれた。「ほら、行ってこい」と一式を渡されたときは腹が立ったが、靴の履き心地はいいし、リュックの使い勝手もいい。悔しいが感謝している。

レインウェアや靴下を軒下に干して和室に集合した。ミーティングのために車座になると、木戸が運営委員会からの通達を告げた。

「台風は大型で強くて、明日の夜十一時くらいに室戸市付近に上陸するそうです。明日は歩かないで宿で待機するように、だそうです」

「中心気圧は九百五十六ヘクトパスカル。瞬間最大風速三十五メートル」

麻耶がスマートフォンを見て読み上げる。天気情報を調べたのだろう。

「あさって歩くかどうかについてはのちほど連絡が来るそうです」

「高知県直撃かあ。さすが台風銀座って呼ばれてるだけあるね。でも、これで明日一日ゆっくり休んで体力の回復に努めることができるよね」

　まったく麻耶のやつ、あいかわらずポジティブなことばっかり言いやがる。

「ただ、問題がひとつあるんだよね」

　木戸が畳に視線を落とした。麻耶が首を大きく傾けて尋ねる。

「問題ってなんですか」

「この宿は今日しか泊まれないんだよ。明日は違うお客さんの予約で部屋が埋まっているから連泊できないんだ」

「それって明日ここを出ていかなきゃならねえってことか」

　剣也が尋ねると「そういうことになるね」と木戸は自分が悪いわけでもないのに申し訳なさそうに肩を落とした。

「だったらおれたちはどうなるんだよ。ここは泊まれねえし、台風の中を次の札所まで歩くわけにもいかねえし。まさかおれたちに台風の中に突っ立ってろってか。雨ざらしになれってか。おれはごめんだぜ」

　言い放ったら木戸の表情が曇った。

「泊まるところは探すよ。ここから近いところで泊まれるところを探せばいいわけでしょう」

　珍しく木戸がいら立ちをにじませて言い返してきた。木戸のくせに生意気な。

「おい、木戸。おまえ、なにキレてんだよ」

「キレてないよ」

「非常事態でおまえの器の小ささがバレたって感じだな」

木戸の眉間に深い縦じわが刻みこまれた。

たぶん、木戸がいら立っているのは太陽がいなくなったことが影響している。太陽はなんだかんだ言っても七班のムードメーカーだったし、頼りがいがあった。木戸にとっては精神的支柱だったのかもしれない。

さて、木戸のやつなんて言い返してくるかな。剣也は心の中で舌舐《したな》めずりして待った。ところが木戸は急に前屈《まえかが》みになった。

「あ痛たたたた」

腹部を押さえて呻《うめ》き声《ごえ》をもらす。

「大丈夫ですか。どうしたの」

麻耶が膝立ちになって心配する。木戸が顔を上げた。奥歯を噛《か》みしめていた。

「ぼく、もともと胃腸が強いほうじゃないんだけど、いろいろ心配していたら胃が痛くなってきて」

「神経性の痛みかもね。ちょっと横になったほうが」

「でも、明日の宿を探さなくちゃいけないから。まずはここの宿の人にほかに泊まるところがないか訊《き》いてくるよ」

木戸はよろよろと立ち上がった。みぞおちのあたりを押さえながら廊下に出ていく。

「なんだよ、あいつ。急にキレてさ。キレてたよな？」

剣也は麻耶に同意を求めた。麻耶は渋々というふうにうなずいた。

明くる日、三キロ戻ったところにあるという新たな宿を目指した。間もなく台風が上陸するので大雨だ。雨粒が大きくて勢いもあり、レインウェアに当たるとばちばちと音を立てた。海を見ると高波がテトラポッドへ打ち寄せ、砕け散った勢いのまま防波堤を越して呑《の》みこんでいる。迫力満点で、防波堤に立っている自分を想像したらこわくなって足がすくんだ。

移った宿は安宿でよかったが相当なぼろさだった。夕食後、剣也が男子部屋でテレビを見ていると、外で皿の割れるような音がする。窓を開けて確かめてみたら、風に飛ばされた瓦が割れる音だった。

剣也たち七班は急きょ飛びこみの客だったため、本来は宿泊用ではない二階の部屋を使わせてもらうことになった。その二階の部屋が強風であまりにも揺れるので、家にいながらにして船酔いのような状態となった。テレビのニュースでは近畿、四国、中国のみっつの地方で三十万人に避難勧告が出されたとアナウンサーが伝えていた。

夜の八時にお遍路プロジェクトの運営委員会から、さらにもう一日宿で待機するように指示が来た。これから向かう宿毛《すくも》へのルートは山越えで土砂災害の危険性があるからだそうだ。

つまり、明日も休み。たっぷり休ませてもらうことにする。

テレビを見ていたはずなのにいつの間にか寝落ちしてしまっていた。剣也は肩を揺り動かされて目を覚ました。肩を揺すっていたのは玲だった。男に起こされるのってなんだか腹が立つ。

「なんだよ」

「木戸さんが剣也君を呼んできてって」

「おまえまでおれを君づけで呼ぶのかよ」

不機嫌な声を出したら、玲がびくりとして後ろに下がった。

「いいよ、いいよ、別に君づけでもよ。太陽にずっとそう呼ばれてて慣れちまったよ。それより、木戸がおれになんの用だよ」

「一階の広間にいまみんなそろってるんだけど、ユキオさんって人がカンパを募っていて、剣也君にも協力してもらえないかって」

「カンパ？　金を出せってか。誰だよユキオって」

「この宿に泊まっているお遍路さん。ぼくらが夕飯を食べ終わったあと広間にいたら、あとからご飯を食べに来て話しかけられたんだ」

「いくつくらいのやつだ」

「二十代後半かな。三十代にも見えるけど」

「年上じゃねえか。なんでおれたち大学生から金をもらおうってんだよ」

「かわいそうな人らしいんだ。お母さんが胃がんでもう長くなくて、奇跡が起こるようにお遍路で願って歩いてきたんだけど、野宿をしているときにお財布を盗まれたらしくて。出会う人からちょっとずつお金を恵んでもらって、なんとか最後まで歩きたいって」

「班のやつらは金を出したのか」

「ぼくは千円だけ。みんなもそれくらい。あ、木戸さんだけ一万円」

「一万円？　あいつ、ばかじゃねえの。見ず知らずの人間に一万円なんてあり得ねえだろ」

一応、そのユキオというやつを見てやろうと剣也は広間へ向かった。広間では七班のメンバーといっしょに、がりがりに痩せた色白の男が畳に腰を下ろしていた。札所の売店で見かける灰色のお遍路のTシャツを着ている。表側に梵字《ぼんじ》が、背中側には南無大師《なむだいし》遍照金剛《へんじょうこんごう》と書かれたものだ。

部屋の蛍光灯が暗いせいだろうか。玲から聞いた年齢よりも老けて見えた。下手したら四十歳を越えているかも。ともかく剣也たちよりだいぶ年上に見えた。

「剣也君も来てくれたんだね。こちらユキオさん」

　木戸が缶ビール片手に取り入るような笑みを浮かべた。紹介されたユキオはのほほんと笑って缶ビールを手にしている。

　台風のせいで明日も休み。だから、今夜ビールを飲んでだらだらと過ごしてもかまわない。けれど、木戸が上機嫌で酔っているのが気に入らない。ユキオという男も金を工面してもらう立場のくせに、すっかり寛《くつろ》いでビールを飲んでやがる。素足で胡坐《あぐら》を組むユキオの前に、ビールの空き缶が三本も転がっていた。

「あのね、こちらのユキオさんって東京にいるお母さんが病気で」と木戸が急に深刻げな顔になって説明し始めたので「それ、玲に聞いたから」と剣也は遮った。直接ユキオに話しかける。

「母親が胃がんだって聞きましたけど」

「そうなんだよ」

　ユキオははにかみながらうなずいた。

「母親が重い病気なのにお遍路なんかやっていていいんですか。普通だったらそばにいてやるもんだと思いますけど」

　冷たく言ったら木戸が慌てて割って入ってきた。

「剣也君、そういう言い方は駄目だよ。ユキオさんはユキオさんなりに考えて、お母さんの体力があるうちにお遍路を回ってしまおうとしているわけなんだから。ぼくはその志に心を打たれたけどな」

「ふうん。じゃあ、頑張って」

剣也が広間をあとにしようとすると、なぜか木戸が立ち上がって追いかけてきた。

「ちょっと待ってよ、剣也君。ユキオさんからだと言いづらいだろうからぼくから言うけど、剣也君もユキオさんのこれからのお遍路のために、少しでいいからお金を出してくれないかな。これもお接待だと思ってさ」

「やだよ」

即答してやった。木戸は断られるとは思っていなかったのか目を丸くした。

「なんで」

「なんでじゃねえよ。よく知らねえ人間に金なんかやれるかよ。恵んでほしいんだったら身分を証明できるものを見せてみろよ。免許証でも保険証でもいいからよ。当然、母親が本当に入院している証拠も見せてくれるんだろうな」

「剣也君、疑うの？」

木戸の目に蔑《さげす》みが浮かんだ。

「普通は疑うだろ。おまえらはこの人がおれらと同じお遍路だから、いい人間だって信じて金を出したんだろう。お遍路やってる人間だからって善人とはかぎらねえんだからな」

「そんな意地悪な考え方をしなくても」

「玲はどう思う」と剣也は木戸に背を向けた。「玲は母ちゃんを肝臓がんで亡くしてたよな。そういう立場の人間から見て、このユキオって人がやってることはどう思う」

一瞬、ユキオが怯《ひる》むのがわかった。すぐにまたのほほんとした笑みを浮かべたけれど。

「美幸さんを亡くしたぼくとしては、ユキオさんには悔いが残らないようにしてほしいかな」

「ま、玲の立場なら、そう答えるわな」

剣也は木戸に向き直り、腕組みをした。

「なあ、木戸。おまえはそのユキオって人に一万円も出したらしいな。だったら玲にも一万円を出せよ。出したらおれもカンパを考えてやる」

「な、なにを無茶苦茶なことを言い出すんだよ」

「無茶苦茶じゃねえよ。平等の話をしてるんだよ。みんなが玲とユキオの両方に金を出すならおれも両方に出す。けど、玲に出さないならおれはその人にも出さねえ。このユキオって人だけがかわいそうなわけじゃねえってことだよ。どっちかだけに金を出すなんてことはしたくねえんだ。平等に扱いたいの。わかる？」

「わからないよ」

「つうかさ、木戸は早くこいつから一万円を返してもらったほうがいいぜ。駄目だよ、こいつは」

「剣也君、失礼にもほどがあるよ！」

木戸が顔を真っ赤にして大声を出した。温厚なやつだと思っていたが、こんなふうに激怒するんだな。

「あの」とユキオが人のよさそうな笑みを湛《たた》えたまま立ち上がった。「さっきのお金は返します。無心してしまってすみませんでした」

ユキオが財布から一万円札を抜き取った。木戸が両手をぶんぶんと振ってそれを制した。

「いいんですよ。このお金はユキオさんのこれからに役立ててもらえれば」

「すみません。ぼくのせいで揉《も》めてしまって」

「全然そんなことないですから。悪いのはこっちですから」

そう言って木戸は剣也を見た。なじるような視線だ。おいおい、悪いのはこっちってどういう意味だよ。ふざけんなよ。

「みなさんお疲れのようなので、ぼくはこれで」

ユキオがぺこぺこと頭を下げて広間を出ていった。結局、金は返さなかった。あーあ、一万円が行っちまう。でも、いい気味だ。剣也が薄ら笑いを浮かべていると木戸が睨《にら》んできた。それを無視して男子部屋に向かう。まったくばかだな。お人好《ひとよ》し連中が。

明くる朝、どうせ宿での待機日だからと剣也が朝食の時間が過ぎても眠っていると、部屋の外が騒がしくて目が覚めた。起きて眠い目をこすりながら一階へ下りていく。七班の連中が広間に集まっていた。誰もが気まずそうな顔をして剣也と目を合わせてくれない。

「どうしたんだよ」

玲を捕まえてなにかあったのか尋ねた。すると、玄関前に置いてあった宿の自転車がなくなっているのだという。そして、ユキオもいなくなっていた。

宿の人は五時に起きて朝食の準備に取りかかるので、誰かが廊下を通れば気づくそうだ。ユキオはそれより前に宿を出ていったことになる。台風が完全に通りすぎたわけでもない荒れた天候の早朝の、日の出時間が来る前に。

「ユキオが自転車を盗んで逃げていったんだろ」

剣也が言うと木戸の目つきが変わった。次にユキオをけなすようなことを口にしたら殴りかかってやる。そんな目をしていた。だから、ずばり言ってやった。

「あのな、木戸。あのユキオみたいに日焼けもしていない肌の真っ白な歩き遍路なんているか?」

「え」

「完璧な日焼け対策をした女子だってあんなに白い肌のままではいられねえだろ。それから、おまえあいつの足を見たか。ビール飲んでるとき素足だっただろ。すげえきれいな足裏をしてたじゃねえか。おれたちなんてみんなマメ作ってテーピングだらけの汚い足をしてるっていうのによ」

　木戸がぽかんと口を開けたまま固まった。

「お遍路の格好してるからって簡単に信じちゃいけねえよ。詐欺とか人殺ししたあとにお遍路をやって身を隠していたって例はたくさんあるんだ。お遍路が良心的な人間ばかりだと思ったら大間違いだってことだよ。人の善意につけこむ悪いやつだっている。それは木戸だって四国の人間なんだからわかってるはずじゃねえか。ニュースでもときどきやってるだろ。なんで見抜けねえんだよ。おまえ、コーディネーターなんだからしっかりしろよ。まったくばかじゃねえのか」

「う」

　小さく声をもらして木戸が腹を押さえた。また神経性の胃の痛みってやつだろう。

「ばかまで言わなくていいでしょう」

　麻耶が木戸をかばう。しかし、口調は強いものではない。剣也のほうが筋は通っていることは、麻耶もわかっているのだろう。

剣也は寝直すために二階の男子部屋に向かった。広間を出るときに言ってやる。

「おまえらはお人好しすぎるんだよ。いい話で感動したがっているようなところがあるから騙《だま》されるんだ。木戸は一万円でいい勉強したと思うんだな」

お遍路と会ったら敬うように。丁重にもてなすように。剣也も幼いころから敏行に教えられてきた。それが当たり前だと思っていたし、周囲の人たちもお遍路にはやさしかった。

しかし、大きくなるにつれてお遍路がいい人間ばかりではないと知った。人を刺して殺人未遂で追われていた犯人がお遍路しながら何年も逃げ続け、ひょんなことからテレビに出たために逮捕されたことがあった。また、人を殺した凶悪犯が一時期歩き遍路をしながら逃げていたこともあった。罪を償いながら歩いていたと言い張ったそうだ。ユキオのようにお接待として金を恵んでもらい、二百万円近く騙し取った老婆のお遍路もいた。四国ならではの寸借詐欺の手口ってわけだ。

剣也の周りには素行の悪い友人が何人もいる。簡単に信用しちゃいけないやつらだ。そいつらのおかげでなんて言うと癪《しゃく》だけれど、今回は騙されずに済んだ。隙あらば騙そうとしているやつらがいると知っているおかげで。

明けて次の日、運営委員会から連絡が来た。山越えはやはり危険なのでさらに北上して四万十市まで戻り、そこから宿毛市へ向かうように指示された。結局、越えてきた四万十川まで戻るはめになったわけだ。安全なルートだが、かなりの遠回りだった。

そうした迂回《うかい》ルートを取ったため、宿から高知県最後である三十九番札所の延光寺《えんこうじ》まで四十キロという距離になった。それを一日で歩いた。台風が過ぎて晴天に恵まれたのはいいが、雲ひとつない空に太陽がぎらぎらと輝き、命あるものすべてを焼き尽くそうとしているかのようだった。

灼熱《しゃくねつ》地獄の中で九時間かけての長距離移動。死ぬかと思った。つうか死んだ状態で歩いた。ゾンビお遍路だ。そうした強行軍となったのは木戸の焦りのせいもあった。

七班以外のすべての班は、台風が来る前に宿毛への山越えを終えていた。七班が足止めを食らって宿で過ごした昨日の時点で、ほかの班はみんな先へ進んで愛媛県に入っていたのだ。木戸はその遅れが気になったようだ。いままでないくらい無茶なペースで班を率いた。

また、ユキオに騙されたことが悔しくて、やけくそになって速く歩いているようにも見えた。あれ以来、木戸はメンバーを避けていた。運営委員会からの報告やコーディネーターとしての最低限の会話はするが、あとはまったく話さない。目も合わせない。ユキオみたいなずるい人間に対する免疫がなかったのだろう。すっかり意気消沈してしまい、コーディネーターとしてメンバーの様子を見ることもなくなった。なんてポンコツなコーディネーターだ。

「ペースが速すぎるぞ」

休憩中、剣也は木戸に文句を言ってやった。麻耶もしばしば注意した。でも、木戸は聞く耳を持たなかった。腹が痛むようで何度もさすりながら、むっとした顔でうつむいてしまう。歩いているときは前方を睨み、とにかく前へ前へと進もうとしていた。なにかから逃げ出そうとするかのように。

次の日、予定より三日遅れて愛媛県に入った。四十番札所の観自在寺《かんじざいじ》へ参拝する。この日は珍しくビジネスホテルに泊まった。そこしか宿が取れなかったのだ。

さらに次の日は愛媛の海を左に見ながら宇和島《うわじま》を目指した。宿毛街道を北に向かう。へとへとになりながら歩いていると、前を歩いていた木戸が急に路上でうずくまった。

「おい、どうしたよ」

剣也は慌てて駆け寄った。木戸はアスファルトに両膝をつき、腹を押さえて低く唸《うな》っている。あとからやってきた玲が「救急車」とつぶやくとなぜか木戸は怒鳴った。

「救急車は駄目だよ！　おおごとになるから！」

木戸は呻きながらスマートフォンを取り出し、タクシーを呼んだ。番号を控えてあったようだ。

まもなくやってきたタクシーに木戸を乗せた。運転手に事情を話すと、この先の津島《つしま》にある病院へ運んでくれるという。タクシーに全員は乗れない。つき添いは麻耶と花凜に任せた。そのあいだに玲と二キロ先の海沿いの温泉施設まで歩き、連絡を待った。

三人が病院から戻ってきたのは午後三時を回ったころだ。温泉施設の休憩所にあるボックス席で、木戸が自分の口から診断結果を報告した。胃潰瘍だという。

胃カメラで調べたところ胃に穴は開いておらず、薬と食事療法で治るそうだ。太陽がいなくなり、台風に見舞われ、ユキオに金を騙し取られ、踏んだり蹴ったりで胃潰瘍になったのだろう。よくもまあこんな繊細なやつがお遍路のコーディネーターなんて引き受けたもんだ。

荒れた胃が修復されるのは一日や二日では無理だという。週単位でしか治らないらしい。体や心にストレスのかかることは禁止されたそうだ。それってつまりお遍路は無理だってことじゃねえか。

診断結果を伝え終えた木戸は、小さな声でぼそぼそと語り出した。

「コーディネーターのぼくがこんなことを言うのは本当に申し訳ないんだけど、ぼくはここでリタイアってことで」

誰も驚かなかった。剣也も薄々感じていた。木戸はもう限界だろうって。麻耶がやさしく尋ねる。

「木戸さんが帰るのはしかたないと思うよ。でも、班を率いるコーディネーターがいなくなった場合、そのあとうちらはどうなるの」

「実を言うと運営委員会でもそこまで想定していないんだ」

「想定していない？」

「一応、コーディネーターはみんな一ヶ月前から走りこんだり軽い山登りをしたりして、リタイアなんてことがないように準備してきたんだけど」

木戸の言葉を聞いているうちに剣也はおかしくなってきて笑ってしまった。

「それ、答えになってねえだろ。麻耶が訊いてんのはおまえがリタイアした場合この七班はどうなるかってことだよ」

木戸はしばらく黙っていたが薄く唇を開いてもごもごと言う。

「コーディネーターがいなくなったら、班は解散ってことになるんじゃないかな」

「それってつまり？」と剣也がうながすと、木戸が消え入りそうな声で続ける。

「七班のお遍路はここで終了」

剣也は反射的に拍手をした。休憩所のほかの客がなにごとかとこちらを向く。

「いいじゃん、いいじゃん、ここで終了！　コーディネーターがいねえんだもん、しょうがねえよ。帰ろうぜ！」

「なに言ってんのよ、剣也」

麻耶がテーブルをこぶしで叩く。お冷やの入ったコップが浮き上がるくらい強く。

「怒ることねえだろ。しょうがねえじゃねえか、班を率いる人間がいねえんだからさ。こういう非常事態を想定していない運営委員会もどうかしてるけど、そもそも学生が集まっての甘ちゃん集団だもん、しょうがねえよ」

「しょうがないって言いながら、なによその笑顔は」

「え？　おれ、笑ってるか」

「にやにやしちゃって。いやな感じ！」

笑っちまうのはしょうがねえじゃねえか。これでお遍路を途中で断念する正当な理由を手に入れたのだから。父の敏行にもしかたなかったと報告できる。家へ帰ったら、吉田に奏ちゃんの写真を宅配便で送ろう。残りのお遍路は吉田本人がいつか回ればいい。

「ねえ、ふたりは終了でもいいの」と麻耶が玲と花凜に尋ねる。

「ぼくはここで終わるのは困るよ」

玲が珍しく強い口調で答えた。いつなんどきでも我関せずだった花凜まで顔を上げて木戸に問いただすような視線を送っている。麻耶が再びやさしい声になって木戸に尋ねた。

「ねえ、木戸さん。なんとかならないのかな。運営委員会から違うコーディネーターを呼んでもらうとかさ」

「かけ合ってみるのはいいけど、いまから誰かに来てもらうとしたら人選とかの時間がかかるから、すぐにというわけにいかないよ。途中からお遍路を回りたい人なんて、たとえばうちの大学のお遍路サークルでもいるとは思えないし。誰も名乗り出ないんじゃないかな」

木戸は腕組みをして首をひねった。麻耶がむっとして噛みついた。

「いま木戸さんが言ったこと、なんかおかしくないですか」

「どこが」

「あたしは運営委員会側の都合なんて聞いていないんです。木戸さんの大学のお遍路サークルの人がコーディネーターをやりたいかどうかなんてのも知ったこっちゃないです。そうじゃなくて、うちら七班がどうやったらお遍路を続けられるか考えてって言ってるんですよ。だっておかしいでしょう。そっちの身内の話をするなんて。新しいコーディネーターが来ないっていうなら、別にあたしたちだけでお遍路を続けますけどそれでもいいですか」

「コーディネーターなしでってことかな」

「そうです」

「難しいんじゃないかな」

「どうしてですか」

「これから泊まる予定の宿の中には、お遍路プロジェクトとして予約したところもあるし、うちのサークルのOBの実家にただで泊めてもらう約束のところもあるんだ。それにコーディネーターがいなくて、お遍路プロジェクトの目が届かないところで問題や事故が起こったら、来年以降の開催が危うくなってしまうからね」

「だからね」と麻耶はがっくりうなだれた。ゆっくり顔を上げる。必死に怒りを押し殺しているように見えた。

「コーディネーターがいなくなったときを想定していない運営委員会のせいで、いまあたしたちはこうして困ってるわけでしょ。なのに自分たちの心配ばっかりするのはやめてくださいよ。そこまで運営委員会のことを言うなら、杜撰《ずさん》な計画のせいでこうした状況になっていることについてどう思ってるんですか。至らなかったことについてはどう思ってるんですか！」

とうとう麻耶の語気が荒くなった。すると、木戸が同じくらい強く言い返した。

「運営委員会の杜撰さをぼくに問われたって困るよ！　ぼくは一介のコーディネーターでしかないんだからさ！」

「なにを急に開き直っているんですか」

麻耶が唖然《あぜん》とする。

「ぼくは別に開き直ってなんかいないよ」

「いま責任を放棄したじゃないですか」

「してないよ。ていうかさ、なんでそんなふうにぼくを追い詰めようとするわけ？」

「追い詰めてないですよ。知りたい答えがあるから質問してるだけです」

「追い詰めてるよ、口調も話してる内容も」

「だったら百歩譲ってあたしが追い詰めているとします。でも、木戸さんは追い詰められる立場の人間でしょう。コーディネーターなんだからあたしたちの疑問に答える義務や責任があるはず。違いますか」

「ほら、やっぱり追い詰めてる」

「ちょっと！　それじゃ話にならないじゃない」

まるで外国人のように麻耶は両手を広げてうんざりという仕草をしてみせた。そのジェスチャーに木戸は腹を立てたようだ。お冷やをぐっと飲んでから、とんでもないことを口走った。

「ぼくだってね、好き好んでお遍路に来ているわけじゃないんだよ」

「は？　コーディネーターのくせになにを言い出すんですか」

「ぼくはもう帰る。コーディネーターもやめる。だから言わせてもらうけど、コーディネーターだってやりたかったわけじゃないんだよ」

「はあ？」

麻耶が小ばかにしたように訊き返すと、木戸は胃痛がするらしく腹部を押さえて続けた。

「もともとはぼくの彼女が悪いんだ。彼女がいま一班のコーディネーターをやっているやつを頼もしいなんて言うから、ぼくもコーディネーターにチャレンジするしかなかったんだ。本当は歩いたりしないでバックアップする側でよかったんだ」

なんだよ、それ。さすがに剣也も木戸のとんちんかんぶりに笑ってしまった。リュックから参加者名簿を引っ張り出してめくってみる。一班のコーディネーターは溝端隼人《みぞばたはやと》という名の四年生だった。木戸と同じ四国中央大学のお遍路サークル所属と書いてある。

なんとなく話が見えてきた。木戸の彼女も同じ大学のお遍路サークルなんだろう。その子が溝端ってやつを頼もしいとかなんとか言って褒めたので、木戸も負けたくない一心でコーディネーターに名乗り出たってところだろう。そんな器でもないくせに。

「溝端って名前なんだな」

剣也が薄ら笑いを浮かべて言うと、「そいつだよ、そいつ」と木戸が目を吊《つ》り上げた。

「うちのサークルの部長でさ、ちょっと顔がよくて、体力があって、なによりも声が大きいんだ。ばーんと物申すんだよ。それだけのくせに一目置かれちゃってさ。うちの彼女も溝端みたいなどんと構えた人になってほしいなんてぼくに言うんだ。そりゃあ、ぼくも多少神経質なところはあるよ。だけど、比較しなくたっていいじゃないか。失礼だよ」

「あのさ、全然意味がわかんないんだけど」と麻耶が呆《あき》れた声を出す。「木戸さんが人間として小さいだけの話でしょ。それなのに彼女が悪いとか子供じゃあるまいし。そんなふうに他人のせいにするのは人として幼いよ」

「だからなんで君はそうやってぼくを追い詰めるんだよ！」

木戸がこぶしを振り上げた。テーブルに振り下ろすのかと思ったら、木戸は「うっ」と小さく呻いて前屈みになった。腹をさすりながらぶつぶつとこぼす。

「まったく七班は変なメンバーばっかりだったよ。吉田さんや太陽君みたいにまともなやつは先にリタイアしてさ」

「それって残ったあたしたちがまともじゃないって言ってるの？」

麻耶がテーブル越しに木戸へにじり寄る。

「まともじゃないだろう。ぼくを責めるやつ、すぐに揉めるやつ、記憶のないやつ、まったく話さないやつ。そんなメンバーのコーディネーターをやっていたぼくの身になってみろよ。そんなやつらをまとめながら宿の予約やルート選択や時間の調整を全部引き受けていたぼくのことをさ」

たぶん、というかきっと、すぐに揉めるやつって自分のことなんだろうな。剣也は失笑してしまった。記憶のないやつは玲のこと。そりゃあちょっとかわいそうだ。記憶がないのは玲の責任でもなんでもない。

ぱん、ぱん、と剣也は手を二回叩いた。メンバーの視線が剣也に集まる。

「ああだこうだ言い合うのはやめようぜ。もう終わりだよ。帰ろう」

剣也は率先して立ち上がり、リュックを背負った。帰れるとなったら心が軽い。家に戻ったらなにをしようかな。寝まくるのは確定として、一週間はなにもしないでだらだらしてやる。

「うん、剣也君の言う通り帰ろう。これで七班は解散ってことで」

木戸も立って帰り支度を始めた。

「勝手なこと言わないでよ」

血相を変えて麻耶が立ち上がった。まだまだ揉めそうなので剣也は横から言ってやった。

「なあ、麻耶。もういいじゃねえか。お遍路は終わり。せっかくいま温泉にいるんだ。のんびりお湯に浸《つ》かって今後について考えてみたらどうだ。なんなら四国の観光地をゆっくり見てから北海道に帰るとかさ。おまえ、桂浜に行きたがっていたじゃねえか」

「ばか言わないで。あたしはまだ歩きたいの」

「どうぞ、ご自由に」と木戸が冷ややかに口をはさんだ。「けれど、もう七班のお遍路プロジェクトは終了だから。全員リタイアで終了。君がこれから歩くならそれはお遍路プロジェクトと無関係ってことで。お遍路プロジェクトの名前を絶対に出さないでね」

木戸はさっさと靴を履き始めた。

「なんなの木戸さんは」

麻耶が木戸の背中を睨みつける。視線に気づいたのか木戸が振り返った。

「なんなのってなに」

「木戸さんは大学のお遍路サークルに入ってるんでしょう。だったらあたしがお遍路を続けたい気持ちだってわかるはずでしょう」

「あ、ぼくは別にお遍路に興味があってサークルに入ったわけじゃないから。さっき話した彼女が先に入部していて誘われただけだから。うちのお遍路サークルって歩いて参拝してもいいし、車やバイクや自転車で回ってもいいんだ。車でなら前に一度回ったことがあって今回は歩いてみたわけだけど、面白さはいまひとつわからなかったな。歩きながらお遍路のいいところを少しでも見つけようと思ったけど、人の善意につけこんで騙そうとするやつもいるし、ほんといやになっちゃった。結局さ、お遍路なんてしんどい思いをして、そんな自分に酔うだけの自己満足の行事なんだよね」

お遍路は自己満足。それを聞いて剣也は苦笑した。木戸も同じことを考えて歩いていたわけか。自分で歩きたいわけじゃないのにお遍路に参加したり、お遍路を楽しめなかったり、木戸は自分に近いやつだったようだ。

麻耶が悲しげな顔で尋ねた。

「いままで四国の四県のうちの半分を歩いてきて、木戸さんが至った考えってそんなもんだったの」

「うん、そうだよ。歩く意味なんてないね」

しれっと答えた。

「歩いてよかったことや、心の中で変化したことはなかったの」

「心の中で変化？」

「歩いて変わった部分だよ」

「ない。そんなもんはまったくない」

木戸は突き放すように言って「さあ、帰りますか」と剣也に向き直った。このメンバーの中で解散に賛成の剣也を仲間と見なしたのだろう。

「ああ」と剣也は返事をしたものの、木戸の言葉にどうも引っかかりを覚えた。しばらく黙ったあと、リュックを畳の上にどさりと置いた。

「悪いな、木戸。おれ、帰るのやめるわ」

「え？　え？」

木戸が二度も驚いた。わざわざ剣也の顔を覗《のぞ》きこみ、もう一度「え？」とくり返した。

「悪いんだけどよ、木戸からコーディネーターの仕事について、麻耶に教えてやってくれねえかな。お遍路プロジェクトで予約してる宿があるって言ってたけど、それはこれから行くおれたちに予約をスライドさせてくれ。宿の人だってキャンセルされるより金が入ったほうがいいだろ。スケジュールが遅れて宿にたどり着けない場合のことも教えてやってくれ。キャンセルのしかたとか、ほかの宿の候補のリストがあるならそれもさ」

「べ、別に教えるのはかまわないけど」

「わかってるよ、お遍路プロジェクトの名前を出さなきゃいいんだろ。この前の台風のときみたいに運営委員会が指示をくれるのはありがたいけどよ、そういうのも自分たちで調べりゃいいわけだからな。ルートが危なそうだとか、天気が荒れそうだとか」

心変わりした剣也に誰もが驚きの視線を向けていた。麻耶なんていまにも抱きついてきそうな顔をしていた。絶対にやめてくれよ、そんな小っ恥ずかしいことは。

「木戸が麻耶に仕事を教え終わるまで、おれはひとっ風呂浴びてくることにするから」

剣也はリュックからタオルを取り出し、脱衣場へ向かった。服を脱ぎ、裸で鏡の前に立ってみる。日に焼けて顔と腕が真っ黒だ。焼けていない部分は真っ白。くっきり分かれていてまるでパンダだ。

湯船に入り、鼻まで湯に浸かった。目だけを出して立ちのぼる湯気を睨む。

お遍路を歩きたくもないのに歩いていた木戸は自分と同じ側の人間だ。自分がコーディネーターなんてやらされていたら、あんなふうにいっぱいいっぱいになってパンクしていただろう。お遍路をけなし、自分の都合ばかりしゃべっていたに違いない。あいつはおれだ。そんなふうに思う。

けれど、明確に違う点があった。木戸は麻耶から歩いて変わった部分があったかと質問され、ないと即答した。あの答えを聞いて、自分の天邪鬼《あまのじゃく》なところが反応しちまったのかもしれねえ。おれは木戸とは違うぞ、なんて。

自分には歩いて変わった部分がある。だから、木戸とは違う。それは本当だ。しかたがない。

ゆらゆらと立ちのぼる湯気の中に、吉田と太陽のあほ面が浮かんで見えた。楽しげに笑っていやがる。あいつらとの出会いがあった自分が、木戸と同じでいいはずがねえ。木戸といっしょに帰っていいはずがねえ。

「らしくねえな」

剣也は湯の中でぶくぶくとつぶやいてから、ざばりと上がった。

四人になった。だからと言ってお遍路の歩き方が変わるわけでもない。麻耶を先頭に元七班は縦へ伸びて歩いた。二番目が花凜で三番目は玲。剣也は最後尾だ。

お遍路プロジェクトからのサポートはもうないので、はぐれたときのことを考えて、お互いのスマートフォンの電話番号、メールアドレス、ラインのアカウントなどを教え合った。本当は教えたくなんかない。けれど、歩くと宣言してしまった手前、少しは協調性を見せておかなくてはならない。

麻耶は今回初めてラインのアカウントを作った。やり方は剣也が教えてやった。玲も花凜もそうした設定に弱かった。世間知らずというかなんというか、いまどきのことがわからねえやつらばかりで驚く。

明けて次の日は、お遍路スタートからちょうど三十日目だった。前夜、無理して宇和島市まで歩いたので午前十時という遅い時間のスタートとなった。もうお遍路プロジェクトとも関係ない。スケジュールも自分たち次第。ある意味、気楽な身分になったわけだ。

麻耶は木戸と仲違《なかたが》いをして別れたことが気にかかっているのか、いつもより口数が減ってしまっていた。湿った雰囲気は苦手だ。剣也から残った三人に提案してみた。

「ここはもうおれの出身県だからよ、案内は任せてくれよ。せっかく宇和島に来たんだから、まずは宇和島の鯛《たい》めしを食おうぜ。郷土料理なんだよ。うまいもん食べて、麻耶のリーダー就任を祝おうじゃねえか」

宇和島駅からすぐの鯛めし屋に入った。愛媛県外から来た人間は鯛めしと聞くと鯛の入った炊きこみご飯を思い浮かべる。けれど、宇和島の鯛めしは違う。鯛は生で食べる。温かいご飯に鯛の刺身をのせ、卵、醬油《しょうゆ》、出汁《だし》、みりん、胡麻《ごま》などで作ったタレをかけて食べるのだ。鯛の刺身を使った超ぜいたくな卵かけご飯という感じだ。

「うまい！」

ひと口食べた麻耶が一瞬で笑顔になった。

「おいしい」

玲も驚きの声を上げる。花凜もおいしかったようで、目を丸くしてほんのりと桜色に染まった鯛の刺身を見つめている。

「うめえだろ。おれが聞いた話じゃ瀬戸内海で活躍していた村上水軍が、戦《いくさ》の最中に手軽に食べられるようにって考案したものらしいぜ。それが漁師めしとして受け継がれてきたんだってよ」

父の敏行に聞かされた話が、こんなところで役に立つとは。剣也も箸をつけた。鯛は身がしっかりしていた。卵が濃厚で味に厚みを加えている。

「このあとは愛媛の内陸を歩くから、いまのうちに海のものを堪能《たんのう》しておくんだな」

剣也の言葉に三人が笑顔でうなずく。他県から来たやつらが愛媛のうまいものを食べて笑顔になってくれるのはうれしい。なんだか手柄を立てたかのような気分になった。

明くる日は久しぶりの札所だった。四十一番札所の龍光寺《りゅうこうじ》と四十二番札所の仏木寺《ぶつもくじ》だ。

その後は未舗装の山道へ突入。遍路道は九割が舗装されているという。つまり、未舗装の山道は少ないはず。けれど、歩きにくさや峠越えの厳しさから、もっとたくさん土の上を歩かされている印象がある。

翌日は四十三番札所の明石寺《めいせきじ》を参拝し、城下町の大洲《おおず》へ抜けた。その日は予定していた宿に泊まれず、ユースホステルに一泊。

その次の日は内子《うちこ》を通り、小田《おだ》で宿泊。海から遠く離れて、見えるのは山ばかりだ。ほんと山、山、山という感じ。山のあいだを縫って伸びる国道を進んでいく。四国の中心部へどんどん向かっていく。人家も少なくなってきて、飲食店や商店などはあったとしてもたいていは休業しているか閉店していた。

久万高原町《くまこうげんちょう》に入ると地味なのぼりが延々と続いた。久万高原には幼いころスキーをしに敏行に連れてこられた。冬になれば雪が降る標高の高い土地だ。のぼりが延々と続くのも道理というわけだった。

さらに次の日は四十四番札所の大寶寺《だいほうじ》へ。未舗装の峠道が本当にしんどかった。麻耶は木戸から昼食を取れる場所までは教わっていなかったそうで、大寶寺近辺にたどり着くまでなにも食べられずに歩いた。

お遍路を始めてから、剣也は五キロも体重が落ちた。好きなときに好きなように好きなものを食べられないのと、疲労で食欲が落ちているせいだ。もしも自分に文才があったら、お遍路ダイエットなんて本を出してがっぽり儲《もう》けてやるのに、なんてくだらないことを歩きながら考えた。

　明けてお遍路スタートから三十五日目は、四十五番札所の岩屋寺《いわやじ》に到着。ここも敏行に連れてこられたことがある。思い返してみれば、子供のころは敏行に連れられて愛媛県内のあらゆる観光スポットを回ったものだった。

「すっごいね！」

　麻耶がそびえる岩山をひと目見るや否や、はしゃいだ声を上げた。岩山の南側はほぼ垂直の岩壁になっていて、札所の本堂や大師堂や納経所はその麓に並んでいる。

　メンバーで並び、岩壁を見上げた。岩壁は天まで届くかのようだ。その大きさの前では麓の本堂も小さく見えた。

　岩壁にはいくつもの穴が開いている。修験者たちが修行した穴だそうだ。かつて敏行が教えてくれた。この岩屋寺は山岳霊場として有名な場所だという。空海が修行のために掘ったとされる洞窟もある。一遍上人《いっぺんしょうにん》もここで修行したのだとか。

　幼いころ敏行に連れられて出かけるのは好きじゃなかった。海も山登りもスキーも結局駄目出しを食らうことになるからだ。ちゃんと泳げ、ちゃんとのぼれ、ちゃんと滑れ。苦痛でしかたなかった。でも、岩屋寺は別だった。叱られずに済む場所だったからだ。それに悪の軍団の秘密基地に訪れたかのようなわくわく感があった。

「ここはいままでの札所と違う感じがするね。ロケーションも雰囲気もさ」

麻耶がスマートフォンのカメラで岩山を撮影しながら言う。

「厳かな感じがあるよね」

玲のその言葉に花凜がうなずく。

「おれは小さいころ親父《おやじ》に連れられてよく来てたんだよ。岩屋寺はほかの札所と違って面白《おもし》れえだろ」

つい剣也は自慢げに語ってしまった。誇りたい気分だったのだ。

「らしくねえな」と小さくもらす。

麻耶には聞こえてしまったらしい。「え?」と訊いてくる。

「なんでもねえよ」

そう言って剣也はメンバーから離れた。奏ちゃんにこの岩屋寺を見せてやるために、メンバーの目の届かないところへ行く必要があった。

麻耶には「なんでもねえよ」と答えたものの、らしくないっていったいなにがらしくないのか、実は剣也自身もよくわからないことだった。

そもそも、らしさってなんなのだろう。自分らしさとは。生田剣也らしさとは。

もしかしたら、らしさというのはセルフイメージとかキャラといったものなのかもしれない。ただ、いまはその自分らしさってやつが窮屈だった。いままでの自分と、奏ちゃんに札所の様子やいい景観を見せてやっている自分とに、ずれが生じてきている。こんなの自分じゃない、と何度も思う。

これはきっと吉田と太陽のせいだ。あいつらがこっちの気持ちなどお構いなしで、いい人と認定してきたり、遠慮なしにべたべた接してきたりしたせいだ。あいつらのせいで自分という枠組みがぼやけちまったのだ。

しかしながら、あいつらのおかげで気づいたこともある。

自分らしさからはみ出た生田剣也も、そんなに悪いもんじゃない。木戸がリタイアしたとき、いっしょにリタイアをせずにお遍路の続行を選択した。こんな自分らしくない選択は初めてだ。でも、いまはいい選択だったと感じる。自分らしくない自分が楽しいくらいだ。

だったらこの際、自分らしさという枠組みを外してみたらいいんじゃねえだろうか。

剣也は立ちはだかる岩山を眺めながら、これからの新しい自分について考えてみた。

なんでこんなことになってしまったのだろう。花凜はぐるりと取り囲む人たちをおそれおののきながら見回した。必死に呼吸を試みる。そうしないと息が止まってしまいそうだった。

2

花凜を取り巻く人たちはざっと三十人くらい。期待の眼差《まなざ》しを花凜に向け、みんな口々に「ピンクバンビ」とか「カリン」と発している。

人垣がさらに厚くなっていく。もう夜の九時を回っているというのに、松山市中心部にあるこの大街道《おおかいどう》という名の商店街は大変なにぎわいを見せていた。松山市駅から続くアーケード街である銀天街《ぎんてんがい》と合わせ、一キロにも及ぶ繁華街を形成している。人はまだまだ集まってきそうだった。

「あんたが余計なことをするからよ」

花凜の横に立つ麻耶が、剣也の肩口を小突いた。剣也がふてくされた顔をして言う。

「悪かったよ。こんなことになるなんて思わなくてよ」

昨日は四十五番札所の岩屋寺から四十六番の浄瑠璃寺《じょうるりじ》、四十七番の八坂寺《やさかじ》と回り終え、今日は四十八番札所から五十三番札所までいっきに歩いた。西林寺《さいりんじ》、浄土寺《じょうどじ》、繁多寺《はんたじ》、石手寺《いしてじ》、太山寺《たいさんじ》、円明寺《えんみょうじ》だ。

　今日歩いた距離は三十キロと長かった。でも、札所が多くてテンポよく回れたことや、屋根つきの参道にみやげもの屋や茶店が並ぶ石手寺で楽しく参拝できたこと、それから、道後《どうご》温泉本館の建物を見られたことなどで、さほどきつさは感じなかった。

　予定では松山市の中心部から北に位置する宿に泊まるつもりだった。しかし、目星をつけていた宿が予約でいっぱいであり、新たな候補を探したのだがなかなか見つからずに立ち往生していると、剣也が提案してきたのだ。

「じゃあ、おれんちに泊まれよ。松山駅まで戻ることになるけど、おれのダチに車で迎えに来させるからよ。明日またここまで送ってもらって続きを歩けば問題ねえだろ。おれんち広いからよ、おまえら三人泊めるのなんてわけねえし、宿泊費だって浮くから一石二鳥じゃねえか」

　剣也は松山市に入ってから饒舌《じょうぜつ》だった。「あそこに見える病院にばあちゃんが入院してたんだ」とか「もうちょっと西へ行けば松山城が見えるんだけど」とか。せっかくメンバーが自分の地元に来たのに、観光をせずに通りすぎるのが残念なようだった。彼はたぶん地元が大好きなのだろう。

　宿泊費が無料なのはありがたい。歩き疲れていてどこでもいいから早く落ち着く場所を確保したいという思いもあった。花凛もほかのメンバーと同様に、剣也の家に世話になることに賛成した。

剣也の家は不動産屋を営んでいるという。訪れた家は大きくて三階建ての屋上つきであり、その屋上にはジャグジーまであった。剣也の父親がおおいに歓迎してくれて、先日剣也が教えてくれた宇和島の鯛めしや、じゃこ天、地酒などを振る舞ってくれた。

夕食後、剣也に連れられて銀天街を練り歩き、大街道へ抜けた。嬉々《きき》として先頭を歩く剣也についていきながら、花凜はいやな予感がしていた。大街道に入ってすぐにその予感は的中した。

「ここは路上ライブやっているやつらがたくさんいるんだぜ」

剣也にそう教わらなくても、ストリートミュージシャンたちの生の歌声は花凜の耳に届いてきていた。

歌なんか聞きたくない。耳を塞いで踵《きびす》を返そうとしたけれど、それより先に剣也が献血センターの前にいた二人組の男の子に声をかけた。花凜たちよりだいぶ若い。高校生かもしれない。その男の子たちは肩からアコースティックギターを提げ、閉じられたシャッターの前で自作のCDを手売りしていた。

「おまえらよ、ピンクバンビのカリンって知ってるか」

「もちろん知ってるっす」

「いまここにいるぜ」

剣也が得意げに花凜を指差した。男の子たちの目が驚きで見開かれた。

「ほんとだ！　本物のピンクバンビのカリンだ！」

男の子のひとりが叫んで花凜に近づいてきた。それを合図とするかのように通行人まで集まってきて、花凜たちはあっという間に取り囲まれてしまったのだ。そして、いまや人垣は五十人ほどにまで増えてしまっている。

「カリンちゃん、なんか歌って！」

無責任な声が聞こえた。誰かが手拍子を始めると、みんなそろって叩《たた》き出した。困惑する花凜をよそに、みんな楽しげに叩いている。その手拍子がさらに見物人を増やしていく。

「ちょっと待ってよ。いくらカリンちゃんでも急には歌えないでしょう。しかも伴奏もなしでさ」

人垣を掻《か》き分けて髪をオレンジに染めた女の子が花凜たちの前へ出てきた。アコースティックギターを手にしている。遠慮もなしに花凜の腕を取ると、献血センターの閉じられたシャッターの前まで手を引いていった。慌てて振り向いたけれども、玲たちは人垣に呑みこまれて分断されてしまった。

オレンジの髪の子は花凜の手を離すと、アコースティックギターを構えてにっこりと微笑《ほほえ》んだ。ギターのヘッドにGのロゴがある。ギルドのギターだ。女の子なのに珍しい。

「あたしね、ピンクバンビの大ファンなんだ。その中でも『冬のくちぶえ』がいちばん好き！」

そう言ってその子は『冬のくちぶえ』の前奏を弾き始めた。演奏に合わせて手拍子が起こる。先ほどのギターデュオの男の子のひとりがやってきて、花凛にハンドマイクを無理やり渡した。

マイクを目にして花凛はごくりと唾を飲んだ。マイクを握ったのは一年ぶりだ。マイクってこんなにも重かったっけ。手が小刻みに震える。気づかれたくなくてマイクをぎゅっと握った。

もしかしたら歌えるかも。

声が出るかも。

期待をこめてそんなことを考えてみた。

しかし、ギターの前奏が進めば進むほど息が苦しくなっていった。こめかみから尋常じゃない量の汗が流れて頰を伝う。喉に圧迫感を覚え、不安で胸を掻《か》き毟《むし》りたくなった。

ねえ、やっぱり歌えないよ。ギターを止めてよ。

花凛はオレンジ頭の子に目で訴えてみたが、彼女は気づきもせずに楽しそうにギターを奏でている。

取り囲む人たちの期待が膨らんでいくのを、花凛はひしひしと肌で感じた。みんな

「お預け」の命令でご飯を待たされている犬のようだ。歌い出すのをいまかいまかと目を輝かせて待っている。

前奏が終わった。歌い出しの箇所がやってきた。しかし、花凜は目を伏せて硬直するしかなかった。もうこのまま世界が終わってほしい。隕石《いんせき》でも爆弾でもなんでもかまわない。空から落ちてきて一瞬でいまを終わりにしてほしい。楽にしてほしい。

ギターが歌い出しの箇所を通りすぎた。虚《むな》しく伴奏だけが鳴り続ける。花凜を取り囲む見物人たちも様子がおかしいと気づいたようだ。手拍子が不揃《ふぞろ》いになり、やがてやんだ。ざわざわとし始め、「なんだよ、歌わねえのかよ」なんて声まで聞こえてきた。

必死に呼吸をくり返してきたけれどもう限界だった。息がうまく吸えない。混乱して呼吸の仕方がわからなくなった。溺《おぼ》れたようになって喘《あえ》いだ。

花凜は必死に周囲を見回して逃げ道を探した。なぜか目がうまく働いてくれない。焦点が合わずに視界のすべてがおぼろげに見えた。アーケード街の光はみんな丸い球体のように膨張し、ゆらゆらと揺れている。いや、揺れているのは光じゃない。自分が揺れていた。花凜は立っていられなくなって、その場にへなへなと崩れた。

「花凜！」と呼ぶ声があった。顔を上げると玲が人垣から顔を出した。強引に近づいてくる。

「帰ろう、花凜」

玲が手を差し伸べてくる。その手にすがると立ち上がらせてくれた。玲はそのまま手を引いて人垣に向かっていく。自然と人垣が分かれ、道ができた。

「帰るのかよ」

「立ち止まって損したよ」

「なんかあの子、精神的にヤバそうじゃない？」

非難と不満と好奇の声が四方八方から飛んでくる。その言葉の鋭さに足がすくみ、動けなくなってしまった。体に力が入らないのだ。しかし、玲が振り返って微笑んでくれた。

「大丈夫だよ。さあ、行こう」

心強さに胸が熱くなる。身動きの取れない自分を誰かがこうやって連れ出してくれるのを、長いあいだ待っていたような気がした。

「ありがとう」

玲の手のぬくもりと頼もしく見える背中を頼りに前へ進んだ。


剣也の家に戻ったあと、メンバー全員で屋上に上がった。屋上はバーベキューができるようになっていて、ベンチやテーブルが設置されており、それぞれ好きなところに座った。花凜は玲たち三人を前にして、自らの現状を打ち明けた。いま歌えない状態であること、作詞も作曲もできないこと、歌を聞くのがつらくて音楽をいっさい耳に入れないようにしていること。

「歌えないってどういうふうに歌えないの」

麻耶がやさしく尋ねてきた。

「歌おうとすると声が出なくなるんだよ。なんかこわくてさ」

「こわい？」

「歌って人に歌を聞かれるのがこわいんだよ。うまく言葉で言えないんだけど、不安なの」

花凜は説明しながら不安の影を踏んでしまったように思えて、ぶるりと体を震わせた。

「原因はストレスとかの心因性なのかな」

「心療内科には行ってみたよ。場面緘黙症《ばめんかんもくしょう》に近い失声症じゃないか、なんて言われて通院もしたの。けれど、やっぱり歌えなくて」

「花凜がひとりきりのときでも歌えないの？」

「うん。歌おうとすると喉がぎゅっと締まって苦しくなるんだよ。無理やり歌おうとすると震えた変な声になって、それも途切れ途切れにしか出なくて。バンドのほかのメンバーには申し訳ないし、わたし自身情けないし、すっごく悲しいし、無力感でいっぱいで、そんな自分が腹立たしくてしかたなくて」

「ストップ、ストップ」と麻耶に遮られた。「花凜はさ、真面目《まじめ》すぎるんじゃないかな」

剣也の母が麦茶を運んできてくれたので話を中断する。麦茶で喉を潤した。花凜が座った席からはライトアップされた松山城が見え、さらに視線を上げると瞬く星たちが見えた。剣也の母が階下に戻ったところで麻耶が尋ねてくる。

「歌えなくなったそもそもの原因はなんなの。心因性ならきっかけがあるはずだよね。それって花凜も自分で自覚していること？」

花凜は大きく息を吸って心を決めた。みんなにはきちんと話をしよう。なぜ歌えなくなったのかその理由を。ピンクバンビが活動休止に至るまでの経緯を。

きっかけは一通のメールだった。ピンクバンビを熱烈に応援してくれたK太の死を知らせるメールだ。小笠原《おがさわら》というK太の友人が、ピンクバンビの所属するレーベルに送ってくれたのだ。

〈突然のメール、失礼します。

ピンクバンビのブログでコメントするときはK太と名乗っていた星野《ほしの》圭太君が、自ら死んでしまったことを伝えたくてメールしました。

今度四十九日があります。さしでがましいお願いですが、ピンクバンビのメンバーの中でも特にあいつが好きだったカリンさんに、なにかお言葉をいただけないでしょうか。

あいつはマンションの最上階である七階から飛び降りたそうです。その最後の瞬間もピンクバンビの曲を聞きながらでした。そんなあいつのために、ひと言でもいいのでよろしくお願いいたします〉

メールには四十九日の日付とＫ太の家の住所が書いてあった。群馬県の板倉町《いたくらまち》。初めて目にする土地名だった。Ｋ太の本名が星野圭太であることを知ったのもそのメールでだった。

Ｋ太はピンクバンビの活動初期から応援してくれていた。アマチュアロックフェスの最終審査である東京ビッグサイトの野外ステージにも聞きに来てくれたそうだ。そのことはピンクバンビのブログに書きこまれたコメントで知った。Ｋ太は記事がアップされれば必ずコメントをくれる常連だった。

手紙もたくさん送ってくれた。バンド名にちなんでピンクの封筒に入った手紙だった。アルバム収録曲やライブの感想が書いてあり、それらはどれも肯定的なうれしい言葉ばかり。バンドのメンバーはＫ太の手紙をありがたがって回し読みした。

花凜としては曲に関しての感想がとてもうれしかった。感想は一曲ずつ丁寧に書かれており、花凜が歌詞にこめた思いも掬《すく》い上げてくれていて、ときには花凜が意識していなかったことまで的確に指摘していた。

自分の歌がきちんと人に届いている。Ｋ太はそうした喜びを実感させてくれるありがたいファンだった。

手紙によれば、K太は関東近郊で行ったライブならすべて来てくれていた。水戸《みと》、宇都宮《うつのみや》、前橋《まえばし》と北関東を幅広く移動していて、フットワークの軽い印象があった。

また、手紙では会場の物販スペースで購入したピンクバンビのグッズについても触れていた。ポスター、Tシャツ、マフラータオル、リストバンド、ピンバッジ、メッシュキャップ、トートバッグ。グッズのデザインを手がけるピコも、K太の手紙を本当に楽しみに待っていた。

K太がどんな人物なのか、メンバー内で想像し合ったりもした。たくさんライブに来られるのは時間に余裕のある大学生だから。グッズをほぼ全部買いそろえられるのは裕福な家に住んでいるか、たくさんアルバイトをしているかのどちらか。手紙の文字は繊細で文章も穏やかなことから育ちがよさそうだ。

夢見がちなエリーなんて勝手に王子様のような容姿を思い浮かべていた。まだ駆け出しのピンクバンビを支えてくれる模範的でありがたいファン。K太はそんな位置づけだった。

だから、小笠原からのメールでK太の死を知らされたとき、誰もが声を失った。信じられなかった。それまでのK太のコメントや手紙からは、自らを死に追いやるような気配などまったく感じられなかったのだ。

その後、フジが調べてくれたところによると、K太は亡くなった日の前日に公式ブログにコメントを寄せてくれていた。水戸市で行ったライブの感想だ。

〈一曲目から『冬のくちぶえ』なんて痺《しび》れました！

今回のセットリストは本当に珍しかったですね。

でも、あの曲順は大正解だったと思います。

期待で膨れ上がっている客席があの一曲目でみんな心を持っていかれたというか。

いっきにピンクバンビの世界に引きこまれましたもん。

こういうサプライズがあるからピンクバンビのライブは大好きなんです。

一生ついていきます！

カリンちゃんの喉の調子もよさそうでしたね。

いまもぼくの胸の中ではカリンちゃんの透き通るような声が鳴り響いています。

次は宇都宮でのライブですね。絶対に駆けつけます！〉

小笠原からのメールには「なにかお言葉をいただけないでしょうか」とあった。しかし、花凜は四十九日の法要に参列したいとメンバーに申し出た。メールで言葉を送るだけではいやだったのだ。

「なにもそこまでしなくても」

フジは難色を示した。エリーもピコも口には出さなかったが反対のようだった。それでも花凜は行きたかった。まさにこれから死のうとしている最後のときまで、自分が作った歌を聞いてくれていたのだ。遺影に感謝とお別れの言葉を伝えたかった。

花凜がいつまでも譲らないでいると、とうとうメンバーは折れて参列を許してくれた。ひとりで行くのは心細いだろうからと、エリーが同行を名乗り出てくれたのだった。

四十九日は寒々しい曇天の日だった。買ったばかりの黒のパンツスーツを着て、電車を乗り継ぎ、二時間かかってやっとたどり着いた板倉町は、灰色の空と田畑ばかりが広がる荒涼としたところだった。

花凜の祖父母は物心がつく前に亡くなっている。両親は健在。十九歳のあの日まで、葬儀や四十九日に出席した経験がなかった。募る緊張と不安を紛らわすために、行きの電車の中ではエリーとＫ太の素性を想像しながら向かった。

「Ｋ太って友達が多そうだから四十九日も混みそうだね」

「豪邸に住んでいたりして」

「彼女も参列してたりするのかな」

「泣きじゃくる姿は見たくないね」

しかし、知らされた住所に到着したとき、花凜の目に飛びこんできたのは想像とまるで違う光景だった。

塀もない空き地のような場所に古びた平屋がぽつんと建っていた。青のトタン葺《ぶ》きの屋根はペンキが剝《は》がれて錆《さ》びていて、雨樋《あまどい》が落ちているところもあった。庭は雑草が生え放題で車が無造作に止められている。庭木は枯れ、割れた鉢植えがいくつも転がり、郵便受けのボックスが玄関先の地面に直接置いてあった。花凜は横のエリーをそっと窺《うかが》った。泣き出しそうな顔をしていた。来なければよかったという後悔も見て取れた。

玄関前に花凜たちと同い年くらいの青年が立っていた。花凜たちに気づくと、遠慮がちに手を挙げて近づいてきた。メールをくれた小笠原のようだった。彼には四十九日に参列させてもらうことを伝えてあった。

「すみません、こんな田舎まで来ていただいて。本当にありがとうございます」

小笠原は喪服に金髪というおかしな組み合わせだった。少々いかつい。でも、丁寧なお辞儀をした。

「こちらこそわざわざ知らせていただいてありがとうございます」

花凜とエリーも丁寧なお辞儀を返した。

「おれ、星野と、ええとピンクバンビの方たちにはK太でしたっけね、K太とは中学から専門学校までいっしょだったんです。と言ってもK太のやつは専門は途中で辞めちゃったんですけどね」

「専門学校ってなんの学校だったんですか」

「自動車っすね。整備工になるための」

K太についてもっと話を聞こうとしたとき、僧侶がスクーターに乗って到着した。黒い法衣の上に袈裟《けさ》をつけ、雪駄《せった》を履き、ヘルメットという姿だ。

ヘルメットを脱ぐと僧侶は若かった。二十代前半だろう。K太の親類と思われる喪服姿の人たちが家から出てきて僧侶を迎えた。僧侶の腰のあたりから財布を繋《つな》ぐチェーンがぶらぶらと揺れているのが見え、ありがたみが消えた。

花凜とエリーも招かれて玄関に入った。家の中を覗き、おやっと花凜は足を止めた。参列者は花凜とエリーを含めても十人もいなかったのだ。

家はふた間のみで狭かった。花凜たちは奥の間に通された。仏壇があって天井近くに遺影がふたつ掛けられている。ひとつは短髪の中年の男性で、もうひとつは青年。

その青年はよく言えば静かそうな、悪く言えば陰鬱な顔立ちをしていて、切れ長の目でこちらを見下ろしていた。

ああ、これがK太か。

だいぶ遅れて花凜は気づいた。手紙やコメントから想像していた容姿とかけ離れていて、すぐに気づけなかったのだ。

僧侶が読経しているあいだ家の中をこっそり観察した。ふすまは黄ばんでいて、ふすま紙が剝がれてしまっていた。せんべい座布団のカバーは破れ、中が丸見えだ。窓は吹きつけられた雨と土埃《つちぼこり》で茶色の薄膜ができていた。レースのカーテンも元々は白だったろうに灰色をしている。目に入るすべてがくすんでいた。

奇妙なことにK太が暮らしていた形跡が見当たらなかった。あれほど大量に買っていたピンクバンビのグッズやポスターはどこにあるのだろう。本当にここはK太の家なんだろうか。遺影の彼は本当にK太なんだろうか。

読経が終わり、僧侶が帰っていった。それを見送る者、片付けのために台所の流しへ向かう者と散り散りになり、部屋は花凛とエリーのみとなった。そこへ四十代くらいのほっそりとした女性がやってきた。花凛たちの前まで来て深々と一礼した。失礼な言い方だけれど喪服の似合うやつれた印象の人だった。

「今日はわざわざありがとうございました。わたし、星野圭太の母親です」

なぜか名刺を渡された。生命保険会社の名前が書いてあり、山西清美とあった。K太と苗字《みょうじ》が違う。しげしげと名刺を見ていると、花凛の困惑に気づいたらしく山西が説明してくれた。

「圭太はわたしの前の夫との子供なんです。あの子を夫のところに残してわたしは家を出てしまったので」

思わず花凛は視線を走らせた。では、K太の父親はどこにいるのか。

「実は前の夫は亡くなっておりまして」

先回りして山西が言う。なるほどそうか、仏壇の上のふたつの遺影は親子というわけか。

「あの子は本当にピンクバンビさんの曲が大好きだったんですよ。いつもいつも聞いていたんです」

山西は懐かしむかのように目を細めた。

「本当にありがたい話です。わたしたちピンクバンビのメンバーは、彼はすばらしいファンだっていつも話していたので」

言いながらエリーと視線を交わす。

「その話、あの子にも聞かせてあげたかったな」と山西は無念そうに遺影を見上げた。

「そうそう、あの子は死んだときもイヤホンで大好きだった『冬のくちぶえ』を聞いていたんですよ」

「小笠原さんから伺いました。本当にありがたくて、でも残念です」

「ええ、わたしも本当に残念でしかたないの。あ、そうだ」

山西がなぜか急に笑顔となり、台所へ消えた。ふたつ折りの携帯電話を手に戻ってくる。

「そのときの写真を撮っておいたの。見てあげてください」

「え」

エリーが小さくもらした。花凜も山西がなにをしようとしているのかわからなくて混乱した。「そのときの写真」とはいったいいつの写真なのか。話の流れから言って、死んだときの写真ということだろうか。棺《ひつぎ》の中で安らかに眠っている写真ではなく。

花凜はいやな予感に身を強張《こわば》らせた。エリーが一歩あとずさり、畳がみしりと鳴る。そうしたふたりの反応が目に入っていないのか、山西は笑顔で近づいてきた。

逃げなくちゃ。

そう思ったけれども遅かった。目を背ける間もなかった。山西に向けられた携帯電話のディスプレイを直視してしまった。

K太が仰向《あおむ》けに倒れていた。きれいな顔をしていた。まぶたも唇もやわらかく閉じられている。眠っているかのようだ。しかし、倒れているアスファルトの上には後頭部から流れ出た真っ赤な血が広がっていた。血だまりに横たわっているのだ。

花凜の喉を突いて悲鳴が出かかった。しかし、それよりも先にエリーがわっと泣き出した。両手で顔を覆い、「ひいい、ひいい」と言葉にならない声を上げている。彼女が心配で花凜はなんとか正気を保てたという状態だった。

「エリー、大丈夫?」

寄り添い、背中をさすった。そのとき花凜は目を疑った。携帯電話を持つ山西が慈愛に満ちた表情を浮かべていたのだ。山西はうっとりと言った。

「きれいな顔をしているでしょう」

この人は嗚咽《おえつ》をもらすエリーの姿が見えていないのだろうか。

「わたしね、動画も撮っておいたのよ。あの子が最後までピンクバンビの曲を聞いていたことを忘れないようにって」

今度は動画を見せられた。K太の右耳のイヤホンが外れている。聞こえてくるのは『冬のくちぶえ』だ。

「リピート再生って言うのかしら？　何度も何度も流れていましたよ。好きな曲を聞きながら逝《い》ったから、この子はこんなにかわいい顔をしてるのよね、きっと」

山西が同意を求めての笑みを花凜に向けた。ぞっとして呼吸が浅くなる。この人はおかしい。どれだけ息子を大切に思っていても死に顔は撮らない。こんな凄惨な死に方をしているのに動画まで撮るなんて。

逃げ出したかった。でも、足がすくんで動けなかった。エリーは泣き続けている。『冬のくちぶえ』が延々とくり返されている。山西は笑みを浮かべて動画を差し出してくる。頭がどうにかなりそうだった。

「ピンクバンビのおふたりとお話がしたいんですけど、いいですか」

玄関から小笠原が中を覗いた。花凜は声が出せず、茫然《ぼうぜん》と小笠原を見た。誰も返事をせずにいると、小笠原がのしのしとやってきて花凜とエリーを半ば強引に外へ連れ出してくれた。

荒れた庭の片隅に立ち、動揺を抑えるために花凛は静かに呼吸をくり返した。エリーはしゃがみこみ、顔を覆って泣いている。小笠原は周囲を窺ってから小声で言った。

「すみません。Ｋ太の母ちゃんちょっとおかしくて。変なことしないか見張っていたんですけど」

花凛は小笠原の顔をまじまじと見た。彼は味方のようだ。ほっとする。小笠原はさらに声を小さくして続けた。

「そもそもＫ太が死んだのも、母ちゃんであるあの山西さんのせいみたいなもんなんです」

「あのお母さんのせい？」

花凛も小声で訊き返す。

「山西さんの前の旦那さん、つまり、Ｋ太の親父さんもひどい人だったんです。いわゆるパチンコ依存症ですよ。給料は全部パチンコに突っこんで、家中の金を持ち出して、借金もして。五百万円くらい借金はあったってＫ太は言っていました。山西さんはそれで愛想を尽かして出ていったんです。正確に言うと家の外に男を作って、そっちの家に転がりこんだんです。Ｋ太が小学校の六年生のときだったと聞いています」

「ひどい」

エリーがよろよろと立ち上がってつぶやいた。

「それからK太はずっと認知症のおばあちゃんと借金まみれの親父さんの面倒を見ながら暮らしてきたんですよ」

「認知症のおばあちゃん？」

そんな人いただろうか。花凜は首を傾《かし》げた。

「今日は死んだ親父さんの妹さんの家で面倒を見てもらっているはずです。もう八十歳になるそのおばあちゃんの世話を、K太はひとりでしていたんですよ」

花凜とエリーが想像していたK太の姿とは、あまりにもかけ離れていた。

「おれはK太と中学のときからいっしょだったんですけど、あんなかわいそうなやつは見たことがありません。金がなくて昼飯も食べられない、高校のときに始めたコンビニのバイト代は生活費で消えちまう、親父さんがK太の財布から金を盗んでいく。学校もあんまり来ませんでした。おばあちゃんが徘徊《はいかい》するから見張ってなきゃならなかったんです。家にいたらいたで、借金取りの対応をさせられていました。K太は精神的にぎりぎりだったんだと思います。死ぬ、死ぬっていうのがあいつの口癖でしたから」

「お母さんには頼らなかったんですか。山西さんには」

「もちろん何度も助けを求めましたよ。山西さんのところに逃げこもうとしたこともあったんです。だけど、山西さんは新しい男と結婚して、子供もできて、新しい家庭を築いちゃったんですよね。それを守りたかったのかK太のことを拒んだんですよ」

「拒んだ？」

先ほどの山西はあれほどK太を愛しているような口ぶりだったのに。

「K太が山西さんちへ行っても、玄関さえ開けてもらえなかったんです。メールも電話もいっさい無視されて」

山西は言っていることとやっていることがあまりにも違う。どういうことなのだろう。

「つまりですね、K太は居場所も逃げ場所もないやつだったんです。だから、高校に入ってからは、先輩から譲ってもらった軽自動車の中で暮らしていたんです。めしを食うのも寝るのもみんなあの小さな車の中」

小笠原が指差した先に、古びた白い軽自動車が止まっていた。

「K太の親父さんが亡くなったのは去年の夏のことでした。肝硬変だったんです。それからK太はおばあちゃんの世話をひとりでしなくちゃならなくなって、専門学校を辞めたんですよね。それ以来おれもあいつとは疎遠になっちゃって」

後悔を滲《にじ》ませつつ小笠原はうつむいた。

「おれ、忘れられないK太の言葉があるんです」

小笠原は地面を睨んで言った。

「人間を死にたいってところまで追いこむのは簡単だって。無視するだけでいいって。K太はですね、普段の生活も大好きだったピンクバンビのことも、みんなメールで山西さんに伝えていたんですよ。でも、山西さんはそれを全部無視したんです。いちばん助けてほしい母親にその存在をなかったことにされたんです。死にたくなるのも当然だと思いませんか？」

　花凛はなぜか口笛のうまかった高木の顔が頭をよぎった。ずっと無視されていたあの子の顔が。

「実際に無視されまくってK太は死を選んだわけです。山西さんが住んでいるマンションから飛び降りて。たぶん、山西さんの出勤時間に合わせて飛び降りたんですよ。見事と言ったらおかしいですけど、第一発見者は山西さんでした。K太はもしかしたら山西さんが家を出るのを確認してから、最上階の七階まで上がったのかもしれません」

　飛び降りるK太の姿が見えたような気がした。七階の廊下の柵の上にのぼり、『冬のくちぶえ』を聞くイヤホンが外れないように両手で耳を押さえ、目をつぶって空中へ踏み出す。逆さまに落ちていくK太。落下しているあいだ、わたしの歌はどんなふうに聞こえたのだろう。

「それからK太はこうも言っていましたよ。生まれる前に戻りたいって。子宮に帰りたいって」

「子宮に？」

「K太は山西さんのことをすごく求めていたんだと思います。月並みな言い方になりますけど、愛されたかったんですよ。でも、無視されまくった。だから、母親の目の前で死んで、魂になって帰ろうとしたんじゃないですかね。おかしな妄想に聞こえるでしょうけれど、本気でそう思うことがときどきあるんです」

花凜は首を横にゆるゆると振った。おかしな妄想などではない。この世界に居場所のないK太が帰る場所はきっと母親しかなかったのだ。

「そんな生きるのがつらくてつらくてしかたのないK太にとって、『冬のくちぶえ』は大切な曲だったんですよ。あいつ、おれにいつも言っていましたもん。ピンクバンビに救われているって。歌のおかげで生きているって。山西さんは全然知らないことですけれど、K太の左手首はためらい傷だらけだったんですよ。あいつはずっとぎりぎりのところで生きていたんです。支えになっていたのは母親の山西さんなんかじゃない。あなたたちピンクバンビだったんです。本当にありがとうございました」

小笠原は膝に顔がつきそうなくらい深々と頭を下げた。そして、見られまいとするかのようにそのままの体勢で涙を拭った。

「ちょっといいですかね」

顔を背けつつ小笠原は顔を上げ、花凜とエリーに手招きをした。K太の軽自動車に近づいていく。花凜は泣き腫らした顔をしたエリーと彼のあとをついていった。小笠原が軽自動車のボンネットに手をついて言う。

「K太はこの車でピンクバンビのライブに行っていたんですよ。ライブがある日はおばあちゃんの面倒を叔母さんに見てもらって、金だってなんとかやりくりして遠征していたんです。中を見てもらってもいいですか」

花凜は中を覗きこんで目を見張った。助手席にも後部座席にもピンクバンビのグッズが所狭しと置かれていた。Tシャツもマフラータオルもメッシュキャップもトートバッグもある。全部を確認しきれないうちに花凜の視界は涙で歪《ゆが》んだ。同じように覗きこんでいたエリーがまた泣き出した。花凜も今度は涙をこらえられなかった。嗚咽をもらした。

K太は愛されたくても愛されない悲しい一生を送った。それなのにピンクバンビにはたくさんの愛を注いでくれた。ありがたさと命が失われた悔しさで、花凜は泣けて泣けてしかたなかった。

「それからこれを」

小笠原が喪服の内ポケットから封筒を取り出す。K太がいつも送ってくれていたピンク色の封筒だった。

「この車の中におれ宛ての紙袋があって、貸していた漫画やCDといっしょにこの封筒が入っていたんです。ピンクバンビ様って書いてあるからファンレターだってわかったんですけど、どうしておれへの紙袋に入っているのかわからなくて。封がされていなかったので悪いと思ったんですけれど読みました。どうして出さなかったのかはわかりません。けど、今日カリンさんたちが来てくれるというので、直接お渡ししたほうがいいかなと思って。どうぞ、読んでやってください」

促されて封筒を開けた。簡潔な手紙だった。

〈世界の隅っこにいるこんな自分にも届く歌を作ってくれてありがとうございました。ピンクバンビの、そしてカリンさんの歌があったからこそ、いままで生きてこられました。

本当に感謝しています。

ありがとう。さようなら〉

投函しなかったのは、ピンクバンビを愛し、ピンクバンビを応援する、元気なK太のイメージのまま消えたかったからである気がした。ピンクバンビのバンド活動に暗い影を投げかけたくなかったために。

じりりりりん、じりりりりん。

スマートフォンの着信音で花凜は我に返った。K太について語ることに没頭していた。見回すと玲も麻耶も剣也も沈みきった顔をしていた。

「電話、出なくていいのかよ」

剣也がテーブルに伏せて置いてある花凛のスマートフォンを指差す。

「いまはちょっと」

黒電話の着信音は山西からのものだ。出られるわけがない。着信音は執拗《しつよう》に鳴り続け、耳にひりひりとした響きを残して切れた。

「いまの話で引っかかったんだけどよ」と剣也が切り出す。「おまえが歌えなくなったことと、K太ってやつが死んだことと、どういう関係があるんだよ。おまえの歌をそんなに好きになってくれたのなら、ありがたく思ってまた歌えばいいじゃねえか。どうして歌えなくなるんだよ」

剣也はわざとらしく乱暴にコップの麦茶を飲み干した。しんみりとした話題が苦手なのかもしれない。

「最初はね、幸せだからもう歌わなくていいかなって思ったの」

「幸せだから？」

「K太が好きだった『冬のくちぶえ』って曲は、悲しい境遇の人に逃げてほしい、助かってほしいって思いで作ったの。K太がわたしの歌で救われていたのなら、そうしたわたしの思いは報われたようなものでしょう。だから、これ以上は歌わなくていいかなって考えたんだよ」

「ふうん」

どうやら剣也は納得がいかないようだ。

「だってね、K太はわたしの歌を死ぬ直前まで聞いてくれていたんだよ。そこまで愛してくれていたんだよ。そんなふうに届いていたのなら、もういいじゃない。歌の作り手としてこんな幸せなことはないんだから」

「おれにはその理屈はわからねえな。届いてよかったなら、もっとたくさんの人に届ければいいじゃねえか。ひとりの人間の心に響いたのなら、たくさんの人にも売れるってわけだろう」

「わたしは売れたくて曲を作ったわけじゃないの。評価されたかったわけでもない。誰かの救いになれればいいなって」

「K太の件で満たされたってわけか」

「言ってしまえば、そういう感じかもしれない。K太とは歌の作り手と聞き手という関係性において、いちばん幸せな形だったんだと思う。それは確信しているの。でもね、その幸せの形を壊されたんだよ」

「壊されたって誰に」と隣に座る麻耶が尋ねてきた。

「山西さん」

「K太君のお母さんに？　さっきの花凜の話じゃ、その山西さんは花凜たちピンクバンビに感謝していたふうだったけど」

「感謝はしてたよ。山西さんはＫ太からのメールに返信はしなかったけど、全部読んでいたんだって。だから、Ｋ太がわたしたちのファンだってことはよく知っていたの。だから、とても感謝してた。あとできちんとお礼のメールを送りたいから、電話番号やメールアドレスを教えてって言われたの。でも、教えたのが間違いだったんだよ」

「間違い？」

「たくさん電話をかけてきたの」

「もしかして花凛にいつもかかってくるあの電話って山西さんから？　いまのもそう？」

「全部そうだよ。Ｋ太の月命日が近づいてくると電話の回数も増えるんだよね。気分が沈んでいるときも多くなるみたい。わたしが電話に出ないでいると十回でも二十回でもかけてくるの。精神的に参っているときなんて、五分置きにかけてくるんだよ」

「なんで電話に出ねえんだよ。話せばいいじゃねえか」

剣也の疑問はもっともだ。

「だって話すのがつらいんだもん」

「つらいってなにがだよ」

「山西さんは罪の意識で苦しんでいるの。山西さんは電話で大泣きしながら言うんだよ。Ｋ太にかわいそうなことをした、愛してあげられなかった、なんであのとき家に迎えてやれなかったんだろう、わたしが殺したようなもんだって」

「その通りじゃん。わかってんじゃん」

冷たく剣也は切り捨てた。

「でもさ、K太が死んだのはあなたのせいです、なんて言えないでしょう。しかも自分の母親と同じくらいの大人に向かって」

「年齢なんて関係ねえよ。大人だからこそ事実を突きつけてやりゃあいいんだよ。てめえが悪いから、てめえの息子は死んだんだぞって。それを全部受け止めろって言ってやりゃあいいんだ」

「わたしもやんわりとなら伝えたよ。今回のことを受け止めて、K太君のことを思いながら生きていくことこそ、いちばんの償いなんじゃないですかって。だけど、そういう生き方はつらいって言うんだもん。山西さんまで死にたいって言い出すんだもん」

剣也が舌打ちをした。つき合ってられねえ、なんて言いたげな顔をする。

「山西さんはね、こんなわたしなんて生きている価値はない、死んであの子に詫《わ》びたいなんて言ってくるの。でも、こわくて死ねないらしくて、ただただ電話口で泣くんだよ。死にたい、死ねない、なんて堂々巡りを二時間でも三時間でも聞かされるの。最後には、どうしたらいいんでしょうか、どうしたらあの子は許してくれるんでしょうか、なんて訊いてくるんだけど、わたしだってわからないよ」

花凜の話があまりに痛々しいせいか、みんなうつむいてしまった。しばらく沈黙が続いたが、剣也がわざとらしい大きなため息をつき、花凜に尋ねた。

「さっき花凜はよ、歌の作り手と聞き手のいちばん幸せな形を壊されたって言ってたけどよ、結局なにかされたのかよ」

「実はね、四十九日のあと一度だけ山西さんと会ったんだよ」

「お人好しだねえ、おまえも」

「そのとき山西さんに言われたんだよ。K太はあなたのファンだったみたいだけど、わたしはあなたの歌なんてきれいごとにしか思えないって」

「は？」

「あなたの歌はあの子が死ぬのを止められなかったでしょうって。あなたの歌がきれいごとに過ぎないからよって」

山西の鋭利な目つきが思い出されて、花凜の背中を冷たいものが走った。叫びたいような、地面に体を打ちつけたいような、得体の知れない衝動が全身を這《は》いずり回る。いままで生み出した歌詞やメロディーは、花凜が命を削るような思いで作ったものばかりだ。悲しい人が救われますように。つらい人は逃げていつか笑えますように。心からそう願って作った。

それなのに山西は花凜の信念や誠実さを踏みにじったのだ。K太と歌を介して築き上げた関係性に唾を吐きかけたのだ。

「だからよ、そんなおかしい人はほっとけって。相手する必要なんかねえよ。それこそ無視してやれよ」

剣也が吐き捨てる。

「それは駄目だよ」と麻耶が割りこんだ。「冷たくされた山西さんが、K太君のあと追いでもしたらどうすんのよ」

「死なねえよ。息子が死ぬまで無視するような面の皮の厚い人間は、絶対に自分から死んだりしないね。死んだら死んだで自業自得だろうよ」

「それは冷たすぎるよ」

「息子を見殺しにした報いだろうが」

じりりりりん、じりりりりりん。

再び花凜のスマートフォンが鳴った。先ほどの電話から五分も経《た》っていない。剣也がうんざりした口調でこぼす。

「何回もかかってくるってことは、今日は精神的に参っている日ってわけか」

じりりりりん、じりりりりん。

鳴り続けるスマートフォンを前にして、花凜たち四人は視線を交わし合った。剣也が耐えきれないとばかりに言う。

「電話に出ろよ」

「やめておこうよ」と麻耶が反対する。

「いいじゃねえか。出ろって。出たらスピーカーボタンを押してハンズフリーの状態にしろ。あっちの母ちゃんがどんなことを言う人なのか、おれたちに聞かせろよ」

「それはできないよ」

花凜が断ると、剣也はじれったそうにテーブルをこぶしで叩いた。

「なんでだよ。聞かせろ」

「今日みたいに何回もかけてくるときの山西さんって精神的に不安定なんだよ。わたしを責めるようなひどい言葉をたくさん口にするの。だから、電話に出たくないんだよ」

「みんなで聞けば大丈夫だろうが」

「興味本位ならやめときな」と麻耶が両手でばってんを作った。

「違うよ。花凜と共有するんじゃねえか。ほら、出ろってば」

剣也は勝手に花凜のスマートフォンを手に取り、通話ボタンを押してしまった。慌てて電話を代わる。

「はい、もしもし二宮です」

迷ったが言われた通りにスピーカーボタンを押す。山西のいら立った声が爆《は》ぜるように飛び出してきた。

「やっと出たわね。あのさ、わたし何度も言ってるでしょう。わたしは仕事が忙しいんだから電話にはすぐに出なさいって」

「はい、申し訳ありません」

花凜が謝ったら、剣也が鼻で笑った。

「よく言うよ。自分は息子の電話をさんざん無視したくせに」

「向こうに聞こえるって」

麻耶が小声でたしなめる。そのやり取りに気を取られていたら、山西が再びいら立たしげな声を出した。

「ねえ、ちゃんとわたしの話を聞いてるの。がさがさ音がしているけど、いま電話ができない状況なの？　それともあなた聞くつもりがないの？」

「すみません。いま外にいるので周りの音を拾ってしまうんだと思います」

花凜が答えると山西がふと黙りこんだ。不気味な沈黙だった。

「前から言おうと思っていたんだけどさ」

再び語り出した山西の声は先ほどより低く、詰問調になっていた。

「あなたはうちの息子からたくさんメールをもらっていたんでしょう？　手紙もたくさんもらっていたのよね？」

「いただいていました。手紙は何十通も」

「だったらどうしてあの子が悩んでいることをほっといたのよ。どうして苦しんでいることを平気で見過ごしたの。どうせたくさんいるファンのうちのひとりくらいにしか考えていなかったんでしょう。さんざんきれいごとを歌ってファンにしておきながら、金蔓《かねづる》くらいにしか思っていなかったんでしょう」

「お母さん、それは違います。そもそも何度も申し上げている通り、K太君は一度だってプライベートについてメールや手紙で書いてきたことはなかったんです。悩みを打ち明けてきたこともなかったんです」

「嘘《うそ》おっしゃい！」

山西が叫んだ。玲も麻耶も顔をしかめている。

「嘘なんかじゃありません」

「本当は電話でも話を聞いていたんじゃないの？　死にたいって相談を受けていたんじゃないの？」

「電話なんて一度もしたことがありませんよ」

「またそんな嘘を」

「どうしてわたしが嘘をつく必要があるんですか。そんなことを言うなら、K太君の携帯電話の発信履歴を調べてみればいいじゃないですか。わたしと通話していないことなんて、すぐにわかることですよ」

「履歴なんていくらでも消去できるじゃないの」

「それを言ったらきりがないじゃないですか」

一瞬、間があった。山西の怒りが膨れ上がるのが、電話越しにも伝わってくるかのようだった。花凛は身構えた。間髪入れずに金切り声が聞こえてきた。

「あんた！　いつまで言い逃れすんのよ！　あんたはあの子がしんどいことを知っていながら無視したくせに！　見殺しにしたくせに！」

「していませんよ。わたしだってK太君がなにを思って死んだのか、知りたいくらいなんですから」

「だから嘘はやめなさい！　あんたはあの子の死にたいという気持ちを知っていながら逃げたんだ！　自分が歌うきれいごとでは救えないとわかって逃げたんだ！　あんたみたいな偽善者がいまでもこうしてのうのうと生きていることをわたしは絶対に許さ」

ぶつり、と通話が切れた。剣也が手を伸ばしてきてスマートフォンの通話を切ってしまったのだ。

「剣也、あんた」と麻耶が絶句する。

「だって聞いてられなくてよ。まともに相手する必要はねえよ。あんな妄想に取りつかれたおかしな人間なんてよ」

「またかかってくると思う」

そう言うと剣也は花凜からスマートフォンを取り上げ、電源をオフにしてしまった。

「充電が切れたことにしちまえ」

剣也から渡されたスマートフォンをテーブルに置く。

「あんなの言いがかりだよ。気にしちゃ駄目だからね」

麻耶がやさしく言ってくれる。

「なんでこいつに当たるのかねえ」

剣也は憐《あわ》れみの視線を送ってきた。

「たぶん」と玲が静かに切り出した。「さっき山西さんが花凜に言っていた言葉は、本当は自分に向けて言いたい言葉なんだよ。息子を受け入れられなかった自分が悪いって山西さん本人もわかっていて、自分を責めてみるんだけどどうしようもなく苦しくて、花凜を同じ言葉で責めるしかないんだよ」

「呪いの言葉みたいだったね」

麻耶は自分自身を抱きしめて、ぶるぶると体を震わせた。

「おめえはどうしてあんなクソみたいな電話をおとなしく聞いているんだよ。相手にすんなって」

剣也がいら立たしげにテーブルの脚を蹴った。

「だって」

花凜はそう言ってみたがあとの言葉が続かない。言いたい思いはあるが、うまく言葉にして伝える自信がない。

「おめえがなにも言わねえ代わりに怒鳴ってくれる人間はいねえのかよ。バンドのメンバーはなんて言ってるんだ」

「山西さんに電話番号を教えたのはわたしだけなんだよ。かかってくるのはわたしだけなの。で、K太のお母さんの件は、エリーとわたしだけの秘密なの」

「どうしてだよ。メンバーに助けてもらえばいいじゃねえか」

「K太はピンクバンビのメンバーにとって大切なファンだったんだよ。彼に関するいい思い出はそのままにしておきたいの。彼のお母さんがおかしいって話をバンドに持ちこんで思い出を汚したくないの。K太だって望んでいないと思う」

みんな言葉を失って黙ってしまった。

「なんかよ、ひでえ話だな」と剣也がつぶやく。麦茶をちびりと飲んでから独り言のように続けた。

「そりゃあ、歌えなくもなるよな」

その日の夜は眠れなかった。スマートフォンの電源は落としたままだ。山西はあのあとどれほど電話をかけてきただろう。罵詈雑言《ばりぞうごん》に満ちた留守番電話がどれだけ録音されているだろう。想像すると気が塞いで眠気が消え去った。

花凜はそっと起き上がり、部屋を抜け出して屋上に出た。剣也の家は公道に面していて、屋上の端から見下ろしたら夜中だというのに人通りがまだまだ多かった。タクシーもひっきりなしに走っている。松山は夜も活気がある街だった。

「眠れない？」

後ろからの声に振り向くと玲が立っていた。

「ちょっとね」

「ぼくもなんだか眠れなくて。あんなこわい電話を聞いたからかもしれない」

「ああいうのがほとんど毎日のようにかかってくるんだよ」

玲は顔をしかめたあと、花凜をじっと見つめて言った。

「すごいね、花凜は」

「どうして」

「山西さんからひどい言葉をぶつけられているのに、無視もしないし、怒りもしない。ぼくだったら着信拒否にして逃げるか、逆に怒ってしまうと思う」

花凜は首を横に振った。玲は買いかぶっている。

「わたしだって腹は立つよ。山西さんのことを憎いって思うし」

山西からきれいごととさんざん罵《ののし》られているうちに、花凜自身も自分の歌がきれいごとのように思えてきてしまった。Ｋ太の死は動かしようのない事実だ。花凜の歌がＫ太の死を止められなかったことも事実だ。やっぱりきれいごとなのかもしれない、なんて迷うようになってしまったのだ。

気づいたときには、自分の歌への人からの反応がこわくなっていた。批判されることはさらにこわい。歌を罵られるんじゃないか、と歌うたびに恐怖を覚えた。そして、怯《おび》えているうちに声が出なくなっていた。

いつしか歌詞もメロディーも浮かばなくなった。歌いたいという欲求が消失した。音楽をただ楽しむこともできなくなった。歌と向き合いたくなくて、歌にまつわるすべてのことから逃げ出した。

山西の罵声も、Ｋ太の死も、すべて忘れたらまた歌えるかも。

そんな考えに取りつかれてお遍路へやってきた。けれど、いやな記憶だけを都合よく消せるはずもない。

いま花凜の心の中は山西への憎しみでいっぱいだ。山西にぶつけたい汚い言葉が胸に渦巻いている。あなたはおかしい！　卑怯者《ひきようもの》！　大っ嫌い！　消えてなくなれ！

「憎いって気持ちは普通なんじゃないかな。というかね、その言葉を花凜から聞けて、ぼくはほっとしたかな」

玲が思わぬことを言い出した。花凜はきょとんとしてしまった。

「ほっとしたってどうして」

「だって憎いっていうのは正しい反応だよ」

「正しい反応」と花凛は鸚鵡返《おうむがえ》しにつぶやいた。

玲のその言葉が胸にじんわりと広まっていく。山西へぶつけたい言葉たちを融《と》かしていく。みんなを前にしてうまく言葉にできなかった思いを、いまならば言葉にして伝えられる気がした。

「わたしね、嘘をつきたくなかったんだよ」

「嘘ってどんな」

「わたしが歌うのも曲を作るのも、悲しんだり苦しんだりしている人に逃げていいんだよって伝えたかったからなの。助かってほしかったから。なのにK太の死で苦しんでいる山西さんを無視したり怒ったりしたら、歌ってきたことに嘘をつくことになってしまう」

玲がやわらかい相づちを打った。

「わたしはわたしの歌に嘘をつきたくなかったんだよ」

もし山西を悪く言ったり、山西から逃げたりしたら、そのときこそ本当に二度と歌えなくなる。そう思ったのだ。

「花凛は使命感を持って歌っていたんだね。歌で寄り添ってあげたいっていう使命感で」

　はっとした。そうか、使命感だったのか。玲がうまく言葉にしてくれた。

自分は歌で寄り添うことが使命と感じていた。寄り添って感謝され、必要とされることで喜びを得て、また歌った。歌を通しての幸せな円環がそこにあった。

　それを山西が寸断したのだ。大きな斧《おの》を振り下ろして断ち切った。

「花凜は変わらずに貫いていけばいいんだよ」

「貫く？」

「そう。お遍路に来る人は自分を変えたい、変わりたい、と願っている人が多いと思う。ぼくだってそうだよ。太陽はきっと心に変化があって帰っていったわけだし、剣也君だってみんなと馴染《なじ》んだりして変わってきている。お遍路って変化の旅なんじゃないかなってぼくは思うんだ」

　変化の旅か。たしかにそうかもしれない。

「だけど、花凜は変わらなくていいと思う。使命を感じて歌っていた以前のままでいいんだ。たぶん、花凜にとってのお遍路って、どうしたって変えられない自分を見つめ直すための旅なんだよ。貫くべき自分を見つけるための旅なんだ。変わる必要なんてないんだよ」

　泣きそうになった。そうだ、自分はこんなふうに強く肯定されたかったのだ、といま初めて気づいた。

「花凛はさ、山西さんからきれいごとだって言われて、ずっと心に引っかかっていたわけでしょう？」

こくりと花凛はうなずく。

「大丈夫だよ。花凛の歌はきれいごとなんかじゃないよ」

玲はさっぱりとした笑みを浮かべた。曇りひとつない笑みだ。

「どうしてそう言いきれるの」

「ぼくはね、記憶がないことでいろんな人から励まされたり慰められたりしたんだ。だけど、そうした言葉の多くは気休めだったりきれいごとだったりで、うれしくもなんともなかった。本心からではない言葉にぼくのアンテナは敏感なんだ。そんなぼくが花凛の歌はきれいごとじゃないって言っているんだ。信じてもらっていいよ」

花凛の目に玲が頼もしく映った。玲には旅の効用があったのだろう。変化という旅の効用が。

「なにより、きれいごとじゃないってことは、K太君がいちばんわかっていたんじゃないかな」

「K太が？」

「人はきれいごとに包まれて死んだりできないよ。K太君にとって花凛の歌はきれいごとなんかじゃなくて、本当に美しいものだったんだ。だから、最後に花凜の歌に包まれて旅立つことができたんだよ」

視界が透明に滲んだ。花凜の瞳からぽろりと涙がこぼれた。

「K太君が花凜の歌を愛してくれていたことは、絶対に忘れちゃいけないことだよ」

記憶のない玲が口にする「忘れちゃいけない」は、花凜の胸の奥底まで落ちてきて心を震わせた。

「ありがとう」

声を出したら涙があふれて止まらなくなった。頬が伝う涙で熱かった。

K太は最後の瞬間を『冬のくちぶえ』を聞きながら迎えた。最後まで歌を愛してくれていた。花凜は山西に怯え、彼女から逃れようとするうちに、そうした大切なことを忘れていた。

最後までK太はわたしの歌を離さなかった。だったら、K太が愛してくれた歌をわたしも最後まで離してはいけない。わたしも最後の最後まで。

3

夢を見た。玲の前に麦藁帽子《むぎわらぼうし》をかぶった赤いワンピースの少女が立っていた。かわいいというよりも、きれいな顔立ちをしている。小学生にしてすでに美人と評したくなるような完成度だ。つんとしていて生意気そうでもある。

その少女はなぜか玲に対して怒っていた。麦藁帽子のつばの下から玲を睨んでくる。なぜ怒っているのだろう。玲は質問したくて近づいた。

「どうしたの」

そう声を発しようとしたとき、玲は眠りの海の底からぽっかりと浮かび上がった。自分が仰向けであることに気づく。靄《もや》に覆われてよく見えなかった天井の木目が次第に鮮明になってくる。煤《すす》けた電気の笠《かさ》や壁掛け時計がくっきりとした形を帯びる。麻耶たちと手分けしてやっと見つけた宿の布団の上にいることを思い出した。

玲は目が覚めたものの仰向けのまま動けなかった。疲労で体が言うことをきかない。四肢の末端まで、じんじんと痺れているような感覚がある。神経なのか筋肉なのか血管なのか、全身の隅々にまで疼《うず》きに似た痺れが走っていた。

剣也の家に泊めてもらった翌日は、五十四番札所の延命寺《えんめいじ》まで歩いた。遍路道は海岸線に沿って延びる国道と重なっていて、ＪＲの予讃線《よさんせん》と絡み合いながら三十四キロを移動した。夕方のへとへとになったころ、タオルで有名な今治市《いまばり》へなんとかたどり着いた。

その翌日は五十五番札所から五十九番札所まで。距離は五十五番札所の南光坊《なんこうぼう》から五十六番札所の泰山寺《たいさんじ》までが三キロ、次の五十七番札所の栄福寺《えいふくじ》までも三キロ、五十八番札所の仙遊寺《せんゆうじ》までは二・五キロ。札所間の距離は短かった。札所を細かく巡っていると、前進していることが感じられていい。

ただ、仙遊寺は標高三百メートルの高台にあって、未舗装の小道をのぼらなければならず、大変にしんどかった。長らく海沿いの平坦《へいたん》な道を歩いてきたので、斜面はなおさら体に堪《こた》えた。

仙遊寺の参拝後、境内から眼下に広がる今治の街並みを眺めた。海に面して造船所があった。遠く望めば四国と本土を繋ぐしまなみ海道が見えた。

つい二十日前は高知で太平洋を見ていたのに、いまは瀬戸内の海を眺めている。四国の地図を思い浮かべてみれば、海沿いにぐるりと回ってきたその長さに我ながら驚く。

五十九番札所の国分寺《こくぶんじ》までは六・五キロ。参拝後も日が高かったので引き続き歩いた。次の札所までは三十三キロの長距離移動のため、少しでも距離を減らしておこうと麻耶から提案されたのだ。彼女は地図を片手に見事に新たなリーダーとしての働きを見せていた。

ふらふらになって西条《さいじょう》市に入り、夜の七時にやっと泊まれる宿を見つけた。朦朧《もうろう》とした状態で夕食と風呂を済ませ、泥のように眠ったのだった。

朝は玲の隣で眠る剣也の鼾《いびき》で目が覚めた。剣也も疲れているようで、日に日に鼾がうるさくなってきている。朝の光がカーテンの隙間から差しこんできて玲たちを照らす。いま何時であるのか時計を見て確認すべきなのだろうけれど、時間を知れば起床までの残り時間を知ることになる。あえて確認せず、寝汗を拭くだけで目を閉じた。このまま一日横になっていたい。休みたい。そんなことを考えているうちに、玲はまた眠りに落ちていた。

夢に麦藁帽子の少女が再び出てきた。やはり赤いワンピースを着ている。しかし、その子は小学生のはずだったのに大人の背格好に変わっていた。玲が驚いているうちに、少女はなぜか花凛とすり替わっていた。大街道でマイクを渡され、追い詰められてうつむいたときの花凛だ。助けてほしいと全身から言葉が発せられていた。

助けなきゃ。守ってあげなきゃ。そう思うのだけれど身動きが取れない。足が前に動かない。たったの一歩さえ進めないのだ。

もどかしい。どういうことなんだ。どうしたらいいんだ。

「おら、起きろ。朝めしだぞ」

目を開けると鼾をかいて眠っていたはずの剣也が、すでに布団を畳み終えて玲を見下ろしていた。意味のわからない夢をぼんやりと思い返しながら上半身を起こす。スマートフォンで時間を確認したら七時を過ぎていた。

六十番札所の横峰寺《よこみねじ》は四国でもっとも高い山である石鎚山《いしづちさん》の中腹にあった。石鎚山の標高は一九八二メートル。山岳信仰の霊地にして修験道の道場だそうだ。きっと遍路道はまたきつい山道となるのだろう。

県道を一時間半かけて進み、その終点から未舗装の遍路道に入った。のぼり口に警告の看板があり、「悪路通行注意」と大きく赤い文字で書かれていた。台風被害のために危険な箇所が多くあるので危険と感じた場合はすぐに引き返してください、とあった。

「死にゃあしねえだろ」

剣也がそう言って珍しく先陣を切る。

「気合い入れていこう」

麻耶が右手を突き上げて進んでいき、玲も花凜も続いた。けれど、杉木立の中に続く山道を進むうちに、なぜわざわざ警告の看板が立てられているのか理解した。剣也が苦笑いで言う。

「こりゃあ、本当にやべえな」

雨による崖崩れのあとなのだろう。土砂や倒木で遍路道は荒れに荒れていた。斜面から落ちてきたらしい大きな石がいくつもごろごろと転がって行く手を阻んでいる。地面に散らばる枝木は折れて間もないのか断面が白くて生々しい。山道の傾斜は予想していたよりも厳しく、まるで悪路の登山といった様相を呈していた。

足場を気にしながらのぼるため、神経が擦り減らされる。むっと湿気のこもった空気のせいで汗が噴き出る。麻耶の調べによると、一番札所からの距離は間もなく九百キロになるという。いままで山頂にある札所をいくつも巡ってきた。どこもきつかった。でも、この横峰寺のきつさは尋常じゃない。焼山寺に次ぐ難所かもしれない。

山中を歩くこと一時間、なんとか横峰寺に到着した。ぐったりして声も出ない。参拝後、休憩をはさんで二時間かけて山を下った。九・五キロ先にある六十一番札所香園寺《こうおんじ》を目指す。

玲は下りながら朝方に見た夢を思い返していた。二度寝をしたときの夢と合わせて、麦藁帽子の少女が二度も登場した。これは初めてのことだ。

少女は滅多に夢に出てこない。出てくるのはいつもちょうど忘れたころだ。また、少女の姿はふとした瞬間に脳裏をよぎることがある。たとえば、曲がり角を折れたとき、重いものを持ち上げたとき、音楽を聞いているとき、シャワーを浴びているとき、などなどだ。

本当になにげない瞬間に思い浮かぶ。脈絡はない。そして、脳裏をよぎったあとに、いまの少女は誰だったっけ、と振り返るのだけれど、どこの誰だかわからないので記憶を失う前に見知っていた子に違いないと見当をつけたのだ。記憶を取り戻す鍵になるのでは、と希望も抱いた。

今朝の夢でふたつ気になる点があった。夢に出てくるのも、脳裏をよぎるのも、極めてまれな彼女が、どうして今朝にかぎって二度も出てきたのだろう。遍路道のどこかで、彼女に繋がる情報を見かけたのだろうか。玲が認識できていないだけで、記憶の貯蔵庫を揺るがすような視覚刺激を受けたのだろうか。

逆行性健忘症のような記憶障害について、玲はインターネットで何度も調べている。特に美幸さんが亡くなったあとは、必死になって記憶障害についての情報を探した。

まず記憶障害に至るパターンはふたつあった。ひとつは脳が外部からのダメージで損傷し、機能がストップしてしまう場合。交通事故や運動中の事故などで引き起こされるものだ。もうひとつは精神的に追いつめられ、防御機能として記憶が抜ける場合。虐待や身近な人の死などの心的なストレスが原因で起こるという。

自分はひとつめの脳が外部からダメージを受けて損傷したパターンだと思う。美幸さんから聞いた話では、自分は十歳のときに捨身ヶ嶽という崖から五十メートルも転げ落ちたところで発見されたそうだ。後頭部を打っており、五センチ大のたんこぶができていたらしい。右腕の尺骨《しゃっこつ》と下顎の骨も折れており、三ヶ月も入院した。

下顎骨折の修復手術が大変だったことは、玲がいま覚えているもっとも古い記憶のうちのひとつだ。術後に顎を金具で留められ、まともに会話することすらできなかった。定期的に頭を抱えたくなるような頭痛がやってきたし、ひどい寒気もした。十歳の玲にはつらい入院生活だった。

美幸さんが言うには、退院後の自分にはおかしな行動が見られたという。急に眠ってしまったり、ぼうっとうわの空になったり。会話の途中で急に言葉が出なくなることもあったそうだ。脳がダメージを受けたせいだろう。

脳が損傷してしまうと、失われた記憶を取り戻すことは難しいという。記憶する機能それ自体に欠陥が生じることも多いそうだ。日常生活で出会ったものを覚えられないとか、急に記憶をなくすとか。

しかしながら、そうした外傷性の記憶障害でも記憶が戻るケースを、玲はインターネットでいくつか発見した。ネットの情報なんて眉唾ものとわかっている。医学的に立証されているわけではない。けれども、戻った事例があるのだから信じてみたくもなる。

記憶が戻ったというそれらの記事によれば、戻り方はさまざまだった。多かったのはテレビドラマや漫画のように、突然あるとき戻ってきたという例だ。記憶が戻り、「いま自分はここでなにをやっているんだろう」と目が覚めたように気づくやつ。

ほかには一度に戻ってくるのではなくて、少しずつ記憶の空白を穴埋めするように戻ってきたという例があった。記憶の貯蔵庫から記憶を引き出す力が徐々に戻ったのかもしれない。自分が何者なのか、ゆっくりとその輪郭が定まっていくような記憶の戻り方らしい。

珍しい例としては、まるで予兆のような夢を見たというものがあった。記憶にない人物や光景が夢に現れ、やがてそれらが記憶の貯蔵庫にしまわれていたものだったと気づく戻り方だという。玲が気にかかっているのはこれだった。

今朝の夢に麦藁帽子の少女は二度出てきた。あれはなんらかの要因で記憶の貯蔵庫の蓋が開くその前兆なのでは。

「ごめんね」と後ろから語りかけられて振り向く。花凜だった。

「ごめんねってなにが」

問いかけながら花凜に並ぶ。彼女は申し訳なさそうにうつむいた。

「わたし、自分の記憶がなくなればいいなんて思ってたんだよ。K太のことも山西さんとのことも忘れられたら再び歌えるはずだって。記憶のない玲のことを、うらやましいなんて思ってた。玲のつらさをまったく理解しようともせずに」

玲は笑顔で首を横に振った。

「謝るようなことじゃないよ。大丈夫」

花凜がふいに立ち止まった。玲も数歩進んでから立ち止まる。振り返ると彼女はまっすぐ玲を見つめてきた。

「わたしの歌をきれいごとじゃなくて、美しいものと言ってくれてありがとう」

「本当にそう思っただけだよ」

「わたし、とても救われたんだよ。美しいものという玲の言葉は、いまわたしの中で翼になってるよ」

「翼？」

「そう。いまはまた飛べる気がしているの」

両手を広げて花凜は微笑んだ。初めて本当の笑みを見た。四十日間もいっしょにいて初めて。

ああ、こんなふうに華やいだ微笑みを浮かべる子だったのか。玲はつい見とれてしまった。さすがバンドのヴォーカルを務めるだけはある。ステージ上において彼女の愛らしい笑みはきっと誰をも虜《とりこ》にするだろう。

花凜が歩き出す。その足取りが軽やかなものに変わっていた。快活さを取り戻しつつあるようだ。翼のイメージを手に入れたからかもしれない。

けれど、翼をもらったのは玲のほうだ。自分は記憶という根っこがなく、与えられた情報と過ごした環境で作り上げた継ぎはぎだらけ。そんな自分などかつての記憶を取り戻す代わりに、失われてもかまわないなんて考えていた。

それがいまはこんな自分でも羽ばたいていける気がするのだ。花凜へ向かって。さらにまた遠いどこかへ向かって。そこできっと未来は生まれるだろう。

六十一番札所の香園寺は、ほかの札所の寺院とはまったく異なる趣きがあった。大聖堂と呼ばれる長方形の近代的な鉄筋造りの建物が、本堂と大師堂を兼ねていた。一階が大師堂で二階が本堂となっているのだ。中に入ってみると、まるでコンサートホールだった。

一・五キロ移動して六十二番札所の宝寿寺《ほうじゅじ》へ、さらに一・五キロ歩いて六十三番札所の吉祥寺《きちじょうじ》に、そこから三キロ歩いて六十四番札所の前神寺《まえがみじ》と順に回った。

次の六十五番札所までは四十五キロもあり、あいだに札所なしの長距離移動の予定だ。その距離を少しでも減らしておくため、長めの休憩を取ったあともう少し歩くことになった。前神寺のそばにちょうど温泉施設があり、湯に浸かって足の疲れをほぐした。

リーダーとなった麻耶が言うには、現在のペースだと八十八番札所へたどり着くのは四十八日目である九月五日になるとのこと。お遍路プロジェクトが立てていたスケジュールよりも二日早い。しかし、プロジェクトの各班はさらに早いペースで先を進んでいるようで、それらしきグループをひとつも見かけない。

「いまごろお遍路プロジェクトのやつらはどうしてんのかねえ」

剣也がアイスキャンディーを齧《かじ》りながら言う。温泉から上がったあと名物だという甘酒アイスをみんなで食べることになったのだ。

「さあねえ、もう連絡も来ないし」

麻耶がアイスを手にどうでもよさそうに答えた。

「おれたちはリタイアしたことになってるんだもんな」

「別にほかの参加者の動向を知りたいわけでもないしね」

「まったくだ」と剣也が膝を叩いて立ち上がった。アイスの棒をごみ箱に投げ入れる。

「わたしたちって、はぐれお遍路ってわけなんだね」

花凜が会話に入ってきた。その珍しさに麻耶も剣也も虚を突かれて目を丸くする。しかし、麻耶が「わはは」と大きく笑った。

「はぐれお遍路ね。なんかいやだな、その名称。でも、ちょっとかっこいいかも」

剣也が続ける。

「そもそもお遍路が世間の人からはぐれてるのに、おれたちはもっとはぐれてるってわけか。ま、気ままでいいけどな」

花凜が山西さんの件について打ち明けてからというもの、メンバー同士の距離が縮まってきていた。甘酒アイスを食べようと提案したのも花凜だった。

かつて七班はお遍路プロジェクトによって振り分けられたただのグループでしかなか

った。それがいま残った四人は自ら望んで集まったメンバーと言えた。仲間なのだと思えた。

「そう言えば、太陽から連絡はあったか」

剣也が玲に訊いてくる。玲は首を横に振った。

「足摺岬が最後だったよ。台風が来て心配してくれたメッセージが最後」

「なんだよ、あいつ。いまごろ子連れママとうまくいって乳繰り合ってるわけか。楽しくて楽しくておれたちのことなんか忘れちまったんだろ」

「うらやましいんでしょう」と麻耶がにやつく。

「おれは年上に興味がないんでね」

「剣也は年上に甘やかしてもらったほうがいいタイプだよ」

「勝手に決めつけんなよ」

「絶対に年上がいいよ。わがままでお坊ちゃんなんだからさ」

「おまえなあ」

睨みつけながらも剣也は笑っている。仲間だと認めた相手には心を許す。剣也にはそういうところがあるようだ。花凜は麻耶と剣也のやり取りを、一歩引いたところから微笑ましそうに眺めている。いい仲間になりつつある。お遍路も四分の三が終わってやっと。

明くる日は六十五番札所の三角寺《さんかくじ》の納経所へ、夕方の五時ぎりぎりに飛びこんだ。三角寺の山門は鐘の下がった鐘楼門で、その門に至るまでの石段の勾配がきつくて心が挫《くじ》けそうになった。

その後、宿が見つからずに六キロも来た道を戻った。せっかく進んだ道を戻るのはなによりもつらい。毎日三十キロほど歩いていると、その戻りの六キロが絶望的に長く感じる。

やっと見つけたその宿は宿代が高かった。少しでも安く上げるために素泊まりとした。夕食は近所にあったうどん屋へ。その帰りはふた手に分かれた。剣也と麻耶は先に風呂へ入る順番だったために宿へ向かい、玲と花凜は夜食の購入係としてコンビニへ立ち寄った。

買い物を済ませ、缶ビールやお茶のペットボトルやスナック菓子などが入ったビニール袋を手に歩く。太陽はとうに沈んでいるのにじっとりと暑い。

「足が、足が、もう今日は動かないよ」

玲の隣を歩いていた花凜が道端で立ち止まった。困ったような笑みを玲に向けてくる。彼女がこうした弱音を吐いてくれることがうれしかった。

「持ってあげる」

玲は花凜が手にしていたビニール袋のひとつを持ってあげた。

「ありがとう。でも、やっぱりまだ重いから、少しだけ中身を減らしていかない？」

「減らす？」

花凜はいたずらを企《たくら》む子供のような笑みを浮かべ、ビニール袋から缶ビールを取り出した。ここで飲んでいこうというのだろう。その誘いに玲は乗った。

「涼んで帰るのもいいかもね」

「じゃあ、あそこ」と花凜が指差す。道に面して高校があり、正門が閉ざされていた。

ふたりで門に寄りかかり、缶ビールのプルトップを開ける。花凜はおいしそうに喉を鳴らして飲んだ。その飲みっぷりに玲は驚いた。いままで宿でビールを飲む機会はいくらでもあったけれど、彼女は一度も口をつけなかったのだ。

「けっこう飲めるんだね」

「普段はまったく飲まないよ。でも、今日は飲みたい気分」

「さっきうどん屋で天ぷらうどん定食を食べてたよね。おいなりさん付きで。お腹《なか》いっぱいじゃないの？」

「まだまだ大丈夫」

「太るかもよ」

太陽に軽口を叩いていたときの要領で花凜を茶化す。花凜はにやりと口角を上げて笑った。

「わたし、食べても食べても太らないんだよね。すぐに消費しちゃうのかも」

「麻耶が聞いたら怒りそうなせりふだね」

一日中歩いているというのに痩せないと麻耶は文句をたれていた。彼女の場合、歩いて消費したカロリー以上に食べているのが原因だと思うのだけれど。

「麻耶にはいまの話はないしょね」

花凜は唇に人差し指を当てて、ないしょのポーズをした。なんてことないそうしたしぐさが実にかわいい。やはり、人前で歌っていた子なんだな。人の目を惹《ひ》きつける魅力に満ちている。それが解放されつつあるように見えた。

「わたしさ、さっきのうどん屋さんで考えていたんだけど、記憶がなくなる前の玲は香川に住んでいたんだから、やっぱり讃岐《さぬき》うどんを食べていたのかな」

先ほどのうどん屋は手打ち讃岐うどんの店と謳《うた》っていた。

「そうかもしれないね」

覚えていない玲としてはそうとしか答えようがない。

「こういう話をしても大丈夫？　過去の話とか記憶についてとか。いやな気持ちにならない？」

「大丈夫」

ふたりでこうして話しているのが楽しい。いやな気分になるはずがない。

「玲のお母さん、ええと、美幸さんも香川出身？」

「いや、実は東京出身なんだよ」

「じゃあ、なんで香川に」

「美幸さんが沖縄旅行へ行ったときに、ぼくのお父さんだった人と知り合ったらしいんだ。その人が香川の人だったんだよ。やさしかったりかっこよかったりしたらしくてさ、電話や手紙でやり取りするうちに好きになって、大阪で落ち合ってデートしていたらしいんだけど、最終的に美幸さんは両親の反対を押しきる形で香川に嫁いだんだって。出会ってから三ヶ月しか経っていなかったから大反対されたって」

「情熱的だね」

花凜が目を輝かせる。恋愛話は嫌いじゃないみたいだ。

「まあ、離婚しちゃったけどね」

「離婚の原因は？」

「美幸さんからちょっとしか聞いたことがないんだけど、どうやらそのぼくのお父さんだった人は、美幸さん以外にもつき合っている女の人がいたみたいなんだ。別れないまま美幸さんと結婚したんだって」

「え、ひどい」

「ぼくを妊娠してお腹が大きくて動けない美幸さんをひとり残して、前からつき合っていたその人に会いに行っていたんだって。そっちの女の人には結婚したことを黙っててさ。それがバレて離婚したって」

花凛がため息をつく。

「お腹に赤ちゃんがいるときって心も不安定になりやすいのに、ひどい話だなあ」

「美幸さんは両親の反対を押しきって家を出た手前、そんな目に遭っても実家に帰れなかったみたい。だから、慰謝料をもらって、養育費も出してもらって、ぼくが二歳になったときに保育所に預けて働き始めたって。生活はすごく苦しかったらしいよ。幼いぼくを育てていた二十代のころには絶対に戻りたくないって言ってた」

美幸さんは玲のおむつを替え、授乳し、寝かしつけ、その合間に栄養士の資格を取るための勉強をして、給食センターの調理員になったそうだ。調理員の仕事は激務で職場もぴりぴりとしていて大変だった、と語ってくれたことがある。

「玲はそのお父さんって人と連絡は取っていないの？」

「顔もわからないし、名字も知らないんだ。香川にはいるらしいんだけど」

「美幸さんは離婚したあとも香川で玲を育て続けたんでしょう。それはすごいことだよね」

「どうして」

「わたしが美幸さんだったら、そんなふうに裏切られたらさっさと東京に帰っちゃうよ。裏切られた土地から一刻も早く離れたいもん」

「美幸さんも意地っ張りなところがあったからね。東京に帰って周囲からあいつは騙されて帰ってきた、なんて後ろ指を差されるのがいやだったんじゃないのかな」

「それならどうして玲が十歳のときに東京に帰ったの。帰らないほうが玲のためにもいいわけだし」

「ぼくのためにも？」

「玲は香川で記憶を失ったわけでしょう。その記憶がたくさんある香川から離れないほうが、思い出すためにはいいに決まってるじゃない」

「そこはちょっと違うんだよね。美幸さんから聞いた話だと、東京に帰ることは決まっていて引っ越しの前日に崖から落ちたって」

「前日？」

「うん、前日に記憶をなくしたんだよ。タイミングの悪い子供だよね」

　玲は苦笑いした。

「いまはもう亡くなっているんだけど美幸さんのお父さん、つまり、ぼくのおじいちゃんが心臓の病気で倒れて、面倒を見なくちゃならなくて東京に帰ることになっていたらしいんだ」

引っ越しのきっかけとなった祖父はもういない。祖母も他界した。祖父母がこの世を去ったのは玲が東京に引っ越してから数年後のこと。一度記憶を失ったあとだから、ふたりの死の記憶はある。祖父は心臓病が悪化し、祖母は大腸がんだった。

「美幸さんって波乱万丈だね」

「しかも息子が記憶喪失だもんね」

自嘲的に言って玲は夜空を見上げた。街中なのに星がよく見える。缶ビールはまだ一本目なのに早くも酔いが回っていた。疲労のせいもあるけれど、いちばんの理由は隣に花凜がいるせいだ。

「思い出せたらいいね、美幸さんが玲にしてくれたことの全部」

やさしく花凜が言う。

「どうなのかな。よくわからなくなってきた」

玲は酔った勢いで言ってみた。花凜が小首を傾げる。

「それって思い出せなくてもいいってこと？」

「ぼくが記憶を取り戻したかったのは、美幸さんが母親であることを思い出して、ちゃんと悲しみたかったからなんだ。悲しめないことが悲しかったから思い出したかった。でも、それも独りよがりな気がしてきてさ」

「独りよがり？」

「ちゃんと悲しみたいなんて自分本位だなって。記憶を取り戻したところで、美幸さんが生き返るわけでもないし、美幸さんに謝れるわけでもない。息子であるぼくに最後までお母さんと呼んでもらえなかった美幸さんの悲しさを、消してあげられるわけでもないんだ」

花凜は缶ビールのふちに唇を押しあててうつむいた。彼女に甘えてしまっているな、と玲もうつむいて反省した。いま語ったことはみんな花凜にぶつけていいものではなかった。

「記憶が戻らなくてもいいかな、なんて考えが変わってきたせいもあるんだよね」

玲はなるべく明るく言った。

「それはどうして」と花凜が顔を上げる。

「十歳から始まった相楽玲の人生も悪くないな、なんてお遍路をしながら考えたからかもしれない。以前は継ぎはぎだらけの自分が嫌いだったけど、少しずつ好きになれてきているんだよ。だからさ、いまぼくの頭の中にある記憶を、かつての記憶を取り戻すのと入れ替わりで失いたくないんだ」

なによりも花凜の記憶を失いたくない。花凜と出会い、いっしょに過ごしたこの夏の記憶を。

六十六番札所の雲辺寺《うんぺんじ》はすべての札所の中でもっとも標高の高い九一一メートルにあり、山頂近くに位置している。ロープウェイが札所まで通っていたが、玲たちは歩いてのぼることを選択した。いちばん高いところにある札所ならば、なおさら自分たちの足で目指そうと話がまとまったのだ。

朝の六時に宿を出て国道を進んだ。道はすでに傾斜がついていて、山登りが待っていることを窺わせた。

お大師様に由来のある椿堂《つばきどう》に立ち寄り、その後、境目《さかいめ》トンネルをくぐった。雲辺寺は正確に言えば、その所在は徳島県三好《みよし》市にある。一度、愛媛県から徳島県へ抜けるわけで、その境にあるトンネルなので境目トンネルという名のようだった。

昼食後、徳島自動車道の下をくぐり、未舗装の山道に入った。これがかなりの急勾配で、十歩のぼっては立ち止まり、息を整えなくてはならないほどだった。心臓が悲鳴を上げ、息は上がり、汗が噴き出て、足は動かない。

途中、見下ろした斜面に子供用の自転車が投げ捨てられていた。錆びてぼろぼろの自転車だ。不法投棄はやめろよ、と怒るのが正しい反応なのだろう。けれども、厳しい山登りを強いられているいま、よくもまあこんなところまで自転車を担いできたな、なんて妙な感心をしてしまった。

玲のすぐ前を歩いていた麻耶が振り返る。彼女は肩で息をしながら、枝にくくりつけられた短冊状のプレートを指差した。

「これ、あちこちにあってありがたいんだけど、しんどくて内容が頭に入ってこないよね」

プレートはどれもお遍路に関した言葉が書かれている。麻耶が指差したものには「人生とは遍路。山あり谷あり」とあった。

こうしたプレートは難所となるとよく目にした。「がんばれ、がんばれ」とあっさりした言葉が書かれたものもあったし、「遍路道とは心を洗う道である」などと格言のようなものもあった。玲のすぐそばに下がっていたプレートには「もうひと息、頑張って」とあった。信じてのぼるしかない。

ふらふらになりながらのぼった。あまりにもつらいので玲は頭の中を空っぽにした。自分は斜面をのぼる人型の機械だ。そうだ、ロボットだ。感情などない。つらさもない。そんな想像に逃げてみる。

ふと、昨日の夜に麦藁帽子の少女がまた夢に出てきたことを思い出した。内容は覚えていない。真夜中に目が覚めて、夢の中での再会をぼんやりと反芻《はんすう》したのだけれど、朝になったらどんな内容だったか忘れてしまっていた。思い出せなくてもやもやする。

それにしても、またあの少女が出てきた。実はもっと夢に出てきているのに、出てきたことを忘れているような気もした。そして、こんなに頻繁に出てくると、少女のほうから玲に会いたがっているような、そんな説明のつかない考えが浮かんだりした。

　六キロに及ぶ山道をやっとのぼり終える。山道は舗装された車道の横へ出た。下から乗用車が軽やかに走ってきて玲たちの脇を通りすぎていく。車内にはお遍路の格好をした一行が乗っていて、クーラーが効いているのか窓が閉められていた。うらやましくて玲は車が見えなくなるまで見送った。

「もう駄目だ。動けねえ」と剣也がリュックを投げ出してアスファルトに仰向けになった。

「そんなところで寝ていると車に轢《ひ》かれるよ」

　麻耶もそう言いながら車道の隅に仰向けに倒れた。花凜は車道のへりに腰を下ろし、体を丸めて体育座りになる。

　玲も腰を下ろした。膝が笑って立っていられなかった。剣也たちと同じように仰向けになる。青い空が広がっていて、それ自体が発光しているかのようにまぶしかった。

「おお、おまはんら」

　玲たちが歩いてきた山道から、十文字がひょっこり顔を出した。足摺岬以来だ。ぐったりしたまま再会を喜び合う。知った顔のお遍路に会うとなんだかうれしい。

　十文字はしばらく休んでいくというので、玲たちは出発の準備に取りかかった。玲がリュックを背負うと、なぜか十文字がすぐそばまでやってきた。玲の顔をしげしげと見つめる。

「あの、ぼくの顔になにかついてますか」

「あんな、さっきな、兆しが顔に出とるように見えたけんな」

「兆しですか」

「お遍路さんは変わっていこうとか、いまから変わろうとかいうときに、兆しが顔に出るんよ」

なんのことだかわからない。

「ああ、ほうや。目やな。目が違《ちご》うとる」

十文字は合点がいったというふうに手を叩いた。玲の目つきが変わったということだろうか。玲は困惑して麻耶たちを見た。麻耶も剣也も花凜も理解できないというふうに小さく首を傾げた。十文字が言う。

「おまんの目がなんや違う世界を覗いとるように見えたんよ」

違う世界。それならば少しだけ思い当たった。麦藁帽子の少女だ。先ほど仰向けになったとき、光る青空を背景に少女の姿がよぎったのだ。

雲辺寺の参拝後、毘沙門天展望館《びしゃもんてんてんぼうかん》へ上がった。十メートルの毘沙門天像の足元が露天の展望台になっており、歩いて三百六十度のパノラマ風景を楽しめるようになっていた。

標高が高いこともあって風が強い。菅笠《すげがさ》があおられるので脱ぎ、手庇《てびさし》を作って遠くを眺める。四国中央市の製紙工場群が見え、その向こうに瀬戸内海がきらきらと輝いていた。

香川方面を望むと瀬戸大橋が、徳島方面を望むと剣山《つるぎさん》が、愛媛方面を望むと石鎚山が見えた。みんな四国を代表するものたちだ。眺めながら、途方もない距離を歩いてきたものだと感慨にふけった。次の六十七番札所はいよいよ四国四県の最後となる香川にある。

麻耶がスマートフォンのカメラで写真を撮り始めた。剣也も続く。玲はリュックからモレスキンを取り出した。札所の中でもっとも高いところにあるこの雲辺寺でのことをメモしないわけにいかない。

展望台のすぐ下はスキー場となっていた。いまは夏の草地となったゲレンデをリフトが下っていく。その方角へ視線を上げていくと瀬戸内海が待ち構えている。黒のペンでスケッチするにはもったいないくらい色鮮やかな風景が広がっていた。

まずはメモを書いた。

〈八月二十九日

もっとも高い標高にある雲辺寺へ。いままでの札所の名前には峰とか山とかついていたけれど、とうとう今回は雲のあたりという名前になった〉

メモを書き終え、地べたに腰を下ろす。胡坐をかいてスケッチに取りかかった。

「あ」

つい玲は声をもらした。

「うん？」

そばにいた花凜が怪訝《けげん》そうな声を上げる。でも、玲はなにも答えられなかった。応じられる状態ではなかった。目を開けたまま気を失っているとでも言ったらいいだろうか。胡坐をかいた姿勢のまま動けなかった。

見開かれた玲の目は眼下のゲレンデを視覚としてとらえている。けれど、まったく違う映像が玲の頭の中を駆け抜けていた。かなりの速さだ。まるで高速の早送り映像だった。

死の目前、それまでの人生が走馬灯のように駆け巡るという。いま自分が見ているものがそうだろうか。

いやしかし、流れていく映像があまりにも高速で、ひとつひとつを認識できない。情報量も膨大で、いくつもの映画を並行して早送りで見せられているかのようだ。

映像はどんどんスピードを上げ、量も増え、濁流となって押し寄せてくる。解釈など追いつかない大量の映像で頭の中があふれ返った。映像の氾濫《はんらん》だ。記憶の蓋が開いたのだと思った。

一秒だろうか。それとも一分程度だろうか。玲は目も口も開きっ放しで、頭をその映像の大河に貫かれた。自分が怒りで絶叫しているようにも思えたし、悲しくて慟哭《どうこく》しているようにも思えた。

なにもできない。抗《あらが》えない。そうしたなかでひとつだけ願ったことがあった。

花凜のことは忘れませんように。

耳の奥でかすかに歌が聞こえた。その歌が玲の意識を繋ぎ、濁流に飲みこまれずに踏みとどまることができていた。

歌は光であり、光は方角を指し示していた。花凜がいる方角を。


最後の映像が行ってしまったとき、玲は目が回ったようになっていた。何十回もぐるぐるとその場で回転したあと、立ち止まってもまだ風景が勝手に回っているような視界の揺れが続いていた。

「玲？」

後ろから声をかけられ、自分が動けることに気づく。手元を見た。モレスキンにメモを書いている途中だった。

〈八月二十九日
もっとも高い標高にある雲辺寺へ。いままでの札所の名前には峰とか山とかついてい

たけれど、とうとう今回は雲のあたりという名前になった〉

自分で書いた覚えはある。でも、書かれた内容を理解するのに、奇妙な時間のずれがあった。自分で書いたメモなのに、初めて出会う文章を読むときのような理解への行程が必要だった。へえ、という感想さえ抱いた。

小さく呼吸をくり返す。落ち着こう。記憶が混乱している。

ふいに美希《みき》の姿が浮かんだ。ミニバスケットボールクラブのコーチをしていた遠藤《えんどう》先生の娘だ。

美希は玲と同じ小学校五年生で、東京から引っ越してきた子だった。小学校は別のところだけれど、善通寺市のミニバスのクラブではいっしょになった。遠藤先生がコーチとして就任するのと同時に入部してきたのだ。

彼女はきれいな顔立ちをしていた。東京の子だからなのか、すべてが洗練されていた。服も、鞄《かばん》も、靴も、自転車も、スポーツタオルも、髪留めのゴムまで、みんなおしゃれだった。玲たち地元の子供が着ている服はたいていはジャージか、近所の衣料量販店で買った汚してもいい安いものばかり。美希が麦藁帽子に赤いワンピースという格好で練習にやってきたときには、いったいどこのお嬢様がやってきたのかと驚いた。

遠藤先生は小学校の社会科の教師で香川の出身だった。東京で過ごした大学時代はバスケットボール選手として有名だったらしく、香川へ戻ってきてすぐにミニバスのコーチを頼まれたのだという。美希はコーチの娘ということもあり、バスケットはうまかった。しかし、彼女は東京からやってきたよそ者。遠藤先生の目の届かないところではいじめられていた。

暗い水底から浮かび上がってきた大きな気泡が水面に出て割れる。そんなふうに美希がいじめられていた日の記憶がぽっかりと浮かんできて弾けた。

あれは市営体育館でミニバスの練習をしていた日のことだ。休憩時間中であり、男子も女子も関係なく美希を取り囲んでいた。

「ほれ、歌ってみい」

けしかけたのは六年生の男子だ。県民の歌を歌ってみろとみんなが美希に迫っていた。引っ越してきてこちらの県民になったのだから、と。

引っ越してきてすぐに歌えるはずがない。詰め寄られた美希はその場でうつむいた。しかしながら、泣き出しそうな気配を微塵《みじん》も見せなかった。美希は口を真一文字に結び、両手を握りしめて体育館の床を睨みつけていた。

強い子だった。というより、つんとお高く止まった子だった。田舎者のあんたらなんかと友達になってたまるか、交じってたまるか、と見下す態度がいつも見られた。だから、なおさらいじめられた。

泣けばいいのに。泣かないからかわいげがないと言っていじめられるんだ。

遠巻きに見ていた玲は冷ややかに思った。けれど、ひとりを大勢で責める状況は見るに見かねた。

「やめようや。歌えるはずないやんか」

玲はうつむく美希の手を取って体育館を出た。誰からも野次やからかいの言葉は出なかった。玲は五年生でありながらすでにチームでいちばんうまかったし、ムードメーカーでもあったからだ。

美希はそれからほどなくクラブにとけこんだ。元々バスケがうまいうえに勉強もできた。なによりかわいくておしゃれだ。夏休みが明けるころには何年もいっしょだったみたいな顔をして練習に参加していた。それどころか、いつの間にかお姫様的なポジションを築いていて、男子は美希の前でへこへこするし、女子はいちばんの友達であることをアピールしていた。美希はよそ者が必ず経験するいじめという通過儀礼をうまくやり過ごしたようだった。

そんなときだ。玲の東京への引っ越しが決まったのは。東京の祖父が心臓を悪くして看病が必要になったのだ。

美希は玲の引っ越しをとんでもなく怒った。言葉にしてはっきりと怒った。

「玲だけ東京に行けるなんてずるい！　美希だって東京に帰りたいのに！」

怒った理由はもうひとつあった。それも平気で口にするお姫様だった。

「引っ越すなら、その前に美希のことを好きって言ってよ。言ってから引っ越していきなさいよ！」

いじめられているときに助けてあげたからなのか、美希は玲に好意を寄せていた。何度も告白された。でも、玲は女子と両思いなんて恥ずかしかった。お姫様の美希に振り回されるのもいやで逃げ回った。美希の度重なる告白攻撃から逃げまくっているうちに引っ越しの話が出て、内心ほっとしたくらいだった。

引っ越しの前日、美希から山に誘われた。暮らしていた善通寺市の街並みを最後に見渡せる場所へ行くのはどうか、という提案だった。玲もセンチメンタルな気分になっていたので、その提案に心を動かされた。美希に連れていかれたのは、彼女が父の遠藤先生とよく出かけるという捨身ヶ嶽だった。

よく晴れた日だった。子供だけで行っていい場所なのか迷う玲を尻目に、美希はどんどん坂道をのぼっていった。やがて危険な岩山の麓へたどり着いたが、美希は設置された鎖を手にするすると上がっていった。美希も玲も運動神経はよかった。ふたりして子猿のような身軽さでのぼった。

「ねえ、玲。今日で会えるのは最後なんだから、わたしのことを好きって言ってよ。一度くらいいいじゃないの。言わなかったら、わたしここから飛び下りるからね」

見下ろすのもためらわれるような絶壁の崖のふちに立ち、美希はこわい笑みを浮かべた。足がすくんで立っているのもつらくなるような場所だ。周囲は岩だらけだし、空が近かった。

飛び下りられるはずがない。飛び下りたら確実に死ぬ。この子はなんてつまらない脅しをしてくるんだろう。玲はげんなりした。

そもそも、好きでもなんでもないのに、好きなんて言えるはずがないじゃないか。彼女が玲のことを心底好きだというのなら、考えてあげないでもなかった。

でも、そうではないことを玲はわかっていた。美希は、ミニバスのチームの中でいちばんうまくてかつ人望のある玲から、好意を寄せられているという事実が欲しいだけだった。それが子供である玲にも透けて見えるくらいだった。だから、なんとしても好きだなんて言いたくなかった。美希から感じていたのは、好きという思いじゃなくて、好きと言ってくれないことへのいら立ちだった。

「ごめん。嘘はつけん」

玲が岩山から下ろうとしたときだ。美希がかぶっていた麦藁帽子を崖の下へ向かって放った。麦藁帽子は遠くへ飛んでいくかに見えたけれど、風にあおられて美希の足元より三メートルほど下に落ちた。かっこ悪い。玲は笑ってしまいそうになった。

「取ってきてよ。取ってきたら許してあげる」

美希はあくまで上から目線で言った。

「許す？　なに言っとんな」

「玲が悪いんでしょう。失礼なんだよ。女子がこんなに何度も好きって言ってるのに全然相手にしてくれないなんて。わたし、玲が引っ越したあとずっと言い続けてやるからね。玲は失礼なやつだったって。永遠に言い続けてやる」

むっとした。なんて自分勝手なやつだ。美希相手なら口げんかでも負ける気はしない。言い負かすことなんて簡単だ。でも、玲は崖を下りて麦藁帽子を取ってくることにした。取ってきてすべて終わらせよう。面倒な美希を黙らせて終わりにしてやる。

たかが三メートルだ。玲は岩に張りつき、慎重に足を下ろしていった。引っかかるようにして落ちていた麦藁帽子を回収し、今度はせっせとのぼる。

「ほら」

崖の上に手がかかったので先に帽子を渡す。両手をかけて崖の上に自分の体を引っ張り上げた。腹這いになり、なんとかのぼり終える。簡単だった。せいせいしながら立ち上がった。

そのときだ。風が吹いた。普段だったら踏ん張って耐えられるくらいの風だ。しかし、ここまでのぼってきた疲れが足の感覚にずれを生じさせていた。踏ん張るつもりで足を動かしたら、足場を間違った。不安定なところに足を下ろし、ぐらりと揺れた。

美希の目が驚きで見開かれた。玲の背中に目がついているわけでもないのに、落ちていく先の崖下が見えた。最後にきちんと見たのは崖の端に鎮座する地蔵だ。赤い前掛けが新しい。なぜかそうしたことに気づく余裕があった。なにもつかめないとわかっているのに中空に手を伸ばし、空振りする。先ほどは近くに見えた空がいまはとても遠かった。

「玲、大丈夫？」

玲の定まっていなかった目の焦点が、前にいる花凜で合った。彼女はしゃがんで玲の肩を揺さぶっていた。

「記憶が戻ってきたんだ」

朦朧としたまま言う。自分が発した声なのに、誰かに耳打ちされたかのような違和感があった。

「記憶が？　本当に？」

玲はゆるゆるとうなずいた。全部が戻ってきたわけではない。一本の線で繋がっている感じがしない。点線だ。抜け落ちているところがたくさんある。

「ねえ、痛いところはない？　苦しくない？」

花凜が顔を覗きこんでくる。まだ目は回っているし、頭がずきずきと痛む。頭痛の根がびっしりと張っているかのようだ。

「よかったよ」

玲はこめかみに手を当てて言った。

「よかった?」

「記憶が戻ってきても花凜のことを覚えてた。忘れなかった」

花凜が笑みを浮かべた。しかし、すぐに泣き出した。

「歌が聞こえたんだよ」

「歌?」

「花凜の歌。『冬のくちぶえ』だよ。歌が聞こえていたから、いまの記憶をなくさないで済んだんだと思う。花凜の歌が引き留めてくれたから」

玲の手に花凜が手をそっと重ねてきた。その手のぬくもりで記憶がまたひとつ浮かび上がってきた。

家の台所だ。美幸さんが流しに向かって夕食を作っていた。玲がいちばん好きなハンバーグを焼くにおいがする。美幸さんはケチャップとソースを混ぜて作るハンバーグのタレがとても上手だった。ハンバーグを焼いたあとの肉汁にケチャップとソース、それからバターと砂糖をほんの少し足して、フライパンで軽く煮詰めて作る。そのタレだけでご飯を何杯もおかわりできるくらいおいしかった。

流しに向かう美幸さんの背中に向かって玲は走った。玲はまだ保育園の年中組で四歳だ。美幸さんの背丈は大きく、背中は広く、頼もしさとぬくもりが大きな翼となって広がっているかのようだった。

玲は走りながら美幸さんの背中に向かって語りかけていた。

「ねえ、お母さん」

美幸さんが振り向く。玲はエプロンに抱きついた。

「お腹すいたよ！」

「あとちょっとだけ待っててね」

手にしていた菜箸を置いて美幸さんは玲の頭をやさしく撫《な》でた。うれしくなって見上げると美幸さんは微笑んでいた。

ぽろりと涙がこぼれて花凜の手の甲に落ちた。

「玲、どうしたの？　大丈夫？」

花凜が手をぎゅっと握ってくれた。涙は次から次へとあふれてくる。こらえきれなくなって声を上げて泣いた。

自分にもちゃんと「お母さん」と呼んでいた幸せな日々があった。あの人はまぎれもなくお母さんだった。

記憶を取り戻すことなんて意味がないとか、悲しみたいなんて独りよがりだとか、あれやこれやと思い悩んだ。けれど、すべては些細《ささい》なことだった。母からきちんと愛されていたという圧倒的な実感の前ではすべてがちっぽけだった。

玲は歯を食いしばり、心の内で何度も呼びかけた。

お母さん、お母さん、お母さん！

母親との温かな記憶が自分にもある。それだけでもうじゅうぶんだった。これからどんなつらいことがあっても生きていけると思った。

終　章　明星に歌え

1

熱いシャワーを徐々に冷水に近づけていく。これ以上冷たくしたら「ひええ」と悲鳴を上げてしまう、というところで麻耶はお湯の蛇口を閉めるのをやめた。暑がりなので風呂上がりにまた汗をかいてしまう。なので風呂を上がる前に、冷水一歩手前の水を浴びてクールダウンするようにしているのだ。

「お待たせ。お風呂空いたよ」

宿の女子部屋に戻り、花凜に告げた。花凜は畳にうつ伏せになって寝ていた。

「ねえ、花凜」

「起きてる」

花凜はのろのろと体を起こし、足を崩して座った。憂い顔をしている。同じ女子でありながらきれいな子だな、なんて見入ってしまいそうになる。

「玲のことが心配？」

尋ねると花凜はためらいを見せつつうなずいた。

玲の記憶が雲辺寺で戻ってきた。十年あまり失われていた記憶がついに。麻耶としては宿に到着したらすぐに祝杯を挙げたい気分だった。けれど、そうしたおめでたい空気はすぐに吹き飛んだ。玲の様子がおかしかったからだ。ぼんやりと座りこんでいた。なにを質問しても生返事で、目も虚《うつ》ろなまま。記憶が本当に戻ってきたのかどうかも疑わしかった。

メンバーは誰もが玲に病院へ行くことを勧めた。しかし、玲は金剛杖《こんごうづえ》にすがりつくようにして立ち上がると、次の六十七番札所である大興寺《だいこうじ》への遍路道を進み出した。引き留めても立ち止まらない。返事もしない。しかたがないのでつき添う形でお遍路を続行したのだった。

大興寺には納経所が閉まるぎりぎり一分前に駆けこんだ。麻耶の見込みよりかなり遅れた。玲が速く歩けなかったせいだ。頭が痛いのか急にこめかみを押さえてうずくまってしまう。休ませようとすれば拒んでまた歩く。やけに頑固で玲らしくないと言えば玲らしくなかった。

観音寺《かんのんじ》駅そばにある宿へ到着したのは夜八時のこと。玲は宿に着くなり風呂にも入らずに眠ってしまった。

「記憶が戻ってくるってどういう感じなんだろうね」

麻耶は畳に両足を投げ出して座り、花凜に尋ねてみた。やはり風呂上がりは汗が出る。近くに落ちていたうちわを拾い、ぱたぱたと扇《あお》いだ。

「どういう感じなんだろう。玲がなにも言ってくれないからわからないね」

「ずっとぼんやりだったもんね。急に記憶が戻ってくると、あんなパソコンみたくなっちゃうのかな」

「パソコンみたく？」と花凜が首を傾《かし》げる。

「パソコンもさ、大きなデータを急に入れたら、処理能力が追いつかなくて動作が鈍くなったり、固まっちゃったりするでしょう。玲も大量の記憶が急に戻ってきて、脳の処理能力が追いついていないのかもよ」

「なるほど」

花凜から聞いた話によれば、玲は記憶が戻ってきたあとも花凜を認識できたという。むかしの記憶が戻ってきても、十歳以降の新しい記憶が失われることはなかったようだ。

「むかしの記憶といまの記憶の整理がついたら元気になるよ」

「そうかな」

「きっと大丈夫だよ」

「玲の性格が変わったりすることはないのかな。むかしの玲の性格が強く出てきたりしてさ」

「どうだろうね」

逆行性健忘症について麻耶もスマートフォンで検索して調べた。インターネット上で記憶が戻ったという体験談をいくつか見つけた。

けれど、玲のように十年にわたって記憶喪失だったのちに戻ったという例は見つけられなかった。戻った記憶が現在の性格にどんな影響を及ぼすかなんて、麻耶が目にした記憶喪失の情報にはひとつも書かれていなかった。

お遍路を歩き始めてすぐのころ、小学校時代の玲を知っているという三班の原田が尋ねてきた。玲が香川のバスケットボールクラブに入っていたことや、はしゃいで電車に乗り遅れたことなど、彼は楽しげに語っていた。それらの話から想像すると、玲はかつて活発な少年だったようだ。少年時代の玲のそうした性格が、いまの玲にこれから反映される可能性ももしかしたらあるのかもしれない。

「わたしがいちばん心配なのは」

花凜はそう口にしたあと、うつむいた。

「心配なのは？」

「玲はお母さんが死んだことを、これから初めて受け止めなくちゃいけないということだよ」

「そうだね」

記憶が戻ったいま、玲は美幸さんが母親であることを思い出したはずだ。そして、最後までお母さんと呼べなかった記憶も失われていない。みんな覚えている。なんて耐えがたいことだろう。後悔なんて言葉じゃ足りないんじゃないだろうか。

考えようによっては、記憶が戻るのと入れ替わりに、新しい記憶が消えたほうがよかったかも。お母さんと呼んであげられないまま旅立たせた記憶が消えるのだから。

「お風呂に入ってくる」

花凜がバスタオルと着替えを手に部屋を出ていく。

「いってらっしゃい」と麻耶はうちわで自らをぱたぱたと扇ぎながら見送った。

玲がこれから母親の死を受け入れなくてはいけないことを花凜は心配していた。麻耶が考えもしなかったことだ。

ふと思う。もしかして花凜は玲を好きなのかな。

ふたりはずっといっしょに歩いている。麻耶は別に玲のことなんか好きでもなんでもない。けれど、そのシチュエーションは妬《や》けてしまう。

「まあ、どうでもいいんだけどさ」

麻耶はわざと大きく独り言を言って畳に横倒しになった。風呂に入ったことで体がまだ熱い。畳の冷たさが気持ちいい。

仰向《あおむ》けになり、天井の木目を目で追う。お遍路は予想外のことばかりだな、なんてぼんやりと考える。

まさかお遍路プロジェクトで記憶喪失の人間と出会うなんてね。まさかバンドでメジャーデビューした子といっしょに歩くなんてね。まさかお遍路プロジェクト自体を離脱して自分がリーダーになって班を率いるなんてね。まさかメンバーだった太陽のことを、いや、帰ってしまったあいつのことを考えるのはよそう。

ともかく、お遍路は想像もしていなかったことのくり返しだ。そもそも麻耶にとってお遍路なんて思い出作りに過ぎなかった。時間のある大学生のうちにしかできないことにチャレンジしてみたかっただけ。それがたまたま千二百キロを歩くお遍路だっただけ。

別に信心深くもないので、札所で特に願うこともない。壮大なピクニックに参加している気分で歩いている。そんなお気楽な自分に後ろめたさを感じて、メンバーの参加動機を訊《き》いて回ってもみたのだけれど、七班のメンバーが意外にも深刻な理由でやってきていて驚いた。

でも、ここまではるばる歩いてきて、自分みたいなお気楽なお遍路がいてもいいいんじゃないかと思うようになった。あたしはなんにも悩んでいない。抱えているものがない。両手が空いた状態だ。だからこそ、しんどい人間に手を差し伸べられる。助けられる余裕がある人が助ければいい。そういった考えから、リーダー役を引き受けたのだった。ただ、残った元七班のメンバーはひと筋縄ではいかない面子《メンツ》ばかり。面倒を見切れるのかどうか自信がない。

記憶が戻ってきたばかりの玲は心の面でも体調の面でも心配だ。花凜は山西さんの件が片づいたわけじゃないし、お遍路のあいだに再び歌えるようになりたいという願いが叶《かな》えられるとは思えない。剣也もいまのところはおとなしくしているけれど、いつまたおかしなことを言い出すかわからない。

「なんとかなるのかなあ」

麻耶は畳に大の字になってぼやいた。神経性の胃腸炎になった木戸の気持ちが少しばかりわかった。しかし、ぶんぶんと首を振って、呪文を唱える。麻耶のモットーとも言える呪文だ。

「平気、平気！」

世の中たいていのことはなんとかなる。高校受験では学力が足りなくて受かる見込みがないと判定が下った高校になぜか合格できた。父が会社をクビになったときは家族三人で路頭に迷うかもしれないという大ピンチだったけれど、父の再就職がうまくいっていまは安泰だ。大学一年生のときに友人が運転する車に同乗していたら、凍結した路面で車がスリップして山の斜面に乗り上げ、車体が横転して逆さまになったけれど誰ひとり怪我《けが》をしなかった。

もう駄目かもしれない、なんて窮地はいくらでもあった。だけど、なんとかなってきている。今回のお遍路だってきっとなんとかなるさ。悲観的になったところで事態は好転しない。

「平気、平気！」

いつもの呪文を口にして、楽観しているのがいちばんいいのだ。


明くる日は銭形砂絵《ぜにがたすなえ》を横目に見ながら、次の札所を目指した。高台から見下ろすことでやっと形が把握できるほどの巨大な砂絵だ。形は寛永通宝《かんえいつうほう》を模して作ってある。その砂絵の向こうには砂浜と海が広がっていて、陽光にきらきらと輝いていた。

六十八番札所の神恵院《じんねいん》と六十九番札所の観音寺は境内がいっしょだった。門がひとつで同じ敷地内にある。移動距離なしでふたつの札所を回れるなんてラッキーだ。こんな楽ちんな参拝は大歓迎だった。

七十番札所の本山寺《もとやまじ》までは四・五キロで、その次の七十一番札所の弥谷寺《いやだにじ》までは十二・五キロ。香川の七十番台は札所間の距離が短くていい。

弥谷寺は磨崖仏《まがいぶつ》と石段だらけの札所だった。仁王門から石段を三百七十段のぼったところに大師堂と納経所があり、さらに百七十段のぼったところに本堂があった。岩山に本堂や大師堂が点在しているといったふうだった。弥谷寺があるこの岩山は、死霊が帰るところと信じられているそうだ。たしかに薄気味悪かった。

七十二番札所の曼荼羅寺《まんだらじ》へ向かう。麻耶は先頭を歩きつつ、しばしば振り返った。二番手を歩く玲が心配だったからだ。

玲の足取りは昨日よりはしっかりしている。頭痛でうずくまることもない。ただ、ずっとぼんやりしていた。話しかければ受け答えはするけれど、うわの空で会話がきちんと成立しない。

急に倒れる場合があるかもしれない。麻耶はそうした事態に備えて、札所をひとつ進むごとにスマートフォンで最寄りの病院を検索した。タクシー会社の電話番号も控えるようにしている。

いまになって考えてみれば、お遍路プロジェクトのサポートはありがたかった。なにかと面倒を見てくれるコーディネーターがいたことも大助かりだった。「ごめんよ、木戸さん」なんて心の中でつぶやく。

曼荼羅寺から次の七十三番札所の出釈迦寺《しゅっしゃかじ》まではたったの五百メートルだった。出釈迦寺の参道は上り坂となっていた。進んでいくと我拝師山《がはいしさん》が見えた。

リーダーに就任してからはルートの下調べもしている。立ち寄る札所に関しても調べている。我拝師山の中腹には奥の院があり、その名を捨身ヶ嶽禅定《ぜんじょう》と言うそうだ。玲が落ちたと言っていたあの崖だ。

捨身ヶ嶽は弘法大師が真魚《まお》と呼ばれていた七歳のころ、自ら身を投じた崖なんだそうだ。仏の教えを広めてこの世を救いたかった幼き日の弘法大師は、釈迦如来に現れてほしくて、「もし現れないのなら自分の命を仏たちに捧げるぞ」なんて言って断崖絶壁から飛んだのだという。なんて迷惑な子供だろう。けれど、釈迦如来と天女はやってきて、崖から飛んだ弘法大師を天女が抱きとめたそうだ。

「行かなくてもいいの？」

麻耶は立ち止まり、後ろからやってきた玲に尋ねた。玲にとって因縁深い場所のはずだ。しかし、玲はゆるゆると首を横に振った。

玲の斜め後ろをつき添う形で歩いていた花凜と目が合う。花凜が目配せで伝えてくる。玲が寄らなくていいと言っているのだから先を急ごう、と。麻耶はうなずき、わざと元気いっぱいに声を張り上げた。

「よし、次の七十四番札所甲山寺《こうやまじ》に向かって出発！」

遍路道を歩いていると、あちらこちらでため池に出くわした。香川県は降水量が少なくて、むかしから水不足に悩まされてきた土地だという。そのため、ため池をたくさん作り、農業用水を確保してきたそうだ。ため池は大量に藻が発生していて、鮮やかな緑色をしたものが多かった。

甲山寺までは二キロの距離だった。その甲山寺は砂利を作る砕石工場と隣合わせであり、どことなく侘《わび》しい印象を受けてしまった。

　この甲山寺の近辺は幼いころの弘法大師が遊んでいたところらしい。また、もう少し南に下ると満濃池《まんのういけ》という日本一大きなため池があった。東京ドーム十二個分だそうだ。その満濃池も弘法大師にゆかりがあるそうで、決壊した満濃池を弘法大師は唐で学んだ土木の知識を用いて、たった三ヶ月で改修したという。

　七十五番札所の善通寺《ぜんつうじ》へ向かう前に昼食を取ることになった。せっかくの香川県だ。本場の讃岐うどんを食べたい。麻耶がそう主張したら、玲が「じゃあ、あっち」とゆるゆると指差した。

「どっかいいお店を知ってるの？」

「うどんでいいんだよね」

　答える玲の声に覇気がなかった。麻耶としては玲が目星をつけている店がいまも営業しているか心配になった。玲は記憶を頼りに行こうとしているようだけれど、その記憶は十年も前のものなのだ。

　困惑する麻耶をよそに、玲が歩き出した。麻耶があとを追って歩き始めると、剣也が横にやってきて耳打ちした。

「あいつに案内させせとこうぜ。記憶が戻ってきたんだから、知ってる店があるってわけだろうからよ」

「だけど、それって十年も前のことでしょう。いまもそこにうどん屋があるかどうかわからないじゃない」

「閉店してるってこともあり得るわな」

「お店がなくなっていて、がっかりする玲を見たくないよ」

「潰れてたら潰れてたでしょうがねえじゃねえか。記憶の通りじゃなかったなんてことは、おれら記憶をなくしていない人間にだってあることなんだからよ」

玲は夢遊病者のようにふらふらと歩いていった。麻耶たちは心配しつつそのあとに続いた。善通寺の五重塔が見えてきて、まもなく札所というところで玲が足を止めた。うどん屋に到着したようだった。店はあった。営業もしていた。ほっと胸を撫《な》で下ろす。

そこはいわゆるうどん屋っぽい和風の店構えをしていなかった。看板に製麺所と書かれただけの、ただの商店といった外観をしている。大きなよしずが店の前面を覆うように立てかけられ、その内側のベンチでもうどんを食べられるようになっていた。

玲がさっさとひとりで店内に入っていく。剣也が入店前にうどん屋について説明してくれた。

「ここは卸の製麺所だよ。セルフサービスで食べられるところさ」

うどんはびっくりするほどおいしかった。四国に来てから何度もうどんを食べてどこもおいしかったけれど、本場の讃岐うどんは格別だった。うどんは茹《ゆ》で立てで、細麺だけれどしこしこと弾力がある。大鍋にたくさんのイリコを投入して作られただし汁は、うどんのおいしさを引き立てていた。麻耶は食べているあいだ何度も天井を見上げ、「おいしい！」と叫んでしまった。

「こいつはうめえな」

剣也が三分もかからずに食べ終わった。いつもだらだらと食べる剣也がたった三分で。呆《あき》れ返る麻耶のその横で、花凜が静かに玲に尋ねた。

「玲は子供のころにこのお店に食べに来ていたの？」

「うん、まあ」

玲はぼんやりとした表情で答え、そのまま食べ続けた。花凜が会話を続けてもいいものか迷っている。麻耶が助け舟を出そうと口を開きかけると、玲は食べ終わったどんぶりを片づけてふらふらと店を出ていった。

「大丈夫かな」

麻耶が心配になってもらすと、剣也がお冷やを飲み干して言う。

「駄目だったらこの街に置いていきゃいいのさ。記憶の戻った玲にとって、ここは知らねえ街ってわけでもねえんだから。病院だって知ってるだろ」

「置き去りにするっていうの？」

「じゃあ、あいつのためにお遍路を中断するか？」

「そういうことは言っていないでしょう。この街に置いていくなんて冷たいでしょうって の」

「あのな、駄目なら駄目ってちゃんと見極めねえといけねえよ。お遍路ができる状態じゃないのに無理して歩かせて、危ない目に遭わせてもしょうがねえからな」

剣也が言っていることは筋が通っていた。でも、これ以上誰かがリタイアするところを見たくない。せっかくここまで残った四人なのに。

「やさしくないよ、剣也は」

つい剣也に当たってしまう。

「判断を間違うなっておれは言ってんの。なんだよ、やさしくないって」

「わたしは言い方の問題を言ってるんだよ。もっとやさしい言い方を最初からすればいいのに。置いていきゃいい、なんて冷たい言い方をしないでさ」

「相変わらず面倒くせえやつだな」

いら立たしげに言って剣也は席を立ち、店を出て行ってしまった。なんだかぎくしゃくしてしまう。麻耶はため息をつき、気まずい心持ちで花凜と視線を交わした。花凜が心配そうに言う。

「無理しないでね」

「無理ってなにが」

「リーダーとして頑張ろうとしているのかなと思って。あまり頑張りすぎなくていいからね。麻耶は麻耶のお遍路をすればいいから」

「ありがとう」

気遣ってもらい、申し訳なくなった。でも、もう決めてしまったのだ。悩みのない自由な自分はみんなの面倒を見る、と。それが自分のお遍路なのだ。麻耶は苦笑いで花凜に打ち明けた。

「コーディネーターをやって頭を悩ませていた木戸さんの気持ちがいまはよくわかるよ」

メンバーを率いつつお遍路のルートや宿を決めるのは大変なことだった。木戸がストレスで胃を痛めたのもよくわかった。自分が神経の図太い人間でよかった。繊細だったらとっくに耐えきれなくなっていた。

食器を片づけ、出発の支度をする。心の中で「平気、平気！」といつもの呪文を唱える。

うん、あたしは大丈夫。平気だ。心配なメンバーがいても、メンバーとの些細《ささい》な諍《いさか》いをくり広げてしまっても、まったく問題ない。

「ごちそうさまでした！」

威勢よく言って店を出る。菅笠《すげがさ》をかぶり、顎紐《あごひも》をぎゅっと結んだ。

善通寺は弘法大師空海の誕生の地だそうだ。京都の東寺、和歌山の高野山と並び、弘法大師の三大霊場であるらしく、真言宗善通寺派の総本山なのだという。

空海の幼名は佐伯真魚《さえきまお》。父の名前は佐伯直田公《あたいたぎみ》で生前の実名は善通《よしみち》。その名から善通寺と名づけられたそうだ。

前もって札所について調べるようになったら、実際に寺院を目にしたときのありがたみが増した。麻耶は幕末には興味があるけれど、それ以前の歴史には興味がない。せっかく木戸が札所ごとにしてくれていた説明もまるで聞いていなかった。いまにして思えば、もったいないことをしてしまった。

善通寺の境内に足を踏み入れる。境内は広大で、遍路道をはさんで東院と西院に分かれていた。空海が生まれたのは西院だそうだ。その西院の仁王門から続く回廊は趣きがあってとてもよかった。

本堂は東院にあった。本堂は金堂と呼ばれていて、どっしりと貫禄があった。同じく東院にある五重塔は高さ四十三メートルもあり、見上げたらリュックの重みでそのまま後ろに倒れそうになった。また、境内には樹齢千年以上だという巨大な楠《くすのき》があって、なにを見るにつけても圧倒された。

参拝後、境内の隅の日陰に腰を下ろして休憩した。靴を脱ぎ、靴下も脱ぐ。休憩中はほんの短いあいだでも素足になって足を休ませる。靴や靴下の圧迫から足を解放し、自由にしてあげるのだ。

日焼けしていない真っ白な足を前に投げ出した。靴の中が蒸れているため、指先がふやけている。足の指のあいだをそよ風が通り抜けていった。うどんを食べてお腹が満ちているのと、疲労のせいで、急激な眠気に襲われる。このまま日陰で涼みながら昼寝したらどんなに気持ちいいだろう。

「疲れたぜ」

剣也がリュックを投げ出し、麻耶の隣にどすんと座った。うどん屋でのやり取りが心に尾を引いていて気まずい。剣也も気まずいのか麻耶の様子を窺《うかが》うようにして黙っている。

玲がふらふらとやってきた。麻耶たちよりやや離れたところに腰を下ろす。その後ろを甲斐甲斐《かいがい》しくついてきた花凜は、立ったまま心配げに玲を見守っている。

「さすが善通寺だよね。なにもかも立派だね」

黙ったままだと気まずさが深まる気がして麻耶から話題を振った。それに剣也が乗ってくれた。

「そりゃあ、お大師様が生まれたところだからな。八十八の札所の中心的存在なんて言う人もいるくらいだしな」

「牛に引かれて善通寺参りってね」

「それは善光寺だろ、長野県の」

苦笑しつつ剣也が突っこみを入れてきた。ぎすぎすとした空気が少しだけゆるむ。

「冗談だよ、冗談」

「本当に冗談だったのかよ」

「もちろんだよ」

戯言《ざれごと》やくだらないやり取りが、もっとも手っ取り早くその場や緊張を和ませる方法なのかもしれない。

そう思い至ったとき、太陽の顔が頭をよぎった。太陽はいつもこんなふうにわざとばかなことを言って、みんなが明るくなるように努めていたのだ。笑いが絶えないように気を回していた。やっぱりあいつはその名の通り、太陽だったのかもしれない。

「そろそろ出発しようか」

麻耶が靴を履き、立ち上がったときだった。

じりりりりん、じりりりりん。

みんないっせいに花凜を見た。黒電話の呼び出し音を模したあのスマートフォンの着信音は、山西からのものだとみんな知っている。

「おいおい、久しぶりだな」

剣也がくだけた調子で言う。しかし、その表情は硬い。花凜から聞いた話では山西からの電話は松山が最後だった。あれからメールも送られてきていなかった。

着信音の不穏さに耐えきれなくなって麻耶は口を開いた。

「いまごろまたどうしたんだろう」

剣也が鼻で笑って言う。

「どうせまた心が不安定になって、いらいらを花凜にぶつけたくなったんだろ」

花凜がリュックのポケットからスマートフォンを取り出した。

じりりりりん、じりりりりりん。

厳かな善通寺にそぐわない切迫感のある着信音が鳴り響く。花凜がスマートフォンを見つめたあと、麻耶と剣也に視線を走らせた。

「どうしよう」

「無視しちまえばいいいんだよ」

こともなげに剣也が答える。

「けど」

「じゃあ、はっきり言ってやれよ。金輪際、電話をかけてくるなって。こっちはお遍路ですげえしんどい思いをしている最中で、他人の悩みを聞いてやる余裕はねえんだって」

「言えないよ、そんなこと」

じりりりりん、じりりりりん。

着信音を鳴らすがままにしている状況は、境内にいる参拝客たちからは奇妙に見えるのだろう。みんな遠巻きながら麻耶たちを不思議そうに眺めている。非難がましい視線を送ってくる人までいた。

「だからよ、言うべきときにずばっと言わねえから駄目なんだ。ずるずる譲歩した形になっちまうんだよ」

剣也は以前と同じように花凜の手からスマートフォンを引ったくろうとした。しかし、花凜はスマートフォンを胸の前で抱きしめるようにして隠した。強い口調で言った。

「話すなら、わたしからちゃんと話すよ」

花凜は麻耶と剣也を交互にゆっくりと見てから電話に出た。

「はい、もしもし。二宮です」

そう応答したのち、花凜はスマートフォンを耳に押し当てたまま黙りこんだ。何度も顔をしかめている。山西から罵声を浴びせられているに違いなかった。

「ですから、わたしにも生活がありますし、用事だってあるんです」

やっと花凜がそう返したあとまたしばらく黙った。山西の罵詈雑言《ばりぞうごん》が途切れず、勢いも激しいようだった。

花凜の表情が次第に憔悴《しょうすい》したものになっていく。スマートフォンを手にしていない右手で金剛杖を握りしめているのだけれど、よく見ればかすかに震えていた。

もう見ていられない。麻耶は花凜に向かって一歩踏み出した。電話をやめさせるのだ。

ところが、それより早く剣也が動いた。花凜の背後からそっと近づき、スマートフォンの通話口に向かっていきなり大声を出した。電話の向こうの山西に聞かせるための大声のようだった。

「おい、K太の母ちゃん、いいかげんにしろよな！　花凜はいまおれたちとお遍路をやってんだ！　もう四十日以上歩いてしんどい思いをして、いまやっと七十五番札所まで来たんだぞ。あんたのせいで歌えなくなって、また歌えますようにって苦しみながら歩いてきたんだ。あんたも花凜に頼ったり八つ当たりなんかしていないで、自分で悩んだり苦しんだりしろよ！」

花凜が慌ててスマートフォンを剣也から遠ざけた。通話も打ち切ったようだ。いままでなにがあっても山西との通話をやめようとしなかったのに。花凜は電源ボタンを長押しし、スマートフォンの電源も落としてしまった。真っ暗なディスプレイを見つめて肩で息をしている。

呆然《ぼうぜん》とした様子で花凜が剣也に視線を向けた。無言で剣也を見つめる。

「なんだよ、怒ってんのかよ」

「わたしはね、山西さんにお遍路をやっていることを言っていなかったんだよ」

「K太の母ちゃんの許可なしに、お遍路をやっちゃいけねえとでも言うのかよ」

ぶんぶんと花凜は首を振った。

「そうじゃないの。山西さんはね、ことあるごとにわたしに会おうって言ってきていたの。直接わたしに会って、わたしを責めたかったんだと思う。でも、会うことだけは絶対に避けていたの。居場所を知られないように厳重に気をつけてきたし、お遍路に来たのは山西さんから遠く離れるためでもあったんだよ」

「それってつまり、おれのせいで花凜の居場所がばれたって言いたいのか」

不服そうに剣也は言った。再び花凜が首を振る。

「剣也を責めてるわけじゃないの。まずいことになったなって思って」

「どこがまずいんだよ。K太の母ちゃんがいくらおかしな人だからって、四国まで花凜に会いに来るはずねえじゃねえか」

「万が一ってこともあるじゃない」と麻耶は横から会話に加わった。

「ねえよ。たとえ来たとしても、この広い四国でおれたちを見つけられるはずがないね。麻耶までなにをびびってんだよ」

「さっき剣也は七十五番札所にいるって山西さんに自分で言っていたでしょう。ヒントを与えていたじゃない。それにうちらって見つけやすいと思うよ。遍路道というルート上をずっと移動するわけなんだからさ」

「麻耶までおれを悪者にしようってわけか」

「違う、違う。あたしはこれから起きるかもしれない危機について話をしたいだけだってば」

「なにがこれから起きる危機だよ。あり得ねえことを危機とか言って騒ぎ立てるんじゃねえよ！」

また剣也と険悪になってしまった。

「急ごう」

花凜が話の流れを無視してぼそりと言った。その目に怯《おび》えが見て取れた。

「まったくよ」

剣也が吐き捨てるように言って立ち上がる。ぼんやりとこちらを窺っていた玲もふらふらと立ち上がった。

麻耶も出発の準備に取りかかった。靴下とトレッキングシューズを履き、立ち上がってリュックを背負う。汗でいまだ湿っている靴下が不快だ。早く慣れてしまおうと金剛杖を握って先陣を切った。南大門から通りへ出る。

振り返ると麻耶の後ろを剣也が不機嫌な顔でついてきていた。その後ろをふらふらと玲が続く。最後尾は花凜だ。顔が青ざめていた。それほどまでに山西がこわいのだろうか。四国まで来る可能性があるというのだろうか。

「まさかね」

麻耶はあえて声に出してから前を向いた。楽天的に考えよう。まさか山西が四国まで来るはずがない。剣也が言っていた通り、あり得ない。

けれど、お遍路に来てから、まさかと思うことばかりが起きている。お遍路はまさかの連続だった。まさか本当に山西がやってくるのでは。

「平気、平気」

不安を振り払うために麻耶は自分に向かってつぶやいた。勝手に悪い想像をして不安に陥るなんてばかばかしいことだ。

ただ、もしも山西が現れた場合、どう対処すればいいのか。いまは残ったメンバーを率いるだけでも手一杯なのに、さらに山西の問題が降りかかってきたらさすがにお手上げだ。

「平気、平気」

もう一度つぶやいたあと自分自身に確認してしまった。

「本当に？」と。

善通寺市の市街地を抜けていく。善通寺は名の知られたお寺であるのに、市街地は閑散としていた。閉店している店舗が多く、人通りも少なかった。

　交差点に差しかかる。横断歩道の歩行者の信号が赤になったので、麻耶は足を止めた。首からかけたタオルで顔の汗を拭く。その麻耶のすぐ脇に玲が立った。肩が触れるほど近い距離だったので不思議に思ってあとずさりすると、なぜか玲は前を向いたまま手にしていた金剛杖を麻耶に渡してきた。

「え」

　わけもわからぬまま金剛杖を受け取る。玲は信号が赤だというのに横断歩道に進入していった。玲の横顔にはなんの感情も宿っていなかった。

「おい、玲。赤だぞ！」

　剣也が叫ぶ。玲はためらうことなく横断歩道の半分ほどまで進んでいった。彼の視線の先にいるものに麻耶も気づいた。道路の反対側に灰色の子猫がいた。こちらへ渡ろうとしているのだ。

「車！」と麻耶も叫んだ。車道を右から乗用車が、左から大型トラックが走ってきていた。しかし、玲は道の真ん中で腰をかがめ、両手を広げてゆっくり子猫に近づいていく。子猫を驚かせて道路に飛び出されたら元も子もないため、ゆっくり進んでいるようだった。

子猫が玲に気づいた。目をまん丸にしている。踵《きびす》を返して元の歩道側へ一目散に駆けていき、建物と建物のあいだへ姿を消した。

ほっとしたのも束の間、大型トラックがクラクションを鳴らしながら急ブレーキをかけた。玲まであとわずか一メートル。もう駄目だ。麻耶は目をそらした。数秒後、そっと窺うとトラックはぎりぎりのところで止まっていた。

ドアが開く。運転手がトラックの運転席から飛び降りた。白いタオルを頭に巻いた痩せた中年男性だった。

運転手は無言で玲に近づくと勢いよく両手で突き飛ばした。よろけた玲が尻もちをつく。剣也が慌てて運転手と座りこむ玲のあいだに立った。

「すんません。猫がいま道路を渡ろうとしていて、こいつは猫が渡らないように注意を引きつけようとしたのか道に出ちゃって」

運転手がじろりと剣也を睨《にら》んだ。それがどうしたという表情だ。怒っているはずなのになんの言葉も口にしない。それが不気味だった。

「玲、大丈夫？」

花凜が玲に駆け寄る。麻耶も続いた。けれど、膝が震えておかしな走り方になってしまった。花凜が手を貸して玲を立ち上がらせる。麻耶も手伝おうとすると運転手が低い声を出した。

「待て。そいつはまだ謝ってねえだろ」

乱暴を働いておきながら、さらに謝れというのか。剣也が運転手の前に回りこみ、愛想笑いを浮かべて言う。

「ほんとすんません。こいつ昨日まで記憶喪失だったんですよ。やっと記憶が戻ってきてまだぼうっとしていて」

「下手な言い訳はやめろ」

運転手の声には抑揚がなかった。

「言い訳じゃないんですよね、これが。本当のことなんです」

「正直に謝れば許してやったのに」

唐突に運転手が剣也に向かって右足を蹴り上げた。明らかに股間を狙った蹴りだった。剣也がとっさに腰を引く。蹴りは剣也の太ももの内側に当たった。剣也が気色ばむ。

「なにするんだよ」

運転手は表情を変えずに続けざまに平手打ちを放った。剣也は金剛杖を盾にしてそれを防いだ。

「なんだ、このおっさん」

ただならぬものを感じたのか、剣也があとずさりする。運転手は冷たい目をしていた。身長は剣也と同じくらい。ひょろひょろとしていて強そうに見えない。けれど、不穏な静けさをまとっている。異様なこわさがあり、麻耶は足がすくんで加勢に行けなかった。玲は道路の端へまだ座りこんでおり、花凛はその背中をさすっている。

いったいこれはどういう状況なんだろう。なんでこんなことになってしまったのか。このあとどうなってしまうのか。

全然平気じゃない。どうにもならない。麻耶は声を上げて泣いてしまいそうになった。

「記憶が戻ってきたって本当か？」

背後から男性の声がした。声に聞き覚えがあった。でも、そんなはずがない。ここにいるはずのないあいつの声だからだ。あまりの緊張状態で幻聴が聞こえたのかと思った。運転手がこちらを向いていた。視線は麻耶の後ろに立つ人間に注がれていた。視線はかなり上を向いている。麻耶の後ろに立つ人間の背が高いせいだろう。

「みなさん、お久しぶりっす」

振り向くと太陽が立っていた。菅笠をかぶり、金剛杖を握り、リュックを背負っている。グレーのタンクトップを着ていて肌が真っ黒に日焼けしていた。

「なんであんたがいるのよ」

呆然として麻耶は言った。

「見ての通り、また歩いてきたんだよ。というかこれ、どういう状況なの」

「玲が子猫を助けようとして道に飛び出して、それを轢《ひ》きそうになったトラックの運転手さんに謝ってたんだけど」

「なるほど。猫を助けようとしたなんて玲は本当にすばらしいな。猫を愛しているおれからすれば感謝状を贈呈したいくらいだ」

太陽はのん気に言って運転手に近づいていった。剣也と運転手のあいだに割りこみ、菅笠を脱いだ。

「あ」

麻耶は驚きの声をもらしてしまった。剣也も目を丸くしている。太陽の頭が高校球児のように丸刈りになっていたからだ。太陽はその坊主頭を深々と下げた。

「どうもすみませんでした。おれの仲間が車の前に飛び出してしまったそうで」

太陽は顔を上げると笑顔で運転手と視線を交わした。運転手は無表情だ。その冷たい目で太陽を観察していた。丸刈りで筋骨隆々で巨体の太陽のことを。

運転手の視線が急に虚ろになった。だるそうにトラックへ戻っていく。運転席に乗りこむとトラックを急発進させて走り去った。

麻耶はほっとしてその場にへなへなと崩れた。世の中にはおかしな人がいる。そのことをまざまざと体験した。

「おい、太陽。おまえなんでここにいるんだよ」

剣也が歓迎の笑みを浮かべた。

「まあまあ、そういった質問はあとで」

太陽は済まなそうに言って玲に近づいていった。真面目《まじめ》な表情となり、玲に尋ねる。

「記憶を取り戻せたのか」

いままでずっとぼんやりとしていた玲の目に光が灯《とも》ったように見えた。その口元に弱々しげながらも笑みが浮かんだ。

「ただいま絶賛混乱中だよ」

「十年分の記憶だもんな。そりゃあ、混乱もするさ」

「それにしてもその頭はどうしたの」

玲が太陽の丸刈り頭を指差す。

「髪型が前と違うとわかるってことは、記憶が戻ってもおれたちと過ごしたことは忘れていないってことだな」

「記憶の順番が整理できていなかったり、穴開き状態でよくわからなかったりするけどね。で、その坊主頭はなにか悪いことをした罰？」

「いやいや、ちょいと煩悩を断ち切ろうと思ってさ」

剣也が「ひひひ」と意地悪げな笑い声を上げる。

「もしかしておまえ、前に話していた子連れママに告白してふられたんだろう。ごめんなさいって言われたんでちゅね」

なぜか剣也は赤ちゃん言葉を遣った。太陽が血相を変えて首を振る。

「ノー！　それ、駄目っす。それに告白ならうまくいったんすよ」

「なんだよ、つまんねえな。そういやその子連れママっていくつなんだよ」

「三十三歳っす」

「年上だろうと思ってたけど、おまえよりひと回りも上なのかよ」

「そういうことになるっすね」

「遊ばれてんじゃねえの？」

「いやいや、そういうんじゃないんすよ。ちょっと変わっているけど素敵な人なんす」

太陽は自分の恋愛話が恥ずかしいのか、もじもじと身をくねらせた。マッチョには似合わないしぐさだ。玲が小首を傾げて尋ねる。

「どうして太陽は告白がうまくいったのにお遍路に戻ってきたの」

「そうだよ、どういうことだよ」と剣也も続く。

「そのママさんが風邪をこじらせて、布団から起き上がれない状態と聞いたからリタイアして帰ったんす。娘さんもまだ小学校に上がったばかりで心配だったし。でも、ママさんはおれが帰ってすぐに復調したんすよ。それでママさんから言われたんす。お遍路の続きをしてきてほしいって。自分の風邪のせいでリタイアさせてしまったなんて、わたしものちのち心残りになるからって。ちょっとばかしお金まで持たされて送り出されたんす」

「せっかく告白がうまくいったのに、つらいお遍路に戻ってきちまうなんておまえもばかだな」

剣也が信じられないというふうに首を振った。

「正直言えば、おれも気乗りしなかったっす。お遍路は自分の中で一度完結しちゃいましたからね」

「東京にいれば、その子連れママと楽しい時間を過ごせたかもしれねえのにな」

「その予定だったんすけどね。でも、お遍路は途中と言えば途中だし、ママさんも行ってこいって背中を押してくれるしで、再チャレンジを決めたんす。この頭は足摺岬を出発してから最初に見つけた床屋で丸刈りにしてもらったんすよ」

「こっちに来てからかよ」

「丸坊主になっちゃえば、そのママさんに会いたくなっても帰れないだろうな、なんて」

「おまえは相変わらず無駄に思いきりがいいな」

「それだけは胸を張れるっす」

太陽は胸をせり出して高らかに笑った。

「お遍路を再開したのなら、どうして連絡をくれなかったの」

花凜が尋ねた。その疑問はもっともだ。太陽は坊主頭の後頭部を済まなそうにぼりぼりと掻《か》いた。

「実はおれ、携帯を持っていないんだよ。ママさんのところに置いてきてさ」

「どうして」

「独りぼっちになっていろいろと考えてみたかったんだよ。そのママさんのことも、将来のことも。独りぼっちになるために、足摺岬からここまでずっと野宿しながら歩いてきたんだぜ」

太陽はその場でぐるりと回って背負っているリュックをみんなに見せた。荷物が以前よりも増えている。テントや寝袋のたぐいのようだ。

「おまえ、ワイルドだな」と剣也が驚く。

「屋根があれば寝袋で、なければテントでって感じっす。いやあ、野外は落ち着かないし虫もいるしで快適さゼロっすね。眠っても寝た気がしなくて、しかたないから朝日が昇るのと同時に歩いていたんすよ。おかげで毎日かなりの距離を歩けて、それでみんなに追いつけたんじゃないっすかねえ」

高知の足摺岬からここ香川までずっとひとり。太陽の逞《たくま》しさに麻耶は感心した。

「そう言えば木戸さんは」と太陽がきょろきょろと見回す。剣也が答えた。

「あいつはリタイアしたよ」

「コーディネーターがリタイア？」

「そのせいでおれたち七班は解散したんだ」

「解散？」

「お遍路プロジェクトには七班は全員リタイアしたってことになってる。だけど、おれたちはお遍路を続けたくて残った四人で歩いてきたんだよ。麻耶にリーダーをやってもらってな」

「そうだったんすか。いろいろあったんすね」

「いろいろありすぎだよ」

「けど、ちょっと会っていないあいだにみなさんいい顔になってるっすよね」

「いい顔？」

太陽はにんまりとしてうなずいた。

「玲は大人びた感じがするっす。剣也君は穏やかになった気が。花凜は顔を上げるようになったっすよね。麻耶は、ええと、そうだなあ」

言葉が見つからないのか太陽は困惑顔を麻耶に向けた。しばし悩んだあと、屈託なく笑って言った。

「麻耶は特に変わっていないな。わはは」

「なによ、それ！」

麻耶は膨れっ面で太陽に近づき、肩口に突っこみの平手打ちを入れた。タンクトップから露出した肌に手のひらが当たり、大きな音を立てる。

「痛いってば！　ほら、やっぱり麻耶は変わっていないじゃないか」

「あんたこそ独りぼっちの旅をしてきたわりには成長していないんじゃないの？　前と変わらず無神経のままじゃん」

「おれはいい意味で言ったんだぞ。麻耶みたいに久しぶりに会ったときに変わっていない人がいたらうれしいじゃないか」

「いまさらフォローしても遅いね。あとづけの理由を聞く耳は持ってません」

「あとづけじゃないよ。麻耶だって久しぶりに会った人間が以前と変わらずいいやつだったらうれしいだろう。違うか？」

ふん、と鼻を鳴らして麻耶は無視を決めこんだ。

ばかだな、太陽は。うれしいに決まっているじゃないか。

大切な人のためにお遍路をリタイアして東京に帰ると聞かされたときは、悲しくて悲しくてしかたがなかった。東京でその大切な人と楽しい時間を過ごしている太陽を想像しては、これまた悲しくてしかたなかった。早い話がやきもちだ。さっき久々に太陽の姿を見たとき、うれしくて抱きつきそうになったけれど、告白がうまくいったと聞いてやっぱり悲しくなった。太陽に対して抱いていた思いが、完全に片思いになったのだから。

でも、いま太陽とふざけ合ってわかった。太陽は変わっていない。頼りがいがあって、誰に対しても公平でやさしくて。太陽は好きになったときの太陽のままだった。誰かとつき合うことで変わったりしていなかった。それがうれしかった。いままでときどきいたのだ。彼女ができたとたんによそよそしくなったり、邪険な態度を取るようになったりしたやつが。

「ばかだな、太陽は」

そう言いながら麻耶は思いきり太陽の肩口を叩《たた》いた。

「だから、痛いってばよ」

太陽の言葉を無視して何度も叩く。泣いてしまいそうになるのをこらえて、「ばかだな、ばかだな」とくり返し叩いた。

リーダーとなってから不安な毎日を過ごしてきた。「平気、平気」と呪文を唱えて自分に言い聞かせたけれど、メンバーひとりひとりの声に耳を傾けながら率いていくのは大変だった。記憶喪失のことも、山西のことも、剣也との気まずさも、みんな手に余ることばかりで、いつか自分という器からこぼれだしてしまうんじゃないかと不安だった。

でも、いますべての心配が解消されていた。太陽が戻ってきてくれたおかげだ。ただいてくれるだけでこんなにも心強いなんてすごい。ありがたくて、うれしくて、涙が目に滲《にじ》んできてしまう。

「なんだよ、麻耶は。そんなばちばち叩いてきてさ。意味がわからないよ」

太陽が苦笑いを浮かべる。でも、いいのだ、わからなくて。気づかなくていい。

この思いを打ち明けるつもりはない。打ち明けて困らせたくもない。太陽には東京にいるその大切な人と、まっすぐ歩んでいってほしい。好きな人を一途《いちず》に思い、自分自身のことなど放り投げて東京へ飛んで帰っていってしまうそんな彼だから好きになったのだ。

麻耶はメンバーを集めて告げた。

「スケジュールがだいぶ厳しいから、まずは出発しようか。次の金倉寺《こんぞうじ》まではだいたい四キロ。お互いの報告は歩きながらってことで。では、出発！」

先陣を切って麻耶は歩き出した。

「お、リーダーっぽくてかっこいいいな」

太陽が続く。

「かっこいいでしょう」と麻耶は笑顔で応じてから前を向いた。

残りの札所は数にして十三。予定ではこのメンバーといっしょにいられるのはあと六日。その残りの日々のあいだで、太陽への思いは胸の中で輝きを増すだろう。打ち明けずに秘めた分、片思いの純度は高くなってきらきらと輝くだろう。ひとりであることの寂しさやときめきが、また違った色合いの輝きを生むだろう。

そんなきらきらの片思いができたこの夏を、これから生きていく中で何度も振り返る気がした。

好きだよ、太陽。

八月三十日の七十五番札所。この日のこの場所を目印と決めた。

まさか好きな人と再会できたという、その記念日だ。

2

手持ち花火なんかではしゃぎやがって。小学生じゃあるまいし。剣也は苦笑しつつ花火の輪に加わった。

地面に立てられたロウソクで、花火の先端のこよりに火を点《つ》ける。ぱっと火花が散ってあたりが明るくなった。剣也が手にしたのは、ススキの穂のように火花が長く噴射されるタイプだった。

煙とともに火薬のにおいが立ちこめていく。火花の色は途中で黄色から赤へ変わった。その花火の光に照らされて元七班のメンバーも赤く染まる。

「こら、危ないでしょう」

麻耶が叱責するその向こうで、太陽が両手に花火を持ってその場でぐるぐると回転している。「竜巻花火だー」なんて叫んでいやがる。相変わらずばかなやつだ。花凜は防波堤を背にしゃがみ、線香花火を手にしている。ささやかな火花が散っていて、線香花火の玉はどんどん大きくなっていく。玲がその様子を傍《かたわ》らに立って微笑《ほほえ》ましげに眺めている。

太陽が言っていた通り、玲は大人びた雰囲気をまとうようになった。出会った当初はおどおどしていて目も合わせられなかったくせに、お遍路をしているあいだにしっかりしてきて、記憶が戻ったいまはどこか余裕を見せるくらいまでになった。


「今度は四本に挑戦だ」

懲りずに太陽が片手に二本ずつ花火を持って回転し始めた。離れたところで見ていると太陽を中心とした四本の光の輪が回っているかのようだ。

「だから、危ないって言ってるでしょうが」

麻耶は口では叱りながらも笑顔を浮かべている。ぐるぐる回る太陽を見て、玲も声を上げて笑っている。玲の記憶が戻ったあとのぼんやり状態は解消されつつあるようだ。会話も嚙《か》み合うようになってきた。たぶん、玲自身のセルフイメージとかキャラが定まってきたためだろう。きっかけは太陽なんじゃないだろうか。あいつが帰ってきてから、玲に芯が生まれたように感じる。

「おーい、玲もいっしょにぐるぐるやろうぜ」

太陽が玲を呼んだ。

「ええ、どうしようかな」と玲は笑って迷ってみせながらも、太陽のところへ行って花火を選び始めた。

新たな花火に点火した太陽と、同じように四本の花火を手にした玲が、ぐるぐると回り出した。麻耶が手を叩いて喜んでいる。

「あんたたち、ほんとばかだねえ」なんて言いながら。

剣也が手にしていた花火は赤から紫、それから緑へと色を変え、やがて消えた。消えた花火を、水を張ったバケツに放りこむ。地面に置いておいたペットボトルの炭酸飲料を飲んだ。夜空を見上げながら飲み干す。風に乗って波の音が聞こえてくる。

七十六番札所の金倉寺を参拝したあと、泊まる宿が見つからず、多度津《たどつ》の海のそばの民宿まで歩いてやってきた。夕食後、太陽が花火をしたいと言い出し、自ら最寄りのコンビニまで行って買ってきた。剣也も誘われたので渋々花火に参加したのだった。

防波堤の向こうに暗い海が広がっている。陸地へ向かって吹く風が花火の煙をさらっていく。かすかに鼻歌が聞こえてきた。きれいな高音が剣也の耳をやさしくくすぐる。でも、それは波の音に簡単に掻き消されてしまうくらいの囁《ささや》きのような鼻歌だった。

「なあ、花凜」

どうしても確かめたくなって剣也は花凜に声をかけた。

「うん？」

線香花火を手にしゃがんでいた花凜が顔を上げる。

「いま、おまえさ」

「ああ」

花凜はばつの悪そうな顔をする。それでも剣也は言った。

「いまおまえ歌ってたよな」

歌えなくなったはずの花凛が鼻歌を口ずさんでいた。作詞作曲もできなくなり、音楽を耳にするのもいやになったと言っていた花凛が。

「実はね、また歌ってみたいなって気持ちになって。歩きながら試してみたら、ハミング程度なら抵抗なく歌えるって気づいたんだよ」

「すげえじゃねえか。それってかなりの進歩だろ」

「進歩かな。感覚としては、以前の自分に戻っていく感じなんだけど。傷が治っていくみたいに。あ」

花凛の線香花火の玉がぽとりと落ちた。

「残念。いちばん大きく育った子だったのに」

悔しそうに言って花凛が顔を上げた。いまこのタイミングしかないと剣也は思った。

「悪かったな、山西さんに居場所をばらしちまってさ」

花凛が驚いた表情を浮かべて立ち上がった。

「なんだよ、その反応は」

「剣也が謝るなんて」

「おれだって謝ることくらいできるさ」

謝ってしまったらもう話すことがなくなった。会話が途切れて困っていると、花凛のほうから話しかけてきた。

「ときどき剣也はさ、山西さんに対して厳しい発言をするでしょう？　突き放すような言葉もさ」

「もともとおれは口が悪いからな。悪かったよ。気をつけるよ」

「違うの。そうじゃなくて剣也が山西さんに対して言っていることって、実はわたしが心に浮かんでも飲みこんでしまう言葉ばかりなんだよ。わたしの立場では言ってはいけないように思えること。それを剣也が容赦なく言ってくれているのを聞くとすっきりするんだよね。それはわたしが言いたかった悪口だって。本当はいけないことなんだろうけど」

花凜は唇に人差し指を当て、ないしょだよ、と笑った。

「ありがとね」

短く言って花凜は太陽たちの輪へ向かっていった。


夜はメンバー全員で男子部屋に集まった。話題は太陽が足摺岬でリタイアしたあとのことだ。今日まで離脱していた太陽への状況報告会でもあった。

台風で足止めを食らった日のことや、カンパを求めてきたユキオの一件や、木戸がリタイアするまでの経緯などなどを、剣也と麻耶とで話して聞かせた。太陽は聞きながら、

くなったことも。

花凜はK太にまつわる話を太陽に打ち明けた。K太の母親である山西のせいで歌えなくなったことも。

この件を初めて聞いた太陽は、神妙そうな顔つきで「そうか」とつぶやいただけだった。とりあえず慰めておく、なんてことをしないところはあいつらしいと言えばあいつらしい。

「でも、いまはね、メロディーくらいなら鼻歌で歌えるようになったんだよ。テレビやラジオから流れてくる歌も前みたいに抵抗がなくなったし」

花凜は花火の最中に剣也へ語ったことをメンバーにも報告した。

「やっぱりそうだったんだ」と麻耶が手を叩いて喜ぶ。「実はさ、花凜が歩いているあいだになにか口ずさんでいるように聞こえたんだよね。よく聞こえなかったし、聞き間違いだったら悪いから、気のせいってことにしておいたんだけど。やっぱり歌ってたのか。たしか『浜辺の歌』だったよね」

「あ、『浜辺の歌』だ」

なぜか花凜のほうが思い出したかのように言う。恥ずかしげに笑って続けた。

「なんの歌か自分でもよくわかっていなかったんだよ。たしか童謡だよね。歌詞も知らないけどメロディーが心地よくてついつい口ずさんじゃった。お遍路しているあいだ、どこかの時報で聞いたのかも」

花凜と麻耶は顔を見合わせてにっこりと微笑み合った。

「歌に対する抵抗が薄れたのって、なにかきっかけでもあったのかよ」

剣也が尋ねると、花凜はこくりとうなずいた。

「メンバーのみんなが話を聞いてくれたり、見守ってくれたりしたことは、とても大きかったよ。ただ、いちばんのきっかけは玲なんだよね。玲の言葉のおかげ」

「言葉ってどんな」

「玲はむかしの記憶が戻ってきても、いまの記憶を失わずに済んだわけだけど、それがわたしの歌のおかげだって言ってくれたんだよ。わたしの歌にはまだそうした力があるのかな、なんて思えたんだよ」

剣也をはじめとしてメンバーはみんな玲に注目した。玲がしっかりとした口調で語り出した。

「十歳以降の新しい記憶が消えなかったのは、本当に花凜の歌のおかげなんだ。雲辺寺で記憶の蓋が開いたとき、ぼくの頭の中に大量の映像が一度に流れたんだ。一瞬で映像の濁流に飲みこまれた感じだった。そのとき、花凜の歌が聞こえてきて、ぼくを繋《つな》ぎとめてくれたんだ。ぼくはぼくを見失わずに済んだんだよ」

「玲はすべて思い出せたのか」と太陽が尋ねる。玲はすっきりとした表情を浮かべた。

「たぶん、全部思い出せたと思う。最初のころは大変だったよ。脈絡なく急に思い出すから混乱した。たとえばさ、すごく酔っ払った次の日に、昨日の自分はこんなことをしたんだっけ、こんなことを話したっけ、とあとから思い出すことがあるでしょう。あれに似た感じだったんだよ」

一時期あんなにぼんやりとしていた玲がいまははきはきと答えている。靄《もや》に包まれているかのようだったのが、晴れたというわけなのだろう。剣也は以前から知りたかったことを尋ねてみた。

「おまえが記憶をなくした日の状況は思い出せたのかよ。七十三番札所の崖から落ちたときのことはよ」

玲の顔が生真面目なものに変わった。

「崖の途中に麦藁帽子《むぎわらぼうし》を取りに行ったんだ」

「麦藁帽子？」

「小学生のとき、ぼくを好きになってくれた女の子がいて、その子が自分の麦藁帽子を崖から投げたんだよ。ぼくに好きと言わせたくて、でも言わなかったから、そんな意地悪をしたんだ。帽子を取ってきてくれたら、今回のことはすべてなかったことにしてやるって感じでさ。別に無視してもよかったんだけど、あのときのぼくは意地になって取りに行って、それで崖から落ちたんだ」

「それってつまり、その子が記憶喪失の原因ってことじゃねえか。犯人って言ってもいいだろ。その子はいまどうしてるんだよ」

「知らない。というかさ、その子はぼくが崖から落ちたことを誰にも言わなかったんじゃないかな。崖から落ちているぼくを発見したのはお遍路さんだったって聞いているから」

「その子は逃げたってことか。落ちた玲を助けもしないで」

「そういうことになるね」

「とんでもねえガキだ」

「こわくなって逃げたんだろうねえ」と麻耶。

「そりゃあ、こわいだろ。玲が死んだと思っただろうな。自分のせいでよ」

「でも、玲は生きていて記憶喪失になったわけでしょう。その子は玲が記憶をなくしてラッキーと思ったのかな。それとも、真相を突き止められるのがこわくて、息をひそめて暮らしたのかな」

「どっちにしろ楽しい人生は送れていねえだろうよ。そんな卑怯《ひきょう》なガキは罪悪感でぎゅうぎゅうに苦しみながら生きていきゃいいのさ」

「玲は原因となったその女の子を思い出したとき、どう思った？」

太陽が尋ねる。

「どう思ったというのは」と玲が首を傾げる。

「許せるとか、許せないとか、恨むとか」

玲は何度かうなずき、しばらく間を置いてから口を開いた。穏やかな口調だった。

「もうどうでもいいってのが正直なところかな。崖から落ちたのは小学生のときのことだからさ、あの子がこわくなって逃げたのもしかたがないよ」

今度は太陽が何度かうなずき、丁寧に言い含めるように言った。

「だけどな、玲。もし記憶をなくさなければ、玲は美幸さんと普通の親子として仲睦《なかむつ》まじく暮らしていられたんだぞ。普通のお母さんと息子としてさ」

「たぶん、悲しい境遇によってぼくら親子は試されたんだよ。試練だったんだと思う。ぼくのお母さんはその試練に勝ったんだ。記憶のない息子をきちんと育て上げたんだから。だから、ぼくはぼくでお母さんのためにすばらしい息子にならなくちゃいけない。そんなふうに考えるから、恨んだりなんかしないよ」

ご立派な考え方だ。剣也は自分の身に置き換えて考えてみる。自分だったら、絶対に恨み続けると思う。

「玲はよ、麦藁帽子の女の子の名前も思い出したんだろ？　いまはネットで検索もできるんだから、その子を探そうと思えば探せるはずじゃねえか」

「もちろん、名前も思い出したけど探すつもりはないよ。どこにいるか、なにをしているか、もうわからなくていいんだ。楽しく過ごしてくれてさえいれば」

「玲はやさしいなあ」と太陽がしきりに感心する。「おれだったらそんなふうに寛大にはなれないな」

「おれもだ」

剣也も続くと、玲は屈託なく笑った。

「あの子のことは一度完全に忘れ去っていたからね。いまさら蒸し返すのも申し訳ない感じがするんだよ」

太陽が腕組みをして言う。

「もしかしたら玲は、その子をかばおうとして記憶に鍵をかけていたのかもしれないな。あえて記憶を眠らせていたのかも」

「どうだろう」と玲は太陽の説に首を傾げた。「でも、もう本当にどうでもいいんだよ。もしあの子が自分の過去を引きずって生きているなら、それこそお遍路をしてほしいよ。歩いて反省してまた前を向けばいい」

ぱちぱちぱちと剣也は玲に拍手を送った。嫌味からではない。本心から讃《たた》えたかった。敵《かな》わないな、とさえ思った。恨んだり嫌ったりと負の感情や反発心に突き動かされて生きてきた自分では、とうてい玲には敵わない。

話題は太陽のお遍路再スタート後のことに移った。あいつがひとりで歩いてきた足摺岬からの約二十日間についてだ。

太陽がまず語ったのは、あいつを足摺岬から空港まで送った運転手の男性のことだった。名前は小松。二十年前に歩いてお遍路を回った人だそうだ。

「その小松さんが言っていたんだよ。いまのお遍路はみんな携帯電話やパソコンを持っていて、誰かと繋がろうと思ったらすぐに繋がれる状態で歩いているって。本当の独りぼっちになれていないって。小松さんが歩いた二十年前は、いまみたいに携帯が普及しているわけではなかったし、コンビニも少なくてお遍路は不便なものだったんだってさ。だけど、上質な孤独は手に入れられたぞって言うんだ」

「上質な孤独」と麻耶が声に出してつぶやく。

「おれはその話を小松さんから聞いたときに、なんか引っかかったんだよね。だから、千帆さんからもう一度お遍路に行ってこいと背中を押されたとき、連絡できるものはなにも持たないで歩こうって決めたんだ。ちゃんと独りぼっちになるために。弱気になってすぐに千帆さんに連絡しちゃいそうだったからさ」

太陽が告白した子連れママは千帆という名だそうだ。

「今回ぼくらはグループで歩いているけれど、次には太陽みたいに完全にひとりで歩くのもいいかもね」

玲が楽しげに言った。おいおい、ちょっと待てよ。聞き捨てならなかった。

「なあ、玲。次に歩く機会だって？　おれは二度とごめんだぜ。こんなの一生に一度でじゅうぶんだ」

剣也が吐き捨てるように言うと、みんなは声を上げて笑った。麻耶が高らかに挙手してまで言う。

「あたしはまたいつかチャレンジしてみたいな。次は自転車で回るとか、違った形でお遍路するのも面白いと思うんだよね」

麻耶ならば本当にチャレンジしそうだ。剣也は半笑いで言ってやった。

「もうおまえらの好きにすればいいさ。何度でもお遍路を回って、あの十文字のじいさんみたく伝説にでもなんにでもなればいいんだよ」

「あ、そうだ」と太陽が大きな声を出した。「小松さんから十文字さんのむかしの話を聞いたんだよ。どうして十文字さんが百六十回以上もお遍路を回っているのか」

「知りたい、知りたい」

はしゃいだ声を上げて麻耶が身を乗り出す。太陽は落ち着くようにと麻耶を視線で制してから語り出した。

「十文字さんってさ、徳島のお寺の息子なんだってさ。それで十文字さんが十代のころ、女性のお遍路さんが歩けなくなって十文字さんの家であるお寺でしばらく厄介になったんだってさ。きれいな女の人だったらしくて、お世話をしていた十文字さんとその人は恋に落ちたっていうんだ」

「その女性のお遍路さんは十文字さんより年上？」

　麻耶がにやつきながら質問する。太陽がうんざりと返した。

「その質問って重要かよ」

「うん、重要」

「十歳くらい上だって」

「あらあら、どこかで聞いたような話に似ているね。どこかって言うより、すごく近くで聞いたような気がするな」

「おい、麻耶」

　太陽が横目で睨む。

「まあまあ」と麻耶は取り合わない。「ともかく、十文字さんも隅に置けないね。いまはおじいちゃんだけど若いころはかっこよかったのかもね。そんな面影があるもんね」

　にやにやと話す麻耶を無視して太陽は続けた。

「十文字さんもその女の人をとても好きになったから、体調が戻ってお遍路に出発しようとするその人を無理やり引き留めたらしいんだ。離れたくなかったんだろうな。でも、十文字さんがその人を川へ遊びに連れ出したときに、誤ってふたりとも川に落ちて、その人だけ溺《おぼ》れて亡くなってしまったんだって」

「え、なによ、その悲しい話」

　麻耶が真顔になる。

「すごく後悔したらしいよ、十文字さん」

「そりゃあ、するでしょう」

「十文字さんは毎日『死にたいか』と自問するようになって、『死にたい』って声ばかり聞こえるようになって、どうせ死ぬならお遍路をして懺悔《ざんげ》しながらにしようと歩き始めたんだって」

「なるほどねえ」

　しみじみと麻耶がつぶやく。剣也もいたたまれなくなって腕組みでうつむいた。あの飄々《ひょうひょう》としたじいさんにも重い過去があったたってわけか。

　部屋の空気がしんみりとしたものになってしまった。こうした雰囲気は苦手だ。剣也は舌打ちして言った。

「でもよ、たしかあのじいさんは十八歳のときからお遍路やってるって言ってたよな。いまはもう七十歳を越えているわけだ。いくらなんでも過去を引きずりすぎだろう」

「まあ、歩くきっかけはその亡くなった女性のお遍路さんだったらしいっすけど、いまは死にたいって気持ちもなくなって、楽しいから歩いているみたいっすよ」

太陽が苦笑いで教えてくれた。

「それを聞いて安心したぜ」

「あたしも安心した」と麻耶が続く。「だってさ、亡くなったことは悲しいけど、それだけを理由に百六十回以上お遍路を回られたら、亡くなったその女の人だって逆に重すぎるって天国で文句をつけそうだもんね。あたしだったら空の上から怒鳴りつけちゃうな。もう自分のために生きろって。自分の人生をきちんとしろって」

「その点もしっかりしているみたいなんだよね」

十文字のことなのに太陽が申し訳なさそうに坊主頭を撫でた。

「しっかりしているってなによ」

「十文字さんは結婚もして子供も孫もいるんだよ。実家のお寺は最初は十文字さんのお兄さんが継いでいたらしいんだけど、早くに亡くなったらしくて、十文字さんがそのあとを継いだんだってさ。そのお寺もいまはもう十文字さんの息子が継いでいて、いまは悠々自適な生活を送っているらしくて」

「なんだ、ちゃっかりといい人生を送っているってわけね。そのうえでお遍路三昧なんてうらやましいかぎりだわ」

「だけど、小松さんは言っていたよ。十文字さんの後悔や懺悔の気持ちはいまもあるはずだって。好きだったその人が溺れかけたとき、十文字さんは手を繋いでいたらしいんだ。でも、急流に吞みこまれて手を離してしまったらしくて」

「握っていた手の最後の感触って絶対に忘れられないだろうねえ。その申し訳なさから百六十回以上も歩いているのかもしれないね」

麻耶は大きなため息をついた。太陽が腕組みをして、やや重々しく切り出した。

「お遍路を実際に歩いてみてわかったけどさ、現代のお遍路は健康志向の山歩きみたいなカジュアルなものへ変わってきているわけだろう。でも、罪滅ぼしのためのシステムみたいなものは、いまもきっと生きているんだよ。十文字さんみたいにさ」

「罪滅ぼしか。ほんといろんな理由で、人はお遍路に来るものなんだろうね」

そう言って麻耶はぐるりとメンバーを見渡した。視線を受けてそれまで黙っていた花凜が語り出す。

「たぶん、回っているお遍路の数だけ、お遍路とはなんなのかの答えがあるんだよ」

「そうかもね」と玲が相づちを打った。花凜はやわらかな笑みを湛《たた》えて続けた。

「どんな思いを抱いている人でも、どんな姿勢で臨んでいる人でも、お遍路はみんな受け止めてくれる。お遍路って不思議だね」

花凜の言葉に剣也を含め誰もがうなずいた。今宵《こよい》の締めとなる言葉にも聞こえて、お開きというムードが漂う。剣也も腰を浮かしかけた。しかし、太陽がへらへらと笑いながら思わぬことを口走った。

「剣也君みたいに吉田さんから託されたものがあってお遍路している人もいますしね」

「は？　なにそれ」と麻耶の目の色が変わる。「吉田さんてリタイアしたあの吉田さんだよね。剣也はなにを託されたっていうの」

「おい、太陽！」

剣也は久々に声を荒らげて太陽を睨んだ。

「あら、みんなにはまだ言ってないんすか」

「言うなって言っただろうがよ」

「そうでしたっけ。もうだいぶ前のことだったんで忘れてたっす。それよりなんで言っちゃ駄目なんすか」

「それも言ったはずだろうが」

「ああ、それも忘れたっす。なんででしたっけ」

とぼけた顔をして太陽が訊いてきた。こいつ、本当は覚えていやがるな。それをわざと。

「簡単に言えばよ、おれらしくねえからだ。だから、言うなって言ったんだ」

「剣也君らしくないってどういうことっすかねえ。よくわからないっす」

「うるせえよ。とにかく言うなって」

「そんないやがらなくても。いい話なんだし。剣也君らしいかどうかは、みんなに聞いてもらって判断するってのはどうっすかね。おれからみんなに話しますけど、どうっすか」

「ばか言ってんじゃねえよ」

「いやいや、本気っす」

太陽はにやにやと笑ってはいるが意地でもしゃべるつもりのようだ。メンバーの好奇心がこれ以上ないというほど膨らんでいるのが伝わってくる。

まったく太陽の野郎め。いつも面倒を運んできやがる。けれど、剣也も隠れてこそこそやっているのが億劫《おっくう》になってきたところだ。太陽がしゃべりたいというのなら、しゃべればいい。剣也はうつむいて吐き捨てた。

「勝手にしろ」

太陽が待ってましたとばかりにしゃべり出した。吉田が妹である奏ちゃんの遺影とともにお遍路をしていたこと、同行三人だったこと、そして、剣也が遺影との旅を引き継いだことを。

せっかくないしょで続けてきたことが白日の下にさらされてしまった。剣也がうんざりとしながら顔を上げると、メンバーの視線がすべてこちらに注がれていた。尊敬の眼差しであることは見ただけでもじゅうぶんにわかった。でも、小っ恥ずかしくて剣也はぷいと横を向いた。

「剣也、あんた」

それ以上は言葉にならないのか麻耶が目を潤ませながら駆け寄ってきた。目の前に滑りこむようにして正座すると、剣也の両手を取って言う。

「剣也がそんなやさしい人だなんて知らなかったよ。あたし、誤解してた。ごめん。ほんと素敵。すばらしい。惚《ほ》れたわ」

褒めちぎられて恥ずかしさが頂点に達する。赤面しているのが自分でもわかって、麻耶の手を乱暴に振りほどいた。

「やめろよ、ばか。適当なこと言いやがって」

「うん、惚れたっていうのは嘘《うそ》だけど」

「嘘なのかよ」

「でも、素敵と思ったのは本当だよ。ていうかさ、奏ちゃんのことをどうしてみんなに言ってくれなかったの。こそこそ隠れてするようなことじゃないでしょう。すばらしいことだよ」

「それだよそれ。おまえのそういうちやほやした反応が大嫌いなんだよ」

「なんで嫌いなの」

「いい行いをして褒められるなんて、おれらしくねえからだよ。おれはそういういい人間じゃねえんだよ。すばらしいとか素敵とか言われると鳥肌が立っちまうんだよ」

勢いよくまくし立てたのにメンバーは誰もが微笑ましげに剣也を見ていた。

「なんだよ、おまえらのそのにやにや顔はよ」

「いやいや、剣也君はいい人っすよ。吉田さんもありがたがっていると思うなあ」

太陽の言う通り、吉田はありがたがっていた。札所や名所などで奏ちゃんの遺影が入った写真立てを撮影し、吉田に画像とメッセージを送ってやると、長々とした感謝の言葉が返ってきた。

「ぼくもいい人だと思うな。ぼくが子猫を助けようとしたとき、剣也君はぼくを轢きかけたトラックの運転手から守ってくれたし」

そう言って玲は微笑んだ。

「木戸さんがリタイアしたときにさ、率先してお遍路続行を訴えたのは剣也だったじゃないの。いい人に決まってるじゃない」と麻耶。

「山西さんに言いたいことがあっても言えないわたしの代わりに、いつもずばっと言ってくれてたのは剣也だったよ」と花凜。

「おまえらよ、よってたかっておれをいい人に認定しようとするんじゃねえよ。いい人の型に押しこめようってんだな」

「そんなこと考えてみたこともないよ」と玲は笑って首を振った。「ぼくらは見たまま感じたままを言ってるだけだよ。それからたぶん、ほかのみんなも感じていることだろうけれど、お遍路を歩いているあいだ、剣也君はどんどんいい人になっていっていると思うんだよね」

どんどんいい人に。受け入れがたくて剣也は口をへの字に曲げた。黙ったことで不機嫌になったと思われたのか、花凜がやさしく言ってきた。

「もしかしたらだけど、このメンバーの中でお遍路を歩いていちばん変わったのは剣也かもしれないね」

なんだって？　いちばん変わったのが、このおれだっていうのか。

「勝手なことを言いやがって」

剣也は立ち上がり、部屋の隅に寄せてあった敷き布団を広げて横になった。メンバーに背中を向け、腕組みをしてぎゅっと目をつぶる。

不貞寝《ふてね》だなんて自分もかわいくなっちまったもんだ。なんだか悔しくなりながら目をつぶっていると、メンバーが物音を立てないようにそっと解散していった。


翌日は七十七番札所の道隆寺《どうりゆうじ》から始まり、約七キロ歩いて七十八番札所の郷照寺《ごうしようじ》へ、それからまた約六キロ歩いて七十九番札所の天皇寺《てんのうじ》を参拝した。丸亀の市街地を突っきり、宇多津《うたづ》と坂出という瀬戸大橋のたもとを行くルートだ。

剣也の五十メートルほど前を太陽が歩いている。足摺岬からひとりで歩いてきたというから、どれだけ立派な歩き遍路になっているかと思ったらなんてことはない。リタイアする以前と同じように上り坂になるとつらいらしくてスピードは落ち、メンバーから遅れを取った。

　太陽が立ち止まった。菅笠を脱いで頭の汗を拭いている。坊主頭に日の光が当たり、輝いてまぶしいくらいだ。

　間もなく剣也が追いつくというそのとき、道路を向かいから走ってきた車が路肩に寄って止まった。年配の女性が車から降り、太陽になにかを渡した。女性は太陽に両手を合わせて拝み、また車に乗りこんだ。丸坊主のでかい図体のお遍路が突っ立っているのだ。いやが上にも目についたんだろう。

　剣也が追いつくと太陽が「いただいちゃいました」と白いビニール袋を掲げて見せてきた。

「お接待か」

「そうっす。葡萄《ぶどう》だそうです」

　太陽はビニール袋を開け、中身を見せてくれた。覗《のぞ》くと黒紫色の大粒の葡萄がふた房入っていた。ひと粒ひと粒がつやつやと輝いている。熟れた果物特有の甘いかおりがビニール袋から立ち上っていた。

「ピオーネだな」

「巨峰じゃないんすか」

「見た目はほぼいっしょだけどよ、巨峰はもっとぐんと甘い香りがすんだよ。ピオーネの香りのほうがちょぃと爽やかで高級そうな香りがするんだ」

「詳しいっすね」

「おれんち不動産屋だからな、お中元やお歳暮はけっこういいもんが届くんだ。果物の食べ比べなんてよくするぜ。河豚《ふぐ》や和牛の食べ比べもな」

「すげえ金持ちの発言っすね」

「育ちはいいからな。できは悪いけど」

太陽が一瞬だけ戸惑いを見せ、それから声を上げて笑った。突っこみを入れざるを得ない。

「なんだよ、その反応は」

「剣也君が自分を笑いのネタにするなんて変わったなと思って」

「またおれが変わったって話かよ」

「なんでそんなに変わったって言われるのがいやなんすか」

先に歩き出しながら太陽が訊いてくる。追いかけながら剣也は尋ねた。

「逆におれは訊きたいね、なんで変わったと言われるのがうれしいのか。たとえばよ、おまえが地元を離れて、久々に帰ったとする。そのときにみんなから太陽は変わったな、と言われてうれしいかよ」

「ニュアンスの問題っすね。実際におれが成人式のために東京から地元の山梨に帰ったときは、みんなに変わったと言われてもやもやしたっすね。なんとも言えない疎外感を味わったというか」

「ほら、いい意味にばかりは取れねえだろ？　なんかむかつくもんがあるじゃねえか」

太陽がビニール袋を開けて葡萄を取り出し、剣也にひと房を丸ごと渡してきた。

「せっかくだからいただきましょう」

こいつ、ちゃんと話を聞いてるのかよ。いらいらしたが葡萄を受け取った。葡萄は嫌いじゃない。と言うよりも好きなほうだ。太陽が早速ひと粒口に放りこむ。

「うん、これはうまいっすね。上品な甘さがあるっす」

剣也も茎からひと粒もぎり、皮を剝《む》いた。輝く果肉が現れ、口に入れたら舌の上にまろやかな甘さが広がった。太陽が葡萄を次から次へと口に放りこみながら言う。

「剣也君のさっきの話なんすけど、剣也君は他人から変わったと言われるそれ以前の自分が好きってことっすよ。おれが地元のやつらに変わったと言われてもやもやしたのは、地元にいたころの自分が好きだったからっすもん。それといっしょっすよ」

剣也は足を止めた。葡萄を口に含んだまま硬直した。なるほど、そういうことだったのか。

父の敏行に幼いころから頑張れと尻を叩かれ、でも期待に応えられず、劣等感に打ちひしがれながら過ごしてきた。なにをやっても人から劣る自分の不甲斐なさと向き合いたくなくて、あらゆる努力を放棄し、目標を定めることからも逃げた。

自分なんて端っこにいればいい。光の当たる表舞台など一生縁がなくていい。その代わり、好き勝手に生きてやる。そんなふうに考えてきた。

はっきり言って、いじけていた。ひねくれていた。努力する人間や実直さを身上とする人間と出会えば、小ばかにして鼻で笑った。そうすることで遠くへ追いやった。自分と比べなくて済むからだ。

お遍路をはるばる歩いてきたいま、そんな自分がちっぽけに思えてしかたがない。情けないったらありゃしない。

また、膨れ上がった劣等感はいろいろな引け目を生んで、他人の言葉や視線に過敏になり、なにかあるとすぐにいら立った。さらに厄介なことに、そうした過敏さを繊細さと取り違えていた。繊細な自分を傷つけるやつらなら、いくら嚙みついてもかまわないと考えていた。それが優秀な人間であればあるほど躍起になって嚙みついた。本当にどうしようもないやつだった。

でも、太陽の言う通り、そんな駄目な自分を剣也はいまでも好きだった。駄目な自分がいじらしくて、いとおしいのだ。だから、変わったと言われるといらいらする。

メンバーにいい人と言われ、はい、そうですか、なんてかつての情けない自分を切り捨てたりできない。劣等感でうつむき、いじけ、それでも傷つきたくなくて意地になっていたかわいそうな自分を、自分だけは忘れないでいてあげたいのだ。

「どうしたんすか」

太陽が足を止めて振り向いた。

「なんでもねえよ」

再び剣也は歩き出しながら葡萄をひと粒また頬張った。

「うめえな、この葡萄」

「ほんとうまいっすね。あ、でも、おれの地元の山梨の葡萄も最高にうまいっすよ。なんたって山梨はフルーツ王国っすから。葡萄も桃も李《すもも》も生産量が日本一っす。剣也君、今度ぜひ食べに来てくださいよ。山梨を案内するっす。でっかい富士山も見られるっすよ」

「やだよ」とあっさり答えた。

「なんでっすか」

「山梨に行くってことは、おまえの実家に行くってことだろう。いまでさえいっしょにいてうんざりしているのに、四六時中おまえにつき合ったらおかしくなっちまう」

「じゃあ、いまのうちにおれに慣れておけばいいんすよ」

剣也はわざとがっくりと肩を落として脱力してみせた。

「おまえは相変わらず、ああ言えばこう言うで口が減らねえな」

「こんな大きな体をしているんで黙っているとこわがられるんすよ。常に軽妙なトークで楽しい雰囲気を醸し出す必要があるんす。しゃべっていなくちゃいけないんす。けっこう大変なんすよ」

「そりゃあ、面倒くせえな」

「ま、基本的には楽しいからしゃべってるだけっすけどね」

あっけらかんと太陽が笑った。せっかく同情してやったのに。食えないやつだ。

国道十一号線を延々と歩き、やっと国分寺へたどり着いた。国分寺という名の札所は徳島と高知と愛媛に続いてよっつめだ。

先に到着していた麻耶が小走りで剣也のもとにやってきた。

「ねえ、剣也。いよいよ八十番札所だよ。八十八番までのカウントダウンだよ」

「だからなんだよ」

「切りのいい八十番だから、みんなで記念撮影をしようよ。奏ちゃんといっしょにさ」

「いっしょに?」

「奏ちゃんの遺影を囲んでみんなで写真を撮って、吉田さんに送ってあげるんだよ」

「おまえ、マジで言ってんのか」

吉田は喜びそうだけど。

「たまにはいいじゃないっすか」

話が聞こえていたようでそう言いながら太陽が近づいてくる。玲にも花凛にも撮影の話は伝えてあるのか、剣也の返答を待ってこちらを窺っていた。

「ねえ、撮ろうよ。ほら、奏ちゃんの写真を出して、あっちに並んで」

麻耶は強引に剣也へ指示を出すと、そばを通りかかった男性のお遍路に「写真を撮ってもらってもいいですか」とスマートフォンを渡した。

しかたがねえ。剣也はリュックを下ろして中から奏ちゃんの遺影を取り出した。太陽に写真立てのガラスを割られたあと、新たなものを松山市のホームセンターで購入した。白い木枠の写真立てだ。奏ちゃんのかわいらしい雰囲気に似合っていると思って買った。

国分寺の仁王門を背にみんなで並んだ。剣也が端に並ぼうとすると、麻耶に手招きされた。

「剣也は真ん中だよ」

「いいよ、端っこで」

「奏ちゃんの写真を持っているんだから、端っこってわけにはいかないでしょう。奏ちゃんの写真をここまで運んできた功労者は剣也なんだからね。胸を張って真ん中に写りなよ」

いちいちうるさいやつだ。剣也は渋々真ん中に立った。奏ちゃんの遺影を構えると、ほかのメンバーが剣也の左右に並んだ。

「では、撮りますね」

撮影を頼まれたお遍路がスマートフォンのカメラレンズをこちらに向けた。麻耶がすかさず言う。

「みんな、いい顔して。スマイルだよ」

「もしものときのために二枚撮りますね。はい、チーズ」

一枚目を撮ったとき、剣也はどんな顔をして写ればいいかわからなくて強張ってしまった。遺影を手にしているのにスマイルなんておかしいと思ったからだ。二枚目はもうなんとも言いようがない。まったく太陽のやつめ。

〈麻耶が急に八十番札所で記念撮影したいって言い出しやがって撮ったんだ。せっかくだから画像を送っとく。

残る札所は八つ。もう少しだ。

じゃあな〉

〈うわ、剣也君、送っていただいたこの画像はすばらしいですね。久しぶりに七班のみなさんのお顔を拝見できて大変にうれしく思います。

太陽君はリタイアしたと伺っていましたが戻ってきたのですね。みなさんも心強いことでしょう。剣也君も内心うれしかったのでは。剣也君と太陽君はウマが合いそうですもんね。

わたくしとしましては、玲君と花凜ちゃんの印象がだいぶ変わったように思われます。玲君の記憶が戻ってきたことはご報告していただきましたが、もうこんなにしっかりされているのですね。急に記憶が戻ったら心身ともにぎくしゃくしてしんどくなるのでは、と心配しておりましたが安心いたしました。日焼けしたせいもあるでしょうか、あるいは長らくお遍路を続けてきたことからくる自信のためでしょうか、玲君が逞しく変わったように見受けられます。ただただ記憶が戻っただけでは得られない変化が感じられます。

花凜ちゃんが笑って写っておりますね。こんな素敵な笑顔を浮かべる方だったのですね。彼女がピンクバンビというバンドのヴォーカルだったことを剣也君に教えていただいたのでCDを探して購入してみました。すばらしい歌声でした。いつか彼女の生の歌声を聞いてみたい。それがいまのわたくしの望みであります。

剣也君も笑って写っておりますね。こんなふうに剣也君が楽しそうに笑って七班のみなさんといっしょの一枚に収まっているなんて、わたくしとしては本当にうれしいです。

きっとみなさんも剣也君のやさしいところを理解できたのでしょうね。それにしてもいい一枚ですね。剣也君がメンバーの中心人物にして頼もしいお兄さん然として写っております よ。

今回もまた長々としたメッセージとなってしまい、剣也君に叱られるかもしれませんね。しかしながら、最後にお礼を。

剣也君に奏を託したことは我ながら最良の選択だったと、いまわたくしは自画自賛の嵐の真っただ中です。日常のふとした瞬間に奏のことを思い出すのですが、ああ、あの子はいま剣也君たちとお遍路の最中だった、なんて自然と考えることができているのです。奏が生きて旅をしているような感覚を味わえているのですよ。安心して託せた剣也君のおかげにほかなりません。本当にありがとうございます。

残りの札所はあと八つ。無事に結願《けちがん》に至りますように。

ああ、それにしてもこうしたみなさんの元気そうな顔を見ると、同じグループでお遍路を最後まで回りたかった。残念でなりません。メンバーに恵まれていたのに大変に惜しいことをしてしまいました。

では、またのご報告を楽しみにしております〉

〈だからよ、おまえのメッセージは長くてくどいんだよ！

送った画像でおれが笑っているのは楽しいからじゃねえぞ。太陽のやつが二枚目を撮る直前にでかい屁《へ》をこいたんだ。それで笑ってるだけだ。

それからおれは太陽とウマは合わねえからな。おまえは相変わらずとんちんかんなこと言ってんな。

ただよ、吉田がリタイアしてこのグループとお遍路を回れなかったのは本当に残念なことをしたよ。おまえがメッセージに書いていた通り、メンバーに恵まれているのは確かだからな。

そうそう、いっしょに歩いているときに、おれがお遍路に来た理由をうちの親父《おやじ》の不動産屋で働かせてもらうためだと言ったことを覚えているか？　あれはやめだ。

大学卒業後の働き先は自分で見つけるわ。

こんなおれでもどこまでやれるか、いまは試してみたい気分なんだよ〉

3

八十一番札所の白峯寺《しろみねじ》はその名に峯を冠する通り、山の上にあった。山の斜面を造成して作られた住宅地を抜け、急勾配の山道をのぼって白峯寺を目指した。あまりのしんどさに花凛は十歩ほど進んでは休むをくり返した。

こめかみから顎へ汗の粒が伝っていく。首に提げたタオルで拭い、呼吸を整えてまた歩き出す。

膝に手をつき、必死に山道をのぼった。気づけば頭の中で、よいしょ、よいしょ、とかけ声を唱えている。それがエッサ、ホイサに変わったり、エッチラ、オッチラに変わったりする。いつしかそうしたリズムにメロディーが加わり、頭の中で延々とくり返されるようになる。体育の授業で長距離を走ったときといっしょだ。同じメロディーが頭の中でループする。

以前の花凛だったら、この時点で頭をぶんぶんと振ってリズムもメロディーも振り払っただろう。歌がいやだったから。歌から逃げたかったから。

でも、いまはその浮かんできたリズムに体を任せ、メロディーに耳を澄ます。そのメロディーにどんな歌詞を乗せたらいいか、なんてことも考える。

思いついた言葉を舌の上で何十回も転がし、自分の心情をぴったりと言い表す歌詞となるか確かめる。できるだけ語感のいい言葉を探す。口に出してみて気持ちのいい言葉というものはある。

メロディーと歌詞の組み合わせがひとつできた。それは仮のメロディーと仮の歌詞であり、仮のタイトルをつけておく。先ほど足を止めたときに木々の切れ間から平野が見え、その平野に香川県特有の円錐《えんすい》形の山がいくつもにょっきりと生えていた。昔話の絵本に出てくるおむすびみたいな形をした山だ。だから、仮のタイトルは『メルヘン』とした。

いまここにフジがいたらいいのに。フジにでき上がったばかりの『メルヘン』を五線譜に書き起こしてほしかった。けれど、フジはいない。しかたがないのでスマートフォンを取り出し、忘れないようにと音声メモに『メルヘン』を歌って録音しておく。恥ずかしいので周囲を見渡して誰もいないことを確認してから、小声で歌って吹きこんだ。

八十一番札所の白峯寺にたどり着き、本堂の千手観音像に向かって手を合わせる。花凜は目を閉じて、いつもの願いごとを唱えた。

また歌えますように。

しかし、ふと違和感を覚えて首をひねった。唱えた願いごとがしっくりこなかったからだ。

いまの花凜は鼻歌程度ならば歌える。歌に対する抵抗感もない。作詞や作曲の意欲もある。であるならば、また歌えますように、なんて願わなくてもいいのでは。

いや、違和感は願いの内容についてではないと気づく。願うという行為自体にしっくりきていない。その根本的な理由は自分でもわからない。花凜は首をひねりつつ大師堂へ向かった。本堂と同じように手を合わせ、目を閉じて願いごとを唱えてみる。そのときやっと違和感の正体がわかった。

お遍路に来る以前は、歌えないことも、山西の件も、どうにも花凜の手には負えない問題だった。だから、お大師様の神秘的な力でもなんでもいいから助けてもらって、すべて解決してもらいたいなんて考えていた。

花凜はもともと信心深くないし、信仰心もない。そのくせ神秘的な力による救いは求めていた。不思議な力が働いて突如として歌えるようになったり、山西が改心してがらりといい人になったりという奇跡を望んでいたのだ。

でも、いま願いごとを唱えたときに、神秘的な力や奇跡など必要ないのだと気づいた。救われることを求めなくてもいいし、願わなくてもいい。

なぜなら、と花凜は目を開けて、大師堂に安置されている弘法大師像を見つめた。なぜならいまの自分はお遍路を歩く前の二宮花凜とは違う。千二百キロという途方もない距離を間もなく歩き終えようとしているいまの自分は、かつての自分と明らかに違う。そして、そんな千二百キロも歩ける自分ならば、歌に関しても、山西の件についても、自ら解決できるんじゃないだろうか。すでにそうした力を備えているんじゃないだろうか。

いまこの瞬間、願いごとが願いごとでなくなった。花凜にはそう思えた。

再び大師堂で手を合わせ、声に出して唱えてみる。

「また歌います」

しっくりときた。唱えるべきなのは願いごとではなくて誓いだったのだ。残りの札所では誓いを立てながら歩こう。決意を述べて回ろう。そう決めたら心が明るい予感で満ちた。

手を合わせたまま目をつぶる。ステージの上で高らかに歌っている自分が見えた。再始動したピンクバンビが大きな会場で演奏しているのが見えた。多くのファンからの支持を得て、充実した日々を送る自分たちがありありと思い浮かべられた。

そうだ、あれがピンクバンビのカリンだ。戻るべき自分だ。その姿がはっきりとイメージできた。

花凜は足取り軽く八十二番札所の根香寺《ねごろじ》へ向かった。遍路道は相変わらずの山道だ。

しかし、いままでの遍路道とその雰囲気は異なっていた。進めば進むほど、しんとした静けさに包みこまれていく感覚があった。

道の脇にある看板の前で足を止める。説明書きによれば、ここは江戸時代からの姿をそのまま残した古い遍路道だという。

花凜は頭上を見上げた。高い木々の緑が空を覆っている。木もれ日が少ない。木々の根本では白いキノコが顔を出している。ここはここでまたメルヘンの世界だった。

おそれ多いような、でも、どこかうっとりとした心地で、花凜は歩みを進めていった。ときとして竹林との出会いがあった。またときとして小さな沢との出会いがあった。現代的な人工物はまったく見当たらない。あるのは江戸時代に設けられた道案内の石柱や、一丁ごとの道しるべばかりだ。

そういった点から言って、ここはいちばん手つかずの遍路道に思えた。お遍路は自然の中を横切らせてもらっているだけ。人間のことは後回し。だからこその静謐《せいひつ》さがこの古い遍路道にはあるのだろう。

道はゆるやかなアップダウンが続いた。その心地よい傾斜と静けさのせいで、花凜の胸に浮かぶリズムもメロディーもゆるやかで静かなものとなった。

自然と鼻歌がもれる。その鼻歌が花凜の足を前へと運ぶ。自分の中から生まれた歌を、自分の耳が喜んでいる。これは久しぶりに味わう感覚だった。

歩きながら深呼吸する。この遍路道の静謐さが聴覚を繊細にしてくれている。自分の呼吸音、下草を踏みしめる音、鳥の囀《さえず》り、蟬《せみ》の声、虫の羽音、金剛杖の鈴の音、風に揺れる葉のざわめき、せせらぎの音。世界は音に満ちていると思った。

花凜は足を止めて、耳を澄ました。聞こえないはずの音まで聞こえてくる気がした。蟻《あり》の足音、シダ植物が葉を開く音、鳥がまばたきする音、蛇が蛇行して進む音、猪《いのしし》の心臓の音、木々の中を流れる水の音、太陽の光が降り注ぐ音。

「もっと！」

高揚してきて花凜は叫んだ。はっと我に返って周囲を見渡す。前を歩いていた玲の背中はもう見えないし、後ろを歩いていた太陽の姿もまだ見えない。照れくさくなり、うつむいて歩き出す。

スマートフォンを取り出し、静謐さと高揚感から先ほど生まれた新しいメロディーを歌って録音する。歌をいくらでも生み出せそうな活力を感じる。美しい歌を湛えた井戸が自分の胸底に湧いたかのようだった。その歌たちのみずみずしさが花凜の体の隅々にまで満ちていく。どんなことでもできそうな万能感に花凜は背中を押された。

歩きながら歌声を発していた。鼻歌ではなく、きちんと発声した歌だ。

ああ、自分の歌声ってこうだったっけ。

花凜は歌声との久しぶりの再会に酔いしれた。

長らく歌っていなかったことが幸いして喉の調子がいい。高音がすっと伸びていく。花凜の歌は木々のあいだをどこまでも響き渡っていった。まるで山の緑たちに受け止められているような感覚があった。

また歌います！

世界中に大声で触れ回りたいような心地でいっぱいになった。

朗らかな心地で歌いながら歩いていると、斜面の上に玲を認めた。玲は笑顔でこちらに手を振っている。花凜は急いで斜面を駆け上がった。

なぜかわからないけれど、今日の玲は宿を出たときからずっと先頭を歩き、率先して班を率いていた。ルートの検索や札所ごとの到着予想時刻も調べてくれていて、お昼を食べられる場所まで探してくれた。麻耶が担っていたコーディネーターとしての役割を、玲が肩代わりして行っているのだ。

少年時代の玲はミニバスケットボールクラブに所属していて、バスケもうまく、人望もあったという。記憶が戻ったことで、そのころの快活さがよみがえったのだろうか。

「気持ちのいい遍路道だね」

玲が穏やかに言う。

「いままでの遍路道でいちばん好き」

「ぼくも同じこと思ってた」

ふたりで笑い合い、いっしょに歩き出す。

「体調はどう？」と花凜は尋ねてみた。「頭が痛くなったりしていない？」

「体調はばっちり。頭痛もないよ。だけどさ、最初は本当にびっくりしたんだよね」

「びっくり？」

「過去があるってこんなふうなのかって驚いた。でも、それも慣れてきたかな。当たり前だもんね、過去があるって」

玲が微笑む。顔つきが逞しくなっている。これも過去が戻った影響なのだろうか。

「びっくりならこっちだってしたよ。記憶が戻ってきたばかりの玲ってずっとぼうっとしているんだもん」

「飽和状態だったんだよ。それまでの自分がばーんと弾けて、古い記憶が怒濤《どとう》のように戻ってきて、大パニックだったんだ。そこからやっと定まってきた感じだね。いま微調整の段階かな」

「定まってきた？　微調整？」

花凜が首を傾げると玲は説明してくれた。

「記憶が戻る以前は、いまここにいるぼくは本当のぼくなのかな、なんてことを悩んでいたんだ。本当のぼくは記憶をなくす前のぼくのはずだって。存在の不安に常につきまとわれていたんだよ。だけど、記憶が戻ってきてその不安がなくなった。いまはもうぼくはぼくだって言いきれるよ。ここにいるぼくこそ、まぎれもなくぼくなんだって」

玲の表情も口調も晴れ晴れとしたものだった。

たどり着いた八十二番札所の根香寺の山門には、人間よりもはるかに大きな藁草履がかけられていた。メンバーがそろったところで草履の前に並び、記念撮影をした。

札所の駐車場からは牛鬼という妖怪のブロンズ像が見えた。妖怪のはずなのにユーモラスな姿をしていた。そのどことなく間の抜けた表情とポーズを太陽がまねてみんなを笑わせた。

次の八十三番札所の一宮寺《いちのみやじ》までは約十五キロ。ひたすら山を下った。下りの途中、視界が開けて瀬戸内の海を一望できた。アートの島として有名な直島《なおしま》が見える。視線を上げていくと、その奥に大地が霞《かす》んで見えた。対岸の岡山県だった。

先を歩いていた玲が足を止めた。花凜はその横に並んだ。玲は無言で瀬戸内の島々を眺めている。その横顔は凜々《りり》しかった。

「いまのペースは速くない？」

歩き出す前に玲が尋ねてきた。

「ちょうどいいよ」

花凜が答えると玲は笑顔でうなずき、また先頭を歩き出した。その一瞬のことだった。

前を向きかけた玲の瞳に悲しみがよぎった。花凜は慌ててあとを追い、玲の横顔を盗み見た。しかし、もう凜々しい横顔に戻っていた。

玲の後ろを歩きながら、彼の胸の内に思いを馳《は》せる。わかったことがあった。今日の玲はただ積極的に班を率いて歩いているわけではない。よみがえった少年時代の快活さが反映されているわけでもない。玲はいま悲しみを振りきるために前へ前へと進んでいるのだ。

記憶が戻ったことで、玲は母親である美幸さんの死を改めて嘆き悲しんだはずだ。それは母親の死をちゃんと悲しみたいと言っていた玲にとって、待ち望んでいた悲しみのはず。しかし、とてつもなくつらいもののはず。美幸さんとしか呼ばなかった自分を、玲はいま激しく責め抜いている最中なのでは。

玲の深い悲しみや後悔を想像して、花凜は胸が張り裂けそうになった。そして、また新たな歌の種が生まれたと思った。それは悲しみを乗り越えるための、強くて美しい歌の種だった。


明くる日は高松市の繁華街を抜けた。栗林《りつりん》公園や日本でいちばん長いアーケード街である高松中央商店街を横目に歩き、八十四番札所の屋島寺《やしまじ》へ向かった。

屋島寺は海に面した屋島という山の平らな山頂にあった。山頂までは急なつづら折りの坂となっていて、花凜たちは大汗をかきながらのぼった。たどり着いた山頂は札所だけでなく、飲食店から水族館まで商業施設がずらりと並び、多くの家族連れが訪れていた。

山頂から下りる遍路道はひどく急だった。整備もされていない。長らく歩いてきてダメージの蓄積した足にしんどい下り道だった。

やっと下りきると、そこは日本史で習った屋島の戦いの古戦場跡だった。那須与一《なすのよいち》が矢で扇を射落とした場所のそばを通り、八十五番札所の八栗寺《やくりじ》へ向かう。

八栗寺は五剣山《ごけんざん》の中腹にあり、ケーブルカーが設置されていた。ケーブルカーを使わなくてはならないほど、札所までが急勾配だということだ。

花凜たちはケーブルカーを使わず、地面を睨みつけるかのような姿勢で必死に坂をのぼった。舗装された坂のうちでもっともきつい勾配だった。花凜は何度もふくらはぎが攣《つ》りかかった。結願までカウントダウンに入っているというのに、屋島寺や八栗寺などの難所が続く。お遍路は最後まで厳しいもののようだった。

屋島寺と八栗寺の参拝は、続けて二度の登山をしたようなもの。ふらふらになって八十六番札所の志度寺《しどじ》へ。その後、宿の都合でさらに八十七番札所の長尾寺《ながおじ》を目指した。一日で合計三十六キロという無茶な距離を歩く予定となっている。けれども、明日はお遍路最後の日。しかもたった十五キロを歩けばゴールである八十八番札所の大窪寺《おおくぼじ》へたどり着く。

そこまで考えて花凜はひとり笑ってしまった。以前だったら、「たった十五キロ」なんて考えられなかった。千二百キロという距離を歩いてきたいま、距離の感覚がおかしくなっている。十五キロを短く感じるなんて。

昨夜、花凜は眠りに就く前に、千二百キロという距離がどのくらいのものなのかスマートフォンで調べてみた。東京から日本最北端である北海道の宗谷岬まで、直線距離で千百キロだそうだ。結願すれば、それより長い距離を花凜たちは歩いたことになる。距離に対する物差しがおかしくなるのも道理かもしれない。


あと一キロで長尾寺というあたりでのことだ。黒いワンボックスカーが道路の路肩に止まっていた。停車している車なんていくらでもある。しかし、花凜は車のナンバープレートが気にかかった。このあたりを走る車はみんな香川ナンバーだ。黒いワンボックスカーは群馬ナンバー。久しぶりの関東のナンバーだった。

その車の脇を通りすぎる。窓には黒いスモークフィルムが張られ、車内を見ることができない。花凜が通りすぎてしばらく経ったとき、ワンボックスカーが走り出した。花凜を追い越し、百メートルほど先へ進んだかと思うとまた路肩に停車した。

挙動不審だ。不穏な感じもする。その後、ワンボックスカーは同じ動きを二度くり返した。花凜は気にしないふうを装いつつ、歩くペースを落として後続の太陽を待った。

「どうした？　足でも痛めたのか」

追いついてきた太陽が心配の声をかけてくれた。

「ちょっと疲れただけ」

「さすがに今日はかなりの距離を歩いているからなあ」

太陽と会話しているうちに、停車していたワンボックスカーは走り去っていった。気のせいだといいけれど。不安の影が花凜の心を覆った。

長尾寺は境内が広く、鄙《ひな》びた印象のある好ましい札所だった。メンバーはそれぞれ休憩を取り、そのあとそろって参拝をした。花凜は本堂でも大師堂でも念入りに手を合わせて、目をつぶって唱えた。

また歌います。

誓いを述べると背筋がすっと伸びた。

参拝を終えて納経所へ向かおうとすると、花凜の真後ろに人が立っていた。思わぬ人が立っていて驚く。いや、思わぬというわけでもない。群馬ナンバーのワンボックスカーを目にしたときから、もしかしたらと怪しんではいた。

「やっと会えたわね」

山西が嬉々《きき》とした笑みを浮かべて立っていた。けれど、目は笑っていない。鋭い視線を花凜に向けてきていた。

以前よりも痩せただろうか。血色もよくない。白髪の混じった髪を後ろでひとつにまとめている。白髪はK太の四十九日では見られなかった。急に白髪が増えたのか、それともあのときは染めていたのか。

その山西の後ろに五十代くらいの男性が立っていた。男性は困惑の表情を浮かべている。山西が再婚した相手かもしれない。くすんだ水色のポロシャツを着て、よれよれの灰色のスラックスをはいている。山西に寄り添っているようでもあるし、山西に対して及び腰であるようにも見えた。

「さんざん会いたいって伝えたのに、よくもまあいままで逃げ回ってくれたわね。いったいどういう料簡《りようけん》なのよ」

「会ってお話をする余裕がなかったんです。山西さんの悲しさとか苦しさとかを、わたしでは受け止められないと思って。ごめんなさい」

花凜が正直に謝ると、山西は眉をひそめた。そのまま、ひと呼吸分ほど黙る。いやな予感に満ちていく。山西の眉間に深い縦のしわが寄った。突然、けたたましく叫んだ。

「わたしが悲しいとか苦しいとか知っているくせに、あんたはどうして逃げ回っていたのよ！　なんて卑怯な女なの！」

「清美、落ち着いて」と山西の後ろの男性がおずおずと声をかけた。山西は振り向き、男性につかみかからんばかりの勢いで言った。

「あんたは黙ってて！　これはわたしと息子に関する問題なんだから！」

男性がへつらいの表情を浮かべて硬直した。山西に頭の上がらない人のようだ。山西が再び花凜に向き直る。その鋭い瞳でまばたきもせずに睨みつけてきた。先に納経所へ向かっていた玲たちが、異変に気づいて戻ってくる。

「あなた歌えなくなったんだってね。この前、電話口で誰かがそう叫んでいたわよね。歌えなくなったのはわたしのせいだって言ってたわよね」

山西の目は血走っていた。気圧されて花凜は一歩あとずさりした。踵が賽銭箱《さいせんばこ》に当たる。

「なんでわたしのせいなのよ。どこがわたしのせいなのよ。言ってみなさいよ。ほら、言いなさいよ」

言ったら言ったで山西は激高する。花凜は逃げることもできず、うまい言い訳も見つけられず、立ち尽くすしかなかった。

山西が手にしていた黒い革製のハンドバッグから、なぜか携帯電話を取り出し、不敵に笑った。

「あなたが歌えなくなったことを、わたしもインターネットで調べてみたのよ。ツイッターってやつも、あなたについてまとめてあるサイトも、みんな調べた。歌えなくなった理由がいろいろ書いてあったわ。喉を壊したとか、スランプになったとか、バンド内で揉めているとか。そうそう、バンドメンバーの男の子とくっついて妊娠したなんてのもあったわ。さあ、どれなの。どれが理由なの」

「おばさん、いい加減にしろよ」

剣也がそばまで戻ってきてくれた。山西が剣也を横目でじろりと睨む。

「その声とその失礼な言葉遣い、ときどき電話に出ていたのはあなたね」

負けずに剣也が言い返す。

「いまの頭のおかしいとしか言いようのない話、あんたはK太の母ちゃんだな」

「まあ、失礼な！」

「あのな、おばさん。花凜はやさしくて言わねえだろうから、おれからはっきり言ってやるよ。花凜が歌えなくなったのはおばさんが原因だよ。おばさんがおかしなこと言って、花凜をさんざん責めたからだよ。苦しめたからだよ」

山西がぶるぶると体を震わせた。怒りのせいだ。山西が震えながら剣也に近づいていく。背は剣也のほうが高い。山西は下から剣也をねめつけた。

「うちの息子はね、この女の歌を聞きながら死んだんだよ。この女のきれいごとに満ちた歌にたぶらかされて、きれいごとしか信じられない弱い心になって、この世界から消えてしまいたいって思うようになったんだ。人はどんなに汚らしくなろうが生きてかなきゃならないのにさ！　この女のきれいごとが殺したんだ。この女は償わなきゃいけないんだよ！」

聞きながら花凜は唖然《あぜん》とした。山西はK太の死に関して、こんな身勝手な解釈をしていたのか。

山西は完全に自分の罪を棚上げにしていた。K太を徹底的に無視し、逃げ場すら与えなかったことは、彼女の中でなかったことになっているようだ。たぶん、それが罪悪感を回避する唯一の方法なのだろう。K太が死んだ要因を自分の外に作らないと心が壊れてしまうのだ。

ただ、自分が悪いことは山西も気づいているはずだ。認めたくても認められないだけでわかっている。花凜に罪をなすりつけたくてしかたがないという必死さが、山西からはひしひしと伝わってくる。

「おばさんはさ、息子さんがどれだけ花凜の歌に救われていたのか、全然わかってねえんだな」

剣也がうんざりとこぼした。その剣也に花凜は目配せした。あとは大丈夫。自分でなんとかする。いまの自分ならばなんとかできるはず。ありがとう。そう目で伝えた。

「K太君のお母さん、わたしはわたしの歌をきれいごとだと思っていません。K太君もきれいごととして聞いていたとは思いません。彼は美しいものとして聞いてくれていたはずです。そう信じています」

　花凜がきっぱりと言うと、山西が憤然として言ってきた。

「信じていますってなによ。あなたにあの子のなにがわかるっていうのよ！」

「ねえ、お母さん。K太君がつらい日々を過ごしていたのはご存知ですよね。何度も苦しいってメールでお母さんに助けを求めていましたよね」

　あえて花凜は強い口調で訴えた。山西がひるんだところで畳みかける。

「K太君は生きることがしんどくてしかたなかったんですよ。それでも、心がねじ曲がることはなかった。人に迷惑かけたり意地悪したりする人間にもならなかった。苦しいことや悲しいことにまみれても、K太君は美しいものだけに手を伸ばし続けたんです。そして、わたしたちピンクバンビに愛を注ぎ続けてくれたんですよ。K太君は愛にあふれた人でした。それは彼の強さゆえですよ。しんどさに負けない人としての強さ。その強さをなかったことにしたり、気づかないふりをすることは、たとえ山西さんがK太君のお母さんであっても、わたしは絶対に許しません」

　自分はK太と同じように、ひどくつらいときでも誰かに愛を注ぎ続けられるだろうか。愛にあふれた人でいられるだろうか。

　K太の気丈さに心打たれて花凜は泣けてきた。愛にあふれていたのに愛されなかったその報われなさに涙が出てきた。

「清美」

山西の後ろに立っていた男性が呼びかけた。帰ることをうながそうとしていた。しかし、山西はその男性に歩み寄り、ハンドバッグを振り上げた。

「なによ！」

止める間もなく山西はハンドバッグを振り下ろした。容赦なく何度も叩きつけた。

「ちょっとそれはまずいっすね」

太陽が山西の腕をつかんで制止した。玲がふたりのあいだに立って壁になる。

「なんなの、あんたたち。手を放しなさいよ。暴力を振るうなら警察を呼ぶわよ」

「願ってもないことっす」と太陽が微笑んで山西を解放した。「込み入った話みたいっすけど、それならぜひ警察の方に聞いてもらわないと。なあ、玲」

「うん、そうしてもらおうか」

玲がスマートフォンを取り出し、ディスプレイの上で指を走らせる。警察に連絡を入れようというのだろう。

「待ちなさいよ、あなたたち。ふざけるのもいい加減にしなさい」

「ふざけてなんかいないっすよ。警察に来てもらって、いまここで行われていたことを説明して、公明正大に判断してもらうだけっす。もちろん、いまこちらの男性がバッグで殴られていたことも説明して、誰が悪くて誰が悪くないかはっきりさせるだけっすよ」

「この人はわたしの旦那だよ。叩こうがなにしようが他人は関係ないでしょうが」

「あら、旦那さんっすか。でも、旦那さんなら叩いてもいいという道理はないっすよ。それこそ警察沙汰っす。ドメスティックバイオレンスってやつっすね。この際、K太君のこともひっくるめて、みんな警察に聞いてもらったらいかがっすか」

太陽の口調はあくまで穏やかだった。話し終えると微笑み、玲に向かってうなずく。通報の合図のようだった。

「ちょっと待って、ちょっと待って」

山西が慌てふためいて玲に近づいていく。玲も努めて穏やかに対応した。

「でも、ぼくたちで話し合っても、埒《らち》が明かないでしょうから」

「警察は駄目よ」

声に嘆願の響きがあった。K太が死んだことに対して、やましい部分があるからだろうか。やはり山西は自分の非をわかっているのでは。

今度は玲が太陽にうなずき、スマートフォンをしまった。すかさず太陽が山西に質問する。

「K太君のお母さんはいつまでこちらに滞在する予定っすか」

「いつまで？　なによ、その質問は。仕事を辞めて四国にやってきたんだから、いつまでなんて決めていないわよ」

「おお、自由っすか。だったら時間があるってことっすね。それなら花凜とK太君の件は明日まで待っていてくれないっすかね。この話の続きはまた明日ってことで」

「また明日？」

「おれたち、明日で結願するんす。八十八の札所を明日ですべて歩き終えるんすよ。それでこんなことは申し上げにくいんすけど、おれたちがゴールするまで干渉してこないでほしいんす。ゴールさえしてしまえば、お話はいくらでもお伺いしますから。なんだったら、このおれが直々に聞かせてもらいます。いかがでしょう」

「ぼくも同じくお聞かせください」と玲が微笑む。「ぼくらは明日、午前十一時に八十八番札所に到着する予定です。参拝が終わってしまえば、ぼくも太陽も自由なんで」

山西は眉間にしわを寄せて思案したのち、不承不承というふうにうなずいた。再び花凜に向き直り、鋭い視線を送ってくる。

「これであなたも明日までの猶予を得たってわけね。自分が犯した罪について明日までゆっくり考えておきなさい。逃げたら絶対に許さないからね」

あくまでも悪いのは花凜と考えているようだ。花凜は山西をまっすぐ見返して言った。

「逃げるなんてとんでもないです。明日はK太君が愛してくれたわたしの歌を、美しいものだと証明する日なんですから」

「証明する？　なにを言っているの、あなたは」

「わたしが歌えなくなった原因はたしかに山西さんでした。でも、原因はもうどうでもいいんです。歌えなくなったのはわたしが弱かったから。歌える自分に戻れなかったのもわたしが弱かったから。明日お遍路をすべて歩き終えたとき、わたしは歌える自分に戻れます。そういう確信があります。だから、明日はみんなの前で歌ってみせて、K太君が愛してくれた歌がいかに美しいものだったか、みんなに聞いてもらいたいんです。それがわたしの言う証明です」

不思議と山西を前にしても怖気《おじけ》づかずに話すことができた。

「あんたって女は」

山西が憤怒《ふんぬ》の形相となった。しかし、なにも言わない。あまりの怒りで言葉が出てこないようだった。身の危険を覚えてあとずさりをする。玲がさりげなく寄り添ってくれた。太陽がからりと笑って山西に語りかける。

「では、また明日に」

「清美」と山西の夫が再び帰ることをうながした。

「うるさい！」

山西がハンドバッグをフルスイングして夫の胸元に叩きつける。ぼこりと鈍い音がして花凜は思わず顔をしかめた。山西はそのまま肩を怒らせて帰っていく。山西の夫が申し訳なさそうにお辞儀をしてからそのあとを追っていった。

最終日の九月五日、山間の奥に位置する八十八番札所の大窪寺へ、予定通り十一時にたどり着いた。山門はゆるやかな坂の上にあり、その手前に石柱の門があった。右の石柱には「医王山　大窪寺」の文字が、左の石柱には「四国霊場　結願所」の文字が彫られていた。

この大窪寺から徳島県にある十番札所の切幡寺までたった二十キロしかない。一番札所の霊山寺までならば四十キロ。つまり、とうとう四国を時計回りにぐるりと歩き、スタート地点の近くまでやってきたというわけだ。

大喜びでゴールしたかったところだが、山門の前に異様な光景が広がっていた。山門の下の石畳の道をたくさんの人が埋め尽くしていたのだ。みんな花凜たちと同じ二十代くらいだろう。石畳の道に入りきれない人たちが、門前の沿道にあふれ返っている。道をはさんだ食堂やみやげもの屋の店先も、立ち並ぶ人々によって覆われてしまっていた。ざっと数えただけでも百人はいる。

「おかしいな。八十八番札所ってゴールのわりにはいつも閑散としているところなんだけどな」と剣也が首を傾げる。

「別にみんなお遍路ってわけじゃなさそうだし」と麻耶も不思議がる。

花凜には察しがついた。集まっている人たちの中にピンクバンビのグッズを手にしている人がちらほら見受けられたからだ。ピコがデザインしたTシャツやメッシュキャップやツアータオルなどを身につけている。

「あ、カリンだ」

群衆の中のひとりが花凜に気づいた。ざわめきが起こり、「本物だ」とか「あの情報はマジだったんだ」などという声が聞こえた。花凜は菅笠を深くかぶり、山門へ向かった。

「どうやら山西さんが花凜がここへ来ることをネットで拡散したみたいだな」

太陽も気づいたようだ。

「あのおばさん、余計なことしやがって」

剣也が憤慨しつつ山門手前の石段を上がる。

四十八日もかけた長い旅の感動的なゴールになるはずだったのに、山西に水を差された形になってしまった。花凜は歩きながらメンバーに向かって謝った。

「みんな、ごめんね」

玲が笑顔で首を振る。

「花凜が謝る必要なんてないよ。どんなことが起きようとも、ぼくらが千二百キロを歩いてきたことは動かしようのない事実なんだから。この夏のぼくらの旅が色褪《いろあ》せることなんてないんだ」

「うおおおお」と太陽が突如として野太い雄叫《おたけ》びを上げた。花凜たちメンバーも周囲にいた人たちも驚いて目を見張った。麻耶が太陽の尻を思いきり叩く。

「なにを急にでかい声を出してんのよ」

「痛いなあ。いまのは喜びの声に決まっているじゃないか。おれたちはとうとう歩ききったんだぞ。これで結願なんだぞ。大喜びしなかったら、それこそお大師様に失礼ってもんだろ」

「なるほどね」と麻耶が微笑む。

「太陽の言う通りだね。せっかくのゴールなんだから喜んでゴールしよう」

そう言って玲が両腕を突き上げ、太陽と同じように「うおおおお」と叫んだ。太陽も両腕を突き上げて叫び、そのままふたりとも山門をくぐっていった。

「まったくばかなんだから」

麻耶はそう文句を言いつつも「きゃあああ」と喜びの奇声を上げて山門へ向かっていった。花凜は残された剣也と顔を見合わせたあと、お互いにやりと笑ってからみんなと同じように大声を上げて山門をくぐった。

境内の中央で待つ玲たちまで、花凜は全力で走った。金剛杖の鈴がりんりんと響く。背中のリュックが盛大に揺れる。いい仲間と出会えたすばらしい夏だと思った。

参拝を終え、納経所で納経帳にしるしをもらい、山門を出た。花凜を目当てに集まった人たちはさらに増えていた。

「証明してくれるのよね」

その声がしたほうを見ると山西がいた。山西の夫もいっしょだ。花凜は落ち着き払って返した。

「もちろんです。いまここで歌います」

花凜の言葉に集まった人たちがどよめいた。そのどよめきを合図に人々がこちらへ押し寄せてきた。

大窪寺が面している道は、ちょうど門前でY字の分岐点となっている。お遍路に来た車や観光バスが方向転換できるように、Y字の中心部分は広く取られており、ゼブラゾーンも設けられている。しかし、そこも集まった人々で埋め尽くされてしまっていた。車道にも人がたくさんはみ出しており、車がクラクションを鳴らして通りすぎていく。早く歌わないと大変なことになる。それこそ警察が呼ばれる事態になるかもしれない。

花凜は菅笠を脱ぎ、上半身だけ着ていた白衣《びゃくえ》を脱いだ。麻耶がそれらを金剛杖やリュックとともに預かってくれる。

「おい、これを見ろよ。いま知らせが来たんだけどよ、花凜のことすげえ拡散されているらしいぞ」

剣也がスマートフォンをみんなに見せた。さまざまなSNS上で花凜が歌うことが宣伝されていた。花凜は山西に視線を向けた。自分が話題にされているとわかったのか、山西は悪びれもせずに笑みを浮かべた。

「あなたが歌うことをたっぷりと広めておいてあげたからね。歌えなくなったピンクバンビのカリンがまた歌うって」

花凜は小さくため息をつき、自分のスマートフォンに着信がないか確認した。メッセージやメールが数件届いていて、その中にエリーからのものがあった。

〈ねえねえ、どういうこと？

カリンが歌うって噂がネットに出てるって教えてもらったけど。

本当なの？〉

それが本当なのよ、エリー。

花凜はスマートフォンのカメラ機能を立ち上げ、動画撮影モードに切り替えた。そのままスマートフォンを玲に渡す。

「これで動画を撮ってほしいの。お願いできるかな」

「了解」

玲は快く引き受けてくれた。

「大丈夫なの？　本当に歌えるの？」と麻耶が心配してくる。

「うん、大丈夫だよ」

花凛は自信たっぷりに答え、ひとり石畳を歩いた。山門付近にいた人たちが花凛のあとをぞろぞろとついてくる。敷地の入口に立っている石柱よりも外へ出る。花凛は集まっている人たちに向かって声を張り上げた。

「いまから歌います。大騒ぎになると札所や近隣にお住いの人たちに迷惑がかかるので、歌うのは二曲だけです。車が通るので車道にはみ出さないでくださいね」

集まっていた人たちが花凛の正面に移動した。山西とその夫が最前列の正面を陣取る。玲が動画を撮るためにスマートフォンを構えて立ち、元七班のメンバーはその周囲にまとまった。

剣也の隣に見覚えのあるふたりがいた。金髪とストローハットの二人組だ。ネットの情報を見てやってきたのだろう。ふたりとも花凛に向かって申し訳なさそうに会釈した。花凛は指でOKサインを作り、もう気にしていないことを伝える。

太陽の姿が見当たらないな、と思っていたら空の赤いビールケースを掲げてやってきた。

「歌うならみんなが見渡せるほうがいいと思ってさ」

そばの飲食店から借りてきてくれたようだ。ビールケースを逆さまにして設置してくれた。

「ありがとう」

「むかしの演歌歌手のドサ回りみたいで申し訳ないな」

「いまのわたしにはこのくらいのステージがちょうどいいよ」

「久々だから緊張するんじゃないのか」と太陽がぐるりと見回す。「これって三百人はいるだろう」

「緊張は全然」

「余裕じゃないか」

「だってわたし、一万五千人の前で歌ったこともあるんだよ」

「あはは、それなら大丈夫だな。楽しめよ」

太陽は手を振って玲たちの元へ向かっていった。もちろん、楽しみますとも。

花凜は靴を脱ぎ、靴下も脱いだ。裸足でビールケースの上に立つ。「痛くないのかな」と声が聞こえた。ビールケースの裏底は、格子状の仕切りがそのまま剝き出しになっている。素足だと樹脂でできた仕切りが足に食いこむ。それが痛そうに見えるのだろう。

「へっちゃらなんだよね。千二百キロも歩いてきたら、足の裏の皮が厚くなっちゃってさ」

先ほどの声の主はわからないが、花凜はビールケースの上から笑顔で話した。

手庇を作り、集まった人たちを見渡す。緊張はまったくしていない。理由はわかっている。自分はいま花凜ではなくてカリンだから。スイッチが切り替わったのだ。カリンというステージネームを考案してくれたピコに礼を言いたくてしかたがない。

群衆の真ん中あたりにオレンジ色の髪の毛をした女の子が見えた。ギターケースを背負っている。松山の大街道で会ったあの女の子に違いなかった。

「君、ちょっと来て！　オレンジ頭の女の子！」

花凜は急いで手招きした。オレンジ頭の子が不思議そうな顔で人垣を掻き分けてやってきた。花凜はビールケースから降りて尋ねた。

「ギターのチューニングは合ってる？」

「さっきまで弾いてましたから合ってると思いますけど」

「松山でせっかく弾いてくれたのに歌えなくてごめんね。今度こそ歌うからもう一度弾いてもらってもいいかな、『冬のくちぶえ』を」

オレンジ頭の子の瞳が輝いた。「もちろんですよ」と言うなりケースからギターを取り出す。例のギルドのアコースティックギターだ。ストラップを肩から掛け、チューニングの微調整をする。

「ねえ、あなた本当に歌えるの？　ずっと歌えなかったくせに」

山西の声がした。突然の山西の冷ややかな言葉に、集まった人たちから暗いざわめきが起きる。山西は意地悪な笑みを浮かべていた。花凜が歌うのを邪魔したいのかもしれない。

ビールケースの上に再び上がる。人差し指を頭上高くに掲げ、花凜はそのまま黙った。それはほんの数秒のことだ。その数秒ですべての人の視線が、花凜の人差し指の先端に集まった。

「なるべく大きな声で歌います。でも、マイクがないのでみなさん静かに聞いてくださいね」

花凜は掲げた人差し指を、今度は自分の唇に押し当てた。静かにというゼスチャーだ。山西が起こしたざわめきが消え、誰もが静かに歌を聞こうとする態勢に変わった。こうしたステージ上での振る舞い方は得意なほうだった。

ギターのチューニングが終わったようだ。オレンジ頭の子と視線を交わす。花凜が小さくうなずくとギターの演奏が始まった。大街道で聞いたときに思ったが、彼女はいい演奏をする。小気味よいカッティングと美しい余韻。演奏に余裕もある。人前で演奏することに慣れている子かもしれない。

前奏の最中、動画を撮っている玲と目が合った。視線で伝える。ありがとう、玲。歌えるのは玲のおかげだよ。

山西に視線を移す。山西はさも不機嫌そうにこちらを見上げていた。花凜はかまわずに微笑みかけた。これから歌うのは、あなたの息子であるK太がもっとも愛してくれた曲です。K太が愛していた歌詞にぜひとも耳を傾けてほしい。K太が何度も聞きに来てくれた生の声をぜひとも味わってほしい。

歌い出しの箇所がやってきた。たっぷりと息を吸う。そっと目を閉じた。最初の歌詞を声に乗せ、空に放った。

完璧だった。自分でもうっとりするような歌い出しだった。高らかで透明な声が出た。目を開けると、まばゆい青空に歌声がきらきらと響き渡っていくのが見えた。

あとはもう夢心地だった。聞く人たちもうっとりしているのが見て取れた。それぞれの魂がこちらを向いているのがわかる。一度に三百人の人間と深い心の対話をしているような感覚がある。

歌声が世界の隅々にまで届いていく。聞いている人たちの心をやさしく撫で、誘《いざな》っていく。自分まで自らの歌声で宙に浮く心地がした。

うれしいときにはうれしい歌を。悲しいときには悲しい歌を。

歌いたいときに歌いたい歌を歌いたいように歌う。

それが自分にとっての翼だった。なのに山西に翼を奪われていたんだな。

その山西はじっと花凜を睨みつけていた。多くの人がリズムに体を揺らしているなか、微動だにしない。周囲と比べると強烈な異物感があり、孤独であることがあらわになっているように見えた。

たぶん、山西とは共倒れするしかない相互依存といった関係に陥っていたのだろう。もともと花凜が歌いたかったのは、人の心に寄り添いたかったから。苦しんでいる人がいたら、その人を救ってあげたかったから。そうした使命感で歌っていた。そして、K太こそ花凜の抱いていた思いが届いていた人だった。

K太がピンクバンビの歌に救いを感じたといまも信じている。しかしながら、事実、彼は死んでしまった。山西に指摘された通り、花凜の歌は死のストッパーにならなかった。そのことへの罪悪感にずっとつきまとわれ、償いをしなければならないように感じていた。

そこへちょうど山西がやってきた。彼女は息子を死なせてしまったことを受け入れられず、罪も認めたがらず、死の責任を花凜になすりつけてきた。

己に非があるかもと悩む花凜、あなたが悪いとなすりつけてくる山西。

うまい具合にはまりこみ、花凜は償いとして山西を助けようとしたし、山西は罪悪感から逃れるために花凜を責め続けた。

唯一、許すという言葉を口にできるK太はもういない。花凜と山西はお互い疲弊するばかりの泥沼にずぶずぶとはまっていった。やがて花凜は歌うことが苦しくなり、歌そのものからも逃げてしまった。

でも、お遍路をしているあいだに気づいたのだ。玲をはじめとするメンバーが気づかせてくれた。K太が愛してくれた歌をやめてはいけない。歌い続けなくてはいけない。また新たな歌を生み出さなくてはいけない。

お遍路を歩きながら、花凜はたくさんの歌の種を見つけた。玲のことはもちろん、ほかのメンバーひとりひとりに物語があり、それらはいつか花凜の歌の一部となって羽ばたいていくだろう。

そしてなにより、K太の歌を歌わなくては。そのために彼についてもっと知らなくては。彼は悲しい最期を迎えた。けれど、夢があったはずだ。笑った瞬間があったはずだ。好きな子もいたはずだ。K太が抱いていた光を知りたい。

間奏に入った。アコースティックギターのやさしい音色が空へのぼっていく。花凜は声をひと際張り上げて訴えた。

「この『冬のくちぶえ』を大好きだった男の子が、この曲を聞きながら亡くなったんです。曲を知っている人はぜひ彼のためにいっしょに歌ってください！」

さあいっしょに、と花凜は両手を広げた。間奏が終わり、再びサビのメロディーへと移る。花凜が率先して歌い、手であおるとぽつりぽつりと歌い出す人が現れた。

「もっと！」

合いの手を入れてさらにあおる。オレンジ頭の子がギターを弾きながら大きな声で歌ってくれた。きれいな声をしていて、『冬のくちぶえ』を見事に歌いこなしている。そう言えば、『冬のくちぶえ』がいちばん好きだと言っていた。本当だったんだな。うれしくなって笑顔で叫んだ。

「もっと!」

いつしかほぼ全員が歌ってくれていた。

ビールケースの上からは、ひとりひとりの顔がよく見えた。玲が歌っている。麻耶が歌っている。剣也まで歌っている。太陽は大口を開け、こぶしを振り上げて歌っていた。声が大きいので例の調子はずれの歌が、花凛のところまで届いてきていた。音感は相変わらず残念だが、すこぶる楽しそうだ。恥ずかしくて歌うことをためらっていた人たちが、太陽の歌声に勇気づけられて歌い出すのが見えた。

三百人による約五分間の大合唱が終わったとき、不思議な熱気があたりを包んでいた。久しぶりに熱唱した花凛の額からは、汗がとめどなく流れ落ちた。手の甲で拭っても拭っても汗は出た。歌い終えた三百人の顔はみんな上気していた。夏の暑さのせいもあるだろうけれど、歌ったことからの高揚感で熱くなっているんじゃないだろうか。そうしたなか、ひとり山西はうつむいていた。夫が心配そうに顔を覗きこんでいる。

花凛はビールケースを降り、ギターを弾いてくれたオレンジ頭の子に礼を述べ、聞く側に戻ってもらった。用意しておいたペットボトルの水をごくりと飲み、再びビールケースの上に立つ。

「最近、悲しいことがあった人はいますか」

花凜は三百人をゆっくりと見渡して尋ねた。はっと数名が顔を上げた。

「では、悔しかったことがあった人はいますか」

そう尋ねてから花凜は自ら挙手をしてみせた。数名がぱらぱらと手を挙げた。

「寂しいな、という思いを抱えて毎日を送っている人は？」

また手が挙がる。

「抱えきれないしんどさで生きていくのがつらいって人は？」

遠慮気味に手を挙げる人がふたり。花凜と同い年くらいの男の子と女の子。そのふたりに向かって花凜はうんうんとうなずいた。

「一時期わたしは歌えなくなって、バンド活動も休止して、また歌えるようにって願いを抱えてお遍路に来たんだよね。お遍路って神秘的な力にあやかれるイメージがあるでしょう。わたし、なにかにすがりたかったんだよ」

花凜は言葉を一度きり、再びゆっくりと見渡した。

「でも、わたしがまた歌えるようになったのは、すがったからじゃないんだよ。神秘的な力のおかげでもない。わたしはね、千二百キロを歩いてみてわかったのよ。消えてしまいたいくらい重い悩みを抱えているなら、あるいは毎晩泣いてしまうような深い悲しみに包まれているなら、それらの思いよりさらに大きな行いに自らをゆだねてみるべきだってことに。途方もなく大きな行いに自分をゆだねるの。それがわたしの場合、お遍路だったんだよ」

理屈ではないのだ。とてつもなく大きな行為や行動の中で、体感することでしか見えてこない答えがある。頭で考えても処理しきれず、心の器で受け止めきれないなら、お遍路のような非日常に飛びこめばいい。空や海や風や森にその身を融《と》かしてしまえばいい。

お遍路は不思議だった。死装束をまとい、非日常の長い旅に出る。そのルートが円となっているのがまたいい。遠く離れた土地への一方向の旅ではない。ぐるぐると回る。それがまた途方もなさを募らせる。また、もし信仰心を抱いて歩く人がいるならば、お遍路は聖地を巡る旅としてありがたみが増すだろう。お大師様の存在を感じながらの意義深い旅になるはずだ。

つまるところ、お遍路はさまざまな人の受け皿になるようになっている。どんな人でも、歩くことによって自分なりの答えを導き出せるシステムになっているのだ。

「だからね、もし抱えきれないものがあって苦しんでいる人がいたら、お遍路という途方もない旅に自らをゆだねることをお勧めするよ」

花凜はビールケースから降りた。山西に歩み寄る。真ん前に立つと山西はうつむいて目をそらした。花凜はやさしく語りかけた。

「山西さん、わたしといっしょにお遍路をしましょう。ふたりで歩きましょう」

「え」

山西が顔を上げた。花凜を見つめるその目は赤く縁取られていた。以前の血眼の状態ではない。たぶん、涙のせいだ。三百人がK太のために歌ったことで心動かされるものがあったのかもしれない。

「わたしは今日がスタート日でもかまいません。いっしょに歩いてK太君のことをたくさん聞かせてください」

花凜の言葉に玲たちも驚いていた。

「清美」と山西の夫が呼びかけた。山西がまた激昂して容赦なく当たるのでは、と花凜は身構える。しかし、山西は夫に向き合うと、肩口に頭を預けて嗚咽《おえつ》をもらした。山西の夫が花凜に尋ねてくる。

「このあとみなさんは高野山《こうやさん》へ行く予定ではないのですか」

お遍路は結願したあと、高野山の奥の院に詣でて満願成就に至るとされている。玲たちとは後日そろって高野山へ行ければいいね、と話していた。

「お詳しいんですね」

「一応、四国に来る前にお遍路について清美と調べましたから。わたしも歩いてお遍路を回ってみたいな、と思っておりましたので。だから、もし清美と回られるのであれば、わたしもご同行したいのですが、いかがでしょう」

今度は花凜が驚く番だった。

「それはぜひ」

「では、ひとつ提案なのですが、みなさんが高野山を参拝したのちに改めてごいっしょさせてください。一ヶ月後でも半年後でもかまいません」

花凜はうなずいてから、「山西さん」と呼びかけた。山西が涙を拭きながらこちらを向く。

「どうでしょうか」

尋ねると山西はかすかに頭を下げた。了承を得られたようだ。花凜は山西の手を取った。約束の握手を交わす。山西はやや肉厚な手をしていた。K太が触れたかった手なんだろうと思ったら、胸がひりひりと痛んだ。

「ありがとうございます。日程についてはのちほど」

そう言い残して花凜はビールケースの上へ戻った。これは直感だが、山西はもう大丈夫な気がした。人はスタートラインに立った時点で変わり始めるものだから。

お遍路を歩けば、山西は歩きながら否が応にもK太を思い返すだろう。すでに起こったことはなかったことにできない。罪悪感は消えないだろうし、許されたなんて思いに簡単に至ることは難しい。

ともかく必死に歩いて、自分だけの答えにたどり着ければいい。なぜこんなことになってしまったのか、原因や根幹に向かっていける強さをまずは身につけられればいい。

「続いては新曲です。お遍路を歩きながら作った曲です」

花凜は目を閉じた。大きく息を吸う。三百人が耳をそばだてるのがわかった。しんと静まり返る。

そっと静かに歌い出す。いままで作った中でいちばん静かな曲だ。素朴で、ゆるやかで、寂しいメロディー。祈りが歌という形をまとった曲。

お遍路を歩いているとき、道端にたった一輪だけ咲いている花を見かけた。たった一羽で飛んでいる鳥を見かけた。あれは自分だと道理も通っていないことを考えた。自分もたったひとり歩いていかねばならない。たったひとりで生きていかねばならない。

けれど、道端の花は太陽や雲や風や虫たちを知っている。鳥は人では知り得ぬような景色をたくさん目にして生きていく。同じように自分もひとりだけど豊かだ。お遍路に来てたくさんの人と出会った。四国の美しい景色にたくさん出会えた。いまこうして歌っていてもピンクバンビの仲間が周りにいるかのようだ。新しいこの曲に合わせて、エリーがキーボードを弾き、ピコがベースを弾き、フジがドラムスでリズムを取っているのが聞こえる。ピンクバンビを愛してくれたK太が微笑んでいる。冬の土手の上を高らかに口笛を響かせて歩いていく高木まりえが見える。

自分はひとり。でも、自分の中はなんて豊かなのか。なんて多くのものと生きているのか。そうした気づきが、寂しいメロディーに凛《りん》とした気高さを宿らせた。

お大師様はその口に明星が飛びこんできて悟りを開いたという。自分を含め、多くの人たちには明星からやってきてくれることなんてあり得ない。こちらから明星を目指して歩き続けるしかない。はるか明星を目指し、自問自答しながら、歩いていくしかないのだ。そうしたときに、この新しい曲がみんなの支えになってくれればいい。この曲が心の中で響いているうちは、おそれるものなどなく進んでいけますように。

花凛は目を開けた。みんな泣いていた。微笑んでごまかそうとしたけれども、いっしょになって泣いてしまった。自分の歌が人の心に届いている。いま幸せな関係を築けている。

心が震えて、歌声が澄んだ。お遍路のあいだに目にした空と海の青に、いままた包みこまれた気がした。長く苦しかった旅が一瞬のことに思え、旅の記憶があまやかな色合いに染められていく。

歌い終えて花凛は深々と頭を下げた。

「いま歌ったのは『明星に歌え』という曲です。わたしが歩きながら感じたことがみなさんに伝わったならばうれしいです。ありがとうございました」

ビールケースを降りる。玲が太陽が麻耶が剣也が駆け寄ってくる。花凜は泣きながらみんなの元へ向かった。

解説

榎本正樹

室町期以降、庶民の間に広がった四国遍路は、祈りと救いの場として多くの人々の信仰を集めてきた。近世、近代、さらに現代においても四国遍路への関心は衰えることなく続いている。二〇一四年には開創一二〇〇年を迎え、各種の記念事業が行われたことは記憶に新しいし、現在、世界遺産への登録も提案されている。弘法大師《こうぼうだいし》信仰に基づき、八十八の札所を遍路道を歩いて巡礼する独自の地方文化は、時代を超えた精神の遺産として受け継がれている。

本書は、四国八十八ヶ所霊場を巡礼する若者たちの苦難と葛藤と和合の旅を描いたお遍路小説である。大学生向けのお遍路企画に、日本各地から参加してきた七人の若者たち。若い男女が混合して、夏休みのあいだ一緒に四国の地を経めぐる。様々な個性を持った若者たちによる和気あいあいの珍道中が展開されると思いきや、そうはならない。

東京から来た大学三年生の相楽玲《さがられい》は、他人とは最小限のコミュニケーションを心がける引っ込み思案の性格。人と話す際に「ほころび」が露呈することを恐れる。ある喪失を経た玲は、四国を巡ることで自分探しならぬ「記憶探し」を模索する。玲と同じく東京から参加した大学三年生の三上太陽《みかみたいよう》は、巨漢でいかつい外貌とは裏腹に、一途《いちず》でひた向きな明るい青年だ。年上の子持ちの女性に告白して振られた太陽は、すべてを忘れるためにこの地にやって来た。千葉で生まれ育った大学三年生の二宮花凜《にのみやかりん》は、その美貌で衆目を集めるが、コミュニケーションを遮断する頑《かたく》なな姿勢を貫き通す。花凜は自分を縛るある記憶から自由になるために、お遍路に参加する。

大学時代の思い出作りとして北海道から参加した大学三年生の麻耶《まや》は、マラソンや登山にも果敢に挑む行動派。誰とでも気軽に接する明るい性格だが、時にそのお気楽さが空回りしてしまう。愛媛出身で大学三年生の生田剣也《いくたけんや》は、父に強制され、いやいやお遍路を行う。やさぐれた彼の言動は周囲に波紋を投げかける。長野から参加した大学院一年生の吉田は、年長者らしい冷静さと丁寧さを兼ね備えた人物である。彼ら六人を引率するのが、地元の大学に通う四年生の木戸だ。

本書はまず、お遍路についての情報小説としてすぐれている。四国八十八ヶ所霊場や遍路道について未知の読者であっても、物語を読み進める過程で、お遍路の歴史、弘法大師との関わり、各霊場の特色、参拝の手順、遍路の服装と道具、そしてお遍路用語についての数々の知識を習得できる。作中人物の行動や思考に絡めながら情報提示されるので、お遍路全般についての知識を自然な形で得られる仕組みだ。

それぞれに事情と秘密を抱えたわけあり七人組が、同じ班のメンバーとして行動を共にする。節ごとに視点人物を交代させる趣向によって、各個人の現在の状況と、彼ら一人ひとりが抱えた事情に深く入りこんでいく。四章十二節から成る全編は、基本的に玲→太陽→剣也→花凜の順番で視点人物が入れ代わり、三巡する仕掛けになっている。視点人物が設定されることにより、個人の内面に寄り添った、緻密な心理描写が可能になる。日を重ねるうちに消耗していく体に鞭《むち》を打ちつつ歩き続け、立ちはだかる難題に苦慮しながらも、それぞれが抱えた問題に向きあうメンバーの姿が、相互的視点でとらえられていく。

私たちが一般的に抱く自己鍛練や祈願や鎮魂といったお遍路の清浄なイメージからはほど遠い、メンバー間のぎくしゃくした、時に対立する関係は、様々な問題を引き起こすが、霊場を巡るうちに徐々に彼らの関係に変化の兆しが訪れる。そのきっかけとなるのは、玲の告白であり、吉田のリタイアである。玲の告白によって、逆行性健忘症で十年前までの記憶しか持たない玲の苦悩をメンバーは知る。満身創痍《まんしんそうい》の身にあってなお、お遍路を続ける吉田の個人的事情を知った剣也は、吉田の思いを引き継ぐ。ムードメーカーであった太陽が離脱し、引率者の木戸がリタイアするに到《いた》って、残された玲、花凜、麻耶、剣也の間に不思議な連帯感が醸成されてくる。

お遍路を続ける四人、そして後に再加入する太陽を加えた五人に連帯を呼び起こすのは「関係の力」であり、お遍路という「非日常の力」であることは確かだろう。しかし何よりも、お遍路を続ける中で自発的に芽生えた、自分自身との対話のプロセスに多くを負っていることに注意を促したい。

花凜が記憶を取り戻すことを望む玲に関心を持ち、彼に心を開いていったのは、彼女が玲とは逆に記憶を失うことを願ったからだ。作中で、空海が神明窟《しんめいくつ》で会得した虚空蔵《こくうぞう》求聞持法《ぐもんじほう》と呼ばれる記憶法のエピソードが披露されるが、本書において「記憶」は重要なキーワードである。記憶を取り戻すことを願う玲と、記憶から逃れたいと考える花凜。逆方向の感情で交差する二人であるが、花凜は玲がふと口にした言葉によって救われ、玲もまた花凜の代表曲『冬のくちぶえ』に危機を救われる。「救いたい思い」と「救われたい思い」は必ずしも同期しない。救われたいという思いが、ある瞬間、恩寵《おんちょう》のように救いを呼び寄せるのである。

大切なのは過去の記憶を取り戻すことではなく、自分が向かう先の「未来」であることに玲は気づく。自分の歌を最後まで大切にしてくれたファンのＫ太のように、自分も歌を手放すべきではないという考えに花凜は到る。お遍路旅と仲間との関係は、このような気づきと回心《コンヴァージョン》を各自にもたらす。

トラブルメーカーであった剣也も、変化へと押しだされていく。引率者としての役割を責任放棄した木戸への反発から、仲間たちの前でお遍路を続ける宣言をした剣也は、

「らしくねえな」とつぶやく。ここで剣也は、「自分らしさ」の壁を越えるために「自分らしくない」ことをあえて選択することで、小さな一歩を踏みだす。剣也は「自分らしさという枠組み」を外したところに新たな自分を見る。剣也の思考は、吉田が太陽に説いた、定型から自由になろうとするところに自由律俳句は成り立つとの言葉にも通じる。真の自由は、勇気ある逸脱によって獲得されるのである。

木戸が退いた際、麻耶は何の悩みもなくお気楽な自分こそが、難題を抱える他のメンバーに成り代わってリーダーとなるべきであり、それが「自分のお遍路」だと考える。こうして彼らは、小さな共同体の中での関係を通して、自分というしがらみから自由になり、「利己」から「利他」へと誘われていくのである。利他こそ、弘法大師空海の説いた真言密教の教えの中心に置かれる考えではなかっただろうか。

この作品が感動的なのは、お遍路旅を通してメンバー一人ひとりが自分自身と対話し、その都度わき上がる感情を整理し、一つの思想にまとめ上げていく、そのプロセス自体が物語化されている点にある。メンバーたちが挑戦する、夏真っ盛りの四十八日間、千二百キロに及ぶ四国遍路全行程の過酷さは、それを体験したものでなければ完全に理解することは不可能だろう。本書の取材には二年半が費やされ、一年半かけて執筆されたとのこと。四国に赴き、実際に霊場を巡った関口の体験を通した気づきが、作品のここかしこに活《い》かされている。たとえば、吉野川の青さに感動する太陽の心境や、剣也の頭を占拠する「きつい」「つらい」「しんどい」の三つの言葉など、関口自身の体験と実感を元にして書かれたのではないかと推察する。

お遍路を通して太陽は、「考えることは歩くことであり、歩くことは考えること」であると気づく。私たちは経験上、歩行が思考を助長し、思考が歩行を促すことを知っている。お遍路という特別な状況が、両者の関係を増幅させる。歩く身体は思考する身体とつながっている。

関口は自らのお遍路体験を、さらに「書く身体」にフィードバックさせる。こうして作家の身体の中で、歩くこと、考えること、書くことが渾然一体《こんぜんいったい》となる。お遍路小説と呼ばれるジャンルの小説は希少ではあるが存在する。本書が際立っているのは、関口自身のお遍路体験が血肉化されている、まさにその点にある。お遍路体験の血肉化は、読者の「読む」行為にも深く浸潤してくる。歩くこと、考えること、書くこと、そして読むことの連動が、本書を根底から支える。私たちは物語を読むことで、作中人物の思考の流れや身体的な消耗や、彼らの眼前に拡《ひろ》がる風景の美しさを擬似体験する。物語を読み進めるうちに、あたかも作中人物とともに四国八十八ヶ所霊場を経めぐっているような錯覚に陥ってくる。

四国の地を密教の胎蔵曼荼羅《たいぞうまんだら》の世界に見立て、それぞれを発心の道場（阿波）、修行の道場（土佐）、菩提《ぼだい》の道場（伊予）、涅槃《ねはん》の道場（讃岐）として、八十八の札所を巡る歩き遍路の根本にあるのは、白衣に身を包み、死を厭《いと》わぬ覚悟で臨む修験であり、通過儀礼としての姿である。弘法大師信仰に発したお遍路は、地域住民による無償の「お接待」を取りこみながら、迷える人々を無差別に救済する独自の信仰習俗として発展してきた。

この無償で無差別の場において、新たに救われようとする一人の人物がいる。自殺した息子への罪悪感から、息子が愛した音楽グループのボーカルを担当する花凜の良心の呵責《かしやく》につけこみ、彼女を追いこむK太の母、山西清美《やまにしきよみ》である。清美は、花凜やお遍路メンバーと敵対する関係にあるが、それゆえ重要な人物である。突如現われた清美と多くの聴衆の前で、花凜はK太が愛した自分の歌が美しいものであることを「歌う」ことで証明する。リハビリテーションの旅を通して、自分の弱さを乗り越えた花凜は、再びピンクバンビのカリンへと戻っていく。

巡礼の体験の中で花凜が新しく作った歌。それが、「いままで作った中でいちばん静か」で、「素朴で、ゆるやかで、寂しいメロディー」で、「祈りが歌という形をまとった」ような『明星に歌え』だ。花凜の歌のタイトルは、悟りに到った空海の神秘体験のエピソードに基づくものであり、そのまま本書のタイトルに据えられている。結願寺《けちがんじ》である第八十八番札所大窪寺《おおくぼじ》の門前に集った聴衆を前に『明星に歌え』をうたう花凜は、心の中で次のような祈りの言葉をつぶやく。

お大師様はその口に明星が飛びこんできて悟りを開いたという。自分を含め、多くの人たちには明星からやってきてくれることなんてあり得ない。こちらから明星を目指して歩き続けるしかない。はるか明星を目指し、自問自答しながら、歩いていくしかないのだ。そうしたときに、この新しい曲がみんなの支えになってくれればいい。この曲が心の中で響いているうちは、おそれるものなどなく進んでいけますように。

物語の締めくくりとなるこの重要なシーンを書く関口の中で、花凜の「この新しい曲」と「この曲」という言葉は、そのまま「この新しい小説」と「この小説」に置換可能なものとしてあっただろう。関口は小説の言葉が読者に届くことを信じている。その確信こそが、実直で骨太な青春群像小説としての本書に説得力を与えている。

青春小説、恋愛小説の書き手としてキャリアを積みあげてきた関口尚は、お遍路という壮大な聖地巡礼システムの力を借りて、ひと回りもふた回りも大きな物語を提出することに成功した。『明星に歌え』が、作家的な飛翔を含んだ作品であることは言を俟《ま》たない。本書と出会った読者が、それぞれの明星の元へ導かれることを強く願う。

（えのもと・まさき　文芸評論家）

本書は、ｗｅｂ集英社文庫で二〇一四年一二月～一七年八月に
連載されたものを加筆・修正したオリジナル文庫です。

関口　尚の本

プリズムの夏

ネットにうつ病日記を書く「アンアン」の正体は、ぼくが恋する松下さんではないか？　まっすぐな恋を鮮烈に描いた、第15回小説すばる新人賞受賞作。

関口 尚の本

君に舞い降りる白

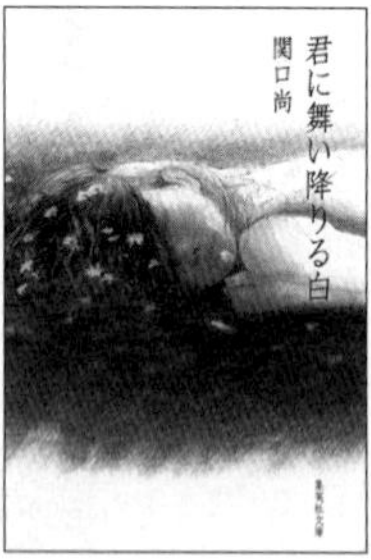

鉱石を売るアルバイトをしている桜井は、肌の白さが印象的な客、雪衣に恋をする。次第に打ち解けるふたりだったが、雪衣は重い過去を背負っていた。

関口　尚の本

空をつかむまで

市町村合併にゆれる村。優太は、水泳部の姫とモー次郎と共にトライアスロン大会に出ることに。中学生たちの成長物語。第22回坪田譲治文学賞受賞作。

集英社文庫

関口　尚の本

ナツイロ

みかんアルバイターとして愛媛県で暮らす譲は、オレンジ色の髪のミュージシャン、リンと出会った。「最低なあいつ」に振り回された、一生に一度の夏。

関口　尚の本

はとの神様

小五のみなとと悟はレース鳩を拾う。鳩を持ち主に届けた二人は、そこで知り合ったユリカと三人で、北を目指す旅に出る。少年たちの成長ストーリー。

集英社文庫

集英社文庫

明星《みょうじょう》に歌《うた》え

2018年3月25日　第1刷　　定価はカバーに表示してあります。

著　者　関口《せきぐち》　尚《ひさし》

発行者　村田登志江

発行所　株式会社　集英社
東京都千代田区一ツ橋2-5-10　〒101-8050
電話　【編集部】03-3230-6095
【読者係】03-3230-6080
【販売部】03-3230-6393（書店専用）

印　刷　大日本印刷株式会社

製　本　大日本印刷株式会社

フォーマットデザイン　アリヤマデザインストア　　マークデザイン　居山浩二

ISBN978-4-08-745718-6 C0193